PEYTON CORINNE

JOGANDO por CONTROLE

Traduzido por Karen Alv...

coordenação editorial: Guilherme Bernardo e Taís Monteiro
produção editorial: Ana Sarah Maciel
preparo de originais: Sheila Til
revisão: Carolina Rodrigues e Mariana Bard
projeto gráfico e diagramação: Guilherme Lima e Natali Nabekura
capa: Favoritbuero
ilustração de capa: Sara Mulvanny
adaptação de capa: Miriam Lerner | Equatorium Design
impressão e acabamento: Associação Religiosa Imprensa da Fé

CIP-BRASIL. CATALOGAÇÃO NA PUBLICAÇÃO
SINDICATO NACIONAL DOS EDITORES DE LIVROS, RJ

C83j

    Corinne, Peyton
       Jogando por controle / Peyton Corinne ; tradução Karen Alvares. - 1. ed. - São Paulo : Arqueiro, 2025.
       368 p. ; 23 cm.   (Sobre gelo fino ; 1)

       Tradução de: Unsteady
       ISBN 978-65-5565-801-9

       1. Ficção americana. I. Alvares, Karen. II. Título. III. Série.

                     CDD: 813
25-96371   CDU: 82-3(73)

Gabriela Faray Ferreira Lopes - Bibliotecária - CRB-7/6643

Todos os direitos reservados, no Brasil, por
Editora Arqueiro Ltda.
Rua Artur de Azevedo, 1.767 – Conj. 177 – Pinheiros
05404-014 – São Paulo – SP
Tel.: (11) 2894-4987
E-mail: atendimento@editoraarqueiro.com.br
www.editoraarqueiro.com.br

JOGANDO *por* CONTROLE

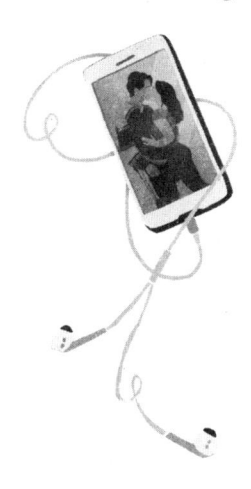

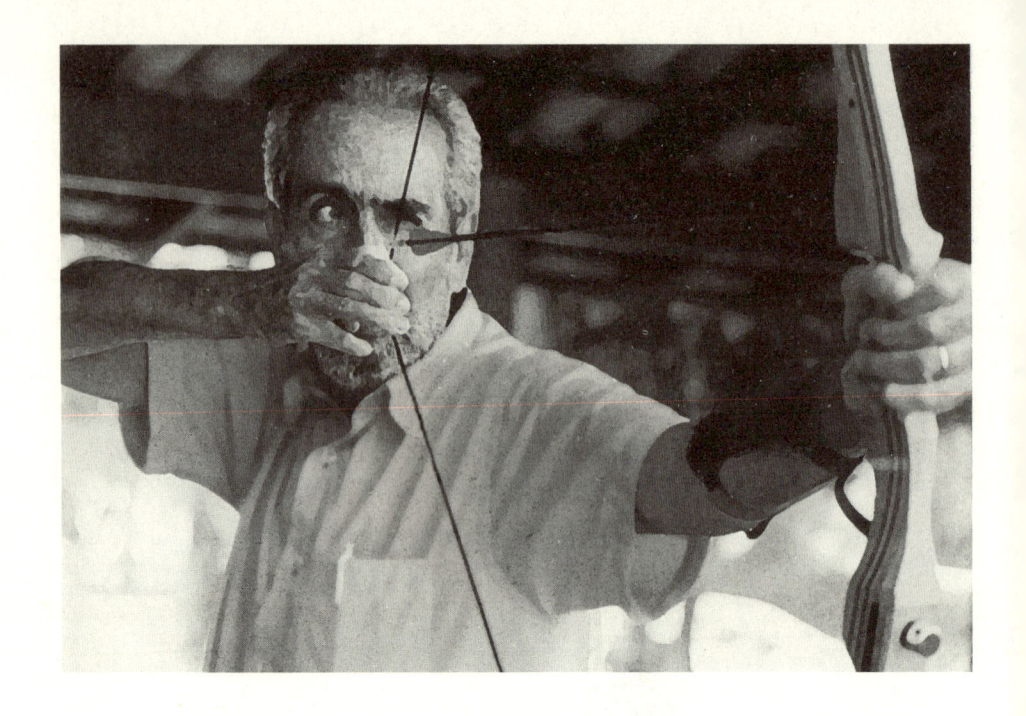

O Arqueiro

GERALDO JORDÃO PEREIRA (1938-2008) começou sua carreira aos 17 anos, quando foi trabalhar com seu pai, o célebre editor José Olympio, publicando obras marcantes como *O menino do dedo verde*, de Maurice Druon, e *Minha vida*, de Charles Chaplin.

Em 1976, fundou a Editora Salamandra com o propósito de formar uma nova geração de leitores e acabou criando um dos catálogos infantis mais premiados do Brasil. Em 1992, fugindo de sua linha editorial, lançou *Muitas vidas, muitos mestres*, de Brian Weiss, livro que deu origem à Editora Sextante.

Fã de histórias de suspense, Geraldo descobriu *O Código Da Vinci* antes mesmo de ele ser lançado nos Estados Unidos. A aposta em ficção, que não era o foco da Sextante, foi certeira: o título se transformou em um dos maiores fenômenos editoriais de todos os tempos.

Mas não foi só aos livros que se dedicou. Com seu desejo de ajudar o próximo, Geraldo desenvolveu diversos projetos sociais que se tornaram sua grande paixão.

Com a missão de publicar histórias empolgantes, tornar os livros cada vez mais acessíveis e despertar o amor pela leitura, a Editora Arqueiro é uma homenagem a esta figura extraordinária, capaz de enxergar mais além, mirar nas coisas verdadeiramente importantes e não perder o idealismo e a esperança diante dos desafios e contratempos da vida.

Para meu pai,
que passou a vida segurando um livro em uma
das mãos e a minha mão na outra.

Sobre o que este livro seria nunca importou,
apenas que ele sempre foi para você.

Playlist

1. **It's Called: Freefall** • *Rainbow Kitten Surprise*

2. **Little Dark Age** • *MGMT*

3. **American Teenager** • *Ethel Cain*

4. **Cherry Waves** • *Deftones*

5. **this is me trying** • *Taylor Swift*

6. **Heartbeats** • *José González*

7. **Sleep Alone** • *Two Door Cinema Club*

8. **Juliet** • *Cavetown*

9. **No Sleep Till Brooklyn** • *Beastie Boys*

10. **Waterloo** • *ABBA*

11. **Fast Car** • *Tracy Chapman*

12. **The Difference** • *Flume (feat. Toro y Moi)*

13. **Make This Go On Forever** • *Snow Patrol*

14. **Uncomfortably Numb** • *American Football (feat. Hayley Williams)*

15. **The Hills** • *The Weeknd*

16. **Getaway Car** • *Taylor Swift*

17. **Losing My Religion** • *R.E.M.*

18. **Barely Breathing** • *Duncan Sheik*

19. **Let's Get Lost** • *Beck e Bat for Lashes*

20. **Gilded Lily** • *Cults*

21. **Meddle About** • *Chase Atlantic*

22. **Asphalt Meadows** • *Death Cab for Cutie*

23. **The Kids Aren't Alright** • *The Offspring*

24. **Sex** • *The 1975*

25. **A Little Death** • *The Neighbourhood*

26. **Cupid's Chokehold** • *Gym Class Heroes (feat. Patrick Stump)*

27. **Cherry Flavoured** • *The Neighbourhood*

28. **peace** • *Taylor Swift*

29. **Yippie Ki Yay** • *Hippo Campus*

30. **Killer** • *Phoebe Bridgers*

31. **Revolution 0** • *boygenius*

32. **Don't Look Back In Anger** • *Oasis*

33. **Savior Complex** • *Phoebe Bridgers*

34. **Sparks** • *Coldplay*

35. **California** • *Lana Del Rey*

36. **Your Best American Girl** • *Mitski*

37. **R U Mine?** • *Arctic Monkeys*

38. **When I Get My Hands On You** • *The New Basement Tapes*

39. **Matilda** • *Harry Styles*

40. **Family Line** • *Conan Gray*

41. **Boy With The Blues** • *Delacey*

42. **Heaven** • *Brandi Carlile*

43. **Love song** • *Lana Del Rey*

44. **Bite The Hand** • *boygenius*

45. **Delicate** • *Damien Rice*

46. **Enter Sandman** • *Metallica*

47. **Repeat Until Death** • *Novo Amor*

48. **Wish You Were Here** • *Pink Floyd*

49. **Jackie and Wilson** • *Hozier*

50. **Space Song** • *Beach House*

Rhys

Não consigo respirar.

O frio congelante penetra pela camisa do uniforme e atinge minha barriga. *Caramba,* estou deitado de bruços no gelo. *Será que eu desmaiei?*

– Filho, tá tudo bem. Consegue levantar a cabeça?

Está tudo escuro. Fecho os olhos e os abro de novo. Nada. Pisco mais vezes ou, pelo menos, acho que pisco… Nossa, quanto tempo será que fiquei apagado?

– Koteskiy, você tem que respirar – diz outra voz, então alguém segura meu braço. – Não mexe nele, Reiner, espera.

Ouço o arranhar de uma lâmina contra o gelo, depois a voz do meu melhor amigo, Bennett:

– O que foi? O que aconteceu?

Quero chamá-lo. Tento falar o nome dele, desesperado, mas parece que meus lábios estão grudados.

– Pra trás, pessoal. Pra trás!

– Não consigo ver – digo com esforço. – Não consigo ver.

A segunda vez sai como um soluço sufocado.

– Fica calmo – diz Ben, e sua voz suave controla um pouco do medo e da adrenalina que correm dentro de mim. – Vai com calma, Rhys. Só respira.

– Cadê meu pai? Não consigo ver nada.

Minha voz parece uma coisa estranha ecoando numa caverna. Estou mesmo falando ou estou só imaginando? *Por que não consigo ver?*

Tudo começa a se embolar na minha cabeça e a dor fica ainda mais forte. Quero abrir os olhos. Quero pressionar os dentes com a língua para verificar se estão todos no lugar e prometer usar um protetor bucal da próxima vez. Quero voltar no tempo e prestar atenção, manter a cabeça erguida contra aquele golpe. Não quero estar aqui.

Não quero estar aqui. Não quero estar aqui.

As vozes ao meu redor vão se transformando em nada enquanto mergulho na escuridão densa que me aprisiona.

CAPÍTULO UM
Presente

Rhys

– Tenta isso só hoje e, se você ainda se sentir na merda, não peço mais. Pode ser?

Mesmo com o volume do meu celular quase no zero, a voz do meu pai é um eco estrondoso através do alto-falante. Estremeço de leve e uso a memória muscular para puxar a calça de moletom preta pelas pernas na escuridão do quarto. Depois de vestir com cuidado um casaco com capuz, pego o telefone na cômoda.

– Eu tô bem – digo.

Não é de fato uma resposta, mas sei qual é a pergunta de verdade por trás do pedido dele.

Somos farinha do mesmo saco, meu pai e eu: ambos calmos sob pressão, os dois "banhados num lago de confiança, feito Aquiles", como minha mãe costuma dizer. Fui comparado com meu pai durante toda a minha vida – por conta da aparência, da maneira como patino, como jogo – e, ao contrário de muitos dos filhos de jogadores lendários que conheci na NHL, a Liga Nacional de Hóquei no Gelo, eu não ligo.

Meu pai sempre foi meu herói.

É por isso que tenho certeza de que ele me pediu para trabalhar hoje na Fundação Primeira Linha – uma instituição de caridade que ele fundou depois de se aposentar da NHL – só pra ficar de olho em mim. Antes, costumávamos falar de hóquei por horas, mas agora mal temos conversas superficiais, e *sei* que ele percebeu que comecei a evitá-lo.

A fundação oferece bolsas de estudo para crianças que querem jogar hóquei e não têm os meios para isso. Já trabalhei no programa antes, e até gostei, mas agora...

Parece assustador, como se, mesmo agora, eu soubesse que os sorrisos das crianças não vão afastar o medo constante que preenche o vazio do meu corpo.

– Rhys – chama ele mais uma vez, sua voz ainda muito alta.

Respiro fundo, calço os sapatos, pego minha bolsa esportiva e saio para o ar quente de junho.

– Só... tenta fazer isso hoje. E aí, se tiver vontade, pega as chaves amanhã de manhã pra treinar um pouco antes de o rinque abrir.

Assinto enquanto jogo a bolsa no banco de trás do meu BMW. Fui liberado para dirigir há pouco mais de um mês, mas mal saí de casa durante todo esse tempo.

– Tá bom – digo por fim, as mãos apertando o volante no silêncio que se segue.

O zunido que se ouve no alto-falante chiado do meu pai indica que ele está dirigindo sua velha caminhonete – que minha mãe chama de "aquela *coisa*" – com as janelas abertas.

– E, se você não estiver pronto este ano, não precisa se forçar a fazer nada. Um ano a mais poderia ser bom para causar uma impressão melhor nos olheiros antes da próxima seleção...

A próxima seleção... Meus ombros se elevam, na defensiva, mas não consigo evitar o leve apelo disso, o momento em que já não me sinta *desse jeito* em relação ao hóquei, em que ame o esporte de novo, como sempre amei.

Isso é ridículo. Não sou um soldado. Jogo hóquei pela NCCA... Já deveria ter superado isso.

Eu o interrompo antes que a conversa me faça surtar e me mande de volta ao meu quarto, com as cortinas bem fechadas para nenhuma luz passar.

– Eu quero jogar. Tô pronto pra jogar de novo – minto. É uma frase que tenho praticado, então as palavras saem com mais facilidade do que respirar. – Tô bem.

Um suspiro profundo chega pela linha antes de nos despedirmos rapidamente e eu enfim dar a partida no carro.

O rinque está lotado, ainda mais para uma quinta-feira, bem na hora do jantar. Crianças de 5 a 13 anos circulam por ele com alguns voluntários que reconheço de funções anteriores: jogadores aposentados, pais com alguma experiência relevante. Vejo até Lukas Bezek, um dos novos astros do Bruins, com a equipe de mídias sociais, praticando tacadas com algumas das crianças mais velhas.

Assim que piso no gelo, um pequeno borrão bate nas minhas pernas junto com um grito tardio:

– Cuidado!

Seguro o menininho antes que ele caia estirado no gelo.

Ele ri enquanto o seguro pelas proteções e pela camisa do uniforme e espero até que firme os pés. Ele fica olhando para mim o tempo todo. Tem o rosto sardento e um sorriso banguela que o faz parecer uma miniatura de jogador de hóquei. Ele escorrega de leve mais uma vez – não é o melhor patinador da área –, mas não faz careta nem parece nervoso.

– Foi mal – diz ele, com um leve assobio que passa pelo buraco onde falta um dente da frente. – Ainda tô treinando minha parada.

O antigo Rhys teria dado risada e dito algo gentil ou engraçado, como "De boas, amigão. Eu também". Mas até mesmo a ideia de rir parece impossível, então ofereço o maior sorriso que meu rosto consegue suportar.

– Ainda bem que vamos treinar essas paradas hoje – anuncia a voz alegre da mulher alta e bonita que chega deslizando ao nosso lado, com um bando de pessoinhas atrás dela. – E parabéns, Liam, por encontrar nosso treinador e convidado especial de hoje!

Liam, o garoto que ainda agarra minha perna com a mãozinha enluvada, ri de novo e se inclina para trás.

– Ele é tão alto!

As crianças, que agora nos rodeiam, dão risada e sorriem para mim, em expectativa. O suor escorre pela minha nuca ao ver todos os rostinhos esperançosos me fitarem, confiando em mim.

Talvez isso tenha sido um erro.

– Esse é o Rhys – diz a mulher, tomando as rédeas da conversa. – É o atacante central dos Lobos da Waterfell, então joga hóquei na faculdade, pertinho de Boston! Ele joga desde que tinha a idade de vocês. E vai ajudar o nosso grupo a patinar hoje.

– A gente vai jogar hoje? – pergunta uma menininha com o capacete nas mãos, as bochechas corando no mesmo instante em que recebe a atenção dos colegas.

– Acho que hoje, não. Vamos treinar principalmente a patinação, tá bem? – A mulher sorri de leve para o grupo, enquanto todos comemoram. – Vamos treinar um pouco como manusear o taco com nosso capitão de hóquei aqui. – Ela dá um aceno de cabeça para mim. – E depois, para terminar, algumas brincadeiras bem divertidas. O que acham?

Um coro de gritos animados começa até que ela os dispensa para darem algumas voltas de aquecimento.

– Espero que não se importe por eu ter monopolizado a conversa – diz ela, estendendo a mão para apertar a minha. – Sou a Chelsea. Um dos organizadores disse que você ajudaria hoje com as crianças.

– Isso mesmo – respondo.

Patino devagar ao lado dela, seguindo-a até a outra lateral do rinque, onde uma pilha de cones fica junto das placas, e tento me controlar.

– E agradeço por tomar a frente da conversa. Estou um pouco aéreo hoje.

– Eu entendo. – Ela ri. – Todo mundo tem uma noite *daquelas* às vezes.

Eu deveria rir ou assentir e concordar – como se minha apatia fosse apenas reflexo de uma baita ressaca –, mas mal consigo forçar um meio sorriso enquanto nos preparamos para o treino.

– Enfim, para as crianças é só mais uma aula de patinação mesmo. O grupo acima de 10 anos está com o pessoal do Bruins para lidar com as coisas de imprensa hoje. – Ela indica com a cabeça o grupo cambaleante de crianças que vem na nossa direção. – E o que quase te derrubou é o Liam; ele precisa de um pouquinho mais de atenção, caso você queira se concentrar nele hoje. Pra facilitar as coisas.

É o que faço.

Liam é fácil, decidido a aprender, embora desajeitado, e nunca desfaz o sorriso. Ele gruda em mim e, de vez em quando, observa as outras crianças com uma careta determinada no rosto.

Chelsea encerra o treino com uma reunião rápida. Apenas metade das crianças consegue se ajoelhar. O resto se esparrama no gelo com sorrisos felizes.

Fico esperando aquela pequena lembrança de mim mesmo nessa idade, segurando o taco do meu pai enquanto ele me deslizava um pouco rápido demais pelo gelo. Vendo os jogos dele na tevê, vestido com sua camisa e aos berros, igualzinho à minha mãe. A primeira vez que fiz um gol sozinho, mesmo que tenha sido quase sem querer. Eu espero, mas... nada.

– Meu irmão também é muito bom – comenta Liam, um pouco sem fôlego, enquanto se segura no bolso da minha calça mais uma vez.

O menino é um péssimo patinador, mas está feliz.

– Ah, é?

Ele olha por cima do ombro para o grupo mais velho, que está terminando o treino do outro lado do gelo.

– É. O Oliver. Acho que ele vai ficar com inveja por você ter patinado comigo hoje.

– Inveja?

Ergo uma sobrancelha diante do menino.

Ele assente e outra risadinha escapa.

– Ah, pode acreditar. Você joga hóquei nos Lobos, e o Oliver quer *muito* jogar nesse time.

Dou uma olhada ao redor e percebo que Liam não foi chamado por nenhum dos pais que agora cercam as crianças, as quais devoram guloseimas na mesa do lanche. Os mais velhos se espalham e seguem todos para o portao, menos um deles: um garoto mais alto e com o cabelo tão comprido que as pontas ficam balançando por fora do capacete. Ele vem patinando na nossa direção.

Chelsea não está mais por perto; na verdade, não tem mais ninguém no gelo. Mães, pais e filhos cobrem as arquibancadas e se amontoam ao redor da mesa do lanche, suas risadas e conversas ecoando e ricocheteando pelas paredes em volta do rinque aberto. Espero que alguém se aproxime da placa de vidro e chame os dois meninos que continuam no gelo, mas ninguém olha para eles.

– Ela não chegou? – pergunta o mais velho, Oliver, tirando o capacete.

O cabelo dele é mais escuro, mas os olhos acinzentados são idênticos aos do irmão, por isso é fácil identificar o parentesco.

Liam faz que não com a cabeça, em silêncio pela primeira vez desde que o conheci.

Oliver solta um som frustrado. Depois de uma olhadela rápida e desconfiada para mim, ele encara Liam com as mãos na cintura.

– Eu te falei que, se ela não estivesse aqui, era pra me esperar perto da mesa do lanche com a Srta. Chelsea.

Liam faz um bico e me larga para ir patinando, ou tropeçando, até o irmão.

– Mas ele é um dos Lobos! – explica ele, com a voz meio abafada, soltando um uivo rápido. – Tipo, ele joga hóquei pela Waterfell.

O menino espera a reação do irmão, mas Oliver parece envergonhado, quase com raiva. Liam uiva de novo, depois vira a cabeça para mim e diz:

– Não é, Rhys?

Deixo escapar um sorriso e assinto.

– É, Liam.

– Ele vai me ensinar tantas coisas sobre hóquei que vou ser melhor do que você.

Oliver sorri, ainda que com relutância, para as palhaçadas do irmão, enquanto Liam patina em pequenos círculos ao redor dele. Para Liam, deve ser como se estivesse voando, só que, na verdade, está tropicando.

É fácil ver o companheirismo entre os irmãos, o que me faz pensar em quando eu tinha 6 anos e perseguia Bennett feito doido. Ele sempre foi maior, mas eu era mais rápido. Ele é meu irmão, mesmo que não seja de sangue, e uma dor emana do meu peito ao pensar nele, nas cem chamadas perdidas e mensagens no meu celular que ainda não ouvi nem respondi.

Não o vejo desde o hospital, apesar de saber que ele foi até a minha casa várias vezes e que meus pais o dispensaram em cada uma delas.

Meu celular vibra no bolso e eu o pego.

BENNETT REINER: 152 mensagens não lidas
Eu sei que você tá vivo, babaca. Responde, seu...

Sem me preocupar em ler mais do que o trecho da notificação, coloco o aparelho de volta no bolso e ignoro a pontada de culpa que ameaça surgir. Volto a focar nos garotos que estão olhando fixamente para mim.

De repente, Chelsea se junta a nós. Ela abre um sorriso radiante para os meninos e dá de ombros para mim antes de se inclinar e sussurrar no meu ouvido.

– Eles são sempre os últimos aqui. – Enquanto ela fala, olho ao redor e vejo que a mesa do lanche ficou vazia e somos os únicos quatro que sobraram em todo o rinque. – Alguém tem que ficar com eles até...

Uma porta bate e uma mulher corre pela rampa em direção ao portão. Ela é pequena e está usando uma legging preta e um casaco de moletom azul em que cabem quase duas dela, com o rabo de cavalo meio solto e afofado pelo capuz caído nos ombros. Seu olhar perdido e distante faz com que eu me pergunte quando foi que ela dormiu pela última vez.

Vejo o rosto de Liam se iluminar, seus joelhinhos se dobrando como se pudesse pular de empolgação caso não tivesse medo de cair. Ao meu lado, Chelsea bufa, revira os olhos e me lança um olhar que diz que esse atraso está longe de ser o primeiro.

– Cheguei! – grita a recém-chegada, a mochila quicando com força contra as costas.

Ela corre para o gelo ainda com os tênis sem cadarços, deslizando sem rumo por um momento antes de recuperar o equilíbrio e dar passos rápidos em nossa direção.

– Você tá atrasada – diz Chelsea com desdém. – De novo.

As mãos de Chelsea cobrem os ombros de Oliver em um gesto protetor e o tom vermelho se espalha ainda mais pela pele já corada da recém-chegada.

– Eu sei – diz ela, ajoelhando-se no gelo para ficar na mesma altura dos olhos de Liam, que ainda está empolgado, sem nenhum sinal de frustração em relação à... mãe?

Ela parece nova demais, levando em conta que Oliver deve ter uns 11 anos. A mulher olha em volta por um breve instante e só então um lampejo de reconhecimento me atinge. Já a vi antes, mas não sei onde.

Ela não se dá ao trabalho de se dirigir a Chelsea. Apenas lança um grande sorriso para Liam, que a encara como se ela fosse a pessoa mais importante de sua vida, depois se dirige a Oliver, cujo rosto está vermelho e cabisbaixo, a decepção emanando dele.

– Foi mal, amigão. – Ela morde o lábio com força, seus olhos acinzentados arregalados e suplicantes. – Eu me esforcei bastante.

– Eu fiquei ainda mais rápido hoje – diz Liam, completa e alegremente alheio à frustração óbvia do irmão.

A jovem dá uma piscadela para o menino e esfrega a cabeça dele de leve, bagunçando seu cabelo enquanto se levanta.

– Aposto que um dia você vai ser ainda mais rápido do que o Crosby.

Quase chego a bufar, em parte porque agora estou imaginando um pôster de Sidney Crosby no quarto de infância dela. Apesar de os meus lábios nem começarem a se curvar – nenhum indício de uma risada se aproximando –, fico surpreso com a rapidez com que ela arrancou alguma reação do meu corpo vazio.

– Crosby não é o mais rápido. E você prometeu que estaria aqui pra ver – acusa Oliver, ainda emburrado, as bochechas coradas.

– Oliver, foi mal, campeão. Prometo que vou estar aqui…

– Você diz isso toda vez e não aparece por causa *dele*. – O garoto cospe a última palavra como veneno, e a expressão dela se fecha.

Está claro que, quem quer que seja, *ele* é um problema constante. Um namorado, talvez? Cruzo os braços e percebo que concordo um pouquinho com Chelsea.

– Que tal você me mostrar agora? – pede a jovem num tom esperançoso, tentando mudar o rumo da conversa. – Me dá um minuto pra colocar os patins e vou até correr com você…

– Na verdade – interrompe Chelsea –, a gente precisa sair do gelo agora. Vão limpar tudo antes da partida da liga adulta desta noite. Vem, Oliver, vamos pegar um biscoito na mesa do lanche. Guardei um pouco pra você.

Oliver segue Chelsea enquanto ela patina em direção à saída. Só então percebo que a garota me encara com as sobrancelhas franzidas.

Inseguro de uma forma que nunca teria ficado antes do acidente, me empertigo, endireitando a coluna. Meus braços ficam soltos ao lado do corpo por um momento, mas de alguma forma parece pior. Eu os cruzo, mas me sinto ainda mais ridículo, então os deixo cair de novo e levo uma das mãos ao bolso.

– Quem é o grandalhão? – pergunta ela a Liam, erguendo uma sobrancelha para ele antes que o menino sorria.

– Ah, tá, já sei... Cuidado com estranhos e tudo mais... Mas esse é o Rhys.

– Eu não sei quem é Rhys, chuchu.

– Ele vai ajudar a gente a ficar *muito* bom no hóquei – conta Liam, no mesmo instante em que seus patins deslizam e ele tomba para a frente.

Eu o alcanço na hora, pegando-o com facilidade e segurando seus braços até que ele se estabilize de novo. É bem fácil, ainda mais depois de ter repetido esse mesmo movimento cerca de vinte vezes na última hora.

– Você tá bem? – pergunto, me abaixando para ficar na altura dele e dando outro sorriso rápido, mesmo que contido, para a garota que nos observa.

Por um instante, espero por algo: um sorriso, um murmúrio de aprovação, um "Que bonitinho" ou "Você leva jeito com crianças". Todas as respostas que costumavam ser comuns diante do meu charme fácil. Mas ela não me dá nada além de um olhar arregalado e vazio.

Odeio isso, sentir que os olhos acinzentados dela, parecidos com os de um gato, poderiam enxergar tudo. Como se houvesse algo fisicamente errado comigo que sinalizasse o show de horrores abominável escondido debaixo da minha pele.

– Tô bem – responde Liam, patinando com as pernas trêmulas. – O Rhys é, tipo, o melhor jogador de hóquei.

– Ah... – Ela meneia a cabeça, os olhos ainda fixos em mim de um jeito enfurecedor. – Beleza. Enfim. Dá tchau pro craque de hóquei, chuchu. Hora de ir pra casa.

– Tchau, Rhys! Semana que vem eu trago meu capacete. Tem adesivos nele – acrescenta Liam, praticamente dando um gritinho e se levantando depressa de outra queda antes de tentar uivar de novo pra mim.

Sei que deveria me juntar a ele no uivo, dar a entender que sou amigo dele, mas há uma pressão no meu peito que me impede até de respirar, que dirá uivar.

Ele cai mais duas vezes no caminho até as placas e a arquibancada, onde seu irmão está desamarrando o cadarço dos patins. Oliver observa a garota com atenção, como se estivesse preocupado com ela, apesar da raiva.

Ela bufa, o que faz a franja e as várias mechas soltas do cabelo castanho e sedoso ondularem em torno do rosto. Espero um momento, pronto para me apresentar, quando vejo a etiqueta pendurada na mochila dela.

– Você estuda na Waterfell?

E não é só isso: tem um par de patins bordado no final do logotipo, patins de patinação artística.

Ela se vira para mim tão rápido que perde o equilíbrio. Eu a seguro e a coloco de pé de novo num piscar de olhos, e não me surpreendo por ela não pesar quase nada, de tão pequena que é.

O nome não me vem à cabeça de jeito nenhum, se é que eu já soube qual é, mas me lembro dela. Já a vi entrar e sair do centro esportivo antes, sempre com pressa, sempre meio atrapalhada.

Mas a lembrança mais forte que tenho é dela irrompendo no nosso treino um dia, quando ficamos até tarde, e se esgoelando com nosso pacato treinador até que um homem alto e de rosto severo a pegou pela cintura e a levou embora.

Depois que meu treino acabou, permaneci no túnel de entrada do estádio por um tempo e a vi colocar uma música alta animada e abrir caminho pelo gelo retalhado, impedindo que a máquina o limpasse, patinando como se quisesse matar alguém.

Pura paixão.

Assim de perto ela é linda, mesmo com sua aparência caótica. O cabelo é brilhoso e escuro e a pele é corada, com uma única faixa de sardas sob o olho direito.

– Que bom que te peguei.

Tento sorrir, meu velho charme me cobrindo como se fosse um casaco grosso, um escudo. Ela pisca uma, duas vezes, depois enruga a sobrancelha em profunda frustração e se afasta de mim.

– Tenho certeza de que você pega de tudo.

Ainda sorrindo, apesar da resposta fria e do vazio que abre um buraco dentro de mim, respondo:

– Eu jogo hóquei pela Waterfell.

– Beleza, meninos – chama ela, ignorando por completo minhas palavras e minha presença enquanto sai marchando do rinque com o nariz empinado.

Alguma coisa dentro de mim se retorce, seja por ela rejeitar o que costumava me conferir o valor que eu tinha antes ou por não me reconhecer.

– Vamos embora – diz ela.

Os dois meninos pegam as mochilas com os equipamentos e vão atrás dela. Liam está tão animado quanto antes e Oliver, tão abatido quanto antes. Olhar para a expressão desanimada dele parece um soco no peito, então corro para fora do gelo atrás dos três.

– Ei! – chamo e espero enquanto eles se viram. – Posso falar com você um minuto? Ah, desculpa, você não disse seu nome.

Liam ri e aponta para a garota franzina que está um degrau acima dele.

– Essa é a Sadie.

– Valeu, seu manezinho. – Ela revira os olhos, batendo com o quadril na altura do ombro dele enquanto olha para mim. – Falar do quê?

– É sobre... os meninos. Só...

Eu paro de falar enquanto ela desce até mim. Quanto mais perto fica, mais meu coração dispara diante da ideia de discutir com ela.

– O quê?

O tom dela é tão agressivo quanto sua postura, de braços cruzados e me encarando, como se fosse *ela* o atacante central de 1,90 metro com quase 8 centímetros a mais de patins.

– Sei que sou novo no programa de bolsas de estudo, mas o Liam e o Oliver são ótimos, mesmo tão jovens.

– Eu sei.

Consigo manter o sorriso, principalmente porque tem uma quentura revirando meu estômago.

– E, bem, acho que o apoio dos pais é importante para as crianças, especialmente sobre os interesses delas...

– Vai direto ao ponto, craque.

Tá, tudo bem. Chega de charme. Endureço o olhar e cruzo os braços.

– Você deveria se esforçar para estar aqui. Não esquecer sua promessa.

Os olhos dela entram em combustão diante de mim, o fogo queimando debaixo do cinza-escuro, e, por um momento, acho que ela pode me atacar, tentar me empurrar contra as placas.

Quem sabe isso ajude, quem sabe me force a sentir algo além do abismo escancarado dentro de mim. Quem sabe, se for mais forte do que parece, ela me derrube.

Para falar a verdade, torço para que isso aconteça.

– Entendido. Mais alguma coisa que queira cuspir aí de cima do seu pedestal? – Sadie não espera nem um segundo antes de continuar: – Ótimo! – Ela bate palmas uma vez, ríspida. – Que bom que tivemos essa conversa.

– Espera. – Tento de novo, minha frustração aumentando quando alcanço o pulso dela e a impeço de ir.

O contato físico a faz explodir e se desvencilhar em seguida, como se eu tivesse tentado atear fogo nela. Eu a solto no mesmo instante, então vejo a mão pequena dela ao redor do meu pulso, ainda que não o envolva por completo. Na tentativa de se defender, ela o torce feito um valentão no parquinho, o que causa um arrepio na minha espinha.

– Nunca mais pegue em mim desse jeito.

Ela torce um pouco mais meu pulso e quero pedir que continue esse aperto quente, porque é a primeira coisa além de dor que sinto em *meses*.

Mas não posso, porque, quando engulo em seco e desgrudo a língua do céu da boca, os três já foram embora.

CAPÍTULO DOIS

Sadie

Terça-feira é o pior dia da semana para mim.

– Sade, por favor.

Terça-feira é dia de pagamento, o que significa que meu pai está mais inclinado a me pedir dinheiro em vez de ficar dando indiretas ou roubar da reserva que separamos para comprar comida.

– Não dá.

Tento não olhar, me concentro em amarrar os tênis e verificar de novo se coloquei na mochila tudo de que preciso para o treino, além das roupas para usar no café. Depois de enfiar um par a mais de meias no bolso de zíper lateral, sou obrigada a olhar para ele enquanto desço as escadas frágeis.

– Só mais um pouquinho. Só preciso de alguma coisa pra passar a semana

Tento lembrar que houve uma época em que as coisas não eram desse jeito, que meu pai já foi alguém que amava muito a gente, que me colocava – e até mesmo ao bebê Oliver – em primeiro lugar.

– Já falei que não dá – repito, cruzando os braços e querendo muito passar por ele.

A cabeça dele está meio inclinada de lado, o cabelo mais desgrenhado do que de costume, mas os olhos ainda são iguais aos meus, apesar de estarem vermelhos e opacos.

– Oliver precisa de patins novos. O pé dele sangrou ontem, de tão apertados que estão os antigos – explico.

Meu irmão tentou esconder, mas o peguei à noite na cozinha colocando curativos nos tornozelos.

Meu pai contrai os lábios e quase ouço o argumento se formando na cabeça dele, a linha em que se equilibra com tanto cuidado. Ele nunca bateu na gente, nunca machucou fisicamente um de nós. Mas sua mera presença é suficiente para eu sentir que tem alguém pressionando meus ombros. Ele quer argumentar que a casa é dele, que o dinheiro é dele, mas na verdade não é. Não desde que consegui um emprego aos 14 anos e economizei cada centavo até ter o suficiente para continuar patinando. Não desde que ganhei a bolsa de estudos que garantiu que eu não tivesse que aceitar nenhuma esmola dele, se é que dá pra chamar assim.

Minha mãe tinha dinheiro de um fundo fiduciário que a família rica dela lhe concedeu bem cedo, antes que suas manias ficassem tão incontroláveis. Ela paga pensão alimentícia para o meu pai, e eu não poupo esforços para pegar os cheques no correio antes que ele gaste tudo em uísque de primeira.

Era uma vez eu, a menina que acreditava que os dois fossem os protagonistas de uma linda história de amor: a jovem rica que se apaixonou perdidamente pelo rapaz que não tinha onde cair morto. Mas agora sei que não é assim.

Minha mãe não ama ninguém além de si mesma.

E meu pai até pode amar a gente lá no fundo, mas sempre vai amar mais os vícios dele.

Talvez seja por isso que não consigo me impedir de pegar os 50 dólares das gorjetas do dia anterior que estão no bolso da minha calça jeans e enfiar na mão dele.

– É tudo o que vai conseguir de mim esta semana – aviso, um redemoinho de ansiedade ameaçando tomar meu estômago quando os olhos dele se iluminam. – É sério. Tenho que comprar os patins do Oliver.

– Tudo bem – diz uma voz rouca, bufando. É meu irmão, que desliza por baixo do meu braço e entra na cozinha. – Posso ficar com os antigos por mais um mês.

– Não, não pode, campeão. Além disso, você vai participar de um torneio logo, logo.

Antes que eu possa alcançar Oliver, ele enche o filtro com pó e começa a preparar um café para mim. Ele se mantém de costas para nosso pai, o adulto de verdade da casa, que continua parado à porta como se pronto para sair correndo a qualquer instante.

– Quando é o torneio? – A voz do nosso pai está trêmula, os olhos ainda um pouco vermelhos enquanto ele adentra um pouco mais a cozinha, a apreensão estampada em cada movimento que faz em direção a Oliver. Quando está bêbado ele é destemido, mas sóbrio quase tem medo da gente.

– Talvez eu possa ir...

– Não precisa se incomodar – diz Oliver baixinho, interrompendo-o.

Bato de leve com o quadril nele enquanto tiro o creme da geladeira e pego alegremente a caneca para viagem que meu irmão de 11 anos já estende para mim.

– É no próximo fim de semana, se quiser vir no meu – diz Liam, sonolento, da porta da cozinha, então sai arrastando seu cobertor de Star Wars pelo chão e se senta à mesa. – Vai fazer panqueca de novo, Sissy?

Pego minha mochila da mesa e a jogo no ombro. Por trás da cadeira, faço um carinho no cabelo de Liam.

– Hoje não, chuchu. Tem uns waffles no freezer pra vocês dois, é só colocar na torradeira, e o lanche da escola está na segunda prateleira.

Liam afunda de um jeito dramático no assento.

– Um dia sem panqueca é um dia ruim, Sissy – reclama ele.

Oliver resmunga, empurrando sem dó o prato de waffles de canela que já está pronto em direção ao irmão.

– Come, e nem mais um pio sobre panquecas.

Puxo a orelha de Oliver enquanto passo por ele.

– Seja legal – repreendo-o, então suavizo a voz e dou um tapinha carinhoso nele. – E obrigada.

Ele dá de ombros, indiferente.

Meus ombros desabam. Sinto uma pontada no coração, como se meu peito se contorcesse, até que um grito quase escapa dos meus lábios. Parece que meu corpo pega fogo por dentro, cada pontinha de raiva, ressentimento e medo borbulhando como um vulcão ativo, e sei que vou explodir com *ele* se não sair deste cômodo agora.

Não percebe o que está fazendo com eles?!, quero gritar. *Sei o que vem depois, porque já aconteceu comigo. E não posso fazer mais nada pra impedir... Acorda!*

– Você tem que ir antes do ônibus chegar? – pergunta Liam, sua voz alta demais porque ele acabou de acordar, mas quase posso sentir o desconforto nela.

Você tem que deixar a gente com ele? Essa é a verdadeira pergunta. Oliver pode se lembrar do pai antes de tudo isso, mas Liam, não. Liam só conhece esse pai: o que não aparece, o que fica mais fraco e mais perto da morte a cada dia.

Oliver pode estar explodindo de raiva, mas Liam está lutando contra o medo.

Odeio deixar meus irmãos; odeio mandar os dois para acampamentos de verão e inúmeras distrações que não estourem nosso orçamento. Mas, se eu não patinar, minhas mensalidades não serão pagas e, no momento, meus dois empregos mal dão conta de complementar os cheques da nossa mãe.

Isso é por eles. Um dia, talvez, eles entendam.

– Te amo, seu manezinho – sussurro, dando um beijo estalado na bochecha de Liam.

Ele mergulha de cabeça no abraço e se agarra em mim até que eu lhe faça cócegas para que me solte. Oliver está encostado no balcão da cozinha, seu corpo que não para de crescer cada vez mais esguio e rígido, com os braços cruzados com força sobre a camisa de segunda mão do Campeonato Nacional dos Estados Unidos. Dou apenas um aceno de cabeça para ele, porque sei que não gosta de ser tocado, então passo pelo meu pai, que está encostado na porta.

Ele abre a boca como se quisesse dizer algo, então eu espero, porque alguma parte de mim se agarra à possibilidade de que meu pai volte.

Mas ele fica calado.

E eu continuo querendo gritar.

A música ensurdecedora que estou ouvindo, "Cherry Waves", do Deftones, mal dissipa a névoa da raiva, mas a visão que tenho ao chegar ao centro esportivo esvazia com facilidade todos os pensamentos da minha mente.

Há um carro caro parado no estacionamento vazio e as luzes dentro do centro esportivo estão acesas.

Eu deveria ser a única aqui. Venho aqui antes de começar meu turno no quiosque, com a chave do treinador Kelley, para ter um tempinho a mais no rinque. A patinação aberta ao público não começa antes das oito, então ninguém deveria estar lá dentro – dou uma olhada de novo no meu celular – às seis da manhã.

No entanto, com uma olhada rápida através dos largos painéis de vidro ao redor do rinque, consigo ver uma pessoa de azul – a porcaria de um jogador de *hóquei* – *sentada* no gelo em um canto.

Deixo cair minha mochila, tiro meus tênis empurrando-os pelos calcanhares e calço meus patins, amarrando depressa o cadarço. Meus fones de ouvido ainda estão no máximo, o que só me deixa ainda mais ligada no 220: estou pronta pra começar uma briga.

– Ei! Você não pode ficar aqui! – grito, irrompendo pelas portas.

Em seguida, sigo marchando até o rinque já iluminado, pronta para oferecer a gritaria do século a qualquer anta que esteja monopolizando o *meu* tempo no gelo.

Só que tem algo errado.

O cara não está sentado no gelo: está caído, como se estivesse machucado.

Ele está ofegante, a pele brilhando. A camisa de hóquei dele está meio puxada por cima de um dos ombros, como se ele tivesse tentado tirar o uniforme.

O suor cobre cada parte dele, fazendo seus longos cabelos escuros grudarem na testa e na nuca. Os músculos do abdômen se flexionam repetidamente, como se ele estivesse hiperventilando. A pele dourada está retesada, ressaltando os músculos, o que me distrai tanto que balanço a cabeça para dissipar os pensamentos, que já estão saindo dos trilhos.

Puxo meus fones de ouvido e o som da sua respiração ofegante preenche de imediato o silêncio do rinque. Retiro os protetores dos meus patins e me lanço no gelo. Faço uma parada brusca ao alcançá-lo, raspando a superfície gelada.

– Ei – chamo, minha voz mais trêmula do que eu gostaria. – Você tá bem?

Pergunta bem idiota, considerando as circunstâncias.

Minhas mãos, ainda nuas porque não coloquei as luvas, agarram os braços dele, e tento conter seu tremor incessante. Os olhos dele estão arregalados, me absorvendo devagar, quase como se ele não tivesse certeza de que sou real.

Assim, de perto, eu o reconheço: é o craque de hóquei do outro dia, *Rhys*. Cabelo castanho-escuro, belos olhos castanhos e uma mandíbula marcada, com uma covinha na bochecha direita que me faz imaginar se ele fica com uma igual do lado esquerdo quando sorri.

Ele tomba de novo e seus dentes começam a bater mais forte. Então puxa os joelhos com força contra o peito, as lâminas dos patins raspando o gelo.

– Não con... consigo respirar – diz ele, ofegante.

Ele consegue, está respirando, mas sei reconhecer um ataque de pânico. Minha mente se acalma; a chance de me concentrar em outra pessoa é sempre uma distração bem-vinda dos gritos constantes na minha cabeça.

– Ei – chamo, um pouco ríspida, embora com um sorriso bonito no rosto para tentar parecer gentil e tranquila, na esperança de que isso o afaste de qualquer precipício perigoso de pânico ao qual esteja pendurado. – Olha pra mim.

Ele faz isso, franzindo a testa de leve, os olhos castanhos brilhantes.

– Você consegue respirar – afirmo.

Algo reluta em seus olhos. Ele estremece e agarra a camisa de treino em um aperto mortal, como se fosse tirá-la. Minha mão se fecha sobre a dele, liberando seu aperto e impedindo que ele quase se sufoque com o colarinho, tamanho desespero.

– D-Desculpa.

Preciso tirá-lo do gelo, mas sei que não vou ser capaz de levantá-lo sozinha, e vai levar pelo menos uma hora até que mais alguém apareça.

– Vamos lá, craque. – Tento algo entre um tom exasperado mas gentil e um flerte, apesar de meu coração estar acelerado, na esperança de fazer com que ele relaxe. – Tá tudo bem – digo, como se diz a um bebê para acalmá-lo depois de um tombo. – Vamos ter que tirar você do gelo. Consegue ficar de pé?

– C-consigo – responde ele, com a respiração cansada e muito rápida ao mesmo tempo. – Me desculpa.

– Não pede desculpa, só me ajuda, tá?

Coloco a mão ao redor do tronco dele, agarrando o acolchoado da sua calça de hóquei na altura da lombar, de modo a mantê-lo firme enquanto lentamente tenta se equilibrar.

– Não sei se consigo patinar – murmura ele entre respirações trêmulas, semicerrando os olhos com força. – Eu...

– Tá tudo bem. Vou usar isso como desculpa pra colocar as mãos em você – digo, meus nervos em frangalhos e a boca despejando qualquer coisa para distraí-lo. – Só fica de pé nos patins. Eu te seguro.

Ele olha para mim de novo, os olhos castanhos ainda arregalados enquanto se fixam no meu olhar. Um pequeno aceno de cabeça me indica que ele está o mais estável possível, então cravo meus patins no gelo para avançar lentamente carregando seu peso.

Nossa, como ele é alto e pesado, embora seja mais magro do que a maioria dos jogadores de hóquei da mesma altura.

Leva quase um minuto inteiro para chegarmos ao portão enquanto patino com cuidado carregando o dobro do meu peso. Ele não tira os olhos de mim – posso senti-los quase queimando a lateral do meu rosto. Aos poucos, consigo acomodá-lo no degrau inferior das arquibancadas baixas mais próximas.

As mãos dele descem para alcançar os cadarços, os dedos tremendo tanto que continuam errando os laços até que ele começa a resmungar um palavrão baixinho, com uma expressão amarga de desesperança. Mas tenho sido uma cuidadora a minha vida toda e não existe aborrecimento que me impeça de me ajoelhar diante dele e segurar suas mãos nas minhas.

– Se concentra em acalmar a respiração – recomendo, antes que ele possa abrir a boca para outro pedido de desculpa patético.

Meus dedos estão dormentes, mas desamarro os cadarços bem rápido e afrouxo os patins para que Rhys possa tirá-los com facilidade. Tirar patins de hóquei inquestionavelmente fedorentos dos pés de um estranho vai além dos meus limites.

– Consegue se virar agora? – pergunto, me equilibrando para trás nos patins e erguendo o olhar para encarar o dele, que ainda está fixo no meu rosto.

– Você é a mãe do Liam.

Bufo. *Passou perto.*

– Irmã, mas é, a gente se conheceu. Sou a Sadie.

Ofereço a ele um sorriso brilhante e torço para que não se lembre tão bem de quando me conheceu.

– Rhys. – Ele arfa um pouco, quase como se fosse rir se conseguisse recuperar o fôlego. – Você queria me derrubar – diz, com um sorriso, e tenho o vislumbre de uma covinha na outra bochecha. *Eu sabia.*

– É, bem... Você caiu sozinho hoje.

Outra risada ofegante escapa de sua boca aberta. Suas mãos e braços ainda tremem. Está tudo silencioso de novo, há apenas o zumbido das luzes e dos maquinários como pano de fundo enquanto o analiso com cuidado. Quero falar, preencher o silêncio com algo reconfortante, mas percebo que estou sem palavras.

– Você é a patinadora artística que parece em chamas.

Franzo a testa.

– Como é que é?

Ele bufa e sorri preguiçosamente, feito um bêbado sonolento.

– Deixa pra lá.

Por que ele está aqui? O que aconteceu com ele no gelo? As perguntas se acumulam, pressionando meus lábios na tentativa de escapar. Mas basta um olhar para sua postura relaxada e vulnerável, e eu me calo.

Não é da minha conta.

Desvio os olhos das profundezas dos dele e confiro as horas.

Droga.

Seis e meia da manhã.

Depois de prender meu cabelo em um coque alto, tiro minha calça de moletom e a coloco em uma pilha a alguns metros de distância de Rhys, ficando só com meu shortinho apertado. Parte de mim se sente muito mal de deixá-lo aqui, mas outra parte – a que sabe como é fácil perder *tudo* o que conquistei com meu esforço se não me concentrar – fortalece minha determinação. Com um pouco de sorte, o Sr. Craque vai se recompor e se mandar daqui.

Faço uma pausa no portão e, mordendo o lábio, olho para trás, na direção dele.

– Consegue ir embora numa boa? Tá tudo bem agora?

Ele assente devagar, mal abrindo os olhos, e faz um joinha rápido. Pega os patins numa mão e segura o corrimão com a outra, se apoiando com força ali antes de deslizar a mão para a parede e subir a rampa até a saída.

Após o som da porta sendo fechada, me concentro de novo e conecto meu celular na caixa de som portátil que meu treinador me deu para que eu possa treinar a coreografia curta da programação antes do início do meu turno.

Ou, pelo menos, tento me concentrar. Porque, não importa quão alta esteja a música ou quantas vezes eu caia enquanto executo – e erro – um salto triplo, nada consegue tirar da minha cabeça o jogador de hóquei de olhos tristes.

Quando passo pela porta, uma rajada de ar quente do interior do centro esportivo atinge minha pele rosada, então estaco ao ver o jogador de hóquei que imaginei que já teria ido embora faz tempo.

É como se ele mal tivesse conseguido sair do rinque. Está sentado com as costas apoiadas na parede sob a janela, os olhos fechados e a cabeça inclinada para trás. Ele engole em seco antes de abrir os olhos e me encarar.

Eu deveria perguntar se ele está bem, mas a única coisa que sai dos meus lábios é uma fala ríspida:

– Você tava me vendo patinar?

Não é uma pergunta, mas uma acusação.

Seus olhos castanhos estão menos vidrados agora, mas a pele ainda está pálida, como se o pânico estivesse levando muito tempo para se dissipar. Ele balança a cabeça e um sorriso minúsculo faz seus lábios se curvarem.

– Não, mas bem que queria – diz ele, reprimindo uma risada, parecendo um pouco atordoado e desgrenhado. – Tô imaginando você patinando como o Liam, já que é a minha única referência.

Não há como impedir o sorriso que abro: por mais que Liam adore "jogar hóquei", ele mal consegue se manter em pé.

– Bem, considerando que usei meu tempo de aquecimento ajudando um jogador de hóquei, não acho que sua imaginação esteja muito longe da realidade.

A intenção é falar isso em tom de brincadeira, mas, ao ouvir em voz alta, soa como uma bronca. Pior ainda é perceber Rhys quase se encolhendo enquanto absorve o que acabei de dizer.

Caramba, foi tão ruim assim? Ter as coisas sob controle nunca foi minha especialidade, nem a autopreservação. Sentir muitas coisas de uma só vez até estourar é muito mais minha praia.

Eu me sento para desamarrar os patins e puxo a mochila para mais perto.

– Não sei o que tem de errado comigo – diz ele, rindo.

– Acho que você caiu por causa do que pareceu uma crise de pânico bem séria – sugiro. – Isso já aconteceu antes?

– Tô legal – responde ele, ignorando minha pergunta.

Enrijeço a coluna. Estou pronta para brigar com ele de novo se necessário.

– Se isso *já aconteceu*, então foi muita burrice sua ficar lá no rinque sem ninguém por perto.

Espero um momento, mas ele não diz nada. Por fim, pergunto:

– O que você ainda tá fazendo aqui?

– Tentando tomar coragem pra dirigir até em casa. – Ele ri e estremece ao mesmo tempo. – Se você puder, pega as minhas chaves.

Ele se levanta, oscilante, e tomba de novo contra a porta de vidro.

– É, você definitivamente não vai dirigir, craque.

– O que você tá fazendo aqui? – pergunta ele, mas não tem nenhuma alfinetada em seu tom, apenas uma leve curiosidade. – Meu... Me disseram que ninguém estaria aqui tão cedo.

Tecnicamente, ninguém tem permissão para estar.

– Não sei do que você tá falando, porque eu não tava aqui de manhã. Assim como *você*, craque, não teve um ataque de pânico que quase te fez desmaiar sozinho no gelo.

Ele faz uma careta, mas assente, caminhando com cuidado, a bolsa esportiva pendurada no ombro esquerdo e a mão direita apoiada quase dolorosamente no meu ombro.

– *Ninguém* esteve aqui tão cedo – admito, com um sorrisinho agradável nos lábios. – Que é a única razão pela qual vou te ajudar a chegar ao meu carro e te levar aonde você precisa ir.

– Posso dirigir, de verdade. Só preciso ficar sentado no carro por um tempo.

Não quero que ele dirija, mas sei que a qualquer momento o treinador Kelley e o resto da equipe de verão vão começar a chegar e não posso... *Meu Deus*, se eu tiver mais faltas este ano...

Chega.

Balanço a cabeça e me endireito. Pensar desse jeito só vai me levar a uma crise de choro no carro e a desperdiçar meu tempo no gelo patinando rápido demais e executando saltos descoordenados.

Este ano não vai ser como o anterior. Este ano vai ser melhor.

– Tudo bem, se você se garante.

Rhys assente de novo e parece tentar dar um sorriso charmoso e brincalhão.

Atravessamos as portas do centro esportivo para a manhã fria. Meu Jeep Cherokee caindo aos pedaços parece quase ridículo ao lado do seu elegante BMW preto, mas seguro a língua e consigo evitar o comentário sarcástico.

Assim que ele se apoia na porta do lado do motorista, eu o solto, então junto as mãos e fico balançando para a frente e para trás nos calcanhares.

– Obrigado – diz ele, olhando para mim com a mesma intensidade abrasadora e irritante. Parece menos vulnerável agora, quase cansado, mas forçando algum tipo de máscara de carisma. – De verdade, eu agr...

– Deixa quieto. – Ergo as mãos para detê-lo antes que ele consiga me irritar mais. – Eu não estava aqui e você também não. Não se preocupa, craque.

Ele franze a testa, a mesma tristeza de antes se insinuando em seus olhos, e, por um momento, detesto isso. Cada palavra que sai da minha boca está infectada com deboche. Consigo ouvir todas elas, mas não consigo parar.

Espero que ele me esculache ou tente me afugentar, mas ele parece cansado.

– Tá bem. Bom... Tenho certeza de que vou te ver por aí.

Um pouco daquela vulnerabilidade retorna ao seu rosto enquanto ele suspira e destranca o BMW para entrar. A expressão dele diz tudo, e, quanto mais a encaro, mais meu estômago se agita, quase como se eu fosse vomitar, então me viro para dissipar a névoa da minha mente e ir depressa em direção às portas.

E, por mais que eu queira olhar de novo para ele antes de entrar, mantenho minha cabeça no lugar. O desejo de provocá-lo e de beijá-lo para espantar seu desespero é muito grande, e isso só acabaria mal para mim.

– Não se eu te vir primeiro – murmuro bem baixinho.

Faço uma pequena promessa para mim mesma de ficar longe do cara de olhos tristes – antes que eu tente curá-lo.

CAPÍTULO TRÊS

Rhys

Desde o acidente, acordar encharcado de suor se tornou minha rotina, então não é nenhuma surpresa quando me viro e sinto o lençol gelado e ensopado sob mim. O que *de fato* é surpresa, porém, é a voz suave da minha mãe me tirando de mais um pesadelo, e não o meu alarme.

– Saco – murmuro, piscando em meio à mancha turva de umidade nos olhos.

Minha mãe está se inclinando sobre mim, a mão roçando o lado do rosto que virei na direção da voz dela.

– Você tá dormindo de bruços de novo – diz ela, mantendo a voz suave como tem feito nos últimos meses. Isso deixa meu peito muito apertado, porque não é o jeito dela. Minha mãe é barulhenta e invasiva. Esse verão e meus fantasmas a transformaram... nisso. – Você me deu um baita susto.

Droga.

Fecho os olhos um pouco mais forte, com medo do olhar que sei que está estampado no rosto dela. Enquanto meu pai é mais parecido comigo, minha mãe é toda sentimental, sem nenhuma casca grossa.

Ela sempre foi meu colo macio enquanto eu crescia. Caramba, até o Bennett a deixava cuidar de cada arranhão e remediar cada partida perdida com um sorriso orgulhoso e um beijo no topo da cabeça, enquanto ela exibia os números das nossas camisas pintados nas bochechas. Agora, principalmente nos últimos três meses, ela tem sido quase esmagadora em seus cuidados comigo. Quase a ponto de eu ser capaz de jurar que meu pai estava prestes a retornar para a NHL e ser mandado de volta às quadras só para recuperar a atenção apaixonada dela.

– Te acordei?

Ela sorri com carinho. Está usando uma calça de moletom que se arrasta no piso de madeira e uma das velhas camisas puídas da equipe de Winnipeg do meu pai. Impulsiono o corpo com o cotovelo e me viro para pegar o copo d'água que ela me oferece.

– Não, seu pai tá ficando resfriado, então ele tá roncando feito uma locomotiva. – Abro um meio sorriso e vejo o sorriso real e verdadeiro dela aparecer. – Você tá bem, Rhys?

Se fosse meu pai perguntando, eu não hesitaria em mentir, mas minha mãe tem um jeito de extrair a verdade de mim, não importa quanto eu tente enterrá-la.

– Tô tentando ficar.

Ela assente, sentada na beira da minha cama.

– As aulas vão voltar logo, logo. Você vai ficar aqui este semestre?

– Não – respondo, agradecido por ela me dar liberdade para que eu possa me distrair. – Vou voltar pra faculdade mês que vem. – E estou com mais medo dessa conversa com Bennett do que do meu primeiro treino no retorno. – Preciso voltar à minha rotina.

Embora não seja mentira, poderia muito bem ser. Voltar à rotina não vai ajudar – nada vai.

A não ser um par de olhos acinzentados e um sorriso sedutor.

Esse pensamento é como um tiro na barriga. Tenho que fechar os punhos na colcha para controlar a reação rápida.

Meu Deus, Bennett vai ter que me amarrar na droga da cama para me impedir de ir atrás desse vício em particular. Posso sentir o zumbido do meu sangue só de pensar nela, o calor imediato que a voz, o cheiro e o rosto dela proporcionam.

Qualquer controle que eu tivesse antes daquele jogo há três meses se foi; talvez um pedaço de mim tenha morrido naquela noite. Nada do que me resta parece valer e ainda estou andando na corda bamba, a ponto de desistir.

A culpa ameaça surgir entre meus pensamentos a mil, tão obscuros e cheios de ódio que me atormentam enquanto minha mãe fica ali sentada, tentando desesperadamente irradiar sua luz para mim. Não consigo dizer a ela que não sinto nada.

Você sentiu algo com a Sadie.

Um sorriso sorrateiro se abre no rosto da minha mãe e ela esfrega as mãos.

– Quer fazer biscoitos com cobertura de chocolate?

– Que horas são?

– Quatro, mas e daí?

– Você sabe que vai acordar o pai assim que ele ouvir o barulhinho de uma tigela batendo – aviso, mas já estou afastando os lençóis e procurando roupas limpas para me trocar.

– Bem feito pra ele, aquele *mudak*.

Ergo as sobrancelhas e espero que a piada faça o riso despontar do meu peito do jeito que minha mãe sempre foi capaz de fazer. No entanto, nada acontece. Tento afastar o ódio que sinto de mim mesmo. Dou de ombros e me viro para ir ao banheiro.

– Seu russo está melhor – digo depressa –, mas duvido que seja pra isso que o pai queria que você aprendesse.

– Pra me xingar? – A voz estrondosa do meu pai está áspera por conta do sono. Ele entra no meu quarto sem camisa, usando apenas a calça do pijama. – Não, é por isso mesmo que eu queria que ela aprendesse, minha *rybochka*zinha.

Tensiono os ombros até eles chegarem à altura dos ouvidos, então cerro os punhos e respiro fundo, arfando. Só consigo imaginar que tipo de tratamento aquela psicóloga esportiva cara me recomendaria se eu dissesse que até mesmo a voz do meu pai está se tornando um gatilho para mim.

– O que vocês dois estão fazendo? – Ele fica atrás de onde minha mãe está sentada, então coloca as mãos nos ombros dela e aperta. Depois, toca o cabelo louro-avermelhado dela e puxa de leve o rabo de cavalo frouxo. – Você tá incomodando meu filho?

Meu filho.

Tento me forçar a respirar de novo, bem devagar, relaxando os punhos. Porque minha mãe fala muito, mas, quando se trata do marido, não faz nada, apenas sorri para ele e assente.

– Aham. Tô morrendo de vontade de comer uns biscoitos com cobertura de chocolate.

Ela não diz uma palavra sobre o que nós dois sabemos. Que meu pai não ronca. Que o sono dela ficou leve desde que me encontrou quase sufocado por causa de um ataque de pânico durante o sono meses atrás. Que ela acordou esta noite com sons de gritos abafados e provavelmente quase teve um piripaque quando percebeu que eu estava de bruços de novo.

Meu pai franze o nariz, porque, por mais que ele adore qualquer coisa que minha mãe prepare e fosse ficar feliz de comer carne crua se ela servisse, a verdade é que ele *detesta* cobertura de chocolate com todas as suas forças.

– Bem, o que a gente ainda tá fazendo aqui? Demora uma hora só pra preaquecer o forno.

Os dois ficam de pé e começam a ir em direção à porta, mas fazem uma pausa e esperam por mim. Toda sorridente e apaixonada, minha mãe tenta esconder a preocupação se jogando preguiçosamente nos braços do meu pai.

Mas os olhos dele são implacáveis enquanto analisam todos os meus músculos, vendo demais e, ao mesmo tempo, sem enxergar nada. Será que ele vê um estranho em vez de alguém igual a ele, como um dia viu?

– Só preciso tomar um banho e já vou descer – digo, fechando os olhos e depois a porta antes que eu ouça mais alguma coisa, desesperado por um tempo para poder ficar vazio, sem a pressão de fingir o contrário.

Vasculhar meu interior em busca de qualquer sentimento, até mesmo dor, claramente se tornou uma espécie de passatempo meu, porque me encontro no rinque às cinco da manhã dois dias depois. Ainda mais cedo do que minha última visita.

Sigo as instruções do meu pai de novo: ligo as luzes do teto e dou um bom-dia rápido ao gerente do turno da noite, grato pelo status de celebridade de Max Koteskiy me dar acesso ao gelo escorregadio e fresco e a um rinque vazio.

Faço meus aquecimentos fora do gelo com facilidade, me alongando devagar para liberar toda a tensão da noite de sono horrorosa que tive.

Mas, uma vez que estou sentado no vestiário vazio, basta uma onda de tontura para atrapalhar meu foco por completo. Minha visão fica embaçada e minhas mãos tentam agarrar o nada enquanto solto os cadarços que estavam quase enrolados nos meus dedos. Tento conter o pânico crescente: me inclino para a frente e coloco a cabeça entre os joelhos, pressionando os antebraços nas coxas para me manter um pouco ereto. Um arrepio percorre minha espinha enquanto luto contra o aperto no peito, o medo aumentando quando pisco de novo, os olhos turvos.

Fecho os olhos.

– Isso é patético. Para com isso.

Mas falar isso em voz alta não abafa o som do meu próprio grito repetindo *"Não consigo ver!"* feito um disco arranhado dentro da minha cabeça. Minhas mãos se erguem e seguram a cabeça enquanto a batida ali dentro chega a um volume nauseante de tão alto e meus olhos não se abrem porque estou com muito medo de que *não funcionem*.

– Se controla, caramba.

Enfio os dedos no cabelo, resistindo ao desejo de me dar um tapa no rosto.

– A gente tem que parar de se encontrar desse jeito, craque.

Merda.

Até a voz rouca dela é suficiente para me puxar de volta.

Eu levanto a cabeça aos poucos, tentando me recompor o suficiente para botar um sorriso no rosto pálido.

Sem pensar, abro os olhos, piscando depressa para dissipar a névoa. Ainda assim, eu a vejo muito bem. Seu rosto está calmo, a testa relaxada, e a boca abre um sorrisinho meigo, a imagem perfeita de alguém totalmente à vontade e sossegada. A não ser pela ruguinha entre as sobrancelhas e a preocupação em seus olhos acinzentados tão profundos que eu poderia mergulhar neles.

– Foi mal, eu… – falo, a voz esganiçada.

Minha respiração já começou a se acalmar à medida que me distraio com a maneira como Sadie caminha pelo vestiário à vontade, largando a bolsa em um canto, perto de um dos bancos compridos.

– Quer que eu faça respiração boca a boca em você?

A paquera de brincadeira é tão repentina que funciona como um choque de água gelada no meu sistema nervoso. Tudo se acalma, minha mente se afasta dos meus patins calçados pela metade e se concentra só nela.

As pernas musculosas de Sadie estão envoltas em um tecido preto liso e ela usa uma camisa de manga comprida esportiva da faculdade bem apertada na parte de cima. O cabelo está solto hoje, cheio e liso, a franja escapando da orelha, e meus punhos se fecham para me impedir de estender a mão e colocar as mechas para trás. Em vez disso, tento me concentrar nas sardas debaixo do olho dela.

– V-você tá dando em cima de mim?

As palavras escapam depressa, minha voz soando nem de longe a de sempre, ainda ofegante e fraca. Quase quero retirar o que acabei de dizer, porque sou uma casca oca de nada e ela é tão *cheia* de sentimentos.

– Eu? Dando em cima do jogador de hóquei gostoso que continua dando as caras na minha área? – Sadie sorri para mim, puxando um dos fones de ouvido da orelha, o fio pendurado na mão. – Seria burra se não desse.

Ela é tão direta, seja quando está com raiva ou quando quer jogar charme, tão franca, e de um jeito tão brutal frente à minha fraqueza, que algo em mim se acalma.

Ou coloca todos os neurônios que me restam em um frenesi absoluto, o que talvez explique por que de repente deixo escapar:

– Quer resolver isso, então?

É mais uma provocação do que uma cantada. O antigo eu *nunca* diria algo tão ousado. A minha versão antiga, o capitão controlado dentro e fora do rinque, seguia uma regra rígida de três encontros antes de qualquer conexão, o que já era uma raridade. Eu não queria distrações, só o hóquei.

Até que o hóquei decidiu que não me queria.

Talvez eu queira uma distração do que o hóquei se tornou na minha cabeça, de quanto eu odeio isso.

Sadie cantarola, um som que é sarcástico e bonitinho ao mesmo tempo, seu corpo deslizando até mim.

– Coloca isso.

Pego o fone de ouvido de sua mão, encostando de leve na pele dela com os nós dos dedos e deixando a sensação da proximidade revestir meus músculos esticados e tensos. Os fones de ouvido são velhos e o fio que conecta os dois lados fica pendurado entre a gente enquanto ela se senta perto de mim no banco.

Desesperado, afasto as pernas até que minhas calças de moletom pressionem de leve a perna dela, coberta pela legging. Ela não se afasta, apenas me observa pacientemente enquanto enfio o fone de ouvido na orelha esquerda.

Há uma calmaria silenciosa na música: suave e repetitiva o suficiente para abafar o amontoado do velho pânico que toma conta do meu cérebro. Como se o som vindo do fone na minha orelha esquerda fosse suficiente para sobrepor todo o resto.

A não ser pelo calor dela ao meu lado. De alguma forma, isso é maior.

CAPÍTULO QUATRO

Sadie

É doloroso vê-lo desse jeito.

Já vivenciei ataques de pânico antes, mas os piores não foram os meus – foram os do Oliver. Eu mal conseguia ajudar meu irmão a se mexer sem a medicação. Agora, os ataques são poucos e espaçados, mas ver Rhys em posição fetal, tentando respirar e não conseguindo recuperar o fôlego, traz de volta lembranças de mim colocando um saco de ervilhas congeladas no peito do meu irmão para ele se acalmar.

Só que não tenho um saco de ervilhas congeladas agora.

– Isso tá ajudando? – pergunto enquanto o dedilhado suave de José González ecoa em nossos ouvidos.

Rhys assente, seus olhos trêmulos me acompanhando num padrão curto: olhos, boca, minha mão segurando a dele.

Olhos. Boca. Mãos.

– Você tá ajudando – dispara ele, as bochechas vermelhas de vergonha ou esforço.

Aceno com a cabeça.

– Beleza.

– Beleza.

A gente se senta como se nossos movimentos estivessem sincronizados, conectados pelo fio do fone de ouvido.

À medida que a música toca ele desacelera a respiração e eu, o coração. Perco a noção de quanto tempo faz que estamos aqui.

– A música me ajuda – digo.

E a Oliver também – embora eu não acrescente isso, mesmo que esteja me lembrando de quando enfiei os fones nas orelhas do meu irmão enquanto o diretor dele e eu discutíamos sobre seu comportamento "impróprio" na escola e a "falta de presença parental" fora dela.

Sinto cócegas e olho para baixo. A mão de Rhys brinca de forma distraída e quase íntima com meus dedos.

Eu me levanto e dou um passo para trás.

– Você patinou? – pergunto, de repente desesperada para preencher o silêncio carregado de tensão entre nós.

Ele sorri daquele jeito triste e sonolento e, aos poucos, volta a se controlar.

– Nem cheguei a pisar no gelo.

– Quer patinar comigo?

– Isso foi uma cantada – fala ele e, dessa vez, o sorriso é presunçoso. – Agora *tenho certeza* de que você tá dando em cima de mim.

– Não tô, não.

– Então tá, Sadie – diz ele, com uma bufada.

– Só tô propondo… – *O que estou propondo?* Os sorrisos e as provocações dele me deixam tonta. – Que a gente divida o rinque.

– Tá bem. – Ele assente e fica de pé. Em cima dos patins, agora com cadarços amarrados, a ex-bola de ansiedade vira uma torre em forma de homem. – Com a sua música.

– Como é que é?

– Eu quero a sua música. É boa. Acho que ajuda a me concentrar.

Algo nas palavras dele me faz querer abraçá-lo, causa uma leve queimação atrás dos meus olhos.

– Beleza – concordo.

Ao ver Rhys vindo na minha direção, percebo que talvez não tenha sido tão furtiva quanto pensei ao tentar escapar do rinque enquanto ele estava de costas.

Por um momento, penso em puxar a cobertura de metal da janela pela qual atendo os clientes e gritar "Já fechamos!" quando ele chegar perto. Infelizmente, isso significaria esmagar os dedos de uma mãe inocente que parece prestes a dormir em cima do balcão na hora em que entrego o café dela.

– Obrigada – responde a mulher, que pega também dois copos de chocolate quente e leva embora dois jogadorezinhos de hóquei hiperativos.

– Não sabia que você trabalhava aqui também – diz Rhys.

Sorri e corre a mão pelos cabelos um pouco molhados, como se ele tivesse mergulhado a cabeça debaixo da pia depois de terminar o treino matinal. Algumas mechas caem em seu rosto, curtas demais para contornarem as orelhas.

Cerro os punhos, porque uma parte estúpida do meu cérebro quer ajeitar esse cabelo.

– É por isso que tenho a chave – respondo, dando de ombros.

Não é por isso que tenho a chave, nem de longe. Não acho que um trabalho geralmente feito por estudantes do ensino médio garanta a ninguém a chave do centro esportivo. Só tenho a chave porque isso faz parte do meu acordo de verão com o treinador Kelley. Ele não fica na minha cola nem me arrasta pelo país quando meus irmãos não têm aulas, mas eu preciso praticar no rinque comunitário e enviar imagens atualizadas dos meus treinos pra ele toda semana.

– Me vê um café?

Sorrio, mas o calor sobe pelo meu corpo.

– Acabou.

– Acabou o café às sete e meia da manhã?

– Infelizmente – digo, misturando creme no copo à minha frente.

– Não sobrou nem um pouquinho pro seu cliente favorito?

Ele sorri e isso me faz parar. Duas covinhas surgem em suas bochechas esculpidas, combinando entre si, e um pouquinho de luz emana dos olhos castanhos geralmente tristes. Quero morar naquele sorriso como uma flor se banhando ao sol.

– Rhys, você não tá nem no meu top dez. Além disso, duvido muito que seu tipinho de escola particular já tenha comprado alguma coisa em um quiosque num centro esportivo público.

A mão dele bate no peito como se o que eu tivesse acabado de dizer fosse muito ofensivo.

– Pois pode me considerar um cliente com cartão de fidelidade do quiosque agora.

– Bom, nesse caso...

Encho um copo de isopor até a metade e o entrego a Rhys.

– Quanto te devo?

Os olhos dele brilham para mim.

– Uma pausa em sua presença contínua no meu local de trabalho.

– Esse é um preço alto.

– Eu não saio barato.

Ele toma um gole do café preto e solta um palavrão.

– Extraforte – digo e tomo um gole do meu.

Rhys balança a cabeça.

– Esse café é uma porcaria.

– Total – concordo.

– Acho que acabei de levar um golpe.

Não consigo deixar de sorrir.

– Dar um golpe no meu cliente favorito? Eu nunca faria uma coisa dessas.

Ele solta uma risada, linda e tingida com a vulnerabilidade infantil de um garoto conversando com sua paixonite da escola. Isso me dá vontade de me arrumar e jogar charme para ele, o que me irrita, porque percebo que a presença dele me transforma numa molenga.

– Favorito, é?

Dou de ombros.

– Você dá a melhor gorjeta.

Ele ri de novo e saca uma nota alta, que desliza para mim. Então se inclina na minha direção apoiado nos cotovelos.

– É, acho que dou.

Seria fácil beijá-lo. O cara é um perigo para meus limites pessoais e minha saúde.

– Como já falei, eu não saio barato.

A boca de Rhys se abre por um segundo. Aí se fecha, e ele se afasta do balcão, a coluna ereta.

– Desculpa... Eu... Ah, até mais.

Ele vai embora tão rápido que me dá torcicolo só de tentar vê-lo partir. Olho em volta por um momento, as bochechas esquentando ao pensar em como ficamos próximos quando me inclinei na direção dele. Meus olhos recaem num homem alto, bonito e de meia-idade e em um grupo de jogadores vestidos com camisetas e bonés do time de hóquei da Waterfell, e meu rosto fica vermelho quando vejo o que aconteceu.

Sou boa o suficiente para uma paquerinha matinal rápida, mas uma vergonha na frente dos amigos dele.

Esquece esse cara.

As palavras "Rhys time de hóquei Waterfell" estão na barra de pesquisa do meu navegador. O cursor pisca, esperando que eu tome uma decisão. Dou uma olhada ao redor do interior vazio do Refúgio do Café e deixo o cursor pairar sobre o nome dele.

– O que é isso? – Ro aparece bem do meu lado.

– Meu Deus do céu, Ro! – exclamo, com a mão no peito para conter o coração acelerado. – A gente precisa arrumar um guizo pra você.

Ela ri, puxa um pirulito de cereja – meu favorito – do avental e me entrega.

– Eu não precisaria de um se você não estivesse tão distraída por causa desse… – Ela se inclina na minha frente, os braços compridos, e dá uma batida no ENTER. – Rhys Maximillian Koteskiy. Nossa, é um nome e tanto.

Só consigo assentir. Minha língua grudou no céu da boca quando a foto dele surgiu na tela.

Rhys Maximillian Koteskiy: 1,90 metro. 95 quilos. Capitão. Destro.

– Você tá com cara de quem quer devorar o sujeito.

– Só tô pensando em por que alguém seria desagradável a ponto de escrever "Rhys" em vez de "Reece". Minha nossa, tem como ser mais clichê? – Meu dedo toca na tela, logo abaixo das estatísticas dele, na imagem onde se vê ao fundo a escola particular sobre a qual fiz piada mais cedo. – Colégio Berkshire? É uma escola particular pra jogadores de hóquei, Ro. E olha, o pai dele está no hall da fama da NHL. Rhys foi criado como um menininho de ouro perfeito.

São palavras pesadas, mas eu as coloco para fora mesmo assim, ignorando a lembrança de Rhys ofegante e aterrorizado, caído no gelo. A imagem que tenho dele corado e em pânico por não conseguir respirar contrasta totalmente com a foto na tela.

Ele parece mais jovem na imagem, vestido com um moletom de hóquei azul-marinho com o lobo da Universidade Waterfell uivando em seu peito, uma aparência exuberante e um sorriso destinado a ser exibido diante do mundo. Covinhas. Cabelo mais curto, bem-cuidado, e olhos límpidos.

– Sadie?

Balanço a cabeça e fecho o site o mais rápido possível antes de olhar para Ro.

Ela é linda, e não só por causa da aparência atlética e dos cachos desordenados que, de algum jeito, sempre parecem perfeitamente estilosos de mil maneiras novas e diferentes. É algo mais profundo, como se o sol irradiasse de dentro de sua pele brilhante e bronzeada, partindo dela e cobrindo tudo o que ela visse.

– Eu?

– Vai me contar por que tá buscando o cara na internet?

– Porque eu não sabia quem era e ele anda… me incomodando ultimamente.

– A gente vai chegar nessa parte, mas que tal começar por esta aqui: como é que *pode* você estudar na Waterfell e *não* saber quem ele é? Até eu sei, e olha que nunca fui ver uma partida.

Tento não revirar os olhos porque, embora seja verdade que Ro nunca tenha ido a um jogo, ela é mais atenta do que eu. Ela fica na dela, mas sempre escuta e observa tudo.

– Você vai naquele estádio o tempo todo, onde tenho certeza de que há bonecos dele de papelão em tamanho real enfileirados nos túneis e corredores, isso se os pôsteres gigantescos do rosto dele no campus passarem batidos.

Meu Deus, onde minha cabeça andou no semestre passado?

Pois é. Consigo ouvir a voz do treinador Kelley invadindo meus pensamentos, me dizendo direitinho quão ausente eu andava, quanto minhas duas coreografias foram decepcionantes nas finais.

– Acho que eu não tinha reparado – respondo sem entusiasmo, porque não vou entrar nesse assunto.

Vou ser melhor este ano: para a minha equipe, para o Oliver e o Liam – mas não vou mais falar sobre o ano passado.

Ro está com aquele olhar nesse momento, arqueando as sobrancelhas perfeitas sobre os olhos verdes cintilantes e franzindo os lábios. Ela veste todas as emoções no rosto, e *esse* é o traje de preocupação dela.

– Bem, então você disse que ele anda te incomodando – lembra ela, deixando no ar o que quer que fosse dizer e indo pegar as canecas multicoloridas que estavam de molho na pia.

Pego o pano de prato da mão estendida dela e a ajudo a secar.

– Vai me contar o que tá rolando? – insiste ela.

– É que topei com ele algumas vezes nos meus treinos de manhã. Ele tem o hábito de chegar antes do meu aquecimento.

Dou de ombros de novo, me sentindo ridícula quando me viro para ela. O gritinho de Ro é imediato e tenho vontade de tapar a boca dela, apesar de o café estar fechado e vazio. Mas o olhar penetrante que lanço parece ser suficiente para ela se acalmar.

– Que fofo – responde ela, balançando bastante a cabeça em concordância enquanto retoma a tarefa com uma caneca em formato de girassol feita em casa que está perdendo a cor. – Quer dizer, o garoto do hóquei e a patinadora art…

– Não – disparo, interrompendo Ro e metendo a mão para drenar a água da pia enorme. – Para com essa história. Você não pode sair por aí vendo romance em tudo! Quantas vezes a gente vai ter que conversar sobre isso?

Ela me olha como se eu tivesse chutado um cachorrinho, mas Ro é uma romântica incurável e é minha amiga há três anos – minha única amiga, na verdade. Não importa com quantos caras ela me veja indo para o banheiro ou saindo de fininho do nosso dormitório de manhã, continua convencida de que minha história de amor ainda vai acontecer.

– Entendeu? – pergunto, enquanto lavo as mãos.

Ela assente de um jeito quase agressivo e chega para o lado a fim de tirar o avental e me dar espaço. Ro espera só um minuto até eu colocar meu avental no armarinho ao lado do dela e pegar minha mochila, aí desembucha:

– Então, a gente pode ver um jogo de hóquei?

Dessa vez, não consigo deixar de sorrir e revirar os olhos de leve. Mas a gargalhada que me escapa e a sensação do braço dela passando por cima do meu ombro enquanto saímos juntas, rindo de alguma piada interna, fazem com que eu me sinta bem e normal. Como uma estudante universitária comum de 21 anos, mesmo que só por um instante.

CAPÍTULO CINCO

Rhys

– Não.

– Rhys – chama meu pai, e o som de sua voz me faz segurar no balcão de mármore com tanta força que os nós dos meus dedos ficam brancos. – Por favor. Eu vou com você. Não patinamos juntos desde... – Ele deixa a frase morrer e passa a mão pelos cabelos grisalhos.

– Tô sabendo. – Mas me arrependo assim que respondo. – Sei que você quer ver como eu tô e como tô patinando, mas preciso fazer isso sozinho.

Vejo uma vulnerabilidade em meu pai por um instante. Ele assente e se vira para a máquina de café expresso para realizar sua tarefa em silêncio, quase mal-humorado.

– Outro café já? – pergunto, tentando aliviar a tensão que mantém meus pés grudados no piso da cozinha.

– É pra sua mãe.

Ele sorri e prepara sem pressa um *latte* excessivamente complicado, finalizando com algum tipo de arte com espuma de leite. Mal ele termina e minha mãe chega de mansinho no cômodo. Está usando um roupão felpudo com desenhos de frutinhas e vegetais e colocou os óculos de armação grossa no topo da cabeça, emaranhados nos cabelos.

– Bom dia – cumprimento, recebendo um sorriso feliz enquanto ela se acomoda no banquinho ao lado de onde estou de pé.

– Dormiu bem? – pergunta ela, bocejando e tentando soar casual, apesar da óbvia investigação oculta na pergunta.

– Dormi.

Não é mentira. Tive uma noite inteira de descanso, algo raro, e estou tentando me convencer que não teve nada a ver com meus pensamentos a respeito de certa patinadora artística.

– Que bom.

Minha mãe sorri. Meu pai fica atrás dela. Ele coloca a xícara fumegante na frente da esposa e beija o topo da cabeça dela, depois massageia seus ombros.

– Qual é o desenho que tem hoje? – pergunto, me inclinando para observar a arte da espuma do *latte*.

– Acho que é… uma flor?

Meu pai franze a testa.

– Era para ser um coração.

– Parece uma mancha enorme em forma de cogumelo – diz minha mãe, num tom afetuoso.

Dou risada, uma de verdade, que faz meus pais me olharem com surpresa. A culpa afasta o sentimento bom quase no mesmo instante. Será que ando tão oco assim, até com eles?

– Tô atrasado – digo, dando um pulo e pegando minha bolsa esportiva ao lado da porta.

– Pra chegar num rinque vazio? – Minha mãe dá um sorrisinho.

– Eu… Hum, é.

Sem me preocupar em explicar, pego minhas chaves e vou para a garagem.

Meio que espero que o rinque esteja vazio quando chego – que Sadie não passe de uma invenção da minha cabeça, imaginada para que eu não me sinta tão sozinho em meio à minha ansiedade e ao meu vazio.

O que vejo no gelo só parece reforçar essa suspeita.

Ela patina com a mesma energia de que eu me lembrava, cheia de paixão. É como assistir a uma chama viva no gelo. Nenhum de seus movimentos parece muito fluido – ela é toda enérgica em meio aos movimentos de dança delicados, como uma mistura de ginasta poderosa e bailarina elegante –, mas dá certo.

A música vem de uma caixinha de som com bluetooth no canto, uma batida pesada e alta, que não é bem o que eu imaginaria para ela. O celular dela está virado para cima no banco, então aperto o botão da lateral, fazendo a tela ligar, apenas para que eu possa ver o título da música – "Run Boy Run". Tento não ler nada além disso, mas, quando vejo uma mensagem de NÃO ATENDER, não consigo evitar.

Por favor, Sadie, eu preciso d...

O resto da mensagem não está visível. Algo se agita no meu estômago e fico nauseado ao pensar nas implicações intermináveis. Vendo-a deslizar no gelo, não consigo superar o desejo avassalador de trancar a gente neste rinque desocupado e silencioso para sempre, sem nunca ter que enfrentar nada fora dele.

Estou sendo psicótico. Acho que quase morrer no gelo não eliminou meu jeito controlador.

Sadie está patinando rápido, virando-se e se inclinando como se preparasse um salto. Ela tira os pés do gelo e faz três giros no ar, então cai de bunda, com força, e vai deslizando em direção à curva das placas no canto.

Antes que eu dê por mim, estou ultrapassando as placas e patinando na direção dela, até que paro de repente, numa estranha situação inversa à do primeiro dia em que ela me salvou, só que ainda sou eu quem está em pânico.

– Sadie?

Minha voz parece oca e minhas mãos, dormentes.

Ela olha para mim, piscando, e se ergue um pouco.

– Ei, craque.

O alívio ressoa pelo meu corpo tão depressa que quase me junto a ela, estatelado no gelo.

– Foi um tombo bem feio. Você tá legal?

– Na boa, foi o que *menos* doeu esta manhã.

Ela dá um sorrisinho, uma curva suave dos lábios que faz algo dentro de mim se agitar e minha nuca ficar quente.

E *não consigo* evitar tocá-la. Seguro seus braços e a levanto suavemente até que seus pés fiquem firmes.

Há preocupação misturada com um leve divertimento em seu rosto, como se agora ela estivesse mais preocupada *comigo*. Aquele pontinho entre as sobrancelhas aparece, contrastando com seu belo sorriso malicioso.

– Você tava me assistindo?

– Talvez.

– Sempre vê meus piores momentos – resmunga ela, patinando devagar.

Tento não ofegar como um cachorrinho atrás dela.

– É justo – acrescento. – Considerando que hoje pode ser o único dia em que você não vai tirar o meu traseiro grande do gelo.

– Já vi maiores.

Tudo em mim se anima com a troca rápida de palavras, a leve paquera. Cada pedacinho da minha apatia de sempre começa a desaparecer com a promessa *dela*.

– Ah, é? Uma garota bunduda?

Ela para e sorri.

– Não exatamente. Mas já ouvi falar muito sobre jogadores de hóquei com *um baita de um...*

Cubro sua boca com a mão e, no movimento, nós dois vamos um pouco em direção às placas. Ela é uma coisinha pequena e, mesmo em cima dos patins, não ganha vantagem nenhuma, já que também estou com os meus. Pequena, mas não delicada, e bem em forma, de modo que percebo isso com facilidade através do tecido preto apertado que cobre seu corpo musculoso.

Ela ri contra a minha mão, os olhos acinzentados enrugados de divertimento com o efeito de sua provocação.

– Já botou pra fora o que queria?

Ela assente, mas espero mais um pouco, louco pela sensação dela junto a mim. Quero agarrar essa garota, fazer carinho nela e tocar cada centímetro do seu corpo. Só que não deveria... Sadie é minha *amiga*, talvez nem isso. Mas estou na órbita dela agora e ela está se tornando meu maldito centro de gravidade. Quer perceba ou não.

– E você? – pergunta ela.

– Eu o quê?

– Vai me contar por que tô sempre tirando seu belo traseirão do gelo? Dou um sorrisinho.

– Então você *tem* olhado minha bunda.

Ela não fala nada, um meio sorriso ainda no rosto, mas está na cara que também me avalia. Está preocupada comigo *de novo*. Um nó começa a se formar na minha garganta.

De repente, Sadie me empurra, trocando nossas posições e me prendendo contra as placas e o acrílico de uma maneira muito mais suave e sensual do que estou acostumado. O topo da cabeça dela alcança os meus ombros.

– Beleza, craque, vamos fazer um acordo.

Não tem necessidade de acordo: se ela continuar me olhando assim, faço qualquer coisa que ela mandar.

– Eu não pergunto sobre seus problemas, você não pergunta sobre os meus. A gente divide o rinque...

– E a música – acrescento.

– E a música. – Ela ri e meu peito parece mais leve. – Mas é só isso. Nada mais, só... parceiros.

Ela se afasta de mim e dá uma voltinha, mantendo os olhos nos meus.

– Não me procura – acrescento, desesperado, quando ela começa a patinar para o seu lado habitual do gelo.

A sobrancelha de Sadie se enruga e a boca se abre como se fosse me provocar ou perguntar alguma coisa na sequência, mas ela não faz nada isso. A expressão que vê no meu rosto deve ser suficiente.

– Tá bom.

– Acho que entendi! – grita Liam, e cai com tudo de novo enquanto seu taco vai embora, girando, com o disco.

Dou um sorriso e patino para içá-lo e segurar seus braços enquanto ele tenta firmar as lâminas dos patins sob o corpinho.

Voltar a ser voluntário foi ideia da minha mãe, depois de ouvir meu pai pegar no meu pé todo dia de manhã para a gente patinar junto – e depois de ter que distraí-lo toda manhã para que ele não me seguisse.

Pedi encarecidamente que não me fornecessem nenhum detalhe dessa distração. Meus pais sempre foram amorosos o suficiente para me deixar com vontade de vomitar.

Então agora patino com Liam de um jeito meio tenso, tentando desesperadamente ignorar o olhar do meu pai do outro lado do rinque. Ele está ajudando os mais velhos, o que significa que está com Oliver, então acabo olhando os dois.

Oliver é um pouco alto para a idade e, pelo que vi meio de relance na última hora de aula, é talentoso. Bom o suficiente para ser observado pela fileira de treinadores que conversam perto do rinque.

Meu pai, alto e forte, ainda lembra muito a estrela da NHL que era antes de se aposentar, a não ser pelos fios acinzentados espalhados pelo cabelo escuro e as rugas nos cantos dos olhos. Assim como em todas as vezes que esteve comigo no rinque, ele sorri enquanto faz exercícios de rotação em torno de dois cones laranja com os jogadores.

Ajudo Liam a segurar no bolso lateral da minha calça, então tiro minha luva e lhe ofereço a mão.

Uma risada alta irrompe do círculo de crianças que aguardam no espaço de treino, o que me faz notar um grupo de garotos pré-adolescentes cercando Oliver.

– Ah, não – murmura Liam, suspirando como uma mãe exausta por conta de um filho desobediente.

– Que foi? É o Oliver?

Liam assente com a cabeça, erguendo o olhar para mim e soltando minha mão.

– É. Ele briga com aqueles garotos às vezes, os de camiseta vermelha.

– Ele não gosta deles?

– Não é sempre que eles vêm aqui. Acho que só quando estão com o pai. O Oliver não gosta de ninguém, mas não gosta *mesmo* deles.

O menino é bem observador. Tenho que me conter para não pedir que me conte tudo o que lembrar da irmã mais velha.

– Sabe o motivo?

– Na verdade, não. – Liam suspira de novo, imitando minha pose com os braços cruzados. – Mas, uma vez, quando a gente tava brincando de pique-pega, eu ouvi eles falarem da Sadie.

Meu estômago se agita quando vejo Oliver tirar as luvas e partir para cima de um dos garotos. Quero começar a torcer e assobiar como se estivesse assistindo à primeira briga dele na NHL, mas consigo manter o controle. Em vez disso, digo a Liam para se segurar nas placas enquanto patino e me meto no meio das crianças que estão se agarrando.

– Pra trás – disparo, separando-os com facilidade. – Calma aí.

Meu pai tenta segurar o ombro de Oliver, mas ele se afasta como se tivesse se queimado.

– Não toca em mim, babaca.

Solto o ar. *Minha nossa, que garoto.*

– Calma, Oliver – peço, minha voz um pouco mais suave enquanto seguro o colarinho do garoto de camisa vermelha.

O olhar fulminante de Oliver dispara para mim feito um animal enjaulado pronto para arranhar. Ele é igualzinho a Sadie: na defensiva e pronto pra luta.

– Eles que começaram – dispara ele, a raiva emergindo em ondas.

Posso ver a vulnerabilidade em seu olhar me implorando que eu acredite nele.

– Tô ligado – respondo com calma, soltando o outro menino com um empurrão em direção ao meu pai. – Deixa o treinador Max lidar com eles. Vamos esfriar a cabeça.

Algo cintila nos olhos de Oliver, depois ele dá um suspiro e baixa a cabeça.

– Tá bom – diz e me segue até onde Liam espera, agora caído no gelo.

O treino está quase no fim, mas consigo um canto do rinque para nós três. Vou levando Liam comigo enquanto corrijo a movimentação de Oliver. Só quando meu pai se junta a nós é que percebo que o rinque ficou vazio.

– Cadê a Chelsea?

– Mandei pra casa. Falei que iríamos esperar pelos pais deles.

Assinto, de olho em Liam perseguindo Oliver ao redor do círculo que ele percorre em sua movimentação. Se olhar para o meu pai, vou ver a pergunta que sei que existe a respeito dessas crianças e minha conexão com elas.

Mas ele não pega no meu pé. Em vez disso, dá um passo à frente e dá uma tacada para tirar Oliver de seu padrão e mudar seu foco, aparando a jogada rápida com a parte de trás da lâmina do taco. Leva alguns minutos, mas Oliver pega o ritmo com facilidade, seguindo todas as correções que lhe são dadas. Posso ver uma faísca se acender em meu pai quando reconhece o nível de talento que o garoto tem, seu potencial brilhante.

Localizo Sadie quase por instinto, como se ela fosse um sinalizador, sempre me atraindo para seu olhar acinzentado penetrante. Ela para na metade de uma passada, a mochila caindo dos ombros enquanto observa Oliver com apreensão, já com a guarda *bem* alta.

Liam está chamando a irmã aos gritos enquanto eu o pego e patino por nós dois. Oliver faz uma pausa, mas meu pai o manda repetir a jogada.

Sadie o observa, os olhos brilhantes, como se isso não fosse algo que ela visse com frequência.

– Ele é talentoso – digo, deixando Liam descer de mim.

– Olha só pra mim! – grita o garotinho, e tenta se juntar ao irmão do outro lado do rinque.

Mesmo com sua resiliência e recuperação rápida, ele nunca vai chegar lá.

Dá pra ver que Oliver está se exibindo um pouco e Sadie fica vidrada em cada movimento. Isso desperta algo em mim, como se eu devesse me desculpar pelo jeito como a encurralei no primeiro dia. Talvez eu tenha entendido errado a situação.

Mas então penso naquela mensagem no celular dela.

– Seus pais não vão vir? – pergunto.

É como testar um campo minado.

– A gente tem um acordo, craque – responde ela, se recusando a olhar para mim. – Eles são ocupados. Posso cuidar dos meninos. Alguma outra pergunta?

Um monte. Tipo: *Por que você tá tão brava? Por que você patina como se estivesse em chamas? Que pessoa é tão ruim a ponto de você salvar o contato dela como* NÃO ATENDER? *Você tá em segurança? Você tá bem?*

Ainda assim, faço que não com a cabeça.

Migalhas. Vou me contentar com cada uma delas.

CAPÍTULO SEIS

Rhys

Já faz três semanas que estou nessa rotina, um passo de cada vez, sem ataques de pânico ao amarrar os cadarços dos patins. Duas semanas acordando mais calmo pela expectativa de ver Sadie patinar ao som de seu gosto musical eclético, que pode ir de Steely Dan a Ethel Cain e Harry Styles.

A essa altura, acho que consigo descobrir qual é o humor dela de acordo com a música que coloca primeiro. Dá pra ver que quando ouve Phoebe Bridgers é porque precisa se acalmar ou que quer muito dançar num ritmo acelerado em cima dos patins quando toca Two Door Cinema Club e MGMT, um atrás do outro – e geralmente fica sorrindo por conta das endorfinas enquanto improvisa algo no seu lado do rinque.

Às vezes, no entanto, ela escolhe "Fast Car", de Tracy Chapman. Nesses dias, não costuma falar comigo, apenas me encara com os olhos meio marejados.

Tento ouvir mais nesses dias, como se a letra da música pudesse ser outra língua que ela falasse. Quero captar a menor das dicas, desesperado por absorver o máximo que puder dela.

Mas hoje ela está atrasada.

Na maioria das vezes que Sadie se atrasa, está tendo um dia de fúria, então me preparo para disparar e correr pelo rinque enquanto ouvimos música alta. Só que não parece ser um desses dias.

A ansiedade de estar no gelo sem ela se abranda quando ouço o eco de Sadie entrando, um som que vem do túnel até o rinque silencioso.

Preciso reunir toda a minha força para não me virar e ficar encarando, para esperar até ouvir seus patins cortarem o gelo e só então olhar.

Sadie está usando as roupas de sempre: uma camisa cinza surrada da Universidade Waterfell e uma legging boca de sino que cobre os patins brancos. O cabelo foi puxado para cima, deixando quase todo o rosto à mostra.

Ela patina até mim em seu estilo habitual: um pouco zangada, graciosa, mas com um toque vingativo.

– Fiz uma coisa pra você – diz ela, e ali está o pontinho entre as sobrancelhas, como se Sadie estivesse frustrada ou questionando tudo quase a todo instante.

Não tem nada nas mãos dela, mas ela as estende para mim como se fosse eu quem daria o presente.

– Hein?

– Seu celular.

Eu desbloqueio o aparelho e o entrego, observando por cima do ombro de Sadie enquanto ela se acomoda bem ao meu lado. Ela abre o aplicativo de música, seleciona o próprio perfil e clica na primeira playlist.

Tem a foto de um beagle, que parece muito triste, jogado no chão com um chapéu de festa na cabeça. Na frente do cachorrinho, em letras brilhantes, o nome da playlist está em destaque.

– Músicas da Sadie para o cérebro triste e cheio de demônios do Reece – leio em voz alta, antes de acrescentar: – Você escreveu Rhys errado.

– Seus pais que escreveram seu nome errado na certidão de nascimento. Desse jeito fica parecendo *Rise*. Então, na verdade, eu consertei. – Ela revira os olhos, mas os dentes mordem um pouquinho o lábio, de propósito. – Fiz ontem à noite. E, bem, design gráfico não é minha especialidade.

Meu coração se aperta como se tivesse tomado uma facada ao pensar nela em seu quarto, acordada a noite toda escolhendo músicas e fazendo uma arte da capa, para que ficasse desse jeito. Pra mim.

– Pensei que talvez você quisesse ouvir enquanto patina e… sei lá. É ridículo.

– Não é, não – falo, interrompendo-a com veemência. – Você fez uma playlist pra mim.

– Fiz.

Ela assente, se balançando para a frente e para trás nos patins em um círculo largo, me empurrando pelo peito. Eu a seguro quando ela volta para a minha frente, minhas mãos em seus pulsos para continuar a tocá--la. Então envolvo os dois pulsos com uma das mãos, egoísta tanto com seu toque quanto com seu tempo, enquanto com a outra tiro um segundo conjunto de AirPods do bolso – um presente que venho tentando dar a ela faz quase uma semana – e os coloco nos ouvidos dela. Enfim a solto com delicadeza.

– Quer escolher a primeira música?

– Acho que você só deveria colocar no aleatório. É o que eu faço, daí você se concentra nisso, em vez de entrar em pânico.

Meu dedo paira sobre o botão quando Sadie começa a patinar para o outro lado. Então ela faz uma pausa e gira para trás.

– Talvez não funcione... E não faço a menor ideia do que tá te incomodando, mas música me ajuda.

Ela para por aí, mas as palavras não ditas são igualmente estrondosas. O olhar dela diz: "Eu queria ajudar e isso é tudo o que posso fazer" e "Eu te entendo".

– Obrigado – digo, mas não parece suficiente.

Clico no botão de aleatório e dou uma risadinha quando "No Sleep Till Brooklyn" começa a soar nos meus ouvidos.

Sadie patina depressa, ziguezagueando e se aquecendo, focada como sempre. Mas, quando passa por mim de novo, seus olhos encontram os meus e os lábios se mexem, acompanhando as palavras que ouvimos nos fones de ouvido.

Uma risada ressoa no meu peito. Quero ficar assim com ela pra sempre.

– Seu pai comentou uma coisa interessante... *Droga!*

Sentado à bancada, ergo o olhar e vejo minha mãe colocar o dedo debaixo da torneira enquanto o molho borbulha na panela atrás dela.

– Você tá bem?

Ela seca as mãos no macacão e se vira para o fogão, e eu sorrio.

Meu pai pode ter sido um jogador de hóquei incrível, mas minha mãe ficou bastante conhecida por mérito próprio. A "Queridinha da Arquitetura", de acordo com muitos artigos e revistas. Anna Koteskiy ganhou fama por projetar coretos enormes e jardins exuberantes. Agora, passa a maior parte do tempo na administração de obras de caridade, indo atrás de projetos habitacionais sustentáveis.

Anna Koteskiy é notável por muitas coisas, mas sua habilidade na cozinha não é uma delas. Ainda assim, adora cozinhar – não importa quão perigoso isso seja para ela e para todos em volta.

De alguma forma, a entrada do meu pai a assusta o bastante para fazê-la acertar a panela com o antebraço, soltar um breve palavrão e ainda conseguir apará-la. Meu pai e eu corremos na direção dela. Enquanto pego uma luva térmica do balcão para segurar a panela, meu pai mima a esposa como se ela tivesse sofrido uma lesão potencialmente fatal.

Ele murmura palavras em uma mistura de russo e inglês, e minha mãe e eu reviramos os olhos.

– Talvez eu assuma o jantar – diz meu pai. Ele suspira, soltando-a depois de outro beijo na pele queimada. – Tá um dia bonito, você podia levar nosso filho pro pátio e botar a mesa.

Minha mãe faz uma pilha com pratos de cerâmica verde-escuros, talheres, guardanapos e outras coisas necessárias à mesa. Pego os copos e a jarra de água gelada. Saímos da cozinha grande, passamos pelo jardim de inverno envidraçado e seguimos até a varanda dos fundos. As pequenas lâmpadas decorativas penduradas lá já estão acesas, sua luz dourada e calorosa adicionando brilho ao âmbar do sol das seis da tarde.

A mesa de carvalho personalizada precisa ser espanada para tirar o pó, o que é normal para esta época do ano, considerando a quantidade obscena de flores e árvores ao redor do pátio rebaixado.

– Então, quem é a garota?

Engasgo com o gole d'água na boca, tossindo sem parar enquanto minha mãe, essa traidora, dá risada e espera que eu recupere a compostura.

– Do que você tá falando?

– Tá na cara que tem uma garota envolvida.

Meus dedos se remexem pelo suor do copo gelado.

– Meu pai comentou alguma coisa?

Os olhos dela brilham como se eu tivesse declarado meu amor por quem quer que ela esteja imaginando.

– Era pra ter comentado?

– Não.

– Rhys, se seu pai souber de uma garota antes de mim, nunca vou te perdoar. – Ela me encara por um minuto, depois relaxa, com um sorriso de quem sabe das coisas. – Além disso, pensei que você ainda deixasse seu pai de fora quando se trata da sua vida amorosa, depois do incidente no baile.

Meu corpo inteiro estremece com a simples menção ao baile e eu enfio as memórias de volta atrás da parede de tijolos no meu cérebro.

– Nem me lembra. – Volto a balançar a cabeça. – O que te faz achar que tem alguém, afinal?

Fico esperando o tom de brincadeirinha da minha mãe, mas a voz dela baixa ao sussurro suave que costumava usar para cada fracasso, arranhão e hematoma que eu sofria quando era criança.

– Porque você é meu filho, um pedaço do meu coração, amor, e você andava *afundando*. Talvez ainda esteja.

Eu me sinto mal. Lógico que minha mãe saberia, a julgar pela frequência com que me salva dos pesadelos.

– Provavelmente.

Suspiro e meu joelho se ergue, quicando de ansiedade.

– Mas, nos últimos tempos, você parece diferente.

Ela está esperando que eu preencha as lacunas, mas não sei o que dizer. Que *existe* uma garota, pelo menos da minha parte, ainda que ela me mantenha a uma distância segura para sempre? Tudo bem, vou ficar a essa distância, desde que isso signifique continuar por perto, expulsando as sombras que abarrotam meu corpo vazio.

Sei que isso não é saudável. Mas não me importo.

– A Sadie é só uma amiga.

– Sadie? Nome bonito.

Garota bonita. Mordo a língua e aliso o joelho para tentar diminuir o tremor.

– Estamos dividindo o rinque de manhã. Ela é patinadora artística. Da Waterfell, na verdade.

– Ah, é?

– Não acho que goste de mim – digo, bufando, incapaz de parar de falar dela agora que comecei. – Mas ela é engraçada. E coloca umas músicas boas pra tocar.

– Parece uma garota legal.

– Gosto de patinar com ela. – As palavras jorram como vômito.

– Aquela bravinha? – pergunta meu pai, que surge ao meu lado colocando a berinjela à parmegiana no centro da mesa e me deixa ajudar com as travessas enormes de comida que equilibra na mão e no antebraço. – Os irmãos dela são uma graça.

– Ela tem irmãos? – pergunta minha mãe, dando um beijo rápido na bochecha do meu pai, então nos acomodamos e começamos a passar travessas de legumes assados, salada Caesar e macarrão uns para os outros.

– Oliver e Liam – digo. – O Oliver é muito bom.

– Mais do que bom. Aquele garoto é uma estrela. E o Liam é o menino mais bonitinho que já vi, *rybochka*, com todas aquelas sardas e janelinhas de dentes de leite que caíram.

Minha mãe espera até terminar de mastigar e pergunta:

– Eles estão no programa, então? Isso é bom.

– Não sabia que você estava patinando com alguém no rinque de manhã cedo – diz meu pai.

Não há acusação nas palavras dele, não mesmo, mas os músculos das suas costas ficam tensos mesmo assim. A mentira escapa depressa:

– Eu chamei ela. Nós... é... fizemos uma matéria juntos ano passado.

– O prêmio de pior mentiroso do mundo ainda é seu, Rhys – diz minha mãe, com um suspiro.

Ela estende o braço para pegar a garrafa de vinho do outro lado da mesa. Meu pai a alcança primeiro e enche o copo dela.

É bom falar sobre Sadie, pelo menos um pouquinho, mas é outro lembrete de que, não importa quantas vezes eu pense nela – na maneira como seus olhos acinzentados se fixam em mim, na música escolhida por ela tocando nos meus fones de ouvido depois de outro pesadelo, na fantasia de seu quadril nas minhas mãos –, a verdade é que Sadie não é nada minha. Duvido que sequer ache que somos amigos.

Enquanto isso, estou desesperado para ficar perto dela.

CAPÍTULO SETE

Sadie

Está sendo uma noite boa. Muito, muito boa.

O ar quente do fim de julho entra pelas janelas abertas enquanto "Waterloo" toca nos alto-falantes cheios de estática. Liam canta cada palavra a plenos pulmões em seu assento no carro e, embora eu não saiba de onde veio a obsessão dele por ABBA, definitivamente a encorajei. Até Oliver sorri e cantarola junto.

Entro no drive-thru da lanchonete favorita de Oliver, a que ele jura que tem "batatas fritas perfeitas para molhar no milk-shake". Seu rosto se ilumina com outro sorriso que guardo com carinho. Eles são raros hoje em dia.

Mas, esta noite, ele é todo sorrisos.

Hoje ele jogou a melhor partida de seus quase 12 anos de vida e marcou dois dos três pontos da vitória do time. Mesmo estando na equipe mista do projeto, Oliver se destaca e, quando o outono chegar, sei que vai se destacar ainda mais na equipe da escola.

O cabelo de Oliver secando ao calor do verão, a boca suja de milk-shake de chocolate, sorrindo enquanto dá mordidas bem grandes no waffle: é esse o irmão de que me lembro, o garoto enterrado debaixo da dor.

Ele está brincando com Liam sem reclamar – adivinhando palavras por ordem alfabética –, e as risadas dos dois me alimentam mais do que o sanduíche de frango grelhado picante que escolhi.

Continuo no estacionamento por mais um tempinho depois que terminamos de comer, observando o sol se pôr no cume do morrinho baixo que dá num parque pequeno e num lago popular onde patinamos muitas vezes quando ele congela. Em momentos como este, quando fico dilacerada pelo desejo de partir em busca do pôr do sol, perseguindo a luz até chegarmos num lugar novo, consigo imaginar outra vida para todos nós. Eu nunca mais patinaria se isso significasse infinitas noites como esta para meus irmãos.

Meu celular toca, interrompendo a música baixinha ao fundo.

Mitchel Hanburgh.

O advogado.

Peço licença, saio do carro e vou para debaixo de uma árvore, longe o bastante para que os ouvidinhos deles não possam me escutar, mas perto o suficiente para ficar de olho nos dois.

– Alô, aqui é a Sadie.

– Sadie – diz Mitchel, com um suspiro. Quase dá para imaginá-lo do mesmo jeito que o vi na chamada de vídeo que fizemos da última vez. – Escuta, ainda preciso da certidão de nascimento do Oliver...

– Eu encontrei – digo, interrompendo-o. – Posso enviar amanhã, se eu for pela escola.

– Ótimo – aprova ele, mas há hesitação suficiente para que eu saiba o que está por vir. – E o seu pai? Falou com ele?

– Eu... ainda não tive tempo.

– Srta. Brown, preciso da assinatura dele nos termos de consentimento. E nem sequer abordei o assunto do Liam...

– Entendi – disparo, depois passo a mão pelo cabelo. Ela fica presa nos fios embaraçados e eu a puxo. – Desculpa, eu... vou ver o que consigo fazer.

– Tudo bem – responde ele, com outro suspiro resignado. – Não vou mais ocupar seu tempo. Me envie o que tiver e vou ver o que consigo fazer por aqui com os documentos de custódia.

– Obrigada – respondo e encerro a ligação.

É como se o retrato daquele meu momento perfeito gravado no tempo tivesse sido estilhaçado. O sorriso que mostro aos meus irmãos não sai tão brilhante.

Odeio que Oliver perceba isso e detesto ainda mais que não pergunte nada. Ver seu sorriso desabar e perder força até desaparecer por completo e notar a rigidez em seu corpo quando começo a dirigir em direção à nossa casa faz com que as lágrimas comecem a pinicar nos meus olhos.

É uma sensação avassaladora. Sei que não vou conseguir dormir sem algo... alguma coisa que *arranque* de mim tudo o que borbulha aqui dentro. Minhas mãos tremem enquanto digito uma mensagem rápida para o contato de sempre: *Tá livre esta noite?* Não espero pela resposta antes de pular do carro, vendo Oliver já soltando o cinto de segurança de Liam.

A casa parece silenciosa, mas isso não é um sinal bom nem ruim, algo que Oliver e eu sabemos bem.

Detesto que a porta da frente esteja destrancada, porque Liam, ainda tagarelando e cantando baixinho, é o primeiro a entrar. Não importa que eu grite para ele se deter e esperar, porque ele segue adiante, e Oliver e eu vamos atrás dele, até que a gente colide uns nos outros como pedras de dominó.

– Ele tá dormindo...?

A pergunta de Liam é interrompida por Oliver, que tapa a boca dele com a mão.

Nosso pai não está dormindo. No máximo deve estar desmaiado numa cadeira na cozinha, a cabeça apoiada nos braços em cima da mesa. Há um fardo de cerveja rasgado e vazio no chão da sala de estar e uma garrafa de uísque quebrada, também vazia, num canto da cozinha, pouco antes da escada.

Não, percebo, com o coração pulando na garganta. *Ele está chorando.*

– Leva o Liam pro meu quarto.

Isso é tudo o que preciso dizer antes que Oliver acompanhe um Liam agora quieto pelas escadas, que rangem.

– Pai? – chamo, avançando devagar na direção dele, incapaz de decifrar seu humor. – Eu...

– Meu Deus! – grita ele, erguendo a cabeça do aconchego dos braços. Seus olhos estão vermelhos e fundos, as bochechas rosadas de tanto beber e molhadas de lágrimas. – Sadie, me desculpa. Eu só...

– Eu sei. – Não sei, mas quero que ele pare de falar nesse instante, antes que os pedaços de mim que ainda estão inteiros se estilhacem por completo. – Pensei que estivesse sem dinheiro. Como conseguiu isso tudo?

– Por favor. Desculpa – balbucia ele, ignorando ou não ouvindo minha pergunta, e segura meu pulso com força.

– Não toca na minha irmã – diz Oliver com desprezo, invadindo a cozinha e arrancando a mão do nosso pai do meu braço.

– Eu sou seu pai – retruca ele, passando da tristeza patética para a raiva num piscar de olhos.

– Tecnicamente – rebate Oliver, e está me puxando para longe da cozinha.

Ele enfrenta nosso pai, mas vejo medo em seus olhos. Está apavorado. Todos nós estamos.

– O Liam tá bem? – pergunto, contornando um canto do cômodo na direção da escada.

Oliver balança a cabeça.

– Tem a droga de uma mulher lá em cima dizendo que é a mãe do Liam, e agora ele tá se escondendo.

Meu estômago revira.

Liam não sabe. Oliver provavelmente mal se lembra. Cinco anos atrás, acordei cedo para um treino antes da escola, na esperança de trazer Oliver comigo para evitar qualquer problema com nosso pai. Mas, quando desci as escadas, meu pai estava desmaiado do outro lado do sofá, abraçado a uma garrafa, e havia um bebê no chão me encarando com os olhinhos acinzentados arregalados.

Fiquei apavorada. Eu tinha 16 anos, estava no ensino médio e já acumulava muitas responsabilidades com Oliver, e, de repente, tinha um bebezinho saltitante para adicionar ao show de horrores que era a minha vida.

Meu treinador tomou a frente. Ele sabia que eu precisava manter tudo em segredo até ter pelo menos 18 anos. Do contrário meus irmãos e eu seríamos tirados do meu pai e separados uns dos outros. Então ele me ajudou a encontrar babás e a lidar com meu pai para que eu pudesse patinar e continuar vencendo.

Devo tudo a ele.

O buraco no meu estômago se transforma em raiva, que alimenta meus passos ruidosos conforme me dirijo ao quarto do meu irmão. Oliver me segue de perto. Por mais que seja meu irmão mais novo, debaixo da camada de raiva ele é protetor da cabeça aos pés.

Está na cara que a mulher está bêbada, balançando as mãos e os joelhos enquanto tenta tirar Liam de seu esconderijo debaixo da cama.

Eu a agarro pelo colarinho e a arrasto para trás. Tenho certeza de que, se ela estivesse de pé, eu ficaria em desvantagem na altura. Mas sou forte e ela está nervosa.

– Vaza daqui, sua doida! – grita Oliver.

Consigo arrastá-la para fora do quarto e, enquanto peço que Oliver veja se Liam está bem, empurro a mulher para perto da escada, como se fosse jogá-la dali.

– Você é mesmo a mãe dele? – pergunto, odiando as palavras. – Você que pariu?

– Sim, eu...

– Então prova.

– E-e-eu acho que tenho a certidão de nascimento. Não consigo...

– Não tô nem aí. Você tem duas opções. Ou fica aí sentada enquanto eu chamo a polícia e meu advogado pra garantir que você pague todos esses anos de pensão alimentícia, ou volta pra casa e me envia a tal certidão. E aí você assina a porcaria da documentação de custódia.

Leva só um minuto até que ela responda:

– Tá bem. Só me deixa ir embora.

Assim que ouço a porta se fechar depois que ela sai, começo a agir. Minhas mãos não param de tremer enquanto enfio as roupas de Liam numa mala. Oliver vê o que estou fazendo e vai para o quarto dele, deixando Liam empoleirado na cama.

– Festa do pijama fora de casa?

– É, isso – respondo, soltando o ar e afastando o cabelo do rostinho sardento dele. – Você tá bem, chuchu?

– Tô... Aquela mulher esquisita já foi embora?

– Foi. Ela não vai voltar.

– Ela disse que era minha mãe.

– Não é – respondo, categórica.

– Ah. – Ele assente, pensativo. – Você acha que, um dia, eu vou ter uma mãe?

Meu coração dói.

– Quem sabe um dia, chuchu.

As palavras dele me assombram durante todo o percurso de carro. Isso deve estar estampado na minha cara quando chegamos ao alojamento, a julgar pela reação de Ro, que já está do lado de fora, esperando. Botamos os meninos na cama e Ro me diz para ir tomar banho no quarto dela enquanto coloca um filme para eles. E já botou Tracy Chapman para tocar na caixinha de som ao lado da cama dela.

Choro até não conseguir respirar.

Por um momento, enquanto estou deitada na cama de Ro esperando por ela, penso em tentar entrar em contato com Rhys. Como se ele pudesse fazer algo para melhorar minha situação, o que é ridículo, considerando quem ele é e com o que está lidando. Mas não consigo tirar isso da cabeça.

Ro alisa minhas costas e me abraça até que eu pegue no sono.

CAPÍTULO OITO

Rhys

De algum jeito, Sadie chegou ao rinque antes de mim, o que me faz correr e entrar no gelo como uma criança muito ansiosa para a primeira partida para valer.

Nem me preocupo em tentar tirar o sorriso bobo que fica no meu rosto quase o tempo todo quando estou perto dela. Sadie transforma cada dúvida em empolgação, cada angústia em algo que é quase felicidade, do jeito que costumava ser quando eu estava no gelo.

Fico imaginando se conseguiria convencer Sadie a dar uma de *Ela é o Cara* e entrar pro time de hóquei masculino, assim eu nunca precisaria ficar num rinque sem ela.

Meu Deus, tenho que me recompor se quiser voltar a ser o "Capitão Rhys" no mês que vem.

Tento não incomodar Sadie no meio do número dela, porque dá pra ver, pela intensidade de seus movimentos, que está totalmente entregue, o talento artístico tão gracioso que faz meu peito doer. Cerro os punhos para conter o monstro de ansiedade dentro da minha cabeça, que deseja muito mais dela e se preocupa com a possibilidade de que, se eu a observar por tempo demais, não consiga me conter e acabe fazendo algo insensato, como encurralá-la entre as placas de novo. Ou erguê-la e sentir como é leve. Será que consigo segurá-la com uma das mãos enquanto a outra pressiona...

Um ruído alto e uma pancada forte me arrancam dos sonhos impróprios, transformando o calor no meu corpo em um mergulho gelado de terror ao ver Sadie cair de barriga com força e deslizar na direção das placas.

Ela não se mexe.

Está de bruços, no gelo, e não está se movendo.

Merda.

Acho que vou vomitar.

Transtornado, grito o nome dela em pânico, salto as placas ainda de tênis e corro na direção de sua silhueta esparramada. Por um instante, imagino como Sadie conseguiu permanecer tão calma no dia em que me encontrou caído no gelo, porque estou ficando doido nesse exato momento ao vê-la do mesmo jeito.

Quando chego perto, ela está tremendo.

– Sadie?

Minha voz fica baixa quando me ajoelho para pegá-la. Ela parece liquefeita nas minhas mãos, sem ossos, e está escorregando pelos meus dedos enquanto tento ao menos apoiá-la nas placas.

Minhas mãos pairam perto do corpo dela. Estou desesperado para ver se não se machucou, mas com muito medo de assustá-la ou de aumentar sua ansiedade.

Ela está chorando, quase soluçando, como se não conseguisse respirar. O pânico ainda corre nas minhas veias, mas tento me concentrar nela.

– Ei, respira… Lembra? – Ajeito os fios emaranhados que escaparam do rabo de cavalo dela. – Sei que parece que você não consegue, como se estivesse morrendo, mas se concentra nas minhas mãos.

Eu me abaixo e pressiono as mãos dela entre as minhas. Apesar de as bochechas e o pescoço dela estarem vermelhos, as mãos parecem tão frias quanto o gelo da pista.

– Tenta a regra 3-3-3 – sussurro, minha voz bem baixinha na vastidão do rinque. – Minha terapeuta fala pra pensar em três coisas que você consegue escutar, três coisas que consegue enxergar e três coisas que consegue sentir.

– Tá – diz ela, arfando, sua voz interrompida por um soluço.

– Começa com o que você consegue escutar – sugiro.

– A música. – Ela faz uma pausa e fecha os olhos com força. – A sua respiração. O ar-condicionado.

– Três coisas que você consegue enxergar.

Seus olhos avermelhados se abrem de novo, mas apenas algumas lágrimas escapam.

– Você.

Não consigo evitar um sorriso.

– Tenta ser mais específica.

– Suas covinhas quando você sorri. A pontinha rosa do cadarço dos meus patins. Uma bandeira velha com o brasão do Bruins.

– Que bom. A última agora. O que você consegue sentir?

– O gelo debaixo das minhas pernas, as placas atrás de mim. – Ela mantém os olhos fixos nos meus. – Você segurando minhas mãos.

– Muito bom. – Aperto as mãos dela. – Beleza, lindeza?

A pergunta a faz sorrir enquanto se acalma um pouco mais. Ela assente, as lágrimas escorrendo de leve pelo rosto. Detesto ver isso. Não consigo me conter e puxo a manga da minha camisa para enxugar os olhos dela.

– Lindeza? – pergunta ela.

– Seus olhos cinza são uma lindeza – respondo, com um sorriso.

Ela ri, mas acaba virando um soluço.

– Desculpa.

– Nem vem. Não vamos começar com isso de pedir desculpa. – Estremeço quando minha boca se abre de novo. – Sei que a gente combinou que não ia fazer perguntas…

– Rhys…

– … mas tenho que perguntar, porque isso é novo.

Ela começa a se levantar, escalando meu corpo como se eu estivesse ali somente para servir de apoio, um pensamento que me intriga mais do que deveria. Eu a ajudo – ainda sou mais alto do que ela mesmo sem meus patins – enquanto ela se firma sobre as lâminas.

Sadie enfim para de morder o lábio, então respira fundo e deixa as palavras jorrarem de sua boca como uma cascata.

– Vão reduzir os horários da área arrendada pelo resto do verão aqui, o que significa que vou perder o emprego. E não posso dar aulas de patinação no horário que ofereceram, então esse trabalho nem serviria como substituto. Sem contar que eu não estaria nesse estado se ao menos conseguisse transar, mas, pelo visto, isso não vai rolar pra mim agora. Então tô tentando trabalhar o tempo todo. Mas meu emprego perto do campus só vai me pagar umas poucas horas até o início do semestre. E o Oliver precisa de patins novos...

O peito dela começa a subir e descer. Eu pressiono a mão com firmeza em seu esterno, tentando trazê-la de volta.

– Tá, para só um instantinho – digo e ela assente, agradecida. – Vamos pra outro lugar hoje.

Ela já está fazendo que não com a cabeça.

– Tenho que praticar. Você precisa do seu tempo no gelo...

– Um dia só não vai fazer mal a ninguém.

Se Bennett ou qualquer outra pessoa da equipe pudesse me ouvir agora, achariam que tinham caído num universo alternativo.

Em vez de esperar que Sadie concorde, deslizo o braço por debaixo de suas pernas e a carrego no colo como se fosse uma noiva. Ela dá um gritinho de leve, mas não reclama enquanto volto devagar até o portão e depois para o vestiário.

– Faz o que precisa fazer e depois vem até o meu carro. Vou te esperar lá.

E, sem pensar, dou um beijo na testa dela, pego a mochila com o meu equipamento e me viro para sair dali antes que seja capaz de me dar conta de quão ridículo esse gesto pode ter sido.

– Cream cheese extra? – indago, fingindo ânsia de vômito.

Logo recebo um empurrãozinho raivoso como recompensa.

– Sem cream cheese? – Sadie finge ânsia de vômito, de olho no meu sanduíche de café da manhã. – Time doce sempre ganha do time salgado.

Estamos no meu carro, estacionado perto de um lago nos arredores da cidade que Sadie sugeriu com relutância. É um lugar lindo e movimentado, mas, mesmo com a luz dourada da manhã reluzindo como uma auréola sobre a paisagem digna de uma pintura, Sadie me distrai.

Ela é tão linda, com aqueles lábios escuros e os cílios grossos sobre os olhos penetrantes e intensos. E tem aquele pedacinho do rosto cheio de sardas que quero tocar quase o tempo todo. E o cabelo castanho que imagino que pareceria seda se eu passasse os dedos por ele.

– Você parece melhor. Que bom.

– Obrigada pela comida. Acho que eu só tava com fome.

Não acho que seja tão simples assim. Mas não consigo evitar o calorzinho no peito que alimentar Sadie me proporcionou.

– Pois é. – Assinto. – Mas, sabe, sou um ótimo ouvinte. Caso você queira falar sobre qualquer coisa.

Especialmente a parte de transar.

Mordo a língua.

– Acho que preciso de outro emprego, isso é o mais importante.

Assinto. É algo em que posso ajudar.

– Preciso de outro instrutor para as aulas de Aprenda a Patinar da Fundação Primeira Linha. Eu ia chamar alguém do meu time, mas seria ótimo ter uma patinadora artística lá. Sempre aparecem crianças que querem fazer patinação artística.

Os olhos dela se arregalam, fixos em mim.

– Sério? E... e tem salário?

– Tem. – Dou de ombros. – Só que não é grande coisa, mas, quem sabe... seja perto do que você recebia no quiosque de café...

– Eu topo – dispara ela, me interrompendo. Sadie fica vermelha, mas isso logo some quando ela vira o rosto pro outro lado. – Desculpa por hoje mais cedo. Não costumo... Não sou tão... sensível. Sei lidar melhor com as coisas quando não estou tão... agitada.

– Agitada?

Ela revira os olhos e dá outro gole no café gelado.

– Só preciso resolver umas paradas... Transar, sabe? Atletas fazem isso o tempo todo.

Eu, não – deixo escapar, desejando no mesmo instante poder voltar atrás.

Mordo um pouco mais a língua para não perguntar se ela quer que *eu* ajude com isso. *Se ela quisesse você, teria pedido. Olha pra essa mulher, ela não tem medo de nada.* Mas a imagem de Sadie vulnerável no gelo, olhando para mim, passa pela minha mente. Não quero que mais ninguém a veja assim.

– Você é do tipo que só vai a encontros? – pergunta ela, bufando.

– Tô mais pro tipo que encontra uma pessoa e fica só com ela. Mas não tem mais ninguém. Eu não... – Dou de ombros e paro de falar porque não sei o que dizer.

– Talvez você também precise transar.

Meu rosto queima e minha mão se atrapalha quando mexo no ar-condicionado para deixar o meu lado do carro mais frio antes de coçar a nuca.

– Eu... Como é que é?

– Não tô propondo nada, craque. – Ela sorri, mas vira o rosto com a mesma rapidez. – Confia em mim. Isso... não seria uma boa ideia.

– Tá.

Tento rir. Mas não consigo deixar de sentir a chama do constrangimento queimando minhas bochechas.

Claro que não. Olha pra ela e olha pra você.

Patético.

– Só pra constar – digo, olhando para o lago, para toda a vida ao nosso redor. – Eu tô propondo, sim.

Ela fica quieta. Sadie sorri e balança a cabeça, mas evita todo e qualquer contato visual que faço na direção dela.

E não me arrependo de nada.

CAPÍTULO NOVE

Sadie

– Belíssima espiral – elogia a treinadora Moreau, seu sotaque forte acentuado na voz leve.

Celine Moreau é medalhista de bronze canadense e fez uma dupla muito famosa com o irmão. Ela é a atual treinadora de duplas da universidade. Temos só duas duplas na equipe da Waterfell, além de oito patinadores na modalidade individual. Hoje, ela é a única treinadora presente para o primeiro treino da temporada, que é, na verdade, um aquecimento para fortalecer o vínculo da equipe.

Meu treinador não veio, o que é estranho, mas tento não pensar nisso. Tento não deixar que essa ansiedade crie raízes.

Em vez disso, infelizmente, me pego pensando em Rhys.

Nas suas mãos enormes, nos olhos grandes e inocentes, tão estúpidos e lindos, e no sorriso com covinhas. Tudo. Estou distraída, relapsa, e sei que o treinador Kelley não ficaria satisfeito, que eu tomaria uma bronca e ele me mandaria repetir o movimento até ficar perfeito. Prefiro isso, é do que preciso, então não ligo para os elogios de Moreau e deixo que entrem por um ouvido e saiam pelo outro.

Por fim, o treino se encerra e toda a equipe se junta num círculo para uma reunião rápida. Estou desligada e, graças ao presente de Rhys, que implorei para que pegasse de volta na última vez que patinamos juntos, a música continua tocando nos fones caros enfiados nos meus ouvidos – e é só por isso que não ouço Luc se aproximar.

Ele arranca um fone da minha orelha.

– Essa música é de sexo – sussurra Luc.

Dou-lhe uma cotovelada discreta e finjo prestar atenção na fala de incentivo da treinadora dele.

Luc Laroux é patinador de duplas, lindo e, infelizmente, muito talentoso também. Se parasse o hábito de ficar com as parceiras de patinação e dar o fora nelas em seguida, poderia estar em turnê olímpica. Em vez disso, está aqui, com um conjunto de habilidades que as outras duplas invejam e uma fama de destruidor de corações.

No momento, ele está sem dupla de novo.

– Eu vi a Rose outro dia na capa de uma revista – digo. – Continua orgulhoso demais pra ir atrás dela?

Ele retesa o maxilar, a alegria some de seu rosto diante da menção à parceira de longa data, que agora é uma promessa olímpica estampada em todo o mundo da patinação ao lado do novo parceiro cativante.

O rei do gelo quase parece enciumado.

– Awn… – zombo. – Tá com saudade dela?

Há um lampejo em seus olhos antes que ele o esconda com um sorriso travesso que sei que o levou para a cama de muitas mulheres.

– Por quê? Tá se oferecendo pra ser minha nova parceira?

Finjo vomitar.

– Nem morta.

A risadinha sarcástica de Luc fica abafada sob o som alto das palmas de Moreau que sinalizam o fim do treino.

– Tem certeza? Preciso praticar meu levantamento. Estava procurando uma parceira.

Reviro os olhos enquanto nos movemos devagar atrás do restante da equipe. Infelizmente, estou acostumada com essa insinuação. Em geral, sou bastante incisiva no meu lema de não misturar negócios com prazer, mas, nesse caso, já misturei os dois. O que faz com que seja mais fácil dizer sim.

No entanto, hesito. E um par de olhos castanhos estúpidos toma conta da minha mente.

Por isso, balanço a cabeça e dou um empurrãozinho no ombro de Luc.

– Preciso ir pra casa.

Tem panqueca para o café da manhã, o que, pelos padrões de Liam, garante que o dia vai ser bom.

A Sra. B., nossa vizinha que muitas vezes nos ajuda, se ofereceu para cuidar dos meninos hoje, porque o treinador Kelley mandou um e-mail à meia-noite me convocando para um treino de última hora no rinque comunitário.

O que significa que preciso chegar lá algumas horas mais cedo para garantir que minha atual combinação de saltos e minha espiral estejam o mais impecáveis possível. Estou desesperada para que esse ano seja diferente, começando por não decepcionar o treinador Kelley.

Mas então vejo o carro de Rhys.

Os sentimentos assomam dentro de mim rápido demais para me concentrar em um só: raiva, frustração, medo, preocupação... empolgação e expectativa.

Percebo que quero vê-lo, por mais que queira gritar com ele para sair do meu rinque e da minha cabeça.

Você não pode tocar nele. Para com isso.

Repito esse mantra mentalmente enquanto caminho até o rinque e desço na direção dos vestiários, pronta para ser firme. Para dizer que não podemos mais patinar juntos, pelo bem da minha sanidade.

Merda.

Rhys está sentado no banco, com as costas apoiadas nos armários, curvado e suando, de patins, as pernas abertas enquanto tenta respirar, como se estivesse se afogando.

Minha mochila cai do ombro. Minha raiva desaparece.

O som o deixa alerta, e os olhos castanhos disparam na minha direção, em pânico, então se semicerram quando ele percebe que sou só eu.

– A gente tem que parar de se encontrar desse jeito – murmura, sua boca carnuda se arqueando no que imagino ser algum tipo de sorriso, mesmo que mal esteja lá por conta da exaustão.

Meu estômago dói. Encontrá-lo assim de novo... uma semana antes de ele ter que voltar aos treinos...

Meu coração parece ter se alojado na garganta.

– Rhys – mal consigo dizer, minha mão alcançando seu rosto.

É só quando ele coloca os dedos ao redor do meu pulso que percebo que estou tremendo.

– Preocupada comigo, lindeza?

– Aterrorizada – admito. – Pensei que tivesse melhorado.

– T-também pensei. – Ele geme e apoia a cabeça na palma da minha mão, como se eu fosse a única coisa a sustentá-la. – Hoje é só um dia ruim.

– Eu deveria ter trazido panquecas pra você – digo, sem perceber como isso soa absurdo.

Ele ri, ofegante mas feliz.

– Por favor, me explica essa.

– O Liam acredita que, quando faço panquecas, o dia vai ser bom.

Ele sorri para mim, os olhos inocentes brilhando, as covinhas profundas no rosto.

– Vou tentar isso da próxima vez. Mas aposto que você faz as melhores panquecas do mundo.

– Vou fazer algumas pra você qualquer dia desses – sussurro e me sento ao seu lado enquanto ele seca a testa e se inclina para trás. – Você tá legal?

Rhys assente. Depois de endireitar a coluna, bebe um pouco de água.

– Tô. Mas, só pra avisar, vou aceitar, viu? Adoro comida de café da manhã.

– Pensei que você fosse time salgado, não time doce.

– Gosto de qualquer coisa quando se trata de você – confessa ele, e meu coração fica apertado.

Ele mergulha a mão no bolso e ela volta com um fone de ouvido para mim. Só então percebo que ele está com meus fones antigos e que estava ouvindo música.

– Não consegui encontrar o meu rápido o bastante – explica Rhys, com um suspiro.

Pego o fone que Rhys me oferece e deixo o fio nos unir enquanto ele me entrega o celular para escolher a música.

CAPÍTULO DEZ

Sadie

Rhys poderia muito bem estar com uma placa grudada na testa dizendo Me beija. E eu deveria ter uma de Que ideia horrível.

Nada disso está saindo de acordo com o meu plano.

Ver Rhys curvado desse jeito faz meu peito doer. Ele está usando apenas a calça de moletom e uma camiseta esportiva que fica esticada no peito largo. A cabeça está entre as mãos, os dedos entre as mechas castanhas grossas e indisciplinadas e a respiração sai trêmula pelos lábios, que estão contraídos em uma linha estreita.

"Make This Go On Forever", do Snow Patrol, está tocando no meu ouvido direito, aumentando a intensidade a cada instante, alimentando a energia entre nós.

Minhas experiências anteriores de pegação foram rápidas, com mãos-bobas no escuro. Em geral, acabaram antes mesmo de começar de verdade. São meu tipo favorito de distração quando estou sentindo tantas coisas que elas transbordam da minha vida doméstica e se infiltram em todo o resto.

Mas a maneira como Rhys está me olhando não é só desejo: é aquele desespero que conheço tão bem das partes mais sombrias da minha mente que me isolam de tudo.

A necessidade de sentir algo simplesmente para me firmar no agora.

Tenho que me lembrar do que é isso antes de me atrever a tocá-lo. Para me deixar ser isso para ele. Rhys é um jogador de hóquei popular que oculta tudo sob uma fachada impecável. Já o vi vulnerável, várias vezes, e *sei* que ele não vai pedir abertamente, mesmo ao se aproximar um pouco mais.

Então me junto a ele, nossas respirações, nossos movimentos, até que sua testa tensa esteja encostada na minha, o suor em sua pele agora frio no vestiário gelado.

O hálito que sopra contra meus lábios é mentolado e fresco. *Sei* como isso é assustador, que eu deveria mesmo me afastar, pegar meus fones de ouvido e me concentrar, espantar minhas emoções borbulhantes como costumo fazer, mas algo me mantém aqui, atraída por seu poço profundo de desesperança, como uma mariposa que não resiste à chama.

Não posso salvá-lo, nem se eu quisesse. Se alguém precisa ser salvo, são Oliver e Liam, e definitivamente não cabe a mim tentar proteger o jogador de hóquei que se afoga na minha frente nesse instante.

Mas ele precisa de mim.

É. Na certa. Pra isso, talvez.

Não acontece devagar, leva só o tempo necessário para que eu tome fôlego antes de avançar, os lábios encontrando os dele sem hesitação, apenas uma necessidade.

Um gemido baixo escapa da garganta dele e soa como alívio absoluto. Então ele reage e corresponde à paixão que estou alimentando até parecer que a gente faz parte de um ciclo contínuo. Suas mãos alcançam minha cintura, me puxando de um jeito quase brusco, e me sento em seu quadril, montada nele no banco baixo. Suas costas batem nos armários enquanto os patins meio amarrados nos pés sulcam o tapete de borracha.

Recuo de modo a olhar para ele e absorvo os detalhes: a mecha grossa dos cabelos escuros caindo na testa, o rubor das bochechas e a escuridão dos lábios inchados entreabertos, por onde sai a respiração ofegante. As mãos dele ainda estão em mim, fazendo com que eu me sinta muito delicada pela maneira como envolvem toda a minha cintura enquanto se movem para cima.

– É isso que você quer? – pergunta ele num arquejo, a voz rouca, enquanto me encara com os olhos semicerrados.

Estendo a mão para Rhys, mas ele pega meu pulso e o segura.

– Diz pra mim – insiste ele.

Minha voz se foi, minha boca está tão seca que parece que passei meses sem uma gota de água. Só consigo assentir.

Um sorriso de tirar o fôlego e que nunca vi antes atravessa os lábios de Rhys, duas covinhas aparecendo em suas bochechas quando ele ri e fecha os olhos antes de pressionar a boca no meu pulso e murmurar contra a pele:

– Que bom. Eu também.

Não consigo decidir o que fazer com ele primeiro.

Deslizo as mãos pelos ombros e pelo pescoço, então entrelaço os dedos nos seus cabelos. Agarro-os de leve e, dessa vez, me dedico ao seu pescoço, passando a língua ali e distribuindo beijos rápidos. Ele geme de novo, um gemido longo e alto com os lábios bem colados na minha orelha, o que causa arrepios na minha pele. Os movimentos dos nossos corpos são bruscos o bastante para fazer os dois fones de ouvido caírem; o celular dele bate no chão, deixando a gente em um silêncio que ecoa.

As mãos de Rhys traçam um padrão na minha lombar e, por um momento, começam a descer. Espero que ele faça *algo*, qualquer coisa, simplesmente preciso de mais. Mas, depois de uma breve hesitação, suas palmas acariciam minha coluna, subindo por cima da roupa até alcançarem o cabelo na nuca, e se movem para tomar meu rosto nas mãos enquanto me beija de novo.

Pego suas mãos enormes com as minhas, firmes e insistentes, e as deslizo para baixo, descendo mais um pouco, até cobrir minha bunda.

Rhys geme, me aperta, e eu sorrio e mergulho num beijo para engolir seu som.

É inebriante a sensação de estar em cima dele e no controle. Estamos só nos beijando, mas parece mais do que qualquer amasso que já dei.

Minutos ou horas; não há um conceito real de tempo enquanto estou ali, em cima das suas coxas. A única coisa que me mantém sã é o espaço que guardo entre nós, meus joelhos plantados em ambos os lados dele, de maneira que pairo sobre a saliência sob mim. Nem vou me permitir olhar.

E talvez essa seja a única razão pela qual ouço o estrondo alto que ecoa quando a porta dos fundos bate, indicando a chegada de alguém.

Saio depressa do colo de Rhys, me atirando no chão.

– Que isso! – murmura ele, mas não consigo olhar para Rhys enquanto meu celular se ilumina.

Não são nem seis da manhã, então não deveria ter ninguém nos corredores dos fundos. Ainda assim, é um lembrete de que já não temos aquelas manhãs de verão sozinhos: agora é a vida real.

O que significa que alguém muito específico vai estar aqui antes que eu consiga me livrar do rubor nas minhas bochechas.

Fico de pé, prendo o cabelo num coque desgrenhado e me viro de novo para o jogador de hóquei que, infelizmente, vai estrelar minhas fantasias a partir de agora.

Eu me sento no banco em frente a ele como se nada tivesse acontecido, ignorando a sensação abrasadora de seu olhar sobre mim mais uma vez.

– Sadie...?

O encanto se desfez. O calor dentro de mim se esvai quanto mais olho para ele, a culpa assumindo o controle.

Você não pode ajudar ninguém. Você só vai estragar tudo para sempre.

– Tenho que praticar.

Calço meus patins e amarro os cadarços depressa com as mãos trêmulas, como se tivesse absorvido cada pedacinho da ansiedade de Rhys. Ele abre a boca, mas ergo a mão para detê-lo.

– Sério, Rhys, não fala nada. Foi bom.

– Então por que você tá indo embora?

Odeio a vulnerabilidade na voz dele quase tanto quanto me odeio.

Porque isso muda tudo que a gente construiu nas nossas manhãs tranquilas. Não posso te salvar se for eu quem estiver te puxando pra baixo comigo.

Preciso me concentrar. Oliver, Liam, Ro, patinação, trabalho, faculdade. É isso que importa.

Não decepcione o treinador Kelley. Não deixe que este ano seja como o anterior. Não se distraia.

Oliver, Liam, Ro. Patinação, trabalho, faculdade.

Quero dizer algo gentil, até pedir desculpa, mas a única coisa que consegue sair dos meus lábios inchados é uma repetição frágil:

– Tenho que praticar. – De pé nos meus patins e já com os protetores, finalmente olho para Rhys mais uma vez. – E preciso de *foco*. Isso não pode voltar a acontecer.

As sobrancelhas dele desabam e ele me observa enquanto jogo meu moletom na mochila e quase saio correndo pelo túnel até o rinque.

Patino por apenas trinta minutos antes de decidir voltar, na esperança de que ele esteja onde o deixei. Pratico um pedido de desculpa na minha cabeça uma ou duas vezes, porque pedir desculpa não é bem algo que eu faça o tempo todo. Mas, antes que eu possa contornar o túnel até o vestiário, ouço duas vozes.

Uma delas é masculina, agora conhecida.

A outra também reconheço, infelizmente.

Dobro a esquina e vejo Rhys de pé, sem patins e totalmente ereto, uma torre ao lado de Victoria cujo corpo flexível está coberto de elastano. Ela é linda, com longos músculos torneados e coxas bronzeadas sob a saia de babados. Pra completar, usa polainas azul-bebê que combinam perfeitamente com os patins brancos e brilhantes. Ela se parece com as garotas dos cartazes que eu tinha no quarto quando era criança, com as atletas olímpicas recortadas de revistas que eu colava dentro dos meus fichários da escola. A aparência dela é a que eu imaginava que teria hoje.

Graciosa e forte, mas bonita. Não essa patinadora cansada, emotiva demais – até mesmo detestável – que me tornei.

Percebo que Victoria combina com Rhys. Ambos têm braços e pernas compridos. Ela está com o cabelo louro-claro num coque bem preso, tem lábios carnudos e exibe uma pele ainda bronzeada do verão que passou na costa da Itália, o qual acompanhei com inveja pelas redes sociais debaixo do edredom no meu quarto, comendo cerejas cobertas de chocolate até dizer chega.

E Rhys, com sua máscara de perfeição, não deixa transparecer nenhum traço de medo e vulnerabilidade. No lugar do cara de antes está o belo astro de hóquei universitário que imagino que ele costume ser: o cabelo bagunçado como se tivesse acabado de sair de uma patinação intensa, a pele corada e um sorriso que brilha como uma estrela. A luz cintila até em suas íris, as pequenas manchas cor de avelã mais reluzentes enquanto os olhos ficam enrugados e as covinhas aparecem.

Ele é o próprio menino de ouro do campus que imaginei. Uma versão um pouco mais robusta da foto de equipe que encontrei na minha pesquisa ilícita na internet.

Algo nisso faz meu estômago doer.

Victoria coloca a mão delicada no braço dele enquanto volta a falar.

Uma explosão irracional de ciúme faz com que minha coluna se endireite antes de me sentar longe dos dois no banco, batendo minha mochila ali com mais força do que o necessário.

– Ah!

Victoria se apruma depressa ao me notar e gira o corpo um pouquinho para conseguir encarar nós dois. Fica abrindo e fechando uma presilha de cabelo rosa na alça de sua bolsa. O som de algo raspando penetra nos meus ouvidos, mas não mais do que sua risadinha alegre.

– Bom dia, Sadie. Não vi você aí. Já conhece o Rhys?

Ela gesticula para ele, inclinando o ombro na direção do bíceps dele como se fossem íntimos.

Enquanto ainda sinto o gosto dele.

Lambo os lábios. Meus olhos deslizam para encontrar o olhar curioso dele, grudado no meu rosto do jeito que sempre tem acontecido.

– Não. Não sabia que era dia de trazer o namoradinho pro trabalho, ou eu não teria vindo sozinha.

Embora as palavras sejam dirigidas a Victoria, é Rhys que quero atingir. O rápido movimento de sua mandíbula e o inflar de suas narinas são as únicas provas de que fui bem-sucedida.

Meu celular vibra de novo e finalmente o pego, atendendo sem nem olhar.

– Que foi?

– Sadie. – A voz chorosa do meu irmãozinho mais novo chega através da linha e meu coração despenca até a barriga. – Você… você tem que voltar.

Não hesito nem por um instante antes de sussurrar para o aparelho:

– Tô indo, chuchu.

Desligo em seguida. Ainda de costas para eles, amontoada no canto como se pudesse desaparecer ali, ouço o suspiro pesado de Victoria.

– Foi mal – diz ela, sua voz um sussurro baixo e suave destinado apenas a Rhys na sala cheia de eco. – A Sadie é meio… solitária. Ela não se dá muito bem com outras pessoas.

Eu me dei muito bem com ele por um mês.

A maneira como ela fala de mim, como se eu fosse uma criança problemática, só aumenta minha raiva por seu rostinho descansado e sua beleza de olhos brilhantes, até que a irritação borbulha da minha boca.

– Bem, só tem espaço pra uma pessoa no primeiro lugar, Vicky – disparo com um sorrisinho de ódio no meu rosto mal-humorado e pálido. – Mas talvez um dia você chegue lá.

– Sadie.

Meu estômago revira e o suor se acumula na minha testa. O treinador Kelley está de pé na porta com um olhar carrancudo e as sobrancelhas franzidas. A decepção dele sempre foi uma enorme fraqueza minha, já que ele é a única figura masculina que admirei durante a maior parte da minha vida.

Ele começou a me treinar quando eu tinha 11 anos, depois de me ver dar um chilique por minha sequência de primeiros lugares ter acabado, sem nenhuma figura paterna para me impedir de puxar a coroa de plástico da cabeça de outra menina com o cabelo penteado para trás. Ele só tinha cinco anos de experiência como treinador na época: havia começado a carreira logo após romper um ligamento cruzado anterior e não conseguir mais recuperar o nível do salto Lutz quádruplo que tinha atingido na Olimpíada.

Ele me acompanhou dos juniores até a faculdade, quando perdi as classificatórias para a Olimpíada. Mas sua decepção por saber que sua melhor aluna nunca patinaria pela seleção dos Estados Unidos me assombrou. Em parte, foi isso que fez minha saúde mental ir por água abaixo.

E também que me levou a tomar uma sanção da universidade. Só vou poder competir quando aumentar minha frequência para pelo menos setenta por cento.

Treinador. – Faço uma careta, quase incapaz de engolir, tamanho o pânico.

Meu Deus, por que todo mundo está aqui tão cedo hoje?

Estendo a mão para desamarrar os cadarços dos patins e evitar todos os olhares na minha direção.

– Vamos ter problemas de novo este ano?

Mantenho a cabeça erguida, mas minhas bochechas estão quentes de vergonha por conta da óbvia bronca – e, pior, na frente de Victoria e Rhys.

– A gente já conversou sobre… – começa ele, antes de se dar conta de que estou *desamarrando os cadarços* dos patins. Suas sobrancelhas se arqueiam bastante. – O que você tá fazendo?

Balanço a cabeça. Frustração, raiva e medo se misturam a ponto de fazer meus olhos arderem.

Isso é culpa sua! Você beijou Rhys. Você se distraiu. Você deixou Oliver e Liam sozinhos.

– Não dá. – Balançando a cabeça, ranjo os dentes a ponto da minha mandíbula quase se partir. – Tenho que ir.

– Sadie – dispara o treinador Kelley, agarrando meu braço enquanto tento passar por ele. – Você conhece as regras. Sua sanção ainda está valendo. Você não pode perder...

– Eu sei.

Eu me livro do aperto dele, sem me preocupar em olhar para trás enquanto corro para fora dali na direção do meu carro.

– Sadie – chama uma voz assim que minha mão agarra a maçaneta da porta do motorista. – Peraí... Aonde você tá indo?

Fecho os olhos com força e disparo depressa:

– Me deixa em paz, Rhys.

– A gente precisa conversar...

– Não, não precisa. – Atiro a mochila no banco do carona. – Eu tenho que ir e você precisa sossegar. Você tá ficando grudento, craque.

Odeio essa versão minha: desesperada, motivada pelo medo e detestável, querendo tudo e todos longe porque é muita coisa para lidar. Mas Rhys precisa ver isso para se dar conta de que aquele beijo foi um erro.

Ouço a vozinha de Liam se repetindo dentro da minha cabeça.

Bato a porta do carro, travo a tranca e tento dar a partida, mas ouço apenas o grito estridente do motor se recusando a funcionar.

– Não – murmuro, lágrimas ardendo nos olhos. – Não, não, não!

Tento dar a partida de novo e de novo.

Nada.

Há uma batida na minha janela antes que o menino de ouro do hóquei e seus olhos tristes estejam ao lado do meu carro, fazendo sinal para que eu abaixe o vidro. Quero ignorá-lo, mas o medo pulsando na minha garganta faz com que minha mão gire a alavanca e abra a janela.

– Que foi?

Rhys suspira, passando a mão pelos cabelos longos e bonitos de uma forma que me distrai e me irrita ao mesmo tempo.

– Eu sei que você disse que não somos amigos.

Estou sendo ridícula, mas não consigo me impedir de disparar:

– Você tem razão nesse ponto.

Uma risada estranha brota dele e quase parece que está lhe causando dor.

– Certo, bem, foi você quem enfiou a língua na minha boca, gatinha, então acho que o seu jeito de não fazer amizade é algo com que posso lidar.

– Gatinha? – disparo antes que consiga deixar a vergonha por conta de seu comentário grosseiro me dominar por completo. – Presta atenção. "Lindeza" já era ruim o bastante.

– É por causa dos seus olhos.

Ele dá um sorrisinho e, por um momento, consigo enxergar o Rhys de antes. Talvez nossos caminhos já tenham se cruzado, na verdade, porque agora ele parece o herói do campus, o menino de ouro do hóquei e exatamente o tipo de ficada casual com a qual eu estaria me envolvendo.

– Não. – Eu o encaro com fúria.

Ele ergue as mãos numa rendição rápida.

– Vou escolher outro apelido pra você, então.

– Sem apelidos – retruco.

Apelidos parecem muito íntimos.

Ele bufa.

– Olha quem fala, a garota que fica tirando sarro de mim dizendo que sou o craque do hóquei. Tá tentando me deixar com algum complexo?

– É difícil te dar algo que você já tem.

Na verdade, eu *não* o conheço. Na verdade, tudo o que vi dele até então só deve ser a prova de que ele não é o *craque* do hóquei que gosto tanto de falar. Durante o mês em que patinei com ele, Rhys ou foi tão fofo que fez meu coração doer, ou esteve triste e em pânico de um jeito devastador.

Nenhuma parte que ele dividiu comigo foi a imagem do capitão de hóquei, Rhys Koteskly... Até hoje.

– Tá bem – diz ele.

Mas a expressão em seu rosto parece um pouco desamparada e me faz querer retirar o eu que disse. Odeio isso. Mordo o lábio com força, na esperança de evitar que qualquer outra coisa horrível saia da minha boca.

Meu celular toca de novo: os rostos sorridentes de Oliver e Liam brilham na tela e enviam outra onda quente de ansiedade pelo meu corpo. Atendo depressa, esperando, de olhos bem fechados, ouvir os soluços de Liam, mas é Oliver dessa vez.

– Sadie?

– Ei, campeão. – Mal consigo me forçar a falar. – Você tá legal? Já tô a caminho.

– A gente perdeu o ônibus de manhã. E o Liam fez xixi na calça de novo. A gente vai se encrencar por ser o primeiro dia de aula?

Uma respiração de alívio deixa meus lábios e balanço a cabeça, mesmo que ele não consiga ver.

– Tudo bem, tá tudo bem. E não, vocês não estão encrencados. Não se preocupa. Logo vou chegar em casa e a gente vai dar um jeito.

Depois de desligar, viro o corpo todo para a janela abaixada e agarro a borda com as duas mãos.

– Você ia me oferecer uma carona? Porque vou aceitar.

– Ia.

A expressão de Rhys é uma mistura de alívio e confusão, provavelmente por causa da minha atitude ora calorosa, ora fria.

– Ótimo!

Quase o derrubo quando abro a porta de repente. Ele só vacila por um instante antes de pegar a maçaneta e segurar a porta para mim. Tira a mochila do meu ombro, leva para seu carro chique e reluzente – que já admirei uma vez esta manhã – e a coloca no banco de trás.

Quando entro, sinto o couro frio na minha pele. Eu me inclino para trás, como se já tivesse estado nesse carro com ele um milhão de vezes.

A bolha que se forma ao meu redor quando estou sozinha com Rhys começa a me envolver enquanto ele se acomoda ao meu lado e pega meu endereço. Seus olhos ficam atentos à câmera de ré e depois ao trânsito, como se ele tivesse acabado de tirar a carteira de motorista.

– Detesto dirigir – diz ele, bufando, depois de alguns minutos em silêncio, as bochechas brilhando e os olhos arregalados como se não fosse bem sua intenção dizer isso em voz alta.

– Por que aceitou me dar carona, então?

Sua testa fica franzida de novo, as mãos apertam o volante com força antes de ele soltar um suspiro pesado que agita o cabelo cheio sobre a testa. E então sorri, aquele mesmo sorriso radiante e estrelado, cheio de covinhas, e percebo... que não é falso, ele é lindo desse jeito mesmo.

– Você precisava da minha ajuda.

Não confio em mim mesma para responder qualquer coisa.

Ficamos em silêncio no carro, mas meus ouvidos estão atentos à música que ele coloca pra tocar, como sempre ficam. É apenas a estação pop local, transmitindo os principais sucessos do momento. Rhys não canta junto, nem mesmo bate os dedos; é como se estivesse concentrado demais em dirigir para notar qualquer outra coisa. Enquanto isso, todos os músculos do meu corpo estão tensos para não me deixarem cantar todas as músicas ou dançar no assento. Música, assim como sexo, é uma forma de alívio para mim. Quando tudo parece me sobrecarregar, é um espaço seguro para canalizar as coisas – muito mais do que minha tendência a me entregar a pegações no banheiro de madrugada ou a encontros que não duram nem uma noite inteira.

Música, qualquer estilo, faz com que eu me sinta bem.

Estou tão ansiosa com a tensão aumentando dentro do carro que tento sair pela porta como um brinquedo de mola no segundo em que ele se aproxima um pouquinho da esquina da minha rua sem saída, empurrando a porta com força para abri-la.

– Meu Deus! – grita ele, freando com tanta força que a porta aberta balança, quase me atingindo, apesar de eu estar segurando o puxador. – Pelo amor de Deus, Sadie, por favor, nunca mais faz isso.

Quero retrucar algo sarcástico, mas há um medo genuíno nos olhos dele. Pela expressão em seu rosto, é como se tivesse acabado de ver um fantasma. É o mesmo olhar que vi nele quando caí e bati nas placas.

Por isso, mordo o lábio e murmuro um pedido de desculpa, emendando com um agradecimento enquanto aponto por cima do ombro para a casinha dilapidada de dois andares e tijolos vermelhos atrás de mim, a grama muito alta e cheia de ervas daninhas. Não tenho vergonha – já tive o suficiente para uma vida inteira –, mas Rhys em um BMW preto brilhante é algo que logo me passa a ideia de faqueiros de prata e dinheiro do papai, mesmo que ele tenha um poço profundo de segredos e traumas emocionais debaixo do cabelo bonito e do sorriso lindo. Mostrar a minha casa, onde se encontram todos os *meus* segredos, de fato não está no topo da lista de coisas que eu gostaria de fazer com o jogador de hóquei.

– Preciso ir. Sério, valeu, Rhys.

Ele estende o braço comprido pelo painel e consegue me impedir de fechar a porta. O gesto é surpreendentemente sedutor e minhas bochechas ficam coradas e quentes.

– Tem certeza de que você tá legal? – pergunta, a preocupação em seu rosto me estabilizando.

Ele deixa o resto no ar, mas posso ver nos seus olhos. Eu o ajudei quando ele não conseguia ficar de pé, e ele está se oferecendo para fazer o mesmo. Mas sei que convidá-lo para minha prisão só vai colocar em risco aqueles que confiam em mim e vai revelar tudo o que consegui conter por anos. Isso sem falar que ainda posso *senti-lo* – e sei que me permitir continuar perto dele só vai piorar as coisas. Mesmo agora, tudo o que quero é deixar as mãos dele agarrarem meu quadril e me puxarem até seu colo com a força que sei que ele tem, para em seguida me pressionar contra o volante...

Não. Não com ele. Para com isso.

– Preciso ir. Obrigada – repito, fechando a porta.

Na manhã seguinte, antes mesmo de planejar o que vou fazer para recuperar meu carro, saio de casa e encontro meu jipe na entrada da garagem, limpo e encerado. E ele dá a partida sem reclamar.

CAPÍTULO ONZE

– Se lembra do que o médico falou sobre barulho e bebida, Rhys – segue falando ao telefone minha mãe, a voz saindo cristalina pelos alto-falantes do meu carro.

Minha cabeça está apoiada no material excessivamente macio do encosto do banco enquanto tento manter a respiração estável dentro do veículo frio – apesar do sol batendo na janela.

– Na verdade, que tal eu conversar sobre isso com nosso querido Ben? Ele ficaria feliz em ajudar...

– Mãe. – Desde que estacionei em frente ao edifício universitário de tijolos vermelhos, é minha quinta tentativa de acabar com essa conversa movida a ansiedade. – Vou ficar legal. Não precisa mandar nada pro Ben, tá?

– Rhys – diz ela, meio soluçando ao telefone, e meu peito se contrai. – Se quiser voltar, tudo bem, a gente dá um jeito...

– *Uspokoit'sya*, meu amor – ecoa a voz do meu pai no interior macio do carro, de repente fazendo tudo parecer menor, fazendo com que *eu* me sinta menor. Fecho os olhos com força e seguro firme o volante. – Deixa meu filho em paz agora, pode ser? Vocês estão conversando desde que ele saiu, faz meia hora. Ele precisa de tempo.

– Eu tô bem, mãe – afirmo, engolindo em seco o nó na garganta. – Juro. Amanhã te ligo de novo.

Após essa promessa, ela finalmente concorda em desligar. Percebo meu pai falando baixinho em russo com ela e sei que é ele quem pressiona o botão de encerrar a chamada.

Um baque alto chama minha atenção para a janela, onde vejo Freddy, boquiaberto e com a estupefação estampada no rosto de um jeito bem exagerado. Ele tira os óculos de sol aviador e abre minha porta.

Matthew Fredderic, ala esquerdo do time, meu colega de casa e mala sem alça em tempo integral. De capacete, patinando num rinque, poderíamos passar por gêmeos: temos a mesma altura e constituição, o que faz maravilhas para a nossa jogada de ala e central. Mas, fora do gelo, somos como água e óleo. Freddy é louro, com olhos verdes inocentes e um sorriso sedutor até demais, só para combinar com a personalidade "ame-o ou deixe-o" que produz um rastro de corações partidos. Ele já tem fama disso (na verdade, desde o primeiro ano) e, segundo dizem por aí, era tão promíscuo no ensino médio quanto é na universidade. O tipo de cara que a gente fica preocupado de apresentar para a *mãe*, imagina para a irmã.

– Sabia que eu tava nas últimas. – Freddy dá um suspiro dramático, jogando o peso do corpo contra a porta aberta assim que saio do carro. – Os tacos de peixe daquele food truck finalmente acabaram comigo, Reiner. Estou tendo alucinações.

Consigo dar um jeito de abrir um sorriso antes que meus olhos se fixem na figura que está surgindo atrás dele, de braços cruzados, ainda de pé ao lado da caminhonete.

Bennett Reiner é meu melhor amigo desde que a gente tinha 5 anos. Nossos pais jogaram juntos nos juniores e na NHL por apenas um ano antes que o pai de Ben rompesse um ligamento cruzado anterior e encerrasse a carreira bem na temporada de estreia. Nossa primeira aula de Aprenda a Patinar nos uniu antes mesmo do hóquei e da escola. Éramos inseparáveis, a ponto de sermos apresentados sempre juntos para treinadores de alto nível das escolas de hóquei de prestígio na área. Enquanto minhas habilidades e velocidade se desenvolviam em posições ofensivas, o que acabou fazendo com que eu virasse atacante central, Ben ficava cada vez mais forte e mais alto, sem nenhuma jogada agressiva, até que os treinadores o colocaram no gol.

Ele é o melhor goleiro com quem já joguei, alguém em quem posso confiar para se manter calmo e equilibrado, não importa o placar. Sempre meticuloso, principalmente com sua rotina, Bennett é uma presença sólida. Uma em que não permiti me apoiar, achando que iria puxá-lo para baixo comigo.

– E aí? – digo, acenando com a cabeça e deixando Freddy fechar a porta do carro depois que saio.

Tem muita coisa que eu poderia dizer. As palavras se misturam na minha cabeça.

Desculpa, Ben. Eu mal conseguia abrir os olhos, muito menos encarar meu pai.

Falar com você, ser honesto com você, seria como escalar o Everest, porque a ideia de nunca mais estar no gelo de repente ficou tão aterrorizante quanto a de estar no gelo de novo.

Eu me odiei quase tanto quanto o hóquei me odeia e não queria sentir nada nem remotamente confortável. Você é um salvador, um protetor – mas não conseguiria me proteger disso.

Você é meu melhor amigo e nunca quis te magoar, mas tudo dentro de mim ficou sombrio, apodreceu, e ainda não está melhor. Eu sou um nada agora e não queria que você me visse assim, mesmo sabendo que é egoísmo.

Em vez disso, passo a mão pelo cabelo e depois as enfio nos bolsos do short, assentindo.

– Como vai?

Ele não responde. Olha imóvel para mim, uma quietude que só vi nele.

– Vou levar as cervejas pra geladeira – sugere Freddy, seu sorriso vacilando. Ele dá um tapinha no meu ombro. – É bom ter você de volta, Rhysie.

Freddy passa por Bennett a caminho da caminhonete e aperta o ombro dele com força, ignorando a maneira como Bennett joga o ombro para trás de leve para se desvencilhar do toque. Freddy pega os mantimentos pela porta ainda aberta da caminhonete de Bennett e passa pela gente para entrar na casa carregando as sacolas de papel.

O silêncio se estende entre nós, assim como o jardim verde imaculado que sei que Bennett deve ter aparado de manhã. Rotinas, mesmice: Bennett vive para isso.

– Bennett, olha...

Ele ergue a mão enorme, impedindo que as palavras jorrem da minha boca.

– Não era tão difícil assim pegar um telefone, Rhys. Nem que fosse só pra mandar uma mensagem. – Ele parece impassível, mas seus olhos azuis são poças profundas de mágoa e traição. – Achei que você fosse morrer...

É como se ele tivesse dado um soco no meu estômago.

– Ben...

– Não.

Ele balança a cabeça, contraindo os lábios, e passa a mão pelos cabelos. Tira os óculos escuros da camisa e coloca no rosto, como se cobrir a vermelhidão dos olhos me impedisse de ouvir a dor em sua voz.

– Da última vez que te vi, você tava numa cama de hospital. Tem noção? Você me deixou no vácuo, implorando pra sua mãe por qualquer notícia sua. E eu tive que ir pro intensivo de verão sem você, tive que manter o embalo da equipe e dizer pra eles que você tava em algum tipo de intensivo de recuperação. Eu me senti um otário, excluído pelo meu melhor amigo.

Cada palavra que sai da boca de Bennett parece o estalo de um chicote, mas vou aceitar todas de bom grado. Na verdade, elas só alimentam a sombra dentro de mim.

Você fez isso com ele. E não pode nem se sentir mal com isso, porque está vazio. Não sobrou nada, nem mesmo para o seu melhor amigo. Egoísta.

Então, em vez de qualquer outra coisa, faço que sim com cabeça. Bennett não gosta de ser tocado, caso contrário eu já teria lhe dado um abraço. As emoções dele estão óbvias em seu rosto, fáceis de ver, mesmo com a barba bem aparada e os óculos escuros.

– Não vou me desculpar agora, porque vai parecer que não tô falando sério. – Dou de ombros antes de assentir, decidido. – Mas tô de volta. Tô me mudando hoje, vou sair à noite ou sei lá, e segunda-feira estarei no treino. Não vou embora.

As palavras "não vou te abandonar de novo" ficam no ar ainda que não sejam pronunciadas, mas consigo perceber que ele aceita minha oferta de paz enquanto ajeita os óculos escuros e fecha a porta da caminhonete preta brilhosa. Pego minhas malas no banco de trás e me viro de novo na direção dele, pronto para deixar que tente outra vez. Ele vem ficar do meu lado, mas me mantenho alguns metros atrás, seguindo-o enquanto andamos para casa.

– Bem-vindo de volta, capitão – diz ele baixinho, indo na minha frente para abrir a porta da entrada. – Ainda tô bravo com você.

O cão de serviço de Bennett, sentado pertinho da porta, bufa para mim como se estivesse de mau humor, igual ao dono. Isso me dá uma sensação de lar que explode por todo o meu corpo.

– Tô feliz por estar de volta, Reiner.

E, mesmo que seja por um único instante rápido e fugaz, esse calor no meu peito é suficiente.

Tem que ser por enquanto.

Acabamos não indo pra nenhuma festa nessa noite, mas pra nossa lanchonete local favorita. Bennett se senta à minha frente e Freddy, à minha direita, e beliscamos as sobras do nosso pedido enorme. Tem três pratos de asinhas, batatas rústicas e legumes pela mesa e, no centro, o último pedaço de um pretzel gigante quase caindo do gancho no qual foi entregue.

Bennett está sorrindo agora, um sorriso verdadeiro que exibe todos os dentes, enquanto Freddy conta de novo a história de quando deu em cima da coordenadora de desenvolvimento de jogadores do Bruins durante o intensivo de verão e quase foi derrubado no gelo logo em seguida pelo namorado dela, que é jogador profissional da liga.

– Nem *ferrando* que o cara vai te ajudar com aquele drible cheio de firula lá – diz Bennett, engolindo outro gole da cerveja produzida na região, que tem um tom quase laranja.

Quando se trata de cerveja, ele é bem metido a besta e não quer saber de dividir comigo e com o Freddy.

– Essa jogada tem nome, tá?

O sorriso de Bennett só fica maior.

– Pois deveria se chamar Missão Impossível. De jeito nenhum você vai conseguir ficar bom o suficiente nela pra usar numa partida.

O jeito alegre deles de falar traz um sorriso aos meus lábios quase sem nenhum esforço. No ano passado, Bennett esteve prestes a dar um chega pra lá em Freddy, de saco cheio da arrogância e da obsessão dele com dribles exuberantes. Não eram jogadas que ele pudesse pôr em prática no calor do momento durante uma partida, mas Freddy *adorava* encarar os aquecimentos e os treinos como um confronto só pra irritar nosso pacato goleiro.

– Teve notícias de Tampa?

É Bennett quem pergunta. Tenho que engolir em seco antes de fazer que não com a cabeça.

Antes mesmo de vir para a Waterfell, fui convocado pelo Relâmpagos da Baía de Tampa. Depois que meu diploma estivesse garantido, eu teria um lugar no time. Só que, logo após a lesão, eles retiraram a oferta e não tive mais notícias, o que me deixou desesperado por provar a outras equipes profissionais que ainda sou bom, talvez melhor que antes.

Meu melhor amigo me observa com atenção, de olho na minha bebida de uma forma que me faz me perguntar se recebeu alguma mensagem da minha mãe, mas tento ignorar. Ainda assim, o suor começa a se acumular na minha testa e a onda de calor no meu pescoço me faz puxar o colarinho. Se existe alguém que vai notar que tem algo errado comigo, essa pessoa é Bennett Reiner.

– Mas tão de brincadeira comigo! – resmunga Freddy com a boca cheia de massa antes de soltar um gemido e se afundar no assento, batendo o celular na mesa pegajosa.

– Que foi?

– Essas drogas de marias-patins acabando com a minha vida – se queixa ele, então arranca o resto do pretzel do suporte feito um homem das cavernas e enfia tudo na boca já cheia. – A história da Paloma tá fazendo com que eu me arrependa de dar ouvidos a vocês dois, seus manés.

As narinas de Bennett se inflam, o maxilar se retesa enquanto ele engole uma resposta atravessada. Em geral, esse seria o momento em que eu mudaria de assunto para manter a paz, mas estou distraído pelo vídeo que está sendo reproduzido sem parar no celular do Freddy.

Não me importo com a loura em primeiro plano que gira a câmera para mostrar toda a festa da fraternidade. No entanto, reconheço uma garota de cabelos escuros enquanto a câmera passa depressa por ela.

A garota só fica visível por um segundo, então o vídeo muda para uma sequência de fotos de drinques e brindes e, antes que eu consiga pensar direito, tiro o celular de Freddy da mesa, clico para voltar e pauso o vídeo apertando o polegar com força.

É ela.

Sadie, sentada no braço de um sofá vermelho de gosto duvidoso, a postura torta e meio jogada, o queixo apoiado na palma da mão. Ela bate as unhas na bochecha enquanto olha sem interesse para o cara que sobe e desce as mãos por suas panturrilhas, sentado ao lado dela no sofá.

Ela parece terrivelmente entediada e incrivelmente linda, com a cara emburrada a que estou tão acostumado agora, os lábios franzidos pintados de batom. Está bem atrás de Paloma, perto o suficiente da câmera para que eu consiga ver seu rosto, os olhos acinzentados realçados por rímel, o cabelo penteado para trás em um belo rabo de cavalo trançado, usando um vestido cinza sensual que parece mais adequado para uma noite sofisticada do que para uma festa da fraternidade fora do campus.

Meu peito dói, e o pânico escorre de um jeito estranho pela minha coluna. *Não fala nada. Foi bom.*

Foi o que ela disse. Mas não foi bom o bastante, porque ela não me procurou de novo. Nem apareceu na nossa patinação matinal ou na segunda noite da aula de Aprenda a Patinar.

Não a culpo. Sei que ultimamente não passo de uma casca vazia quando se trata de desejo ou paixão. Tenho medo de tentar qualquer coisa *sozinho*, que dirá com outra pessoa.

Cheguei a pensar nisso, mas o vazio e a depressão que corroem minhas entranhas sempre acabam superando qualquer desejo. Mesmo quando tentei uma ou duas vezes no chuveiro, a dor que invadiu minha cabeça e a falta de algo em que pensar para me sentir *bem*, mesmo que só um pouquinho, acabaram fazendo com que me sentisse ainda pior.

Patético.

Mas *senti* algo com ela, algo real e quente que afugentou cada parte das sombras escuras para longe enquanto eu me concentrava nela. Só nela.

– Meu Deus do céu, Rhys! – berra Freddy, balançando meu ombro e tirando o celular das minhas mãos, que seguram o aparelho com força. – Você tá legal?

Minha respiração sai um pouco barulhenta demais para o meu gosto, despertando a preocupação dos meus amigos. De algum jeito, Bennett conseguiu franzir ainda mais a testa, um pouco de frustração e raiva se misturando com a angústia.

– Você tá com ela de novo? – pergunta ele, sua voz baixa e calma.

Levo um instante para perceber que ele não está falando da Sadie, porque é claro que isso seria impossível. Ele não a conhece, muito menos faz ideia do que aconteceu entre a gente.

Não, Bennett está perguntando da Paloma, a maria-patins fenômeno com quem eu estava saindo antes. Foi só por umas semanas e posso contar nos dedos da mão as vezes que dormimos juntos, mas todo mundo ficou falando disso por meses, como se Paloma Blake tivesse conquistado seu maior troféu ao pegar o capitão.

– Não. – Balanço a cabeça, agarrando minhas coxas debaixo da mesa para acalmar os tremores. – Não tô com ela, não.

– Você conhece ela? A Sadie?

Meu rosto vira para Freddy feito um chicote e o movimento repentino me dá uma dor de cabeça instantânea. Os olhos dele brilham quando tira uma captura de tela, dá zoom na foto e passa o celular para um Bennett curioso mas quieto.

– E como é que você conhece ela? – As palavras saem antes que eu consiga detê-las, os músculos muito tensos enquanto espero a resposta de Freddy.

– Só conheço de vista. Andei vendo ela numas festas aí, só isso. – Ele faz um gesto de desdém para mim antes de abrir um sorriso muito largo. – E como é que você conhece ela?

Ela me tirou do gelo depois que tive uma porcaria de ataque de pânico quando estava simplesmente tentando patinar, o que não consigo mais fazer sem surtar, depois flertou comigo e sorriu para mim até que eu conseguisse respirar direito. Ela me beijou a ponto de eu quase sentir que não estava mais em ruínas.

– É mesmo – acrescenta Bennett, deslizando o celular de volta pela mesa lotada de pratos depois de terminar de analisar Sadie. – Considerando que você passou o verão todo trancado em casa.

Estremeço, mas deixo passar, como faço com toda bordoada que Bennett dá. Eu mereço isso.

– Ela é patinadora artística…

Freddy estala os dedos e aponta para mim.

– Eu sabia, caramba! Sabia que tinha reconhecido essa garota de algum lugar.

– Você acabou de dizer que viu ela numa festa.

– Quero dizer de *outro* lugar. Enfim, continua.

– Tenho passado um tempo sozinho no rinque da comunidade e, pelo visto, ela teve a mesma ideia.

– Vocês estão...?

– Definitivamente não.

Freddy ergue as mãos numa rendição silenciosa.

– Só pensei que... Quer dizer, é você quem tá olhando meu celular como se ele fosse a taça da Copa Stanley.

Não nego, mas opto por uma pequena pitada de sinceridade.

– Ela parece legal. Mal conheço a garota, mas... é.

– Vamos pra festa, então?

Minha cabeça começa a funcionar. Imagino uma cena em que apareço na casa, entro e roubo a atenção e o tempo dela, coloco minhas mãos na sua pele, muito mais exposta do que já vi no rinque. Fico imaginando se o batom dela vai grudar na minha pele, para que mais tarde eu acorde dos pesadelos com uma lembrança real de algo bom.

Não fala nada.

A rejeição dela funcionaria como um tiro na cabeça, um para o qual não estou preparado, então me detenho antes de dizer *sim* e faço que não com a cabeça.

– Preciso dormir bem pra nossa reunião de pré-temporada amanhã.

– Ah, vamos lá, Rhys – implora Freddy. – A gente só vai dar uma passadinha, nem vai beber nada. Prometo.

As promessas de Freddy são tão confiáveis quanto as de um político, mas um jorro de adrenalina deixa os pelos da minha nuca eriçados só de pensar em ver a garota que anda atormentando meus pensamentos.

CAPÍTULO DOZE

Sadie

Levar Ro para uma festa é como arrancar um dente, mas, de algum jeito, fazer Ro ir embora é ainda pior. Principalmente hoje, porque, apesar dos meus esforços para mantê-la sóbria, ela está uma bêbada alegrinha. Bato na porta do banheiro de novo, a testa franzida de preocupação.

– Ro? – chamo mais uma vez. – Você tá legal?

Há um silêncio prolongado e cogito arrombar a porta. Em vez disso, pressiono a orelha ali mais uma vez e enrolo uma mecha do meu rabo de cavalo, já sem a trança, girando-a nos dedos.

Finalmente, há um barulho alto e, em seguida, ouço:

– Tô bem! – grita ela lá de dentro, um pouco alto demais.

Ouço a água da torneira correndo e me encosto na parede, os olhos fechados e a cabeça jogada para trás.

A ideia da festa foi minha, mas Ro concordou depois que peguei um marcador permanente e adicionei "vir comigo a esta festa" na lista de coisas que ela quer fazer na faculdade antes de morrer. Em parte, é por mim, mas também para ela sentir algo bom de novo, em vez de ficar perdida dentro da própria cabeça. As queixas dela de "Agora eu tenho um namorado" foram ouvidas e devidamente ignoradas pela minha pessoa, porque *de jeito nenhum* vou tolerar a maneira como vi aquele cara tratar minha amiga nas poucas vezes que nos encontramos durante o verão.

Tyler ainda está em um curso intensivo de engenharia biomédica. Ro não me contou o que aconteceu, mas vi as mensagens por cima do ombro dela enquanto arrumava seu cabelo no banheiro. Ela avisou a ele que viria à festa comigo, aí ele pediu fotos dela e em seguida sumiu no meio da conversa, depois de mandar uma mensagem que dizia só "tá".

Ela está fingindo não estar triste, afogando os sentimentos nas doses de tequila que tomamos antes de dançar sem parar até que tudo em que ela conseguisse pensar fosse puxar o máximo que podia a bainha do shortinho lilás estampado. E tudo em que *eu* consigo pensar é enfiar a lâmina dos meus patins no pescoço de Tyler na próxima vez que o vir.

– A festa tá tão ruim assim?

A voz conhecida parece seda fria na minha pele quente e corada. Abro os olhos e sou recebida pela visão de Rhys. Ele parece todo arrumado e seguro de si, o que é novidade nas nossas interações.

Não o vejo há uma semana e sinto uma vontade avassaladora de perguntar se ele está bem, se teve outro ataque de pânico ou se está pronto para seu primeiro treino de verdade, um evento que está circulado num azul forte no meu calendário.

Meus olhos o devoram. Seu corpo alto e magro combina perfeitamente com o jeans escuro e a blusa preta que se molda de leve a seus bíceps enquanto está encostado na parede em frente a mim. Percebo o tom claro de seus olhos e um leve rubor nas bochechas – ele não está bêbado, mas bebeu alguma coisa. O que, de algum jeito, me deixa ainda mais confusa, porque não tinha notado a presença dele em nenhum lugar da casa.

– Por que você acha isso? – pergunto, alisando a saia do meu vestido e puxando um pouquinho a bainha.

Detesto a onda de constrangimento que zumbe pelo meu corpo enquanto ele me absorve, seus olhos logo analisando meu vestido de seda cinza curtinho e o All Star branco com solado de plataforma para meus pés doloridos.

Posso estar meio bem-vestida demais nesse mar de jeans e couro, mas pareço mil vezes mais gostosa do que me sinto de fato. Sem mencionar que o vestido facilita bastante entrar e sair da festa com o que vim buscar: uma distração rápida – que, no momento, minha mente traidora julga que deveria ser o craque que acabou de aparecer, como um desejo realizado.

– Porque é quase uma da manhã e você não parece nem alegrinha.

– O que eu pareço então, craque? – pergunto, sorrindo com malícia, apesar das minhas promessas anteriores de esquecer o cara de olhos tristes.

– Parece estar sofrendo – dispara ele, com muito mais veemência do que em nossas interações anteriores.

A franqueza dele e o brilho em seus olhos me deixam mais quente e minha pele clara fica avermelhada.

Parece estar sofrendo.

Meu Deus.

É assim que vai ser, então? Toda a profundidade do que vi nos olhos dele e seu pânico óbvio são refletidos em mim; do mesmo jeito que enxerguei através dele com tanta facilidade, ele agora consegue me enxergar, como um espelho retorcido e quebrado.

– Ótimo jeito de acabar com o clima de festa – consigo dizer por entre os dentes sob uma onda súbita e sufocante de náusea antes de me virar para bater na porta de novo, rezando para conseguir uma fuga do tormento de seus olhos quentes cor de chocolate.

– Você não estava em clima de festa.

– Não? – disparo, os olhos semicerrados voltando-se na direção dele por cima do ombro. Meu rabo de cavalo balança com a rapidez do meu movimento. – Por que você acha?

A porta se abre e uma Ro tontinha tropeça para sair do banheiro, rindo e soluçando feito uma fadinha bêbada. Ela vê a gente, os olhos se arregalando enquanto termina de acertar o top listrado sem alças que combina com o short, depois ajeita as botas creme de cano alto que lhe dão alguns centímetros a mais do que eu, dos quais ela realmente não precisa.

Ela coloca os braços ao redor dos meus ombros, se inclina e oferece a mão para Rhys, que a pega com delicadeza.

– Eu sou a Ro.

Ela sorri, ainda me olhando de lado, agitando as sobrancelhas.

– Rhys – diz ele.

O sorriso dele é deslumbrante, e percebo que Ro, bêbada e romântica demais, fica um tanto atordoada.

– Ro. – Eu sorrio, mas sai mais como uma careta. – Pode dar um minuto pra gente? Eu vou descer e te encontrar, e aí a gente pode ir embora.

– Pensei que você e o Sean...

Minha mão cobre os lábios dela, com brilho labial recém-aplicado. Puxo a mão depressa e limpo o resíduo na perna. Ro franze a testa para mim de um jeito dramático, as bochechas coradas enquanto encara meu rosto, e faço um esforço consciente para ignorar o olhar de Rhys que queima minha pele.

– Diz pro Sean que mudei de ideia. Aquele seu amigo da aula de inglês tá por aí. Que tal você ir conversar com ele?

O rosto de Ro fica ainda mais vermelho quando ela ri e recua para se segurar na parede, só que não é numa parede que se apoia, mas num cara. Um que também reconheço.

O corpo alto, magro e musculoso para de repente, deixando Ro se moldar a ele por completo quando ela tropeça e se agarra nele. Ele coloca as mãos nos quadris de Ro para firmá-la, seu rosto jovial se iluminando como se houvesse estrelas em seus olhos ao ver que um prêmio perfeito acabou de cair bem no seu colo – e, para ser justa, meio que caiu mesmo.

– Foi mal – diz Ro, sem fôlego, seu rosto se inclinando para ele.

Os cachos dela caem numa cascata pelas costas e as presilhas de florezinhas que passei uma hora colocando com todo o cuidado deslizam pelos fios, mal mantendo o cabelo no lugar.

O carinha que a segura abre um sorriso largo, o famoso sorriso ao qual todas as garotas da festa – caramba, quase todas do campus – provavelmente já sucumbiram. Não é difícil adivinhar o porquê: alto e musculoso, Matt Fredderic, o deus do hóquei, é maravilhoso até dizer chega. Ele tem um rosto bonito, de alguma forma angular e suave ao mesmo tempo, com um sorriso esculpido que poderia ser a versão supermodelo do Heath Ledger jovem.

Definitivamente não ajuda em nada que esteja vestido como se tivesse saído de algum anúncio de férias na Grécia, a camisa de manga curta de linho branco desabotoada no colarinho revelando a pele dourada, além de uma corrente e um medalhão de ouro que reluzem sob a luz fraca do corredor.

– Te peguei, princesa – diz Freddy para Ro. A boca dele se curva, as mãos tocam as pontas dos cachos dela, que caem pelas costas. – Precisa de ajuda?

– Não – disparo, agarrando a mão de Ro e arrancando minha amiga do senhor Encrenca com E maiúsculo. Sei que, se ela estivesse sóbria, teria se afastado desse cara no segundo em que tocou nele sem querer. – Sem gracinhas, *Rozinha*… Agora vai. Eu te acho.

Ro resmunga ao ser chamada pelo apelido, mas solta o pulso do pegador safado que está atrás dela e desce as escadas rebolando, ainda que de um jeito meio instável. Freddy a observa com o mesmo brilhozinho nos olhos.

– De jeito nenhum – dizemos Rhys e eu ao mesmo tempo.

– Eu não fiz nada! – exclama Freddy, as mãos erguidas em rendição. – Só vim aqui procurar você, seu mané. – Ele aponta um dedo acusatório para Rhys. – Responde as mensagens do Reiner. Ele não tá acreditando que não te embebedei.

– Vou falar pra ele que logo a gente chega em casa.

– Por quê? – pergunto.

Lamento no mesmo instante ter deixado isso escapar. Rhys ergue o olhar, um pouco chocado e confuso, mas com um leve sorriso. Freddy sorri com malícia, recua e some de vista.

– Quer dizer…

– Você quer que eu fique? – pergunta Rhys, mal contendo um sorriso que está doido para dar as caras.

Ele fica imóvel, como se eu fosse me assustar caso se aproximasse demais.

– Queria ver quanto você aguenta quando não acabou de passar por um ápice de adrenalina.

Ele solta uma risada rápida que parece quase surpresa, depois balança a cabeça e fecha os olhos, vindo na minha direção.

Antes que me alcance, no entanto, um corpo diferente se coloca entre a gente, me empurrando contra a parede e ignorando minha companhia atual, alheio à minha falta de interesse.

Sean (sobrenome apagado da mente, não consigo me lembrar) pareceu uma boa ideia quando se juntou a mim na pista de dança mais cedo. Foi um contatinho frequente meu durante a ruína absoluta da minha vida no semestre passado. Pareceu uma ideia ainda melhor quando começou a massagear minhas panturrilhas enquanto tagarelava sobre nada que eu estivesse muito interessada em ouvir. As mãos dele são fortes, ásperas o suficiente para deixar uma marca, ou assim deixei subentendido para ele mais cedo.

Parece que, depois de ver Ro voltar sozinha lá para baixo, ele entendeu isso como um convite.

– Você tá tentando me comer? – disparo, empurrando-o, a vergonha me invadindo por isso ter acontecido diante de Rhys.

Detesto essa pontada de constrangimento tanto quanto o rubor instantâneo e óbvio nas minhas bochechas. Não é por causa da pegação que estou envergonhada; nunca tive vergonha da minha sexualidade, das minhas escolhas, de fazer o que quero com quem eu quero. O meu *modus operandi* é pegar e não se apegar e me recuso a pedir desculpa por isso. Se os homens não precisam, por que eu deveria? Eu me divirto e satisfaço minhas necessidades... na maior parte do tempo.

Então por que a presença de Rhys faz meu estômago doer?

– É a ideia, gata. – Sean dá um sorrisinho, me cercando de novo. – Tá pronta agora?

Meu rosto fica ainda mais vermelho quando o empurro *de novo*.

– Na verdade, não tô interessada. Sai. De cima.

– Ah, então você quer ficar por cima?

Ele ri, mal recuando um único centímetro, mas é o suficiente para notar alguém às suas costas. Ele gira e se apoia na parede, se inclinando na direção do meu ombro como se pudesse deslizar sobre mim a qualquer momento. Dá um aceno com a cabeça na direção de Rhys e abre um breve sorriso.

– Ah, saco. E aí, Koteskiy?

O "e aí" arrastado não ajuda a suavizar a rigidez ao redor dos olhos de Rhys. Ainda assim, ele coloca um sorriso no rosto e acena com o queixo em um cumprimento rápido e frio, depois olha para mim. É difícil lutar contra o desejo no meu peito, meu coração lateja no esforço de não correr na direção de Rhys e usá-lo como escudo contra o fantasma dos meus momentos mais deploráveis.

– Vai chegar às semifinais este ano?

– A ideia é essa – responde Rhys, as mãos enfiadas nos bolsos, e ergue uma sobrancelha ao observar minha postura tensa. – Beleza, lindeza?

O tom dele ao me fazer a pergunta não é mais brando do que o resto de sua fala, mas algo nisso tudo é diferente... Familiar. Verdadeiro mas calmo, como a tristeza branda gravada de maneira permanente em seus olhos, que ninguém além de mim parece ser capaz de enxergar.

– *Lindeza?* – repete Sean.

Ele tira sarro, dando risada e apoiando o braço no meu ombro como um peso morto. Será que, se eu parar de me forçar a ficar em pé, afundo no chão?

– Tô interrompendo alguma coisa? – pergunta Sean.

– Tá – responde Rhys.

– Não – deixo escapar ao mesmo tempo.

O olhar de Rhys fica mais sombrio, o que eu não achava possível, então dou uma ombrada em Sean para me desvencilhar dele e me afastar dos dois.

Sean solta uma gargalhada alta, som que fere meus ouvidos.

– Koteskiy, hein? Tá aumentando a concorrência este ano, Sadie?

Ele encosta em mim com o quadril, os olhos verdes pegando fogo enquanto me agarra de novo.

É culpa minha que Sean se sinta desse jeito. No semestre anterior, passei tempo demais me atirando nos seus amiguinhos bêbados da fraternidade só para atiçá-lo, assim ele me levaria para o andar de cima apenas desejando se aproveitar de mim, e não ser meu namorado. Se Sean enxerga Rhys Koteskiy como algum tipo de joguinho entre a gente, é porque plantei esse tipo de pensamento ali.

Eu deveria ser mais legal por causa disso, mas de alguma forma fico mais zangada: comigo mesma, com Sean. Até com Rhys, por conta de qualquer coreografia dolorosa que a gente esteja fazendo um com o outro.

– Não é nada disso – admito por fim.

E odeio que uma parte minha ainda queira agarrar Sean pela mão e levá-lo para o banheiro agora vago, deixá-lo entrar no meu corpo enquanto fecho os olhos e penso só em Rhys, em seus olhos profundos e castanhos olhando para mim enquanto monto em seu colo, no som da respiração pesada dele junto à minha pele...

Seria muito mais fácil ir embora depois disso, só baixar meu vestido e dar o fora desta casa sufocante.

Mas *não posso.*

– Escuta...

O que quer que Sean estivesse prestes a dizer é interrompido de repente quando Rhys agarra seu ombro e atrapalha sua tentativa de me cercar de novo.

– Você não tá ouvindo direito? – pergunta ele, empurrando Sean com força suficiente para que ele tropece, mesmo que Rhys mal tenha se movido. – Ela disse não pra você várias vezes.

A voz dele está calma, ainda que uma tempestade se forme em seus olhos.

– Você não conhece a Sadie. É tudo um joguinho pra ela, cara.

Cada partícula de confiança com que entrei nessa festa hoje se foi, despedaçada. Espero que Rhys se afaste, mas ele só fica me olhando, como se quisesse que eu negasse o que foi dito, e eu apenas permaneço ali evitando seu olhar, encolhida.

Normalmente, eu faria isso, negaria. Adoraria retrucar. Mas estou tão cheia de tudo e *preciso* de um alívio...

– Tudo bem – diz Rhys e chega mais perto de mim. Sua postura é poderosa, encarando do alto um Sean muito relaxado e me protegendo como um escudo. Sua mão se acomoda na minha cintura, deslizando ao redor dela para pressionar a minha lombar. – Então ela pode fazer o joguinho comigo. Vaza daqui de uma vez, merda.

O calor que se acumula no meu peito se espalha por todo o corpo, da cabeça aos pés, meus batimentos disparados. A palma da mão dele, quente e pesada, queima a seda fina do meu vestido.

Quero beijá-lo como se eu fosse uma menininha do colégio que teve a honra protegida, como se ele fosse um príncipe num cavalo branco.

– A casa é minha.

Os olhos castanhos e calorosos ficam quase pretos e os punhos se cerram. Quando Sean dá um passo para trás involuntariamente, percebo que talvez esse comportamento não seja normal para a estrela do hóquei. Pego a mão de Rhys depressa, envolvendo a minha ao redor do seu pulso.

– Vamos embora – digo com mais confiança do que sinto, avançando com o todo o meu corpo e com força suficiente para puxar Rhys comigo.

As mãos dele se moldam a mim, me mantendo ereta e me tornando hiperconsciente de quão grandes são suas palmas comparadas à minha cintura.

Paro de repente quando Sean passa por nós dois e desce os degraus pisando forte, seus resmungos raivosos quase inaudíveis, já que a música está tão alta que as paredes chegam a vibrar.

Sinto a respiração de Rhys junto aos meus cabelos no alto da escada, onde parei de repente.

– Seria legal me dar algum aviso da próxima vez, *gata*. A menos que queira fazer esta temporada ser minha última.

O jeito dele de me chamar, meio que tirando sarro, funciona como uma droga, relaxando todos os músculos tensos do meu pescoço, costas e braços. É quase ridículo que eu perceba tão claramente que ele está tentando me acalmar quando mal reconheço minha ansiedade, para começo de conversa. Acabo bufando sem querer e inclino a cabeça para ele enquanto disparo:

– Cair da escada tiraria você do rinque a temporada toda? Pensei que os caras do hóquei fossem indestrutíveis.

Leva apenas um instante para eu perceber que disse algo errado, cruzei algum limite tácito com minhas palavras. O rosto dele se contrai, os olhos se enchendo de novo daquele poço profundo de dor que quase sempre enxerguei ali. Então ele ajusta a máscara e dá um sorrisinho rápido.

– Preciso encontrar minha amiga. – É a única coisa que consigo pensar em dizer.

Ele indica com a cabeça os degraus que levam à festa barulhenta.

– Também preciso achar meu amigo.

Mas nenhum de nós se mexe.

Algo está me fazendo hesitar, mantendo meu corpo pressionado contra o dele enquanto "The Hills", de The Weeknd, começa a tocar lá embaixo. Eu deveria sair para encontrar Ro. Voltar para casa e me satisfazer sozinha. Deveria...

Com um giro, agarro o pulso de Rhys e o puxo de novo, direto para o banheiro ainda vazio. Bato a porta e a tranco. Não há muita luz, apenas o brilho vermelho opaco das lâmpadas pintadas que alguém instalou para a festa. As paredes ressoam com a vibração do baixo vindo do térreo, a música se infiltrando pelas rachaduras ao redor da porta enquanto agarro o tecido preto da camisa dele.

– Sadie, eu...

– Sim ou não, craque.

É mais uma afirmação do que uma pergunta, mas meu cérebro parece estar no limite, tentando se manter são em meio aos pensamentos avassaladores que, a essa altura, poderiam ter sido abafados pelo toque de outra pessoa.

Rhys parece estar quase sofrendo, seus olhos castanhos dilatados, a luz vermelha piscando em seu rosto bonito e esculpido enquanto o queixo pontudo permanece firme. Vejo o movimento em sua garganta e fico cada vez mais excitada ao olhar para Rhys enquanto ele toma uma decisão.

– Só vou fazer isso se a gente conversar depois.

– E se eu não quiser?

– Sadie. – Ele agarra minha cabeça e me mantém imóvel enquanto leva a boca até minha orelha. – Não sou de fazer... essas pegações no banheiro. Não é...

A rejeição arde e eu me desvencilho dele, ignorando a leve dor no meu couro cabeludo quando arranco minha cabeça de suas mãos.

– Mas tudo bem se a pegação for no vestiário? Contanto que seja pra acalmar você, não a mim, né?

O que eu disse, o que acabei de revelar, passa despercebido até que eu esteja com a mão na maçaneta da porta, desesperada para escapar dali.

CAPÍTULO TREZE

Rhys

Uma vez na vida, não penso demais. Não ao segui-la, imprudente, até o andar de cima. Não ao deixá-la me levar para um banheiro vazio. Não nesse exato instante, ao agarrar seu ombro para impedi-la de sair e então fazê-la se virar, prensando com facilidade seu corpo pequeno contra a porta.

– É isso que você quer? – pergunto, me certificando de que, dessa vez, ela consiga me sentir por completo.

Cada pedacinho do meu corpo está pressionado ao dela, conectado num encaixe perfeito como peças de quebra-cabeça.

Ela é muito menor do que eu. Em nossas interações anteriores, eu estava no chão, olhando para ela como se fosse alguma divindade que viesse me salvar, então isso é algo que só percebo agora que estou acima dela com a mão larga em sua cintura fina.

– Eu só… – começa Sadie, mas sua voz vai sumindo de novo.

As pupilas dela estão dilatadas e a luz vermelha de alguma forma destaca as sardas sob seu olho, o formato do rosto fino.

– Me diz – quase imploro. Talvez seja a música muito alta, me dando uma dor de cabeça daquelas, ou a luz vermelha que torna tudo isso quase um sonho nebuloso, mas não consigo me calar. – Porque vou te contar uma coisa: não consigo parar de pensar naquele dia no vestiário, e eu…

Ela me cala pressionando os lábios nos meus com força. Estou mais que ávido para corresponder, me inclinando para passar os braços em torno da sua cintura fina e erguer seu corpo mais para mim, pressionando-a mais uma vez contra a porta. Como resposta, suas pernas musculosas se entrelaçam em volta da minha cintura, se segurando com facilidade enquanto ela se esfrega de leve na minha virilha em busca do atrito, como se isso fosse salvá-la.

Sadie é como uma droga e o efeito é imediato: minha mente relaxa e algo *bom* expulsa todas as sombras das minhas veias, até eu me sentir como o *antigo Rhys* de novo, até minha dor de cabeça diminuir a um nível que dá para ignorar. Inspiro a presença dela como se subisse à superfície após quase me afogar. Absorvo o que ela me oferece, sabendo, pelas minhas experiências anteriores com ela, que tudo vai mudar de repente.

Isso não vai ser suficiente para ela, e eu entendo. Mal sobrou o bastante de mim para me considerar um ser humano completo. Como eu seria capaz de segurar sua barra quando é ela que está se tornando a pessoa que me mantém inteiro?

Meus lábios se demoram, desacelerando o beijo que começou frenético. Passo a língua pela boca dela. Meus dentes roçam de leve seus lábios, puxando a parte carnuda de baixo antes de soltar e descer mais. Dou mais dois beijos no canto da sua boca, deslizando a língua por baixo do queixo, então pressiono um pouco mais, beijando devagar a pele do pescoço.

O gemido que Sadie solta é leve e suave, o oposto do arranhão tenso das suas unhas nos meus braços e na minha nuca, abaixo dos fios grossos do meu cabelo um pouco comprido demais.

Meu estômago está se revirando, a náusea da minha dor de cabeça misturada com o desejo intenso e a ansiedade por fazer isso aqui, com ela, nesse maldito banheiro.

Eu me afasto para falar com ela, para pedir que venha comigo pra casa, para *implorar* que *fale* comigo, mas ela se agarra ao meu pescoço, chupando e lambendo a pele tão rápido que minha visão fica turva e eu me atrapalho na parede, as mãos deslizando por baixo do seu vestido para agarrar a parte superior das coxas e segurá-la de algum jeito.

Ela é tão forte que tenho a sensação de que poderia soltá-la e ela ainda ficaria ali com facilidade.

Há uma batida na porta, para a qual Sadie logo responde:

– Vaza!

Eu sorrio em seu pescoço, quase embriagado por ela. Mas a pessoa do outro lado é insistente, gritando através da fresta numa voz alta e melódica:

– Sadie Brown, você pode pegar o Sean depois.

Uma onda de frustração passa por mim, como se eu tivesse algum direito sobre ela, como se ela fosse minha ou algo do tipo. *Eu a beijei, então ela é minha.*

– O que você quer, Victoria? – grita Sadie.

– A Ro tá se jogando na piscina feito uma doida!

Isso a faz parar. Ela sai totalmente dos meus braços, puxando o vestido para baixo bem na hora em que tenho um vislumbre de preto. Sem pensar duas vezes se está com o pescoço vermelho, os lábios inchados ou o rabo de cavalo quase solto, ela abre a porta e sai correndo.

Fico paralisado por um instante, observando-a escapar de mim como se estivesse em chamas. Pisco diante do espelho, surpreso, e o banheiro meio iluminado pelas lâmpadas no corredor, meio vermelho, quase me divide ao meio. Meu colarinho está mais aberto agora, a camisa torta, com marcas da boca de Sadie no meu pescoço. Não consigo evitar o calor que irradia pelas minhas costas e deixa minhas bochechas um pouco escuras.

Acho que gosto do efeito de Sadie em mim.

Victoria me encara da porta, os olhos arregalados, com um sorriso bonito no rosto. A gente já se esbarrou antes: nós dois somos estudantes do terceiro ano da universidade, ambos capitães de equipe em nossos respectivos esportes, cursamos comunicação, às vezes temos aula na mesma sala. Nunca a namorei nem dormi com ela, mas ela já foi meu tipo. Sempre perfeitamente arrumada. Inteligente, gentil, elegante, loura.

– Rhys – enfim ela consegue falar. – Eu não sabia que era você quem estava aqui... com a Sadie?

Ela diz isso como uma pergunta, e, se fosse qualquer outra pessoa, eu poderia negar. Mas aquele dia no vestiário vem à minha mente depressa, o jeito defensivo e ferido de Sadie que me faz querer protegê-la, mesmo sabendo que ela não me deixaria fazer isso se estivesse aqui.

– É, só passei aqui pra pegar ela. – *Acho que de maneira literal e figurada, já que a bunda dela estava nas minhas mãos.* – É melhor eu ver se ela precisa de ajuda.

Victoria sorri para mim, os olhos talvez um pouco menos brilhantes. Passo por ela e desço as escadas.

Felizmente, a música está um pouco mais baixa na enorme varanda dos fundos, com apenas duas caixas de som tocando "Wasted" no volume máximo. Logo vejo Sadie de joelhos na borda da piscina, com apenas cinco centímetros do vestido cobrindo o bumbum.

É aquele pedaço de pele clara que me faz descer os poucos degraus de madeira e me postar atrás dela, separando-a do pequeno grupo de pessoas que se juntam às nossas costas para assistir à cena. Só então percebo que a amiga de Sadie, Ro, não é a única na piscina: Freddy está bem atrás dela, a poucos metros de distância, perto o suficiente para eu saber, seja qual for a situação, que o ala da minha equipe estava envolvido.

Lanço um olhar rápido para ele, balançando a cabeça e gesticulando com o polegar para trás por cima do ombro, tentando desesperadamente tirá-lo dessa situação.

Ele só meneia a cabeça, cruza os braços como uma criança fazendo birra e lança um olhar rápido e hesitante em direção a uma Ro muito molhada e com os cachos do cabelo agora puxados para cima da cabeça em algum nó maluco que parece estar amarrado com... um cadarço?

Tento prestar atenção à discussão sussurrada entre as duas garotas, mas me distraio com meu amigo babaca, que se aproxima cada vez mais da dupla.

Sadie recua e seu traseiro bate nas minhas canelas. Isso não parece assustá-la. Longe disso, até. Ela se agarra no meu jeans e começa a se levantar. Pego seu braço com facilidade e a coloco de pé.

– Pode trazer uma toalha? – pede ela.

– Pode deixar – respondo sem hesitar, apesar de não fazer a menor ideia de onde conseguir uma.

Quando me viro, meu pé bate nos dois pares de sapatos alinhados perfeitamente à beira da piscina: botas creme meio tombadas e um tênis branco e azul-marinho novinho sem um dos cadarços.

– Não encosta nos meus tênis – reclama Freddy, bem atrás de mim, e estou a segundos de empurrá-lo de volta na água por ficar todo irritadinho comigo justo agora.

Ele passa reto por mim depois de dizer isso, indo na direção de um conjunto de mesa e cadeiras de jantar feito de vime sob o beiral da varanda, no qual estão duas toalhas de banho.

– Você planejou isso, não foi?

Freddy dá o mesmo sorrisinho besta que está gravado quase de forma permanente em seu rosto, depois pendura uma toalha no ombro e leva a outra para as meninas que vêm na nossa direção.

– Claro – diz ele, e é só essa rápida resposta que recebo antes de Freddy entregar a toalha para Ro.

Ela se atrapalha por um instante até que Sadie, preocupada, coloca a toalha ao redor dos ombros da amiga como um cobertor.

– Obrigada por cuidar dela – diz Sadie, ainda que com relutância, enquanto guia Ro em direção à escada de madeira.

Freddy assente, enxuga o cabelo e se enrola na toalha também.

– Não é nenhum sacrifício deixar uma mulher linda toda molhada – graceja ele antes que eu possa lhe dar uma cotovelada no estômago, cobrir sua boca com fita adesiva ou encontrar um jeito de voltar no tempo e impedir que ele vire meu amigo.

Sadie e eu reagimos ao mesmo tempo, berrando com ele.

– Pelo amor de Deus, Freddy!

– Sai fora, Freddy!

Mas uma risada alta e soluçante irrompe da garota quase afogada, interrompendo todas as broncas que estão na ponta da minha língua.

– Essa foi boa, Freddy – aprova Ro, largando a toalha e tropeçando enquanto tenta calçar as botas. – Pelo menos, foi o que *eu* achei.

Ro quase cai de novo, mas Freddy a segura pelo braço enquanto ela puxa as botas pelas panturrilhas molhadas.

Meu olhar encontra Sadie no mesmo instante. De braços cruzados e lábios comprimidos, ela parece muito menor do que há apenas alguns minutos, quando estava em cima de mim com as costas apoiadas numa parede suja de banheiro.

– Beleza, lindeza? – indago mais uma vez.

A pergunta parece sobressaltá-la, e seus olhos se voltam para os meus com tanta intensidade que um arrepio percorre minha espinha. Ela morde o lábio inferior e minhas mãos se fecham nos bolsos, tentando me conter.

– Sim. A gente só precisa chamar um Uber.

Estou balançando a cabeça antes que ela termine de falar.

– Não. A gente leva vocês de volta para...?

– O alojamento da universidade – conclui ela. – Não é longe. Pra falar a verdade, a gente poderia ir andando...

Freddy a cala com um "xiu!", o que faz uma ruguinha reaparecer entre as sobrancelhas dela enquanto ele passa por Sadie e lhe dá um tapinha na cabeça como se faz com criança.

– O Rhys é um doido superprotetor e a Ro aqui tá andando como se fosse um bebê girafa, então só deixa a gente levar vocês duas, pode ser?

Está na cara que ela está achando difícil aceitar isso, mas não tem como as duas voltarem caminhando sozinhas. Se ela não aceitar nossa oferta, vou acabar pedindo para o Freddy dirigir devagarinho do lado delas até as duas chegarem ao alojamento.

– Tá. – Sadie assente, enquanto sua amiga dá pulinhos no mesmo lugar, usando o braço de Freddy para se equilibrar e gritando "oba!" várias vezes.

Freddy logo faz coro, os olhos semicerrados e com um brilho de malícia que tenho certeza de que agora fixou residência ali.

Saímos depressa, nos amontoando no velho SUV de Freddy que deveria ser proibido de rodar na estrada. Leva alguns minutos para manobrar e sair do estacionamento lotado, o que Freddy faz com apenas uma das mãos enquanto desbloqueia o celular e o passa para Ro, que é obrigada a se apoiar no console para usar o aparelho, já que ele tem que ficar conectado por um cabo ao sistema de som nada atual.

– Não tenho internet nele, mas tem muita coisa baixada aí. Coloca o que quiser pra tocar, princesa. – Ele sorri, piscando por cima do ombro para a garota já corada. Dou uma cotovelada com força nele, mas o sorriso só se alarga. – Mas coloca algo bom.

Ro franze os lábios e lança um olhar rápido para Sadie, que dá um suspiro profundo, como uma mãe faria, mas é mais por diversão do que por aborrecimento, e se inclina para apoiar o queixo no ombro da amiga. O sorriso das duas garotas fica mais radiante quando Ro clica em algo e coloca o celular de volta no console.

– Ah... Aí, sim! – grita Freddy quando a música começa.

Ele aumenta o volume para um nível absurdo e baixa as quatro janelas para deixar o ar quente da noite de verão entrar.

Os três cantam a plenos pulmões a música estridente de Taylor Swift, tão alta que não consigo distinguir as vozes no refrão misto.

Meus olhos alternam entre o retrovisor e os espelhos laterais, pelo qual consigo ver Sadie dançando de um lado para o outro, as mãos no ar, o rabo de cavalo desgrenhado balançando atrás dela, os olhos fechados. Seus olhos se abrem e seu corpo se estica no banco de trás enquanto ela e Ro dão as mãos e gritam o refrão no rosto uma da outra, rindo.

Por mais que eu a tenha visto várias vezes, Sadie só sorriu para mim de verdade duas vezes. Mas esse sorriso... é diferente. É tão grande – seus lábios vermelhos carnudos com o batom desbotado se esticando, as maçãs do rosto bem-definidas ficando mais suaves e enrugando as sardas – que me deixa desesperado tanto para tocar suas sardas quanto para estar perto o suficiente e contá-las.

Distraído demais pelo rumo indecente dos meus pensamentos, sinto meu corpo todo tremer quando Sadie agarra meus ombros de repente, se inclinando para o banco da frente até onde o cinto de segurança permite. Suas mãos se acomodam ali e apertam, e é constrangedora a dificuldade que tenho de conter um gemido. Os lábios dela estão perto do meu ouvido quando grita por cima da música:

– Por que você não tá cantando?

Sadie é contagiante, tanto que um sorriso que combina com o dela dança rapidamente no meu rosto.

– Não conheço essa música.

– Você não conhece "Getaway Car"? – pergunta Ro.

Ela se junta a nós, se espremendo ao lado de Sadie, o que pressiona a bochecha de Sadie na minha por um segundo, o canto dos lábios dela tocando minha pele como um atiçador de fogo.

Freddy faz o favor de abaixar o volume.

– Ele não é muito o tipo de cara que gosta de Taylor Swift. A menos que toque no ginásio, duvido que conheça a música. E, mesmo assim – ele balança a cabeça –, Rhys vive concentrado demais pra ouvir qualquer coisa além de "Lança. O disco. Pra dentro. Do gol".

Sadie revira os olhos ao ouvir a imitação robótica, compartilhando comigo um olhar como se entendesse quanto essa insinuação se aplica a nós.

Se você tocar, eu escuto.

Ela aponta para ele com o queixo.

– E você não se concentra?

– Sou multitarefas – explica ele.

Como de costume, a frase de Freddy vem com um duplo sentido safado, fazendo com que Sadie e eu soltemos um gemido enquanto Ro, ainda bêbada, ri mais uma vez.

Levo a mão até o botão de volume e aumento a música de novo para salvar todos nós do jeito implacável de Matt Fredderic, deixando a música tocar enquanto atravessamos a rua ao sul da universidade e nos dirigimos para os arredores do campus.

– É aqui – informa Sadie antes que um de nós possa falar qualquer coisa.

Ela aponta para os prédios de tijolos vermelhos voltados um para o outro, com uma fonte e bancos entre os dois, fracamente iluminados pela luz alaranjada dos postes interrompida apenas pelo azul-neon chamativo de uma cabine de emergência. Freddy estaciona perto da calçada, e eu quase pulo do carro, com medo de que, se não tentar algo agora, Sadie escape por entre meus dedos mais uma vez.

Ela parece um pouco surpresa ao me ver ali fora, mas mantém o braço em volta da cintura de Ro e não diz nada enquanto eu acompanho as duas até a entrada do alojamento. Sadie passa sua carteirinha da faculdade e deixa Ro entrar, mandando que espere por ela. Então se vira de volta para mim.

– Obrigada pela carona – diz ela. – E pelo meu carro. Nao comentei nada antes, mas você não precisava fazer isso, então obrigada.

Minha cabeça está girando antes mesmo que ela termine a frase.

– Imagina.

De onde ela está, alguns degraus acima de mim, Sadie fica um pouco mais alta, então tenho que erguer o olhar para ela. Tenho feito isso em todos os sonhos induzidos pelo pânico que tive desde aquele dia no gelo, como se ela estivesse destinada a estar ali. Como um anjo da guarda, acho. O que é algo que nunca vou dizer em voz alta, porque eu nunca superaria essa vergonha. Ainda mais levando em conta o tanto que desejo isso dela.

Como se ela *quisesse* me salvar.

Patético.

O ódio que sinto por mim mesmo se agita de novo. Quero fechar a boca com fita adesiva antes que fale besteira.

– Você poderia me agradecer tomando um café. Comigo, quer dizer.

Uma besteira desse tipo.

Minha risada é autodepreciativa e penso em dizer a ela que já fui *bom* nisso, que tinha charme e não o que quer que seja essa coisa trêmula e lamentável que o substituiu.

Sadie não ri, mas começa a balançar a cabeça.

– Não sou o tipo de garota que sai pra tomar um café... Pra falar a verdade, não sou o tipo que sai pra fazer nada com um cara. E definitivamente não sou o tipo que namora alguém como você.

Sorrio, um sorriso completamente forçado e falso, de alguma forma aceitando o chute no estômago que é a resposta dela. Minha boca começa a se abrir para implorar que ela não diga mais nada, mas Sadie continua:

– Esta noite foi...

Dou um gemido, minhas mãos cobrindo meu rosto enquanto imploro:

– Por favor, não diz que foi bom. Acho que não consigo lidar com isso de novo.

Sadie ri de leve, descendo os degraus para ficar no meu nível.

– Tudo bem, devidamente anotado – diz ela, colocando a mão no meu bolso e pegando meu celular.

Ela não pergunta nem diz nada, mas vira o aparelho na minha cara para eu desbloquear. Então envia para si mesma o último emoji que usei – que, infelizmente, é um taco de hóquei. Seus olhos se voltam para os meus com um rápido revirar de olhos, como se quisesse dizer "só podia ser".

– Pra que isso? – pergunto, pegando meu celular da mão dela estendida.

Passamos mais de um mês juntos, mas nunca cruzamos o limite nem falamos um com o outro fora do rinque.

Não quero criar expectativas.

Ela sobe dois degraus da escada curta antes de se virar para me olhar e dar de ombros.

– Não sei ainda. Tenha uma boa noite, craque.

Não consigo evitar o pequeno sorriso que abro. Apesar de tudo, agora tenho algo dela.

– Boa noite, *kotyonok*.

CAPÍTULO CATORZE

Sadie

Assumir o primeiro turno do café é sempre um risco, ainda mais uma semana antes do início das aulas. Com todo mundo voltando para o campus, nunca dá pra prever o movimento entre as cinco e as nove da manhã.

Felizmente, pelo bem da minha leve dor de cabeça e da pitada de ansiedade pronta para subir pela minha coluna, a manhã está devagar. Sirvo alguns clientes de sempre, os moradores da cidade que aparecem no verão e somem assim que o semestre escolar traz estudantes sonolentos para essas paredes marrons e quentes.

Às dez e meia, começo a preparar outra leva do nosso novo e popular café etíope, despejando um saco no moedor enquanto tenho um tempinho livre longe da registradora.

– Ei – chama Luis, nosso chef principal, e o único de fato, da janelinha que dá para a cozinha.

Ele deposita ali um prato de torrada com abacate e dois ovos pochés com pimenta calabresa, decorado com um coração feito com um fio de mel, que tenho *certeza* de que é apimentado e vai arder na língua. Como se fosse uma deixa, meu estômago ronca e eu lhe dou um sorriso enorme.

– Obrigada – digo com a maior ênfase que consigo, porque estou morrendo de fome, a ponto de quase me sentir tonta.

Meu cabelo está uma bagunça de fios emaranhados. Perdi meu fiel elástico que fica sempre no pulso, então o que me resta é enfiar as mechas atrás das orelhas e levantar os ombros para evitar que elas caiam na minha refeição.

Luis sorri e apoia os braços na janelinha enquanto me sento na bancada e equilibro com facilidade o prato no colo para comer sem tirar os olhos do lugar todo.

George, um escritor local, beberica um café que sei que já esfriou, enquanto um grupo de três pessoas – os pais e uma caloura – desfruta de uma refeição completa porque a mãe estava tão animada em levar a filha à *alma mater* que não conseguiu deixar de pedir tudo no cardápio para provarem. Apenas uma mesa esvaziou nos últimos minutos, e há uma caneca de cerâmica com estampa de mirtilos e alguns pacotes de açúcar vazios ainda a serem recolhidos.

– Eu tava pensando em testar minha receita de ovos turcos com a Ro.

Sorrio e engulo outro pedaço bem grande da confusão que é a torrada agora.

– Ela vai adorar, ainda mais porque não vai precisar pegar um avião para ver a mãe dela e conseguir comer uma boa comida turca.

Luis assente e limpa o tampo de aço da janelinha. Tenho certeza de que tem uma quedinha pela Ro, mas ele é bem discreto em relação a isso. Se Ro soubesse o que ele sente, provavelmente nunca mais apareceria para trabalhar – não por causa dele, nem mesmo pelo fato de ele ser um garoto de ensino médio apaixonado, mas porque, apesar de ter uma personalidade radiante, ela se fecha quando o assunto é romance na vida real.

Essa garota consegue ler capítulos inteiros de cenas de sexo picantes sem se abalar, mas é só dizer que um garoto a acha bonita que ela fica vermelha feito um tomate.

O sininho da porta soa assim que enfio a última mordida da torrada na boca e entrego o prato à mão calejada de Luis, estendida para mim. Meu olhar se volta para os dois clientes que se aproximam do caixa e meu estômago, que já estava se revirando, resolve pular de um penhasco.

Lógico que é ele.

Lógico que é Rhys, parecendo um sonho erótico personificado, de calça de moletom cinza e blusa de manga comprida dry-fit azul-marinho que se agarra em cada centímetro do abdômen. Seu sorriso é brando e um pouco sonolento enquanto ele conversa com o amigo grandalhão, esperando pacientemente pelo atendimento. O cabelo parece úmido, como se ele tivesse saído do chuveiro há pouco, o que é um pensamento perigoso, porque agora estou imaginando Rhys debaixo de um chuveiro superchique, esfregando o abdômen e as coxas grossas.

Meus olhos ainda percorrem seu corpo quando alguém pigarreia, e eu engasgo com a comida que nem mastiguei, impressionada demais pelo absoluto soco cármico de vê-lo.

Rhys está olhando para mim agora, e há um fogo ardente em seus olhos que escalda minha pele enquanto engulo um gole d'água e dou um pulo para descer do balcão.

– Bom dia – digo, alisando o avental preto amarrado na minha calça jeans da mesma cor.

Sinto aquela pontinha de ansiedade crescendo enquanto Rhys me observa do mesmo jeito que fiz com ele, seus olhos fixos na minha blusa de manga curta cinza apertada que provavelmente está cheia de manchas de café e, sim, migalhas de pão. Enfio o cabelo atrás das orelhas de novo e limpo a boca com as costas da mão. Ao olhar para baixo, vejo uma sujeira amarela que acabei de tirar dos lábios.

Ai, meu Deus.

– Você não é do tipo que sai pra tomar um café, hein? – diz Rhys, implicando comigo, sem nenhum indício da hesitação ou do desconforto da noite passada.

– Só do tipo que serve café com um sorriso – brinco.

Ele sorri de um jeito mais verdadeiro e uma covinha começa a aparecer.

– Por algum motivo, duvido da parte do "sorriso". Não me lembro disso da última vez que você me serviu café.

Minha boca se abre em um sorriso exagerado que exibe muitos dentes enquanto me ofereço para anotar o pedido.

Ficar de gracinha com ele diminui minha ansiedade, me acalma de um jeito quase inquietante, que me faz ansiar pela nossa próxima pequena interação. Talvez seja a rapidez da coisa, o poço profundo e permanente de tristeza em seus olhos, ou ainda o fato de ele ser tão lindo que me distrai, como uma estátua grega antiga de mármore exaltando a *beleza masculina*.

– Podem se sentar, eu levo pra vocês – digo e giro o iPad na direção deles para mostrar o valor total do pedido.

Rhys tenta pegar a carteira, mas o cara grande e mal-humorado ao lado dele é mais rápido. Passa o cartão na maquininha e sai sem dizer uma palavra.

Rhys se inclina sobre o balcão e eu imito seu movimento, observando um leve rubor pintar suas bochechas.

– Eu, hã... tive meu primeiro treino de volta esta manhã.

– Ah, é? – Fico com vontade de segurar a mão dele. – E aí? Foi tudo bem?

A ideia de Rhys entrando em pânico sozinho faz meu estômago doer. Não sei explicar, mas me sinto muito protetora em relação à dor dele.

– Foi. Ouvi aquela música. A do vestiário, da banda de nome esquisito.

Parece que tem um nó na minha garganta.

– Rainbow Kitten Surprise.

– É.

Ele sorri: covinhas.

Fico paralisada, porque, se me mexer, vou beijar esse cara. Pegar suas mãos geralmente trêmulas. Colocar meus braços ao redor do pescoço dele até que o calor da sua pele fique tão intenso que me obrigue a soltá-lo. Fazê-lo deitar-se no balcão e moldar meu corpo ao dele. Ver se o capitão, o menino de ouro, é capaz de relaxar por minha causa.

– Enfim, vou esperar lá. Obrigado, Sadie, por tudo.

Rhys se demora por um momento, fixando seu olhar em mim de novo antes de se afastar e seguir o amigo até uma mesa limpa por perto.

Observo os dois enquanto preparo os pedidos: um café preto gelado com três colheres de sopa de leite de amêndoas para o rabugento (Bennett Reiner, segundo o nome no pedido) e um café gelado especial para Rhys, o que significa que também leva xarope de bordo, caramelo e um pouco de leite condensado. Quase engoli minha própria língua quando ele pediu minha bebida preferida.

Os dois falam baixo, tanto nos respectivos celulares quanto entre si, e, apesar da conversa constante fluindo, dá pra ver a rigidez nos ombros de ambos e que Rhys está balançando a perna debaixo da mesa.

Nunca tinha visto Bennett Reiner, mas não vou esquecer o cara depois disso: só a altura dele é praticamente um cartão de visita. Ele deve ter quase 2 metros, o que é bem impressionante para mim, que não chego a 1,60 metro. Rhys é alto, mas Bennett é como uma montanha, com ombros largos e coxas do tamanho de troncos de árvore. Na verdade, ele não parece um estudante universitário, não só pelo tamanho, mas também pelas características tão masculinas que dão a impressão de que poderia estar liderando uma reunião de diretoria ou escalando montanhas no tempo livre. Seu cabelo castanho-claro tem ondas e cachos desalinhados e a barba é bem-cuidada, rala o suficiente para eu enxergar o contorno quadrado e muito másculo de seu maxilar. Os olhos são oblíquos e as sobrancelhas são grossas e estão sempre franzidas, mesmo enquanto ele fala baixinho com Rhys com um sorriso no rosto.

– Pronto – digo, tentando anunciar minha chegada enquanto me aproximo da mesa deles levando as bebidas com cuidado.

Bennett afana a dele de imediato e a coloca sobre um porta-copos para encaixar um suporte de espuma ao redor do copo plástico. Rhys pega o dele direto da minha mão, sorrindo para mim. É mais gentil dessa vez, o menos forçado que já vi, embora uma tristeza escape de leve, como se lágrimas invisíveis escorressem por suas bochechas.

– Valeu. – Ele toma um golinho rápido. – A propósito, esse aqui é o Bennett. Ben, essa é a Sadie.

– A patinadora artística. – Ben acena para mim com a cabeça sem encarar meus olhos.

– E barista, pelo visto – emenda Rhys.

– Uma boa barista, você quer dizer. – Dou um sorrisinho. – O melhor café que você já tomou.

– Devo ficar de pé e anunciar pra todo mundo? O melhor café da Waterfell?

O sino da porta toca, e mal tenho a chance de endireitar minha postura – estava inclinada, com uma das mãos no encosto da cadeira de madeira de Rhys – quando um corpinho bate em cheio nas minhas pernas com uma mistura de risada e gritinhos de alegria.

– Quase me derrubou, seu manezinho – repreendo-o, mas um sorriso feliz surge no meu rosto enquanto me inclino e bagunço o cabelo de Liam.

Ele tem metade do rosto pintado com uma máscara de Darth Vader, o que sei que é graças às habilidades artísticas de Ro. A artista em questão entra no café batendo papo com Oliver num ritmo mais tranquilo. A tinta preta está um pouco manchada agora, parte dela no braço de Liam, onde ele deve ter esfregado o rosto, mas esse menino adora Star Wars. Estou convicta de que isso começou porque Oliver amava os filmes e Liam queria muito ser igual ao irmão mais velho. Agora vejo a mesma coisa acontecer com o hóquei.

– Foi mal, Sissy.

Liam não descansa nem por um momento. Começa a narrar tudo o que aconteceu em sua manhã bastante normal como se estivesse contando uma grande aventura. Ele termina a história curta disparando, apressado:

– Você vai fazer panqueca?

Antes que eu possa responder, ele de repente fica paralisado, depois começa a comemorar tão alto que tenho que deslizar a mão por sua boca. Liam fica balbuciando na minha mão, apontando freneticamente para Rhys.

Oliver chega ao meu lado. Ele meneia a cabeça de leve, ajustando a alça da mochila mais para junto do ombro.

– Ei, campeão. – Faço um cumprimento de cabeça para Oliver e solto a boca de Liam, mas mantenho um aperto firme no ombro dele. – Ele foi bonzinho hoje?

Liam ainda está quase aos gritos, em êxtase por ver Rhys. É um pouco irritante. Oliver passa a mão pelos cabelos.

– Correu tudo bem. Meu treino demorou um pouco mais pra acabar, mas a Ro distraiu ele.

Assinto enquanto escuto Oliver, mas ele parece hesitante por algum motivo que pretendo descobrir mais tarde. No momento, estou mais preocupada com a possibilidade de que, se eu soltar Liam, ele vá pular no colo de Rhys.

– Sinto muito – digo depressa. – Liam, lembra do que a gente conversou?

– Rhys não é um estranho, certo?

Rhys dá risada.

– Certo.

– Não? – indaga Bennett, com um leve tique na boca. – Desde quando?

Embora a pergunta tenha sido feita ao amigo, meu irmãozinho decide intervir de novo com um gritinho estridente:

– Desde que ele vem me ensinando hóquei. Rhys é o melhor jogador de hóquei, provavelmente do mundo todo.

Bennett sorri de leve.

– Humilde também.

Rhys balança a cabeça, os olhos cintilando para Bennett, depois para mim, antes de parar em Liam. Mas noto que existe uma tensão nova nele. Seus ombros estão rígidos e o sorriso, retesado, falso; ele está usando sua máscara mais uma vez. Fico irritada quando percebo que a adoração de meu irmão por Rhys o deixa desconfortável.

Agarro a mão de Liam e indico com a cabeça uma mesa grande vazia perto do balcão.

– Podem esperar ali um minuto enquanto eu fecho?

– Claro. – Oliver dá de ombros. Ele pega o braço de Liam e o puxa. – Vamos lá, Anakin, deixa eles em paz.

Os lábios de Liam se retorcem e ele vira a cabeça ora para o irmão, ora para a mesa dos deuses do hóquei, como se não conseguisse decidir por quem lutar. O que acaba escapando de seus lábios é:

– Não tô com a roupa de Jedi, Oliver. Eu sou o Darth Vader.

Eu me viro para Ro e aperto seu braço com gratidão.

– Só vai levar um minuto pra eu fechar tudo e me trocar. Você se importa? Vou ser rápida.

– Eles podem se sentar com a gente se você precisar – diz Rhys, ficando de pé antes que eu possa discordar e arrastando a cadeira de Liam com meu irmão ainda nela de volta para a mesa pequena.

Liam dá uma risada estridente, os olhos brilhando enquanto olha de baixo para o rosto de Rhys, que sorri para mim.

– A gente é amigo, né? – emenda Rhys.

Quero impedir, argumentar com ele, mas me detenho ao ver Ro sorrir e dizer um agradecimento rápido para Rhys, tirando nós duas dali para nos trocarmos.

– Eu não…

– Relaxa – diz ela, com um suspiro, prolongando a sílaba do meio.

Suas mãos apertam meus ombros enquanto ela me força a dobrar a esquina, batendo na minha bunda para me mandar à sala dos funcionários.

– Eu fecho tudo aqui pra você – diz ela, puxando um avental do ganchinho sob o balcão da registradora e dando um nó ao redor da cintura antes de prender os cachos com um elástico num rabo de cavalo no topo da cabeça. – E para de tentar controlar tudo e deixa os garotos legais do hóquei brincarem com seus irmãos enquanto você tira um momento para *não* ser a mãe deles.

Ela dá um tapinha num ritmo suave no topo do balcão – não que fosse necessário, porque Luis já está olhando para ela.

– Luis, pode cobrir lá na frente por um instantinho?

– Claro – responde ele um pouco rápido demais, já tirando as luvas e a rede de cabelo.

É bem doido que ele aceite, considerando que a família dele é dona do café e dos restaurantes dos dois lados, mas seu olhar sonhador é toda a explicação de que preciso.

Entramos na pequena sala de funcionários, que também funciona como escritório do gerente e se conecta às salas dos fundos do restaurante à nossa direita. Ao me sentar numa das cadeiras, solto o ar e olho para onde Ro se empoleira na mesa.

– Então – começa ela. – Como foi a reunião?

– Boa – digo e suspiro, fazendo que sim com a cabeça como se isso me deixasse mais confiante. – Eu acho. Quer dizer, foi curta, então não sei. Vou encontrar com ele na próxima semana para conversar mais um pouco e levar os documentos que tenho. Ele falou que vai ser tudo o que a gente precisa pro Liam.

– Isso é bom, Sade. De verdade.

– Não é? Acho que é um bom sinal. Tem que ser.

Tem que ser. Estou ficando sem opções e tenho me arrastado do alojamento no campus para a minha casa e vice-versa, gastando nosso já apertado orçamento para babás quando nossa vizinha, a Sra. B., está ocupada. As coisas vão se acumulando. E as aulas ainda nem começaram.

Ro me ajudou a sair desse rolo no ano passado, mas me recuso a ficar nessa posição de novo. E esse é o único jeito.

– Tem. – Ela sorri, toda solidária, querendo me tranquilizar. – E, se ele não levar o caso adiante, ainda temos um monte de opções na lista, né?

Ro é minha melhor amiga, apesar de eu ter me esforçado para mantê-la um pouco distante. Foi se chegando no primeiro ano, sem se intimidar com a minha atitude nem com as tentativas de me livrar dela. Grudou em mim feito cola, até que ficou tão apegada que eu não poderia existir sem ela. Então ela me viu sofrer um ataque de pânico paralisante e me abraçou e ficou me ninando o tempo todo na pequena cama de solteiro do nosso dormitório de calouras.

Depois daquilo, revelei tudo para ela. Foi como se eu não pudesse parar.

Ela absorveu tudo de boca franzida e cenho determinado. Cuidou de mim e me ajudou a levar meus irmãos para a escola enquanto eu lidava com a patinação artística e tudo mais. Ela me deu aulas quando perdi tantas das minhas que tomei uma sanção da universidade; me tirou do chão do banheiro quando as pegações não foram capazes de aliviar a pressão no meu peito.

Faço qualquer coisa por ela e vou protegê-la até o fim, para sempre.

Oliver, Liam, Ro. Minha família.

– Então tá.

Ro se levanta e me abraça com força, o que me permite respirar por alguns instantes. Ela passa as mãos de leve pelo meu cabelo, desfazendo pequenos nós e emaranhados no caminho, depois faz uma trança frouxa que desce pelas minhas costas.

– Beleza? – pergunta ela.

Assinto, a cabeça na barriga dela, então me afasto e prendo as mechas soltas atrás das minhas orelhas.

– Beleza.

– Então, tá. Vai buscar os meninos e passar um tempo com eles. Por que não leva os dois pra passar a noite no alojamento? A gente pode fazer um forte de almofadas e mandar os dois pra escola mais tarde amanhã.

– Parece perfeito.

CAPÍTULO QUINZE

Rhys

Depois do primeiro treino pré-temporada e da reunião em equipe, me sinto um pouco mais leve para o segundo treino.

No primeiro dia, acordei tarde de propósito para que Bennett não insistisse em irmos todos no mesmo carro. Só esperei que ele dobrasse a esquina e saí. Precisava de um tempo sozinho no carro para me acalmar. Eu suava de quase pingar tamanha ansiedade. Vesti um conjunto todo preto na tentativa de disfarçar, pelo menos até eu tirar a roupa.

Quase liguei para o meu pai. Meu dedo ficou pairando em cima do contato dele por uns bons três minutos antes de eu atirar meu celular no chão do lado do carona e dirigir em silêncio.

De algum jeito, nada se estilhaçou – nem meu celular nem minha mente –, mesmo após a primeira vez patinando com outras pessoas, o que foi mais ou menos fácil. Passei um tempo conhecendo os novos calouros, pedindo desculpas por ter sido um capitão ausente durante o intensivo de verão e agradecendo a Holden, um defensor que me substituiu após a lesão.

Perdi a conta de quantas vezes o treinador pediu para Bennett assumir como capitão, mas ele recusou cada uma delas.

Não estou suando tanto agora, pelo menos não por conta da ansiedade, mas mais pelo ritmo forte ao contornar o rinque, treinando a minha tacada com o disco nas curvas fechadas antes de fazer uma parada brusca ao mesmo tempo que Freddy arranca, nossa troca de passes fluindo melhor e mais rápida do que a dos demais. O treino acabou, mas isso significa que é minha hora de fazer os exercícios para aumentar o entrosamento da equipe antes de passar para os alongamentos.

Encosto nas placas e ergo o queixo na direção de Bennett, que está sentado sem capacete, jogando água na boca.

– Eles parecem bons – comento.

Bennett assente.

– Melhor do que no verão. Aquele Sinclair é bem rápido.

– Ah, é? – Dou um sorrisinho ao ver sua expressão claramente descontente. – Tem um golpe de esquerda muito bom também.

Bennett balança a cabeça de novo, o ombro esquerdo se contraindo até a orelha, apesar de o gesto fazer a ombreira se mexer quase nada.

– Você reparou, né? Tive que me acostumar com o jeito como ele corre em zigue-zague, mas ele só conseguiu marcar no meu gol uma ou duas vezes. Ele tá acabando com o Mercer.

Isso me faz sorrir um pouco, lançando um olhar para o reserva de Bennett, Connor Mercer. Ele parece exausto e encharcado depois de ter esvaziado a garrafa d'água sobre a cabeça.

– O Mercer precisava dar uma baixada na bola.

– O técnico quer começar a partida com ele mais vezes nesta temporada e fazer a substituição em mais jogos.

Faço uma pausa por causa disso, mas, em vez de comentar algo – porque conheço Ben –, só ergo uma sobrancelha. Ele dá de ombros.

– Não ligo – diz ele.

– E os olheiros?

– Eles vão me notar. Me notaram ano passado também. – Ele bebe mais um gole d'água. – Além disso, deveríamos ser uma dupla, mas eu joguei 26 das 34 partidas do ano passado na temporada regular.

– É porque você é quase perfeito.

Ele dá de ombros.

Freddy chega patinando, com um sorriso malicioso ao tirar o capacete.

– Qual é o assunto, mocinhas?

– O Bennett não tá falando com você depois daquela bobagem ridícula que você tava aprontando no treino de tiro ao gol.

Meu tom está permeado por uma risada contida, mas Ben parece prestes a quebrar o taco de Freddy ao meio, isso se não partir sua coluna.

– Qual é, Reiner, você não pode ficar bravo comigo por te manter esperto.

– Eu fiquei tenso por tanto tempo que achei que tivesse distendido alguma coisa, seu otário.

Freddy ergue as mãos numa rendição silenciosa.

– Não é minha culpa se os calouros querem ser iguaizinhos a mim.

– Você botou todos os seus alas pregados na minha área.

– Botou? – pergunto, sorrindo apesar do tom irritado de Bennett. – E eles te obedeceram?

– Vem com o papai – retruca Freddy, e o sorriso malicioso revela seus dentes e brilha como a placa de gelo onde nos encontramos.

Holden ouve só essa última frase da nossa conversa e faz como se estivesse prestes a vomitar.

Quando o resto da equipe termina a corrida – com os jogadores de ataque derrotando os de defesa por um triz –, junto o grupo rapidinho e planejo um churrasco na nossa casa na quarta-feira. No primeiro dia de aula, mas não no primeiro fim de semana, para que os calouros não tenham a impressão errada do motivo do evento: criar vínculos, não cair na bebedeira.

Um leve zum-zum-zum toma conta do vestiário depois do treino. Fico com vontade de participar e zoar junto, mas, toda vez que alguém tenta falar comigo, só sinto exaustão. Um entorpecimento profundo. É algo que reconheço com facilidade agora, depois de toda a terapia cara que meus pais pagaram: *camuflagem social*. A Dra. Bard chama isso de *mecanismo de enfrentamento negativo* e diz que é um sintoma de transtorno de estresse pós-traumático, que eu definitivamente não tenho e ela não vai me convencer do contrário. Tomei uma pancada praticando um esporte, não sofri um trauma de guerra.

É mais fácil desse jeito: fingir ser quem eu era antes daquele jogo, ser o mesmo jogador e líder que virou capitão no segundo ano usando esse uniforme. É quem eu sou, quem eu deveria ser – só que perdido em meio à nuvem escura que insiste em me seguir por toda parte.

Depois de sair para o sol quente do lado de fora do centro esportivo, faço uma pausa para esperar Bennett, que provavelmente está empilhando as ombreiras na ordem exata que ele gosta.

Meu celular se ilumina de novo, uma mensagem do meu pai.

Almoço?

Acima dessa mensagem, há uma trilha de parágrafos longos e citações edificantes ridículas que parecem o conteúdo de um livro de autoajuda, junto a respostas minhas monossilábicas.

Hesito em responder, busco alguma desculpa.

Não é que eu não queira passar tempo com ele. Meu pai é meu herói, sempre vai ser. Só é confuso e complicado agora. E não consigo tirar da minha cabeça o eco da voz dele.

Meu filho.

Bennett sai pela porta: cabelo perfeito, calça social e camisa polo verde-escura, que parecem um pouco excessivos, considerando que deveríamos ir para casa encher a cara de comida e descansar. Seu celular está pressionado no ouvido e, com a mão livre, ele desliza os óculos escuros pelo rosto para se proteger da luz do sol.

– Falei que sairia tarde – murmura ele, a mandíbula tão tensa que logo sei com quem está falando. – Eu disse da última vez que *esta* era a primeira semana de treinos, então precisaria adiar o almoço.

Ele está perto o bastante para que eu possa distinguir o tom áspero e idêntico ao dele do outro lado da chamada.

– Tudo bem, Bennett, eu posso esperar.

Adam Reiner: antiga promessa do hóquei profissional, atual advogado feroz.

Bennett possui tanto dinheiro que nunca vai ter noção do que fazer com ele, o tipo de fortuna que garante que gerações possam não trabalhar e ainda viver bem. Seu pai nasceu em berço de ouro, com um fundo fiduciário maior do que uma lista completa de contratos da NFL, a Liga Nacional de Futebol Americano. É de surpreender que ele tenha se tornado melhor amigo de um cara que veio da Rússia e morou num apartamento decrépito depois de chegar à maioridade em um orfanato para meninos e aprender inglês com um professor universitário idoso que morava no andar de cima do prédio.

O atacante central rico cujo futuro não dependia de nada e o defensor pobre cujo futuro dependia por completo daquele primeiro ano – e, apesar disso, os dois construíram uma amizade duradoura.

Não tenho problema nenhum com o pai de Bennett, nunca tive, mas, depois do divórcio dos pais, Bennett mal suportava ficar no mesmo cômodo que ele. Aí Adam passou a perder a maioria dos jogos do filho, até que parou de assistir de vez na época que passamos em Berkshire. Agora sei que, uma vez por mês, Bennett encontra o pai num restaurante.

Hoje em dia, os presentes extravagantes que muitas vezes chegam na nossa casa ou na garagem – o mais recente, um modelo novo do Ford Bronco que nunca foi dirigido e está lá parado, ainda coberto por uma lona – são tudo o que existe do relacionamento de Bennett com o pai.

– Não precisa – retruca ele. – Volta pro trabalho. Não vou dirigir até a cidade pra gente passar vinte minutos olhando um pra cara do outro enquanto come algum prato ridículo de caro.

Ele desliga sem pensar duas vezes.

– Perdeu outro almoço? – pergunto, percebendo depois disso que eu não teria como saber.

Bennett balança a cabeça, arrumando o cabelo e os óculos de novo com as mãos trêmulas.

– Fui ao último, mas foi a primeira vez que encontrei com ele o verão todo.

– Continua ruim?

– É só que… A minha mãe finalmente tá feliz. Ela e o Paul vão passar as próximas duas semanas na Europa. Não quero esse lembrete.

– Entendi.

Na verdade, não entendi. O divórcio dos pais de Bennett sempre foi um assunto estranho para mim. Meus pais são perdidamente apaixonados um pelo outro e sempre foram. Para o mundo, não há nada que Maximillian Koteskiy ame mais do que o hóquei. Mas qualquer um que o conheça de verdade sabe que ele desistiria de todas as vitórias na Copa Stanley e de toda a carreira se isso significasse ficar com a minha mãe.

– Tá voltando pra casa? – pergunta Bennett, segurando o botão na lateral do telefone para desligá-lo por completo.

– Acho que sim…

– Festa na piscina na Zeta – anuncia Holden, saindo lado a lado com Freddy.

Os dois estão arrumados de um jeito casual que faz com que pareçam quase gêmeos, mas, enquanto Freddy é todo brincalhão, Holden tem uma inocência juvenil.

– Tô de boas – respondo.

Tenho outros planos em mente, ou seja, tentar passar mais um tempinho com certa patinadora artística impetuosa.

– Eu vou – diz Bennett, o que é uma surpresa. Quando olho para ele, Bennett dá de ombros. – Preciso de algo pra fazer.

– Justo. Vejo vocês mais tarde em casa.

Depois de alguns acenos e cumprimentos com meneios de cabeça a caminho do carro, envio uma mensagem rápida para meu pai: *Não posso hoje.* Agarro a maçaneta, então solto um palavrão ao perceber que deixei as chaves no meu armário.

Felizmente, tudo está vazio agora, o que faz com que fique mais fácil entrar, pegar as chaves no armário e sair sem precisar parar e conversar com ninguém.

O escritório do treinador é a única sala com as luzes ainda acesas, a porta entreaberta. No começo, não dou atenção, mas a conversa lá dentro é alta o bastante para me fazer parar perto da parede antes de passar na frente da porta.

– Você jurou que isso não estava na programação – rosna uma voz profunda. – Falou que era um jogo em casa.

– E era – responde o treinador, com um suspiro. – Olha, se você não vai mesmo jogar...

– O que acontece se eu não jogar?

Enrugo a testa. Então é um jogador, mas não reconheço a voz. Não é uma surpresa tão grande assim, levando em conta como andei ausente.

Ouço um barulho como o de um tapa na mesa e, em seguida:

– Não vou entrar naquele maldito ginásio se houver alguma chance de que ela...

– Escuta...

– Você me perguntou qual era o meu problema. *Esse* é o meu problema, caramba. – A outra voz é quase um rosnado, intenso e baixo. Furioso. – Eu não piso numa arena onde ela possa estar. *Não consigo* ver ela. Caso contrário, eu *mat*...

– Beleza, Tor. Tá bom.

O nome é só vagamente familiar; não consigo lembrar quem é. Ele parece transtornado, mas confio no treinador para não deixar uma pessoa dessas estragar o clima da equipe.

Pego minhas chaves e vou embora, rápido e silencioso, antes de ir de carro até minha nova cafeteria favorita, torcendo para ter pelo menos uma chance de ver Sadie.

É Ro quem encontro dentro do aconchegante Refúgio do Café, um nome bem apropriado para o local. Ela está no balcão conversando com um cara bem-vestido.

Fico atrás dele apenas um instante antes que Ro me veja e a expressão reservada – que parece estranha para a jovem animada que conheci há pouco tempo – desapareça de seu rosto. Talvez ela seja mais quieta quando não está bêbada e cantando Taylor Swift aos berros à noite.

– Rhys Koteskiy. – Ela sorri, mas seus olhos buscam o cara ainda encostado no balcão ao nosso lado. – Veio aqui atrás de um café ou de uma garota?

– Vocês se conhecem? – pergunta o cara, a sobrancelha se erguendo enquanto dirige a pergunta para mim em vez de para Ro.

– Rhys – digo, estendendo a mão para ele com meu sorriso de capitão.

Ele a aperta e dá uma sacudida rápida e forte antes de soltar.

– Tyler. Namorado da Ro.

Saquei. Mantenho o sorriso estampado no rosto enquanto volto a olhar para Ro, sua expressão nervosa me causando um pouquinho de mal-estar. Eu me inclino e pergunto sem rodeios:

– A Sadie não trabalha hoje?

Tyler ri e meneia a cabeça para mim com um brilho renovado nos olhos.

– A Sadie tem mesmo um tipo, hein? Fico surpreso por não ser ela a ir atrás...

– Chega, Tyler. Por favor – implora Ro baixinho antes de olhar para mim. – Ela não tá aqui, mas deve estar no alojamento... Bem, eu acho. – Ela aperta o botão na lateral do celular, que está no balcão. – É, ela ainda tá lá, mas vai passar o fim de semana em casa, então...

Ela deixa a frase no ar, dando de ombros.

– Então, para ela não surtar de ansiedade, eu deveria mandar uma mensagem pra ela em vez de aparecer sem avisar?

Ro abre outro sorriso, de alguma forma um pouco mais largo, como se a ideia de eu entender algumas das complexidades de sua amiga querida a deixasse muito contente.

– Isso mesmo.

– Saquei. – Assinto e coloco uma nota de 5 dólares no jarro amarelo de gorjetas um tanto decorado demais, com flores multicoloridas desenhadas por toda parte. – Te vejo por aí, com certeza.

– Tomara que sim. Ela merece tudo de bom.

Sinto um quentinho em algum lugar dentro de mim ao perceber que essa garota enigmática, a melhor – e acho que única, para falar a verdade – amiga de Sadie, me aprova. Ainda que ela mesma não faça isso.

Envio uma mensagem para Sadie mais tarde na mesma noite, depois de me empanturrar com a marmita que Bennett preparou no início da semana e na qual escreveu meu nome. Estou deitado na minha cama mal-arrumada, encarando o teto, um filme passando no meu Playstation 4 ligado na tevê montada na parede, e não consigo tirar Sadie da cabeça. Ouvi a playlist Músicas da Sadie até conseguir acessá-la na minha cabeça como um arquivo, tocando mentalmente minhas músicas preferidas e tentando imaginar o que ela estava pensando quando as adicionou. Mas não demorou muito para que meus sentimentos e pensamentos invadissem cada uma delas.

"Barely Breathing": a maneira como ela desamarrou os cadarços dos meus patins quando minhas mãos estavam tremendo.

"Don't Look Back in Anger": o olhar furioso enquanto ela executa os movimentos de sua série extensa.

"Sleep Alone": o sorriso, a risada dela.

A minha favorita do momento, "Let's Get Lost", de Beck e Bat for Lashes, toca na minha caixa de som enquanto meus dedos deslizam sobre a tela, acessando as informações de contato de Sadie, e disparam a mensagem antes que eu possa pensar duas vezes.

RHYS
Oi.

SADIE

Isso é o equivalente a um "Você tá acordada?" para um Koteskiy?

RHYS

Você quer que seja?

Em pânico, mando outra mensagem logo em seguida.

RHYS

Só tô deitado na cama ouvindo música.

Em vez de uma mensagem de texto como resposta, recebo uma foto dela que faz com que eu me sente na cama de um pulo, soltando o celular, as mãos de repente escorregadias. Trago o aparelho de volta para perto do rosto como se fosse perder a imagem se fechasse os olhos por um segundo.

Ela está deitada, o cabelo numa bagunça de ondas que brincam ao redor dos lençóis azuis emaranhados e de um edredom branco. Não está sorrindo, mas seus lábios ligeiramente franzidos se erguem um pouco em um dos cantos. Um olhar penetrante, o cinza-escuro é intenso até mesmo através de uma tela. A pele está um pouco corada e o fio desgastado de seus fones de ouvido velhos – que ela deve ter roubado de volta de mim – paira sobre as clavículas.

Meus olhos percorrem seus ombros: uma das alças da blusinha está meio caída, revelando uma infinidade de sardas espalhadas como estrelas pela pele dela.

Fico pensando quanto tempo seria aceitável demorar para respondê-la; se daria para eu tomar um banho enquanto imagino meus dedos tocando cada uma das sardas que eu for capaz de encontrar em uma busca bem minuciosa.

Balançando a cabeça, vejo o texto embaixo da foto, depois de salvá-la no telefone para poder olhar para ela por um tempo constrangedor.

SADIE

Engraçado, tô fazendo a mesma coisa.

Eu me sinto ridículo por um momento enquanto edito minha mensagem quatro vezes, sabendo muito bem que ela consegue ver os pontinhos aparecendo e desaparecendo sem parar.

RHYS
Pena que não fico tão bem quanto você fazendo isso.

SADIE
Pois é, mas aí talvez o Freddy tentasse dormir com você.

Uma risada ameaça sair, repuxando meus lábios. Até isso, apenas suas palavras escritas, é suficiente para afastar um pouco da ansiedade de estar neste quarto vazio demais.

SADIE
Mas tô tão cansada quanto pareço, então provavelmente vou apagar logo, logo e te deixar no vácuo.

Levo mais um bom tempo para decidir o que dizer e enfim envio:

RHYS
Você não parece cansada.

Espero, inutilmente puxando meu celular para mais perto do rosto e depois largando o aparelho na cama com a tela virada para baixo, como se isso fosse evitar que eu parasse de olhar para ela. Mas a falta de resposta deve significar que Sadie pegou no sono.

Fico de pé, deixo o celular no quarto e vou para o banheiro grande e escuro que foi limpo de maneira impecável durante o verão por Bennett, a ponto de parecer que ninguém nunca morou aqui. Tiro a roupa e fecho a porta antes de abrir o chuveiro superquente.

Por um momento, me encaro no espelho enquanto passo a mão sobre a leve cicatriz na sobrancelha e a menor, debaixo do olho, que é quase imperceptível a menos que seja tocada – ambas causadas pela viseira na hora em que fui atingido, mas não me lembro de a viseira ter me machucado.

Meu corpo está totalmente curado, cada pedacinho colocado de volta no lugar. Minha mente é que está destruída para sempre.

Há um vídeo da partida e da lesão. Tentei assistir uma vez, mas me senti mal e não consegui passar do primeiro intervalo. Não conseguia recordar quando a pancada tinha acontecido, e a expectativa constante me deixou tão nauseado que desisti.

Fico imaginando se Sadie assistiu, mas tenho medo de perguntar. Ela só precisaria fazer uma busca no Google.

Afasto os pensamentos e entro no chuveiro aquecido e fumegante, deixando a água quente correr pelos músculos tensos. Mergulho a cabeça sob o jato d'água e tiro o cabelo da testa.

A mudança de temperatura me deixa tonto por um instante e tento me firmar apoiando as duas mãos na parede de azulejo ainda fria.

Sadie.

Sadie com sardas nos ombros, o cabelo ondulado e bagunçado, o rosto sem maquiagem, olhando para mim com seus olhos acinzentados e felinos.

Só de pensar nela, já me acalmo. A imagem dela pairando sobre mim no vestiário como uma rainha em um trono está gravada na minha mente. Será que ela sabe que eu me ajoelharia diante dela para sempre se isso significasse que me olharia daquele jeito?

Meu membro fica duro, pulsante, enquanto a mente me conduz por cada momento em que toquei sua pele lisa e macia. Ela está gravada em todos os meus pensamentos, como um perfume doce que traz de volta as *boas* lembranças que mantive trancadas.

Eu a imagino no meu chuveiro, debaixo do jato quente, porque a quero perto de mim. Quero sentir que ela é toda minha, mesmo que por um minuto. Ela é tão pequena, mas tão importante para mim.

Rhys, diz ela com um suspiro.

Na minha cabeça, eu a pressiono contra o ladrilho e fico de joelhos. Eu a imagino acima de mim enquanto minha mão desliza para cima e para baixo pelo meu pênis, devagar. E sempre.

Com ela, nunca vai ser devagar e sempre.

Não. Eu a imagino se mexendo descontroladamente em cima de mim enquanto luto para segurá-la, até que coloco as pernas dela sobre meus ombros. A pele dela provavelmente também parece seda nessa região, mesmo com os músculos rígidos por baixo.

Caramba. Eu sei que ela tem um gosto bom e, só de pensar nisso, me seguro com mais força e o movimento fica mais rápido. Eu a imagino chegando ao clímax comigo, seus suspiros e gemidos ficando mais altos até que a casa toda consiga ouvir que ela é minha, que *eu* a faço se sentir desse jeito, um homem agradando sua mulher até que ela não consiga deixar de gritar.

Sigo tentando alcançar meu clímax com Sadie na cabeça, querendo sentir a euforia que *sei* que posso fazê-la sentir. Estou desesperado para agradá-la e adorá-la dessa forma, para ficar no controle e ter a feroz patinadora artística à *minha* mercê, para variar.

Seus olhos acinzentados e provocantes estão fixos nos meus quando fecho os olhos e minhas pernas estremecem sob o efeito da fantasia com ela. Coloco a mão no azulejo, a mente turva, mas sem dor.

Na minha cabeça, ela repete meu nome com aquele mesmo gemido leve e sussurrado e isso me faz chegar ao limite. Gozo com o nome dela saindo dos meus lábios em um apelo desesperado.

Minha testa pressiona o azulejo quando quase desabo de alívio. *Caramba*.

Talvez eu devesse ficar envergonhado por pensar em Sadie desse jeito, mas é difícil não fazer isso quando ela é tudo o que há de bom. Pela primeira vez desde março, eu me sinto... vivo. O que, de certa forma, é mais perigoso, porque agora acho que *não consigo* abrir mão dela.

Quero me agarrar a ela, provar que o que sobrou de mim vale alguma coisa.

Envio mais uma mensagem para Sadie antes de conectar meu celular ao carregador.

RHYS
Você tá linda.

CAPÍTULO DEZESSEIS

Sadie

Meus patins escorregam outra vez, os fios das lâminas não aderem; eu caio de costas e deslizo pelo gelo.

Fecho os olhos, e lá está de novo.

A imagem rápida de uma covinha, olhos cor de chocolate, mãos enormes segurando minha cintura com tanta força que juro que consigo sentir mesmo agora. Rhys se servindo do meu corpo, me sustentando como se eu fosse leve como o ar, sua voz soando como uma provocação suave no meu ouvido. Ele me chamando de seu "novo esporte favorito" antes de me virar e me pegar de novo por trás.

A mesma maldita fantasia que anda me assombrando há dias.

A mesma à qual infelizmente me entreguei ontem à noite, sozinha na cama, os dedos rápidos entre as coxas.

A mesma que me fez ter o orgasmo mais intenso em meses.

Tento recuperar o fôlego e tirar a imagem de Rhys da cabeça, aquela que inventei e que posso apostar que não deve ser nada parecida com o que ele é de verdade na cama. Rhys é perfeitinho demais pra meter em mim tão forte a ponto de não me deixar sentir mais nada.

É por isso que ele te assusta.

Fecho os olhos com força e tento me concentrar na música que ainda está tocando, mas alguém a pausa.

Saco.

O treinador Kelley está de pé ao meu lado, me encarando de cima, braços cruzados e olhos semicerrados. Não quero olhar para ele, como uma criança evitando uma bronca.

– Você anda mais relapsa – acusa ele, estendendo a mão e me puxando pelo ombro com força para que eu me sente.

Eu me desvencilho dele e fico de pé sozinha. Depois patino até o banco para pegar uma água.

– Só tô cansada.

Ele vem atrás de mim e, quando está quase no meu ouvido, acrescenta:

– Pesagem. Amanhã.

Odeio me sentir ameaçada, a sensação ruim que revira minhas entranhas por conta da implicação óbvia. Caí porque não estava prestando atenção à posição do fio dos patins, porque lidei com o salto Axel como se fosse algo natural para mim, quando é o meu pior salto. Caí porque estava distraída, não porque ganhei uma quantidade minúscula de peso.

– Repita o salto, Sadie. E vê se faz perfeito dessa vez – sussurra ele no meu ouvido, então se afasta.

Ele prepara a música, pega a garrafa d'água das minhas mãos e a joga no banco.

É sempre assim. Meu treino é sempre o último para que ele possa ficar comigo além do meu tempo normal, bagunçando as obrigações da minha vida pessoal tão cuidadosamente organizadas. É por isso que fico grata por Victoria ter chegado tarde hoje, o que significa que os últimos quinze minutos agora são dela.

Termino minha rotina, quase perfeita pelos meus padrões e com uma melhoria quase inexistente aos olhos do treinador Kelley. Ainda assim, ele *precisa* se concentrar em Victoria no momento, então fico descansando numa boa no banco, raspando o gelo das minhas lâminas com meus protetores de plástico.

– Pensei que você só fosse abusada no gelo comigo, mas parece que você é marrenta aqui também.

Meu coração dispara e meu corpo todo vibra ao som da voz dele.

Ele ainda é o *meu* Rhys, mas agora é algo mais: Rhys Koteskiy, capitão do time de hóquei da Universidade Waterfell. Seu cabelo está penteado, mas ainda um pouco bagunçado, os olhos brilhantes e sem o habitual poço profundo de tristeza. Ele quase parece revigorado.

Rhys leva a mão ao peito enquanto olha para mim com carinho.

– Isso magoa, lindeza.

Não consigo deixar de abrir um sorriso para combinar com o dele.

– Acho que você vai sobreviver, craque. – Dou um tapinha no banco. Ele se senta bem ao meu lado, a coxa tocando a minha. – Além disso, guardo meus maus modos, *os piores*, pra você. Não precisa ficar com ciúme.

A música de Victoria é interrompida e uma gritaria ecoa com facilidade pelo rinque cavernoso. Por mais que a garota me irrite, ela aceita as correções brutais do treinador Kelley com um aceno rápido de cabeça e um sorriso congelado no rosto, as mãos entrelaçadas.

– Ele é sempre assim?

A boca de Rhys quase toca minha orelha e seu hálito é gelado. Estremeço.

– A-assim como?

– Tão... intenso?

– Não – respondo, um sorrisinho falso enfeitando meus lábios.

O que não conto é que costuma ser pior, principalmente comigo.

Mas eu preciso disso. A firmeza e a severidade com que o treinador Kelley me apoia só mostra sua dedicação ao meu sucesso. Ele é assim porque acredita em mim. E é o único.

– Chegou cedo, então? – pergunto enquanto Rhys encosta seu corpo no meu.

– Na verdade – diz ele, com um sorrisinho malicioso –, é você que tá treinando no meu horário.

Como se tivesse sido combinado, o treinador de hóquei de rosto severo que vi algumas vezes vem chegando pelo túnel, dando um suspiro de frustração. Sua mão dá um tapinha de leve no ombro de Rhys enquanto passa por nós para conversar com o treinador Kelley, que tenta ignorá-lo na maior cara de pau.

– Me dá cinco minutos, e a gente vai embora – dispara meu treinador por fim, sua voz trovejante em comparação ao tom surpreendentemente suave do treinador de Rhys, que não discute, apenas retorna para perto da gente.

– Koteskiy. – O treinador acena com a cabeça, coçando a barba. – E...?

– Sadie – respondo.

Tomo um gole da minha água e quase cuspo de volta quando o treinador de Rhys pergunta:

– Namorada?

Rhys fica vermelho e, de repente, me vejo com vontade de responder "sim" e dar um beijo na pele corada dele. Meus dedos se contorcem, pois só pensar nisso já é avassalador: ver o assombro no rosto da Victoria e a expressão fumegante do treinador Kelley diante do meu comportamento repugnante e nada profissional.

Sentir Rhys de novo...

De repente, são minhas bochechas que esquentam.

– Amiga – corrige Rhys. – Os irmãos dela também jogam. Eles, ah... treinam no programa da fundação.

Minha barriga se revira. A sugestão de que meus irmãos dependem de um projeto de caridade se destaca como se estivesse escrita num letreiro de neon, anunciando a vergonha que carrego todo dia. Detesto isso.

A garota que afasta a tristeza dele com beijos e precisa de ajuda com os irmãozinhos.

Patética.

– Na verdade, preciso ir pra casa. – Eu pulo do banco ainda com meus protetores nas lâminas. – Te vejo por aí, craque.

Não preciso dele nem da ajuda dele. Ou das suas covinhas irritantes.

Mal cheguei a atravessar o túnel, indo em direção ao vestiário feminino – que fica a uma distância absurda do rinque porque a equipe de hóquei detém a maior parte do espaço da arena –, quando ele me alcança e segura meu braço.

– Escuta, Rhys...

– Que humilhante – diz uma voz diferente no meu ouvido, zombando, os dedos se entrelaçando no meu bíceps. – No meu escritório. Agora.

Aí ele, meu treinador, me empurra com força e baixo a cabeça enquanto sigo sua silhueta esguia. Victoria passa por nós e olha para mim com empatia.

Quando o treinador Kelley entra em seu escritório, faço uma pausa, mas só porque Victoria está se virando para mim.

– O horário do seu treino acabou – diz ela.

Ela pigarreia e olha para mim um pouco hesitante. Não a culpo, afinal não somos amigas e acho que nunca fui legal com a garota. Ela olha em volta de novo antes de baixar a voz:

– Você não precisa seguir ele até lá. Ele é nosso treinador, não nosso pai.

Ele tem sido mais pai para mim do que o meu, é o que penso, mas não falo em voz alta. Em vez disso, dispenso a preocupação dela com um revirar de olhos.

– Eu consigo lidar com o Kelley. Se preocupa com você.

Endireito minha postura como se estivesse me preparando para marchar em direção à batalha, então entro no escritório e fecho a porta.

– Me desculpa, eu estava distraída...

– Quem é o garoto? – Ele me interrompe com rigidez.

Eu me viro e observo enquanto ele calça os tênis muito caros e atira os patins pretos na bolsa esportiva.

– Como é que é? – Fico pálida.

Ele zomba de mim.

– Quem é o jogador de hóquei com quem você tá perdendo tempo jogando charme durante o meu treino?

– Eu não... Não estou...

– Repita esse comportamento e vai estar fora das competições de novo – avisa ele e estala os dedos para mim.

Como se a conversa tivesse terminado.

– Você não tá sendo justo.

Não vou discutir sobre Rhys; um dia meio distraída não vai destruir anos de bom desempenho na patinação, de dedicação completa.

– Não estou sendo justo? – O treinador Kelley bate o punho na mesa de metal que está entre a gente e fica de pé para me encarar de cima. – Todas as vezes que a Victoria faz um Axel, a descida dela é melhor do que a sua. Quer falar sobre justiça? – A voz dele se eleva a cada palavra e a ansiedade percorre minha coluna. – Eu investi *anos* de tempo, esforço e dinheiro em *você*, e você é tão ingrata que não consigo manter sua atenção por uma hora.

– Kelley...

– Está fora das competições.

Abro a boca. Meu corpo todo treme no esforço de conter um grito, talvez até um verdadeiro chilique.

– Se as próximas palavras que saírem da sua boca não forem "obrigada" ou "desculpe", então não quero ouvir.

Reprimo tudo. As palavras azedam no meu estômago, como se eu tivesse engolido bile.

Tudo fica quieto por um momento. Lágrimas de raiva começam a queimar o fundo dos meus olhos, até que uma traidora escapa. Kelley suspira, cruza os braços e contorna a mesa até se colocar na minha frente.

– Vem aqui, minha danadinha.

Os braços dele se abrem e o treinador me acolhe num abraço apertado. Mais lágrimas escapam, meus braços parados ao lado do corpo enquanto absorvo o conforto que nem sei se quero.

– Agora – diz ele, me inclinando um pouco para trás e acariciando meu cabelo –, vá pra casa. Dormir. E depois volta aqui amanhã de manhã. Cedo.

Meu estômago já dói de tanto se contrair por segurar o que quero dizer, gritar. Mas, como sempre, de alguma forma consigo manter tudo lá dentro.

Ele é o único que se importa. Que sabe tudo sobre minha droga de vida. Ele me ama.

– Desculpa – digo, as palavras queimando como ácido enquanto saem dos meus lábios.

CAPÍTULO DEZESSETE

Rhys

Não é incomum que o treinador Harris peça para se encontrar comigo nos dias de folga. Por eu ser o capitão do time, isso é mais ou menos parte das minhas responsabilidades.

O que *é* incomum é a presença do *meu pai*, apesar de ele e o treinador se conhecerem. Meu pai está sentado à minha direita, enfiado numa cadeira agora inclinada contra a parede, o pé batendo no chão sem parar. Eu não estava ansioso a caminho daqui, mas agora, sem nada que me distraia, absorvi a inquietação dele.

A porta se abre e o treinador Harris entra. Ele contorna a mesa e oferece um aperto de mão rápido ao meu pai.

– Max – diz Harris com um meneio da cabeça, então se senta e apoia os cotovelos com força na mesa de carvalho escura. – Rhys. Obrigado por terem vindo.

Tem alguma coisa errada.

Uma sensação de desconforto se infiltra na minha barriga e começa a se espalhar. A sala parece encolher depressa.

Por que está tão quente?

– Queria falar com vocês dois em particular sobre esse assunto antes do primeiro treino oficial. – Harris faz uma pausa e ergue a palma calejada como se quisesse me deter. – Sei que estão cientes de que o Davidson saiu da equipe, então estamos com menos um defensor como opção principal com o Doherty.

Embora a informação não seja novidade, ninguém discute a saída repentina de Davidson. As pessoas só costumam deixar a equipe mais cedo se forem convocadas, e ele não foi. No momento, Holden está sem ninguém com quem fazer dupla. Achei que um calouro fosse substituir Davidson.

O treinador Harris pigarreia e exibe uma expressão firme no rosto, de maneira que os pelos da minha nuca só arrepiam ainda mais.

– Então selecionamos um aluno transferido de Michigan. Toren Kane.

Uma onda de náusea me atinge; o enorme nó na garganta é a única coisa que me impede de botar meu café da manhã para fora.

Toren Kane. Um jogador imenso de defesa da Universidade Mount Hart, o time de hóquei rival da nossa escola. Foi a maior promessa da NHL durante três anos consecutivos, mas erros constantes o impediram de ser escalado. O jogador que quase me matou na primavera passada.

E o treinador Harris quer que eu jogue com ele – não só na minha equipe, mas na droga da mesma escalação.

– Você tá falando sério?

Não sou eu quem fala, mas meu pai, sua voz em um sussurro ameaçador enquanto os punhos se fecham nos braços da cadeira.

– Eu sei que...

– Tá maluco? – A voz dele sai alta dessa vez, sobrepondo a do meu treinador. – Você *sabe* o que ele fez com o meu filho, Harris. O rapaz é um pesadelo. Mas que inferno!

Pela cara de Harris, parece que essa é a última coisa que ele quer discutir, então adivinho suas palavras seguintes antes mesmo que as diga.

– Foi uma jogada dentro das regras, Max. Ele é um defensor talen...

– Ele é um risco, é isso que é. A equipe dele toda concordou com a gente e quis que ele fosse suspenso.

– Max...

– Tem um motivo pra ele não ter aparecido na lista de convocação, lembra? Várias vezes. Teve escândalo *em todo lugar*! – A voz de meu pai se eleva de novo, o sotaque se acentuando enquanto mistura xingamentos em russo aos gritos.

– Max...

– Vão surgir milhares de rapazes melhores... mas você precisa *justo* dele? A que custo? Estamos falando do meu *filho*, o capitão desta equipe! O treinador não eleva a voz nem tenta acalmar meu pai, apenas assente e alterna o olhar entre mim e ele.

Fico de pé de repente, atirando minha cadeira para trás sem querer. Os dois param por um momento, mas a sala continua a encolher, a ponto de eu ter certeza de que vou sufocar se ficar ali por mais um instante.

Saio, ignorando os chamados dos dois, em inglês e russo. Dobro a esquina perto da porta tão depressa que acabo fazendo um corte no ombro. Os corredores estão vazios, mas mantenho a cabeça baixa enquanto meus batimentos começam a dominar tudo. Tento me concentrar, pôr em prática as técnicas de controle de ansiedade que aprendi, impedir o verdadeiro ataque de pânico antes que ele comece.

Esbarro em alguém e mal consigo murmurar um pedido de desculpa antes de me mandar dali, minha visão turva e em túnel enquanto cambaleio adiante. A pessoa agarra meu pulso com força, unhas pequenas pressionando minha pele, e quase solto um gemido, porque eu reconheceria o toque de Sadie mesmo de olhos fechados.

Eu me viro com facilidade, deixando que ela me coloque contra a parede fria de tijolos pintados de azul. Sadie parece poderosa desse jeito, sem se importar com o fato de eu ser tão alto perto dela. Ela simplesmente passa a sensação de estar no controle, como se fosse capaz de me acalmar com um toque rápido de sua pele na minha.

Enquanto meu olhar passa pelo rosto dela, percebo que está falando comigo.

– Desculpa – digo, patético e trêmulo como sempre.

Pelo visto, esse vai ser meu novo padrão. Nunca fui um cara agressivo, sempre fui controlado dentro e fora do rinque, mas agora quero enfiar meu punho em alguma coisa.

Não consigo conter a risada autodepreciativa que me escapa. *Meu Deus*, não é de admirar que ela não me queira. *Patético*.

– O que aconteceu, Rhys? – pergunta Sadie, de uma forma que compreendo que ela já me perguntou isso antes e que esse meu comportamento catatônico de paciente da ala psiquiátrica a assusta. – Você tá tremendo.

– Eu...

Não estou com medo... Não de Toren Kane. Estou revoltado. Eu me sinto traído por alguém que me protegeu desde o primeiro ano, que nunca me tratou como se eu fosse apenas uma miniatura do meu pai, que ficou ao meu lado durante a minha lesão. Não importa que eu saiba que minha equipe vai me apoiar; por que ele o traria para cá?

Minha equipe gritou que aquele foi um golpe sujo, assim como a equipe de Kane, mas os juízes alegaram que foi dentro das regras. Então ele está liberado, não importa que possa custar minha carreira se eu não conseguir controlar essa porcaria ou que esse cara tenha roubado tudo de mim. E ele tem a coragem de aparecer na minha equipe, na minha faculdade?

Tudo dentro da minha cabeça está girando como água indo pelo ralo, me deixando com um estranho torpor na ponta dos dedos.

Procuro Sadie, pegando-a no colo com facilidade enquanto tiro a mochila de lona do ombro dela. Por um segundo, uma descarga de preocupação me atinge, porque ela poderia muito bem me rejeitar de novo – e quem iria culpá-la? Mas ela não faz isso. Suas pernas se enroscam no meu quadril e apertam com força para se segurar enquanto pressiono meus lábios nos dela. Uma, duas vezes, então mordo seu lábio inferior macio e em seguida passo a língua, para suavizar.

– Rhys – diz ela num meio sussurro, meio gemido. – Aqui não.

Isso me faz parar, porque ela tem razão. Estamos no meio de um corredor no centro esportivo em plena luz do dia. Meu pai me trouxe até aqui de carro, caso contrário eu estaria a caminho de casa com Sadie no meu banco do carona, inventando alguma desculpa para mantê-la no meu quarto, na minha cama – em qualquer lugar, desde que perto de mim.

– Acho que você tá brava comigo por alguma coisa, mas eu...

– Eu estava. – Ela dá um suspiro rápido. – Já passou.

Não parece que já passou de verdade, mas estou um pouco saturado e tonto demais para descobrir.

– Eu quero você. – A frase explode dos meus lábios, porque ela é tudo de que preciso.

Não ligo que a gente esteja num lugar público nem que sejamos pegos. Mas, se ela se importa, então também é importante para mim.

Sadie salta dos meus braços e agarra meu pulso, os dedos pressionando minha pele enquanto me arrasta pelo corredor até os chuveiros. O local está vazio, mas ela me empurra para dentro do boxe mais distante, puxando a cortina para nos fechar ali com pressa, o desejo explodindo em seus olhos, o que só alimenta o monstro nas minhas veias.

Nunca fiz nada assim antes. Nunca fui como Freddy ou Holden, que vivem de pegação com suas marias-patins. Sempre fui o cara pra namorar. O bom rapaz, atleta de elite, aluno nota dez que as garotas querem levar para casa e apresentar aos pais. Um cara certinho.

Não mais.

Outra risada me escapa enquanto as mãos pequenas e macias dela exploram meu abdômen, subindo da barriga para o peito.

Despedacei mais do que o meu corpo durante aquela partida; minha mente está estilhaçada.

Sadie se esfrega em mim, as mãos subindo depressa por baixo da minha blusa, os dedos escorregando nos passadores do meu cinto... Eu cambaleio para trás.

Não. Não quero que ela controle isso, sou eu quem precisa estar no controle, quem precisa de algo para agarrar enquanto perco a cabeça.

Inverto nossas posições, deixando os ombros dela atingirem os ladrilhos enquanto deslizo a mão pela pele macia da parte interna da sua coxa, traçando com um dedo a linha da bainha do short de elastano dela. Beijo com força, reivindicando sua boca, seu pescoço, o pontinho atrás da orelha dela.

– Sei que você gosta de ficar no controle – sussurro, esmagando meus lábios contra sua bochecha. – Mas não sou um cara que você tá usando pra tentar não sentir nada. Comigo, você vai sentir tudo.

Meus dentes apertam o lóbulo da orelha dela, só uma mordidinha, antes de interromper seu gemido pressionando minha boca na dela com força mais uma vez.

Ela me acompanha, mas continua disputando o domínio, mesmo agora.

Eu me ajoelho na frente dela e distribuo beijos em sua barriga. Ela está com a mesma camiseta puída da Waterfell, o que só alimenta minhas fantasias de vê-la com uma camiseta quase idêntica, só que com meu nome nas costas.

Antes que eu possa avançar, a mão de Sadie agarra meu queixo e inclina minha cabeça para trás.

– Tô acabada – confessa ela, relaxando as costas contra os ladrilhos e olhando para mim enquanto ainda estamos os dois sem fôlego, as mãos vagando pelos corpos um do outro. – Rhys, tô praticando há horas. Eu deveria tomar banho...

– Ótimo. Tenho energia suficiente por nós dois. – Viro a cabeça na palma da mão dela e dou um beijo de boca aberta ali. – Só relaxa e me deixa cuidar de você.

Enfio as mãos debaixo da camiseta dela, as pontas dos dedos dançando na cintura, logo acima do short.

– Me conta, lindeza. O que você quer?

Os olhos dela se iluminam quando percebe que vou fazer tudo o que me disser.

– Quero que você me chupe.

Um gemido escapa da minha garganta antes que eu consiga detê-lo.

– Ainda bem – sussurro, puxando o short dela para baixo até ficar todo embolado ao redor dos tornozelos. – Você confia em mim?

Ela franze a testa, os dentes soltando o aperto intenso do lábio inferior.

– Pra me chupar? Acho que sim.

Seu tom ainda é atrevido, mas preenchido com uma voz diferente, resfolegante, quando uma névoa de desejo toma conta de seu rosto.

Uma parte de mim – o antigo Rhys, sem sombra de dúvida – quer parar depois dessa resposta, me forçar a ficar longe até que ela consiga dizer sim. Confiança e sexo são a mesma coisa, ainda mais para mim.

– Por favor.

Essa mulher acaba comigo.

– Beleza, lindeza – sussurro, então coloco as mãos nos joelhos dela e afasto suas pernas.

CAPÍTULO DEZOITO

Sadie

As mãos de Rhys parecem fogo ao longo da minha pele fria, cada pedacinho do meu exterior gelado derretendo enquanto ele passa os dedos por todos os estilhaços de mim.

Não deixo os caras com quem fico me chuparem. Principalmente porque, para o que eu quero, seria perda de tempo. E em geral não é bom, não o suficiente para fazer a intimidade valer a pena. Não que muitos sequer ofereçam.

Meu coração está disparado.

Os dedos de Rhys alcançam a tira fina da minha calcinha fio dental sem costura. Ele enrosca o tecido para deixá-la mais justa e uma pressão explosiva incendeia meu clitóris. Isso me surpreende tanto que grito antes mesmo que ele deslize a calcinha para baixo, passando-a pelo meu quadril e puxando-a mais devagar ao alcançar meus tornozelos.

Seus olhos ardem e encaram os meus sem desviar enquanto ele solta meus pés da peça, seu aperto quente em cada tornozelo. Cada pingo de confiança que costumo sentir nesse tipo de situação se transformou em nada além de vulnerabilidade.

Ainda que esteja de joelhos, é ele quem está no controle.

Quero tocá-lo, mas não sei por onde desejo começar.

Rhys ergue a mão e agarra meu quadril com pressão e firmeza. A outra se desloca de maneira gentil, quase reverente, ao longo da pele da parte interna da minha coxa quando ele finalmente desvia o olhar do meu e encara meu sexo.

– Caramba, lindeza – sussurra ele e consigo sentir sua respiração na minha pele extremamente sensível. – Isso é pra mim?

Ele sorri, todo convencido e arrogante, um vislumbre do craque, do capitão de hóquei que sei que ele consegue se tornar quando quer.

– É mais fácil manter assim, sem nada, por causa dos meus figurinos – respondo, sem fôlego.

Tento usar as palavras para erguer um muro, porque tudo com esse cara já parece perigoso, como se eu estivesse numa corda bamba, a ameaça de cair e me apaixonar por ele sempre iminente.

Ele me cala pressionando um polegar quente na própria boca antes de brincar de leve com a fenda entre as minhas coxas.

– Não era bem disso que eu estava falando – diz ele, e tira a mão de mim para me mostrar.

Estou quase pingando, tão molhada que chega a ser constrangedor, considerando que ele não fez nada além de me beijar.

Mas ele está lindo, uma revolução da imagem perfeita que já tive dele. O pânico se foi; as mãos estão firmes e o olhar, brilhante – e isso o deixa ainda mais bonito. Seus olhos castanhos ficam mais calorosos sob a luz amarela dos chuveiros. Ele parece tão grande como sempre, as coxas grossas esticando o tecido da calça de moletom cinza e uma protuberância me distraindo o bastante para que eu vire a cabeça. E as malditas covinhas se exibindo por completo. Ele é uma mistura de empolgação juvenil e autoconfiança viril enquanto desliza minha coxa com facilidade por cima de um dos ombros largos.

Estou totalmente exposta, minha pele ficando rosa no súbito calor sufocante do banheiro e da atenção dele em mim.

– Tão linda – sussurra ele.

Antes que eu possa tentar dar qualquer resposta, ele dá uma lambida bem molhada ao longo dos meus grandes lábios, agita de leve a língua no meu clitóris e depois se afasta para soprar suavemente.

– Ai, nossa! – grito, depois mordo o lábio porque estou perdendo o controle.

Ele me encara, os olhos semicerrados, mas ardendo como chocolate quente.

– Só isso já é suficiente? – provoca ele, mas há uma pergunta em seus olhos. A resposta sai antes que eu consiga detê-la.

– Eu não costumo fazer isso.

– O quê? Pegação num banheiro? – Ele sorri com malícia para mim de novo, os olhos brilhando. – Engraçado, todas as vezes que coloquei minha boca em você foi num banheiro.

É nesse momento, quando ele está relaxado assim, que consigo ver a estrela brilhante que é Rhys Koteskiy.

Isso vai pegar fogo. E ele vai me queimar.

Só que não tô nem aí. Vou deixar que me queime se continuar me tocando desse jeito.

Balanço a cabeça, me encostando mais na parede enquanto ele pressiona o nariz na carne clara do meu sexo, logo acima de onde mais preciso dele.

– Por favor – imploro, me odiando por isso, mesmo quando minhas pernas tremem em suas mãos.

Ele dá outra lambida demorada antes de se mover em círculos ao redor do meu clitóris.

Meu Deus, vou me desmanchar toda no chão. Meu corpo inteiro está incendiado e já estou tão perto do limite que até dá vergonha. Evito olhar para ele, a cabeça inclinada para trás contra o tijolo.

– Foi desse jeitinho mesmo que imaginei.

Ele respira fundo, quase como se não tivesse a intenção de dizer isso. Minha cabeça se inclina para baixo, na direção dele, com um sorrisinho malicioso nos lábios, como se eu fosse capaz de recuperar o controle.

Como é que é? Um boxe sujo no vestiário?

Rhys dá uma risada, os olhos brilhando, travessos, enquanto pressiona a boca inteira no meu clitóris, chupando com força.

– Caramba! – digo e solto um suspiro.

Escorrego um pouquinho, o bastante para que minhas mãos o alcancem e afundem em seu cabelo castanho e macio. Minhas unhas raspam um pouco o couro cabeludo dele conforme Rhys me lambe em círculos, em algum padrão enfeitiçado que me deixa ofegante como se eu estivesse debaixo d'água, prestes a chegar à superfície.

Ele geme e empurra minha coxa mais alto, um pouco acima do ombro dele. Suas mãos grandes quase me tiram do chão. Meus dedos dos pés se mexem e meus tênis chiam enquanto me contorço.

Com a mão esquerda ainda segurando minha bunda, apertando a cada instante, Rhys usa a direita para gentilmente afastar meus grandes lábios e deslizar um dedo para dentro de mim. Eu grito muito, muito alto, e ele deixa um ruído satisfeito ressoar de sua boca macia no meu clitóris. Eu me contorço, mas ele me estabiliza e coloca mais um dedo, acelerando o movimento com os lábios e a língua para contrastar com a estocada firme e lenta.

Rhys dobra os dedos, só um pouquinho, e cometo o erro de olhar para ele. Seus olhos castanhos brilham, fixos e atentos no meu rosto, observando cada movimento meu. E então ele sorri e vejo uma maldita covinha.

Gozo feito um foguete.

– Já? – brinca ele enquanto pulso ao redor de seus dedos, apertando-os.

Meu tênis chia de novo contra o ladrilho debaixo de mim à medida que ele abaixa minha perna. Ele beija com carinho o interior da minha outra coxa e me coloca de volta de pé.

– Você é perfeita. Tão linda.

Um nó se forma na minha garganta.

Rhys ainda está de joelhos, as mãos gentis nas curvas das minhas panturrilhas. Ele pega minhas roupas íntimas descartadas e as puxa pelas minhas pernas depois de me ajudar a entrar nelas.

Meu coração falseia quando ele dá outro beijo no tecido, mais reverente do que sensual. Detesto que isso me doa. E que a frase "Quer vir pra casa comigo?" quase escape dos meus lábios. Eu me sinto vulnerável, desfeita e, de alguma forma, mais repleta de sentimentos do que antes: isto não é o vazio e o autocontrole que costumo alcançar depois de uma pegação.

Perigoso, repete meu cérebro, mas meu corpo está pronto para rolar no chão com Rhys.

Depois que ele me ajuda com o short, se demorando para deslizar a roupa pelas minhas pernas e alisando a pele coberta e descoberta, agarro os pulsos de Rhys e o puxo para fazê-lo ficar de pé. Pronta para retomar o controle. Pronta para...

Ele levanta a mão, o pulso ainda preso ao meu aperto, e enfia os dedos na boca.

O barulho que sai dos meus lábios, algum tipo de gemido no fundo da garganta, deixa minhas bochechas vermelho-escuras. Ainda assim, não consigo desviar o olhar enquanto ele tira os dedos compridos dos lábios inchados.

Ele é tudo.

A maneira como penso nele me assusta. Preciso de distância antes que isso realmente me machuque. Ainda assim...

– A gente precisa fazer isso mais vezes – digo.

Seu sorriso é como um fio de ouro.

– Ah, é?

– É, sim – repito, sentindo um pouco como se flutuasse. – Na verdade, acho que seria bom pra nós dois. Você precisa de distração e eu preciso... extravasar.

Um pouco do brilho de seus olhos esmaece e as covinhas das bochechas somem. Uma dorzinha palpita no meu peito, mas a ignoro.

– O que você quer dizer exatamente?

Dou de ombros e brinco com a bainha da minha camiseta.

– Tipo... ficar? A menos que você não...

A mão dele se ergue para me impedir.

– Amizade colorida. É isso que você tá sugerindo.

Assinto.

– Na verdade, eu não... – Ele perde o fio da meada, parecendo envolvido cm algum tipo de batalha mental. – Deixa pra lá, não vou perder minha chance. Eu topo.

– Mesmo? – Meu sorriso é brilhante.

Ele me imita.

– Se é isso que você quer, lindeza, então beleza.

Ele beija minha testa ao sair, murmurando um "Me liga" com a boca pressionada contra a minha pele.

CAPÍTULO DEZENOVE

Rhys

– Você tá legal, capitão?

É uma pergunta difícil de responder, mas Freddy parece preocupado. Caramba, o vestiário todo parece apreensivo. Quero dizer que não, mas a tensão já é enorme e sei que meu papel de capitão é diminuir o estresse da equipe, não aumentar.

Hoje é nosso último treino antes do nosso primeiro jogo amistoso contra uma pequena faculdade em Vermont cujo treinador é amigo do nosso – o que acho que seja parte da razão de o jogo ser tão no início da pré-temporada.

É também a primeira vez que vamos jogar com o novo defensor na equipe.

A notícia se espalhou depressa, graças principalmente à língua comprida de Freddy e Holden, o que tornou muito mais fácil para mim me fazer de ignorante e me afogar em Sadie.

Nada aconteceu além de amassos rápidos no meu carro, mãos apertando tecido ou pele, nós dois loucos por alívio. Alguns dias, nós só patinamos. Em outros, nem chegamos ao vestiário, intensos e ofegantes na pele um do outro na traseira espaçosa do jipe dela, em cima do cobertor que ela disse que era para "emergências de drive-in".

Quando falei que nunca tinha ouvido falar nisso e nunca vi um filme num drive-in, ela pareceu tão ofendida que ri mais alto do que ria em meses, um sorriso tão grande que minhas bochechas doeram.

Então, naquela noite, depois da aula, ela me encontrou do lado de fora do alojamento e exigiu que a gente fosse no carro *dela*. Ela dirigiu, o que costuma pedir para fazer, e me pego pensando se ela ainda se lembra do dia em que contei sem querer sobre minha mais nova ansiedade, que é dirigir.

Para minha surpresa, entramos num drive-in, abrimos a mala e deitamos lá. Comprei dois hambúrgueres e uma infinidade de doces provavelmente já vencidos de um adolescente no único quiosque do lugar. Depois a gente riu, conversou e mal olhou para a tela tremeluzente e distorcida da sessão dupla de filmes, enquanto eu absorvia cada pedacinho de Sadie como água no deserto.

No final, ela falou que não era um encontro. Mas não liguei; *pareceu* um. E a gente nem se beijou, nem sequer uma vez.

Quando estamos sozinhos, é fácil fingir que talvez ela seja toda minha. Minha namorada. Que eu poderia trazê-la para os meus braços de novo e de novo, de alguma forma fazê-la vestir meu uniforme, convencê-la a torcer por mim e ficar nas arquibancadas frias por querer mostrar para todo mundo que sou dela.

E quero ser dela, quase mais do que quero que ela seja minha.

– Tem certeza de que não quer falar alguma coisa antes? – pergunta Freddy, sondando depois da minha falta de resposta.

– Por quê? – indaga Bennett e dá de ombros enquanto coloca a caneleira. Todo mundo sabe que ele tá vindo. E todo mundo aqui apoia o Rhys.

– É isso aí – concorda Holden, com um meneio de cabeça.

Faço que não.

– Ele vai ser seu parceiro, Doherty. Não tem motivo pra gente não tirar proveito do que puder este ano.

Vamos para as semifinais. Vamos vencer. Um único jogador não vai mudar isso.

A porta se abre e depois se fecha atrás da figura enorme de Toren Kane.

Ele não olha para ninguém; mantém o olhar baixo enquanto se aproxima do armário que lhe foi designado, ao lado do de Holden, atira a bolsa esportiva no chão e começa a se trocar.

Além da vez na primavera passada, através do visor do meu capacete, só o vi em fotos da lista de jogadores de destaque ou no mesmo retrato dele do ensino médio estampado na internet durante o auge do escândalo em que esteve envolvido anos antes.

Em geral, os jogadores de hóquei tendem a ser mais altos: a maioria tem pelo menos 1,80 metro. Altura e força são uma vantagem tão grande quanto velocidade e talento. Ainda assim, Toren Kane é alto até para um jogador de hóquei. Ele não é tão robusto ou grande quanto Bennett, mas chega perto; deve ter quase 2 metros. Já que sou o capitão, o físico obviamente aprimorado e o tamanho dele deveriam me deixar feliz por tê-lo na defesa, bem na frente de Bennett.

Mas a única coisa que sinto é ódio: um poço estranho e indesejável desse sentimento.

O silêncio do vestiário é ensurdecedor, com todo mundo fingindo não observar a gente, os olhos se alternando entre nós dois.

– Kane – chamo, conseguindo algum controle sobre o tsunami dentro de mim. – A gente precisa conversar.

Ele lança um olhar rápido para mim antes de tirar a camisa e puxar uma camiseta dry-fit da bolsa.

– A gente não pode fingir que nada aconteceu – acrescento. – Se quer fazer parte desta equipe, a gente tem que conversar.

Detesto isso. Detesto ter que ser o mais maduro na conversa, quando foi ele quem arruinou minha vida. Mas estou tentando. Eu afundo num estado de apatia, torcendo para que a coisa que mais odeio me impeça de quebrar os dentes dele.

Kane me encara enquanto termina de vestir a camiseta e balança o cabelo preto úmido.

– Não tem nada pra conversar, Koteskiy. Esquece isso de uma vez.

Meus punhos se fecham, o corpo todo se contorcendo na direção dele. *A apatia já era.*

– Ficou maluco, caramba?

– Com atestado médico e tudo, pelo que ouvi falar – comenta Freddy e se posta ao meu lado.

Risadas ecoam pelo lugar e a tensão do ombro de Kane aumenta sutilmente. Lembro que os noticiários que cobriram o incidente o chamaram de psicopata, disseram que ele não demonstrava remorso, martelando a mesma ideia toda vez.

– Foi uma jogada limpa – diz ele.

– Mentira.

– Ele é doido de pedra.

– Jogada limpa, uma ova!

Um coro de apoio e descrença soa atrás de mim.

O peso das palavras que quero dizer – mas não posso – é sufocante e, por um momento, sou Atlas, pronto para tirar todo o peso do mundo dos ombros, mesmo que isso signifique apenas um minuto de alívio.

Ainda assim, me recuso a arrastar qualquer um do time para o fundo do poço. Eu me recuso a ver a piedade nos olhos deles ou, Deus me livre, ouvir suas risadas às custas da minha dor, a descrença na minha capacidade de liderá-los, mesmo que eu tenha deixado de acreditar em mim mesmo. Como qualquer um deles poderia me admirar como capitão e confiar em mim como líder se soubesse que travo uma batalha interna a cada segundo que passo em um rinque?

– Jogada limpa? – interrompe Freddy, cruzando os braços enquanto dá um passo para a frente. – O seu próprio time... Caramba, o seu *próprio treinador* quis você fora.

– Os árbitros disseram que foi dentro das regras. Eu não fiz nada. Agora, vê se cresce.

Bennett solta um grunhido ao ouvir isso.

– Você é quem precisa assumir responsabilidade por seus atos – fala em uma voz baixa, mas que retumba no vestiário, já que é raro que se manifeste.

O rosto bronzeado de Kane fica vermelho de raiva, seus olhos semicerram enquanto ele observa todos nós e percebe que está encurralado.

– Não tô aqui pra brigar. – Ele dá um sorrisinho torto. – Fora do gelo, quero dizer. Só tô aqui pra jogar hóquei.

Ele dá de ombros mais uma vez e volta a tirar as coisas da bolsa esportiva e a se acomodar no vestiário.

Algo na casualidade desse gesto, como se ele não tivesse me tirado do restante da temporada no último ano, como se ele não pudesse facilmente ter acabado com a minha vida, me irrita.

Eu me atiro para a frente e planto as mãos no peito dele, fazendo com que ele perca o equilíbrio e colida com o armário às suas costas. A cabeça dele bate na prateleira superior.

– Este é o meu time, caramba. Vê se tem um pouco de respeito.

– Sai de cima – retruca ele com desdém, de novo com aquele sorrisinho torto, como se me desafiasse a bater pra valer nele.

Numa reação instintiva, dou um soco na cara dele. Ninguém aqui vai me deter ou me puxar para trás. É capaz até de participarem. Este é o meu time.

Você tirou tudo de mim.

– Já chega.

A única voz que pode impedir esse confronto não está elevada; é suave e firme do jeito que só o treinador Harris consegue soar.

Levo um instante para perceber que ainda estou engalfinhado com Toren Kane, as mãos segurando sua camiseta enquanto ele apenas sorri, com um fio de sangue escorrendo pelos dentes brancos, pelos lábios e pelo queixo.

– Solta ele – diz Bennett. – É inútil brigar desse jeito.

Sigo as instruções de Ben, uma inversão da dinâmica que perdura entre a gente há tanto tempo, e deixo que ele me tire dali.

O treinador Harris se põe no meio do vestiário, chamando nossa atenção com facilidade, como sempre faz. Até a de Toren Kane, percebo.

– Sei que tem muitas emoções aqui no momento, mas vocês precisam se controlar. Deixem isso extravasar no gelo, não uns contra os outros. – Ele olha para mim e suspira. – Toren faz parte da equipe agora. Espero que todos vocês façam o certo e tratem ele como se fosse qualquer outro membro do time. O que quer que precisem fazer para chegar a esse ponto, não me importo. Só não façam besteira no meu rinque nem no meu vestiário. Em nenhum lugar da droga do meu centro esportivo. Estamos entendidos?

– Sim, senhor – concordamos todos nós.

– Vai ser um longo treino. Fora daqui, pro rinque!

CAPÍTULO VINTE

Sadie

Ficar com Rhys é como imagino que seria ter um vício.

Tudo com ele parece mais fácil. Não é a primeira vez que tenho uma espécie de amizade colorida com alguém, mas é a primeira que me sinto *desse jeito*. Antes, tudo era só para me livrar da fúria que borbulhava em mim, uma forma de me exercitar e me aliviar. Com Rhys, esperar mais de um *dia* para vê-lo de novo, para tocá-lo... parece tortura.

Estou dividida entre amar estar com ele e odiar o quanto amo estar com ele.

Isso sem falar que o cara me chupa como se fosse uma *missão*. Mesmo agora, enfiados numa saleta de almoxarifado, antes que todos os pais dos alunos do Aprenda a Patinar vão embora – quando faria mais sentido na logística que eu o chupasse –, ele mantém meu corpo meio erguido no ar, o rosto pressionado entre as minhas coxas enquanto meus tornozelos cavam os músculos das costas dele.

Estou à beira do orgasmo, minhas pernas começando a tremer, quando ele se afasta. Quase dou um tapa nele ao tentar agarrar seus cabelos sedosos e empurrá-lo de volta para onde mais preciso.

– Que sacanagem é essa, craque? – pergunto num arquejo, a voz tão estridente quanto minha tentativa de torná-la áspera. – Tô quase lá.

– Meu aniversário é na semana que vem – diz ele, como se fosse o momento perfeito para falar disso.

– Feliz aniversário – rosno.

Então agarro o couro cabeludo dele com um pouco mais de força, o que só faz com que ele abra um sorrisinho.

– Valeu. – Ele suspira e dá um beijo na parte interna da minha coxa, o que me faz agarrar a parede mais uma vez. Falta tão pouco para eu gozar que ele poderia *respirar* um pouco mais forte no meu clitóris que eu entraria em combustão. – Mas achei que você poderia me dizer isso no dia.

Meu estômago queima um pouco quando me dou conta do que ele está pedindo. No entanto, meu corpo traidor continua reagindo como se esse homem não estivesse tentando me fisgar usando um orgasmo como uma isca.

– Rhys – digo sem fôlego.

Ele dá uma lambida forte e firme no meu sexo e eu seguro um palavrão.

– Se quiser gozar – ameaça ele, sua voz ficando mais baixa enquanto a escuridão que ele sempre tenta conter escapa para sua versão menino de ouro –, precisa prometer agora mesmo que vai aparecer. Seria meu presente de aniversário se isso for deixar a coisa menos séria pra você.

Mal consigo registrar, porque ele está *soprando* as palavras no meu sexo, com os olhos castanho-escuros vidrados e semicerrados fixos em mim. Aquela covinha teimosa puxa seu sorriso para cima, deixando-o torto.

– Por favor, Rhys.

– Preciso de uma resposta, lindeza. Depois você pode ter o que quiser.

Fecho os olhos com força, tentando inutilmente apagar a imagem dele de joelhos que está para sempre gravada no meu cérebro. Eu não deveria. Não deveria *mesmo*. Mas...

– Tá bom – respondo com um gemido. – Tá, tá, tá. Só... *por favor*.

Ele ri e dá um beijo intenso bem no meu clitóris antes de se inclinar para trás.

– Essa é a minha garota.

Ele abre um sorriso e, de repente, tira a mão que estava apoiada na minha coxa e enfia dois dedos no meu sexo molhado.

Solto um gemido alto e desesperado, barulhento demais para o local onde estamos escondidos, mas não ligo. Leva menos de um minuto de sua atenção total para libertar meu orgasmo. Mordo os lábios com tanta força que os machuco enquanto meu corpo inteiro ferve.

Desço deslizando pela parede e Rhys cuida de mim com tanta gentileza que um nó se forma na minha garganta. Fazemos isso toda vez. Ele sendo extremamente doce, gentil e carinhoso, e eu me desvencilhando de seu abraço com alguma desculpa meia-boca para ir embora enquanto tento fingir que não vejo a tristeza se insinuar de novo nos olhos dele.

Dessa vez, não digo nem uma palavra. Dou um beijo intenso nele e mordo de leve seus lábios, depois pego meus patins jogados e saio.

Rhys pega os próprios patins numa velocidade recorde e vem atrás de mim. Depois de jogar a mochila por cima do ombro, ele se aproxima o bastante para me cutucar. Não posso ignorá-lo assim, tão escrachadamente. Nossos carros estão estacionados um ao lado do outro.

– Então, você vai? – pergunta ele.

Tenho a sensação de que rejeitá-lo agora seria quase como jogar um cachorrinho no lixo.

– É… – Faço que sim com a cabeça quando chegamos aos nossos carros no estacionamento vazio. – É, vou… vou tentar.

Rhys sorri e assente, dando pulinhos na ponta dos pés. Apesar da minha resposta meio sem compromisso, ele continua tão animado quanto se eu tivesse prometido aparecer com balões e uma faixa.

– Ver você vai ser a melhor parte do meu aniversário.

Ele sorri, um pouco tímido, como se não tivesse intenção de dizer isso. Em seguida, esfrega a nuca e me dá um tchau rápido, então entra no carro.

E, como todas as vezes antes dessa, ele espera até que eu dê a partida e me acompanha com o carro até deixarmos o estacionamento.

Quase não apareço.

Mas, cerca de duas horas depois do horário que ele me mandou por mensagem no começo da semana, chego na Casa do Hóquei me sentindo meio ridícula por ter me arrumado *tanto* – com meu vestido de seda cinza infalível e uma jaqueta de couro enorme jogada por cima dos ombros – e me atrasado *tanto*.

Conferi o batom duas vezes antes mesmo de sair do carro, mas faço isso de novo agora, usando a tela do celular. Estou com um pouco mais de maquiagem do que costume, mas é uma ocasião especial.

Ah, é? Então Rhys é especial?

Espantando os pensamentos conflitantes que envolvem o capitão de hóquei tristonho que constantemente assola meu cérebro, passo pela porta entreaberta e adentro o espaço aglomerado de gente. Reconheço algumas pessoas; outras, não.

Mas definitivamente não estou vendo Rhys Koteskiy.

Quando volto para a cozinha depois de procurar bastante no andar de baixo, encontro pelo menos dois rostos familiares: Freddy e Bennett, ambos me observando com olhares contrariados.

– Freddy. – Dou um aceno de cabeça. – Ei, vocês dois viram o Rhys?

– Olha só quem finalmente decidiu aparecer. – Freddy engole o resto do que quer que esteja em seu copo vermelho de plástico. – Um pouco tarde pra ele, na verdade.

Franzo a testa e brinco com a bainha do meu vestido, um tanto tímida e me sentindo baixinha mesmo com os 8 centímetros de salto das minhas botas pretas.

Bennett fica quieto, mas parece desconfortável e evita meu olhar. Ele está apoiado na banqueta, os ombros enormes curvados enquanto remove devagar o rótulo da garrafa de cerveja que está bebendo.

– Sei que tô atrasada. Mas preciso falar com ele.

Freddy deixa uma risada escapar pelo nariz, as bochechas coradas o bastante para que eu perceba que está um pouco menos inibido.

– Nem pensar. Cai fora.

– Freddy – dispara Bennett. Os olhos dele cintilam para mim por um breve instante antes de encarar de novo seu companheiro de equipe. – Para com isso.

– Não.

Freddy esmaga o copo com as mãos, atirando-o por cima do ombro num arco perfeito direto na lata de lixo, o que atrai um aplauso inoportuno dos caras reunidos ali. O cara mais galinha do campus parece furioso, uma expressão que não estou acostumada a ver em seu rostinho de modelo. Ele apoia as mãos espalmadas no balcão e encara Bennett.

– Você viu, Reiner. Ele ficou olhando pra essa maldita porta a noite toda, esperando por ela. – Freddy volta a atenção para mim, os olhos escurecendo enquanto me mede de cima a baixo. – Você já magoou ele uma vez essa noite. Considerando seu histórico, acho que seria melhor se eu te impedisse agora. Você não dá a mínima pra ele.

Não o conheço tão bem para que isso doa tanto quanto dói; talvez seja a conexão dele com Rhys que faça as palavras me atingirem como um tapa. Fico imaginando quanto Matt Fredderic contou para Rhys sobre nossos caminhos terem se cruzado no último semestre. Quantas vezes ele me viu levar um de seus amigos atletas para um banheiro numa festa em casa ou me esfregar no colo de algum astro de futebol superdesenvolvido só para não sentir nada. Mal me lembro do semestre passado; eu estava surtada, fora de controle e desesperada para não sentir tanta coisa de uma vez só.

Esse ano é diferente. Rhys é diferente.

– Se eu não desse a mínima pra ele, Freddy, acho que você saberia. Mas isso não tem nada a ver com o semestre passado. – Forço as palavras com os dentes cerrados e detesto o quanto isso me deixa vulnerável. Meus olhos se voltam para Bennett por um momento, mas ele continua estoico como sempre. – E o Rhys é... diferente.

– Faça-me o favor, né? – retruca Freddy, bufando, e revira os olhos.

A fúria sobe pelo meu corpo.

– Eu gosto de transar tanto quanto você, *Freddy*, e isso não é crime só porque sou mulher. Mas *garanto* que me importo mais com o Rhys do que *você* já se importou com qualquer uma em quem enfiou o pau.

Agora é Freddy que parece ter levado um tapa na cara.

– Ele tá no quarto – interrompe Bennett, balançando um pouco o ombro.

Dou o fora antes que um deles mude de ideia e tente me impedir.

Nunca estive na Casa do Hóquei, pelo que me lembre – e, definitivamente, não enquanto Rhys Kotcskiy morasse ali. Ainda assim, encontro o quarto dele de primeira, em cuja porta há um cartaz com o número 51 colado assinado por todos os companheiros de equipe. Olho um pouco mais de perto e vejo que as assinaturas estão acompanhadas de mensagens como "Melhoras" ou "Pensando em você" ou "Você é mais forte do que isso".

O verso "Ó Capitão! Meu capitão!" é maior do que todas as outras mensagens e foi assinado por Matt Fredderic numa letra que parece ridícula perto do tamanho de todas as demais.

Ergo a mão e dou uma batidinha na madeira.

– Pela última vez, Freddy – diz Rhys lá de dentro, bufando e elevando a voz como se estivesse longe da porta. – Eu sabia que ela poderia não vir, tá? Você tem razão. Fui burro de convidar.

Franzo a testa e bato de novo enquanto ele ainda está falando.

– Ela não é minha... – ele escancara a porta no meio da frase, furioso enquanto procura quem está batendo e me encontra ali – namorada.

CAPÍTULO VINTE E UM

Rhys

Ela é tão linda. Sinto cada pingo de raiva desaparecer quanto mais olho para ela.

Sadie está na minha casa, na porta do meu quarto, igualzinho a todas as fantasias que já tive, envolta em seda.

– Oi – falo, engasgado e rouco.

Meus olhos examinam suas pernas pálidas, do joelho até a bainha do vestido muito curto. Eu me dou conta de que já toquei naquela seda antes e uma parte sombria e possessiva de mim se aquece ao ver o vestido.

– Desculpa o atraso – diz ela, e percebo que estou sorrindo feito um bobo.

Engulo a vontade de dizer que está tudo *bem. De boas, só tô feliz por você estar aqui.*

Ela poderia ter aparecido com uma camiseta dizendo Nem vem, craque, não sou sua namorada que eu ficaria feliz do mesmo jeito. Porque meu desejo por Sadie é como um vício.

– Você tá aqui agora – digo.

É o melhor que posso fazer, porque não quero desperdiçar o tempo que tenho com ela com nada além de coisas boas. Ela me faz sentir quente e firme, inteiro de novo.

Dou um passo para o lado e estico o braço para convidá-la a entrar.

Minhas bochechas ficam rosadas quando percebo a leve desordem do meu quarto. Não é bagunçado, mas é um lugar bastante utilizado, já que mal saí do quarto essa semana.

A ansiedade tem piorado. Tanto que faltei dois dias à faculdade por não conseguir sair da cama. Tive pesadelos e acordei ensopado de suor. Precisei lavar meus lençóis todos os dias, porque estavam encharcados.

Mas, nesse momento, parece que tudo está imóvel. E, ao ver Sadie de pé no meio do quarto, tirando a jaqueta de couro e pendurando-a na cadeira da minha escrivaninha, percebo que há certa justiça inata nisso. Como se ela finalmente estivesse onde deveria estar.

Aqui. Comigo.

– Feliz aniversário, craque – diz ela, mas há um tom de desculpa em sua provocação em geral ardente.

Isso afasta o ressentimento que ainda restava e me dá vontade de jogá-la na cama e erguer aquela seda até exibir sua barriga.

Fico imaginando se ela percebeu que é *a música dela* que está tocando baixinho no meu som, The Neighbourhood cantando "A Little Death" ao fundo dessa minha fantasia que ganha vida.

– Valeu.

Sorrio, um sorriso verdadeiro e contido, enquanto passo por ela para me sentar na cama. Desse jeito, ela fica só um pouquinho mais alta do que eu – os saltos da bota preta de couro que não vou conseguir tirar da minha cabeça de agora em diante lhe dão alguns centímetros a mais. Sadie dá um passo para ficar entre as minhas pernas. Uma das mãos está atrás das costas, segurando uma sacolinha que a vi puxar do bolso da jaqueta.

– Trouxe uma coisa pra você.

A outra mão pega a minha, tirando-a da minha coxa, então ela coloca a sacolinha ali. Puxo a fita para abri-la e despejo o conteúdo na palma da mão.

Um disco de hóquei preto e uma pulseira de elástico com miçangas. Aperto o disco de hóquei e o observo ceder à pressão e depois voltar ao normal.

– É, hum, uma bola antiestresse. Tipo, você aperta e isso ajuda a distrair os pensamentos ou se concentrar neles. Meu irmão tem uma. Ajuda com a ansiedade dele – diz Sadie, dando de ombros e pondo o cabelo atrás da orelha.

– Isso... isso é muito legal – digo, me sentindo meio bobo quando as palavras saem dos meus lábios.

É mais do que isso. É *tudo*. É um pedaço meu para o qual só ela tem a chave. É a aceitação de mim do jeito que eu sou, pela única pessoa que importa no momento.

– E a pulseira?

Ela ri enquanto puxo a pulseira de miçangas azul e cinza para ver os bloquinhos de letras que formam a palavra "craque".

Uma risada irrompe de mim e coloco a pulseira na mesma hora.

– É uma brincadeira.

Não para mim, quero dizer. Nunca vou tirar.

Em vez disso, eu a envolvo nos braços e a coloco no meu colo, soltando um gemido.

– Hora de mostrar quanto estou agradecido, né? – pergunto, respirando de leve no ouvido dela e dando beijos logo embaixo. – Deita aqui.

Sadie me empurra rápido. Eu a agarro, mas ela escapa das minhas mãos.

– Tira a calça – ordena.

Eu me levanto antes que consiga sequer pensar no assunto, olhando para ela enquanto Sadie se recosta na cama, apoiada preguiçosamente nos cotovelos. Do nada, a alça fina do vestido cai do ombro sardento, puxando o tecido cinza o suficiente para que eu quase tenha um vislumbre do mamilo rosa dela.

Fico com água na boca quando Sadie junta o cabelo todo no alto da cabeça, arejando o pescoço, depois deixa os fios escuros se espalharem pela pele.

Baixo minha calça jeans até os tornozelos, saindo da roupa sem tropeçar enquanto me recuso a tirar os olhos dela por um único segundo sequer. Suas mãos só hesitam uma vez; os dedos se penduram no elástico da minha cueca boxer e ela olha para mim em busca de consentimento.

Assinto igual à droga de um bonequinho que fica balançando a cabeça, gemendo conforme ela puxa o tecido para baixo pelas minhas coxas e me deixa exposto.

– Ah! – exclama ela, o rosto tão perto que consigo sentir sua respiração.

Meu quadril se flexiona involuntariamente e a mão dela para por um instante antes de me segurar na base.

– Você é... bem grande.

Ela cora. É a primeira vez que a vejo parecendo intimidada. Não sou pequeno, mas ela é, e é isso que faz com que eu pareça enorme na sua mão delicada. Alucinado demais para falar, apenas faço que sim com a cabeça.

– Eu nunca... Quer dizer... Os caras que conheci...

Seguro seu queixo na hora, o ciúme fervendo nas minhas entranhas.

– Te desafio a terminar essa frase se não quiser que eu te coloque de joelhos.

A leve ameaça e o aperto firme da minha mão parecem libertá-la da timidez. Sadie morde o lábio e cai de joelhos na minha frente com um sorriso sensual.

– Como se não fosse essa a ideia desde o início.

Sem aviso, ela me engole até o fundo e minha respiração falha no meio de um palavrão gemido. Minhas mãos agarram o cabelo dela porque sinto que meus joelhos vão ceder.

Quando recupero o equilíbrio, olho para baixo e vejo seu jeito travesso ainda nos olhos acinzentados, úmidos e felinos fixos no meu rosto.

Vou gozar muito depressa.

Isso, ou dizer que a amo, ou coisa pior.

Então a puxo para mim, tentando não me concentrar na maneira como a saliva escorre de sua boca, seus lábios ainda perfeitamente pintados. Ver a marca do batom dela no meu membro me faz apertar a base do pau pra conseguir me conter.

Empurro Sadie para a cama e cubro seu corpo todinho com o meu. Puxo a seda entre os dedos para fazer o vestido subir até a barriga e poder enfiar a mão no meio das pernas dela.

– É meu aniversário, então posso escolher meu presente, não acha?

Os olhos dela estão vidrados; todo o espírito de luta evaporou da minha patinadora explosiva. Seu corpo sempre relaxa sob meu toque, e isso me enche de tanta satisfação e posse que preciso sufocar a vontade de bater no peito.

Puxo as alcinhas dos ombros dela e desnudo seus seios para mim. Ela está sem sutiã, com a pele corada até os mamilos. Minha boca procura por eles primeiro, lambendo e chupando de leve, provocando-a de uma forma que a deixa maluca.

Para uma garota tão feroz, ela se sai muito bem com um toque mais suave.

O corpo dela estremece e agarro sua cintura com um pouco mais de força.

– Hum... – murmuro junto à pele dela. – Você gosta disso, lindeza?

Ela assente e pego seu queixo de novo, recuando para olhar para ela.

– Fala – imploro.

Em vez disso, ela leva a mão à boca, lambe a palma e a leva até lá embaixo para agarrar meu membro. Eu me esfrego por instinto no punho dela, gemendo em seu pescoço enquanto ela mexe em mim.

Nossa. Nossa. Nossa.

Sadie geme um pouco mais alto e meus olhos se abrem e a encontram, tão pequena debaixo de mim e ainda no controle total mais uma vez.

– Você gosta disso, craque? – provoca ela, e eu gemo.

Isso. O vaivém em busca de controle. *Caramba, quero essa mulher para sempre.*

– Você tá acabando comigo, lindeza – rosno, puxando-a para cima.

Já estou perto demais de explodir. Ver a pele dela corar enquanto me dá prazer só dificulta as coisas. Os olhos dela brilham, um sorrisinho se insinuando no canto da boca vermelha.

Eu a beijo com força e insistência enquanto nós dois gememos na boca um do outro. A língua dela não perde tempo em se emaranhar na minha, até que ela esfrega a cabeça do meu membro e eu me afasto com um arquejo.

Seus lábios descem pelo meu queixo e fico torcendo para que ela deixe uma marca em mim.

Como se estivesse concedendo meu desejo de aniversário, os dentes de Sadie se afundam na pele na base do meu pescoço com uma mordidinha. Eu gozo forte, com estrelas brilhando no fundo dos olhos.

Demoro mais do que o normal para sair desse estado de êxtase, mas saio, deslizando para o colchão enquanto Sadie me empurra para baixo e passa por cima de mim. Ouço seus saltos no chão, o som da pia sendo aberta e depois fechada, então olho na direção do banheiro e a vejo encostada no batente da porta.

Ela ainda está vestida, as alças de seda de volta nos ombros, as botas de couro ainda calçadas, enquanto estou nu, jogado na cama.

Meu membro reage ao vê-la.

Ergo a cabeça, flexionando meu abdômen de leve enquanto ela caminha na minha direção.

– É *meu* aniversário, lembra? – digo, os olhos brilhando. – Ainda quero a sobremesa.

Ela se inclina sobre mim e a gente se beija de novo, devagar dessa vez.

– O que você quiser, craque.

Eu deveria dizer a ela que monte em mim e sente no meu rosto do jeito que venho imaginando há semanas. Em vez disso, digo:

– Que tal passar a noite comigo?

Ela congela por um segundo, montada no meu abdômen. Consigo sentir o calor dela na minha pele e, por um momento, penso em dizer "deixa pra lá" e erguer o corpo dela para devorá-la.

Mas espero, até que Sadie enfim respira fundo.

– Tá – sussurra. – Eu fico esta noite.

Eu a faço gozar mais três vezes, como recompensa por sua resposta ou prova de que sou digno do tempo dela, antes de adormecermos nus debaixo dos lençóis da minha cama.

Quando meu alarme toca na manhã seguinte, porém, ela se foi e os lençóis estão gelados.

CAPÍTULO VINTE E DOIS

Rhys

Na última hora dessa viagem de ônibus, nada conseguiu me ajudar a conter os tremores nas mãos.

Fingi dormir durante a maior parte do caminho até Vermont para evitar conversar com Freddy, à minha esquerda.

Ao longo da infância e da adolescência, Bennett sempre sentava comigo no ônibus, o que era perfeito para eu me concentrar. Isso não mudou na Waterfell, apesar de nossos corpos enormes nos assentos terem tornado a experiência menos confortável. Não acho que Bennett seria capaz de alterar um ritual se precisasse.

Freddy aumenta o volume da caixinha de som com bluetooth que está segurando quando o treinador dá um aceno de cabeça para ele, o que significa que estamos perto o bastante do estádio para fazer isso.

"Cupid's Chokehold", de Gym Class Heroes, começa a soar, reverberando pelo ônibus e arrancando sorrisos dos veteranos e olhares confusos dos calouros. Ninguém sabe bem como essa tradição começou, mas a música toca no ônibus em todos os jogos fora de casa e em cada vestiário: sempre antes de uma partida e depois de uma vitória. Alguns dos meus colegas de equipe gritam e cantam junto enquanto Holden e Freddy começam a imitar a batida de rap de um lado para o outro, dançando dentro do ônibus.

Quando eu era calouro, esse era um jeito divertido do pessoal se conectar, uma injeção rápida de ânimo. No momento, com Freddy e Dougherty, tudo se desenrola como se fosse uma produção completa.

– Ele tá ficando estranhamente bom nisso – murmuro para Bennett, à minha direita, passando os dedos pela pulseira de miçangas.

Ele mexe no boné de beisebol e dá de ombros.

– Não é tão estranho assim. O Freddy adora.

– Adora o quê?

– Atenção.

Dou risada, mesmo sabendo que Bennett não está fazendo graça. É bom por um minuto, como se fosse eu de novo.

Só quando estou com o uniforme completo e me enfiando numa saleta de almoxarifado para esconder os sinais de um ataque que se aproxima é que lembro que este é meu primeiro jogo de volta.

Inferno.

O celular vibra na minha mão enquanto os tremores acabam com o meu corpo. Faço a chamada antes que consiga pensar duas vezes.

– Ei, craque – responde Sadie rapidamente, um sorriso na voz que vaza pelo fone como uma calda doce. – Já tá com saudade de mim?

O aperto no meu peito começa a diminuir no mesmo instante.

– Oi – digo, expirando.

Fico em silêncio por um bom tempo antes que a risada baixinha dela faça minha pele arder e meus braços se arrepiarem.

– Ligou só pra respirar no meu ouvido?

– Tô treinando minha imitação de Darth Vader. – Flerto com uma facilidade que me lembra da minha versão de antes. – O que você acha?

Ela solta um suspiro profundo e ouço o barulho de algo farfalhando, como se Sadie estivesse se acomodando sobre um tecido. Eu a imagino na cama, sobre lençóis cinzentos que imitam a sombra de seus olhos.

– Não sei... Você não falou nada sobre ser meu pai... Nem sobre brincar de papai e mamãe.

Uma risada irrompe do meu peito, satisfação e surpresa me aquecendo por completo.

– Tô treinando pra isso. Muito icônica essa cena.

– Verdade. Melhor só se concentrar na respiração.

Há uma tranquilidade por trás das palavras que faz com que eu me sinta mais seguro. Quase parece que ela está com a mão no meu peito como antes, me acalmando enquanto me escondo, de uniforme completo, num almoxarifado com cheiro de mofo.

Devo ter ficado em silêncio por muito tempo de novo, pois ela suspira do outro lado da linha, não de um jeito condescendente, mas calmo e gentil. É como soprar na minha pele superaquecida.

– Tem certeza de que você tá legal, Rhys?

Quero pedir a ela que repita meu nome, mas consigo me segurar ao morder os lábios até que quase sangrem.

– Tenho… – Balanço a cabeça, uma risada escapando e reverberando pela saleta. – Tenho, sim. Na verdade, tenho um jogo hoje.

– Seu amistoso contra Vermont.

– É… – Puxo o ar. Adoro que ela saiba disso. – Vai começar agora mesmo.

– Você vai ficar bem, craque. Depois do Oliver, você é o melhor jogador que conheço.

Dou risada, o tom de bate-papo descontraído na voz dela me acalmando.

– Estou em boa companhia, então.

– Preciso que você jogue sua partida e vença para poder voltar ao quarto de hotel para mim. Do contrário, não posso dar sua surpresa.

– Surpresa? – pergunto, me sentindo meio como uma criança com o coração batendo forte diante da ideia.

Como se ela tivesse me prometido sorvete por ser um bom menino.

E faço qualquer coisa que ela disser.

– É, mas só se você desligar agora, tá bem?

– Tá – respondo, mas fico esperando até que ela mesma encerre a ligação.

Ela faz uma pausa. Nós dois estamos apenas respirando de novo.

– Acaba com eles, craque.

Por fim, ela desliga.

Volto para o vestiário com um sorriso radiante no rosto. O mesmo que fica ali durante o aquecimento. A voz carinhosa dela toca sem parar na minha cabeça enquanto começo minha primeira partida desde o incidente.

Não jogo muito, só no comecinho.

O treinador passa a maior parte do tempo deixando os novatos se acostumarem com suas posições. Holden e Kane são os que mais participam, ficam bastante tempo no gelo. No início, é tudo uma confusão, a ponto de o técnico assistente, Johnson, quase arrancar os cabelos.

Toda vez que eles voltam para o banco, Johnson se inclina sobre o corpo curvado de Toren Kane e dá uma bronca nele. Holden recebe alguns feedbacks, mas é fácil perceber que Kane é o culpado pela falta de coordenação dos dois.

Isso me arranca um sorriso.

Até que o treinador Harris puxa Johnson de lado e assume o comando do treino da defesa durante o terceiro tempo.

Odeio o quanto isso muda tudo: a melhoria óbvia que acontece quando Holden e Kane aprendem mais sobre os padrões um do outro, a diferença em Toren depois que o treinador passa a elogiá-lo um pouco e fazer correções úteis. E então detesto que ele seja bom, que se encaixe perfeitamente em sua função.

Brigar num jogo da Associação Atlética Universitária Nacional é falta grave e tem penalidades sérias, que Kane recebeu com bastante frequência. A imprensa o faz parecer o pior pesadelo de uma equipe, mas ele é um sonho no rinque. Se ele não fosse meu pesadelo pessoal, talvez eu pudesse...

Não. Eu me detenho antes que essa ideia ridícula possa se firmar. *Não é problema meu.* Toren Kane é um estorvo, um risco para a equipe. Nada mais. Não é um amigo nem um companheiro de equipe; é um parasita, um do qual pretendo me livrar se possível. E, se isso não acontecer, pelo menos vou me proteger o máximo que puder do veneno dele.

A partida termina com uma vitória fácil. A pequena faculdade particular de Vermont tem uma equipe recém-formada, que ainda está aprendendo a se entrosar e se movimentar como unidade. Por isso o treinador marcou o amistoso contra eles.

Vamos passar a noite na cidade, porque tem mais um amistoso contra eles de manhã. As regras do hotel são rígidas e, como sempre, estou com Bennett. Tentaram separar a gente uma vez no primeiro ano, dizendo que precisávamos fazer outros amigos na equipe, mas isso estragou a rotina do goleiro ranzinza o bastante para que a gente perdesse o jogo e o treinador Harris quase demitisse o coordenador de desenvolvimento que tomou essa decisão.

Em uma das salas de conferência do hotel, a equipe está devorando a comida servida a uma mesa: montes de carnes, legumes e verduras e, principalmente, macarrão. Os pratos lotados dos jogadores correspondem a seus estágios de fome e energia. Por um momento, é bom estar de volta.

Bennett carrega dois pratos bem cheios e montados à perfeição enquanto contorna o empurra-empurra dos nossos companheiros de equipe. Ele se senta à minha esquerda, enquanto Freddy ocupa o assento do outro lado e começa a contar sobre todas as provocações que aproveitou para fazer e algumas novas que aprendeu com um defensor falastrão da outra equipe.

Kane se aproxima como uma nuvem escura ao fundo, um prato cheio na mão enquanto examina as duas mesas compridas, depois sai. Doherty é o único além de mim que percebe, observando com um pouco de cautela seu parceiro ir embora.

Depois do jantar, seguimos para nossos quartos e eu corro para o chuveiro antes que Bennett possa abrir a boca.

Visto um short esportivo e, com o cabelo ainda pingando enquanto afofo os travesseiros, me encosto na cabeceira e encaro o celular.

Bennett me olha de novo, com a mochila por cima do ombro, e se dirige para o chuveiro, as sobrancelhas inclinadas.

– Você me contaria se algo estivesse errado?

Meu coração despenca até chegar na barriga.

– Contaria, sim – minto, detestando a facilidade com que faço isso. – Lógico.

CAPÍTULO VINTE E TRÊS

Sadie

O frio incessante na minha barriga é o culpado pela rapidez com que coloco Liam na cama.

Conferi a pontuação da partida pela última vez quando estava mais cedo no sofá com Liam e Oliver, que logo espiou o placar por cima do meu ombro. Ele tentou não demonstrar, mas percebi seu sorriso sorrateiro depois de saber da vitória da equipe da Waterfell.

A tabela de pontos mostra Matt Fredderic como artilheiro, junto a dois outros nomes que não reconheço. Enquanto rolo a tela sem pensar, dando uma lida nos detalhes lance a lance, o nome de Rhys aparece na notificação de uma chamada de vídeo.

Eu me olho no espelho do banheiro enquanto cuspo o enxaguante bucal na pia.

O celular continua a tocar, apenas atiçando ainda mais o frio na minha barriga. Apago a luz do banheiro com um tapa e deslizo pelos tacos de madeira do corredor com minhas meias felpudas, praticamente saltando para o meu quarto. Atendo a ligação assim que fecho a porta.

– Oi – digo e me olho no canto superior da tela, só para ter certeza de que ele consegue me ver sob a luz baixa do cômodo.

– Oi, Sadie, lindeza.

Ele sorri. E é de tirar o fôlego, mesmo pela tela do celular, com os cabelos úmidos espalhados na cabeceira da cama sobre uma pilha de travesseiros branquíssimos de hotel. Sua pele brilha com um leve rubor, a covinha cintilando com um sorriso de empolgação que agora reconheço.

– Onde você tá? – pergunta ele, e me lembro que esteve muitas vezes no meu alojamento durante os intervalos e depois das aulas, tantas que é capaz de reconhecer minhas paredes decoradas ou minha roupa de cama xadrez azul.

– Em casa. – Eu me remexo um pouco e encontro um lugar confortável na cama, afundando no velho colchão de solteiro. – Parabéns pela vitória, craque.

A boca dele se abre para falar alguma coisa, mas uma voz grave vinda do fundo o interrompe:

– Não dê parabéns. Ele torceu o tornozelo logo no início e descansou durante a maior parte da partida.

Minhas sobrancelhas se franzem, as palavras de Bennett girando na minha cabeça enquanto tento compreendê-las. Pelo olhar envergonhado de Rhys, desconfio que não seja verdade. Então ele ri, os olhos brilhando.

– Adoro isso – diz.

– O quê?

– Quando você fica com essa ruguinha na testa. Como se estivesse pensando muito em alguma coisa.

– Em você.

Reviro os olhos. Largo o celular na cama para a câmera apontar para o teto e eu poder esconder meu rubor enquanto bato os pés no colchão.

Nunca me senti desse jeito com ninguém. Ver meu pai ficar de luto pela minha mãe vivíssima, afogando as lágrimas em álcool, drogas e mulheres desde que eu tinha 12 anos, deixou um gosto amargo quando se trata de relacionamentos. Ou quando se trata de pessoas em geral.

Mas com Rhys é diferente. Verdadeiro.

– Você não jogou? – pergunto.

Bennett passa perto o bastante para que eu o veja.

– Quer que eu traga alguma coisa pra você? – pergunta ele, pondo um boné de beisebol na cabeça enquanto sai do enquadramento de novo.

– Não, tranquilo – responde Rhys.

A porta bate e percebo que ele relaxa por ficarmos sozinhos. Como sempre.

– Então. – Ele suspira, um brilho travesso nos olhos. – Minha surpresa.

Dou risada. Não é um som que eu emita com frequência, mas há algo emocionante nisso. Não estou nervosa, estou empolgada... e um pouco preocupada que vá me arrepender disso mais tarde, quando ele seguir em frente com uma namorada de verdade e sua bela carreira. Ainda assim, me permito esse momento.

– Não me lembro de nada disso – provoco e puxo pra lateral o colarinho da minha camiseta enorme, com um dar de ombros estratégico.

Os olhos dele acompanham o movimento, os ombros tombando enquanto relaxa ainda mais na cama. Abro a boca, mas ele me interrompe.

– Você é tão linda.

Um calor indesejado se contorce no meu peito. Então, em vez de responder, tiro a camiseta de uma vez só. Isso não é romântico. Não somos um casal, nossa questão é só sexo.

– Nossa! – exclama ele, os olhos arregalados enquanto observa o conjunto de lingerie azul-bebê que Ro me deu de presente de aniversário no ano passado.

– Gostou?

Ele assente que nem um bonequinho que fica balançando a cabeça.

– Que bom. Fico feliz que você goste. – Dou um sorrisinho quando ele contrai o abdômen quase por reflexo. – Quer se tocar?

– Quero tocar *você* – responde ele de imediato.

O calor na minha barriga tenta se alojar de novo. Eu o afasto, encontro um lugar para apoiar meu celular e deslizo as mãos pelo tecido translúcido que cobre minha barriga.

Rhys acompanha cada movimento meu e fica óbvio que está segurando a câmera com uma das mãos apenas.

Observo com olhos ardentes o braço dele se mover para cima e para baixo. Eu senti e vi direitinho o que ele tem lá embaixo, mas, mesmo assim, mordo o lábio para me impedir de pedir para assistir.

Devagar, deslizo as alças do bustiê pelos ombros e me aproximo da câmera para lhe dar uma visão melhor. Desse jeito parece mais seguro, cortando minha cabeça de sua linha de visão para que ele não possa ver meus olhos. Já baixei demais a guarda; isso sou eu retomando o controle. Preciso desesperadamente disso, antes que me afogue por completo *nele*.

Ele solta um gemido baixo enquanto mostro meus seios. O movimento de seu braço acelera, empurrando a câmera.

– Nossa, lindeza! – grita ele, então a porta emite um clique e o celular sai voando, acompanhado de um berro desagradável de Rhys.

Derrubo meu próprio aparelho e puxo o edredom por cima da cabeça para me cobrir, deixando apenas o rosto visível.

Bennett aparece na minha tela enquanto pega o celular de Rhys. Tenho um vislumbre das suas bochechas bastante vermelhas antes que haja um movimento rápido e Rhys apareça na câmera de novo.

Ele caminha para algum lugar, um banheiro, antes de suspirar e se desculpar sem parar.

– Tá tudo bem – murmuro do meu casulo.

Ele dá um sorrisinho cheio de malícia para o casulo, ainda maior do que deu para a lingerie. E, desesperada, tento espantar o calor que só cresce quando ele diz:

– Você tá uma gracinha desse jeito.

Mas esse calor ganhou um espaço permanente no meu peito. E Rhys também.

CAPÍTULO VINTE E QUATRO

Rhys

Há apenas uma brisa fresca no ar, mas é o suficiente para o pessoal que não é do Norte vestir casacos leves quando atravessa o campus a pé. Temos dois treinos por dia com bastante frequência agora que estamos a uma semana da primeira partida em casa.

Eu me sinto melhor do que antes, em parte porque a equipe parece estar se entrosando muito bem – mesmo com aquele parasita do Kane pairando perto de mim feito uma assombração em todos os treinos –, mas principalmente por causa de uma patinadora artística sarcástica que tem meu coração nas mãos pequeninas.

Bennett finge que a noite no quarto de hotel nunca aconteceu, do mesmo jeito que ele e Freddy fingem não notar todas as vezes que saio depois de escurecer para uma "corrida da meia-noite" rapidinha, que dura pouco mais de um quilômetro até o alojamento da universidade, depois volto com uma convidada a tiracolo. Eu a faço entrar de fininho, mas tenho certeza de que eles sabem.

Fico na porta do alojamento de Sadie nos períodos entre as aulas bem mais do que admito. Eu a chupo bastante e minha posição favorita é com ela deitada na cama, as pernas em cima dos meus ombros enquanto me ajoelho e me masturbo. É impossível não fazer isso com os sons que ela deixa escapar, seu sabor, as unhas enfiadas no meu couro cabeludo.

O toque dela me acalma tanto quanto me provoca. Antes eu estava à deriva, não sentia nada além de apatia. Sadie me faz sentir vivo pela primeira vez desde aquela partida. Como se eu fosse um homem inteiro de novo. Não fizemos sexo com penetração. Ainda não. Em parte porque, quando me sacio dela, já a fiz gozar pelo menos três vezes. E não consigo me impedir de sempre acompanhá-la até o clímax com um leve toque.

A outra razão, a que mal consigo admitir para mim mesmo, é que estou com medo.

Sadie está arraigada no meu corpo e na minha mente; passar um dia sequer sem vê-la me deixa ansioso para ficar perto dela. Quero mais do que apenas as mãos dela na minha pele na penumbra. Eu a quero em todo lugar – seu cabelo no meu quarto todinho, sua voz em meio à barulheira dos meus jogos, sua escova de dentes no meu banheiro –, e fico preocupado com a possibilidade de que ela se encha de mim e siga em frente. Então guardo a única carta que tenho na manga no nosso acordo de amizade colorida.

Como nos filmes em que a líder de torcida espera para se entregar ao quarterback, eu espero por Sadie.

Caminho ao lado de Bennett, voltando da aula de cálculo que adiei até este ano. Nem sei por que Bennett faz essa matéria. Tenho certeza de que ele a cursou no primeiro ano. Isso sem falar que é um gênio por mérito próprio.

Freddy e Holden encontram a gente no gramado, junto com alguns calouros da nossa equipe, e todos nos dirigimos para o refeitório saudável da universidade para almoçar.

– Vamos ter dois treinos na sexta-feira? – pergunta Holden, puxando de novo a alça da mochila para o ombro depois que ela escorrega.

– Não, só um treino bem cedo.

Ele assente.

– Ótimo, então que tal uma festa?

– Na casa de quem? – pergunta Freddy, os olhos procurando Bennett como se quisesse muito pedir a permissão dele.

A expressão de Bennett é um pouco severa, mas ele solta um suspiro e dá de ombros.

– Pode ser na nossa ou na deles. Tanto faz.

Freddy e Holden fazem um "toca aqui" na mesma hora e começam a debater qual das duas casas usar para sediar nossa festa anual de volta às aulas.

Moramos na Casa do Hóquei. Ela tem sido habitada por jogadores da equipe há tantas gerações que nem faço ideia desde quando. Bennett e eu tivemos a chance de morar lá quando os antigos veteranos saíram. É um sobrado em estilo colonial pintado de azul-claro, com a bandeira dos Lobos da Waterfell tremulando na ampla varanda da frente.

O sobrado fica perto do campus, a uma curta distância a pé do principal centro comercial ao sul da universidade e apenas um pouco mais distante do alojamento da universidade e dos prédios em que acontecem as aulas. A outra casa da equipe, carinhosamente chamada de Alojamento do Hóquei, é um dormitório de sete quartos e banheiros coletivos que não foi tão atraente para Bennett, que gosta de ter o controle total de seus espaços. Ainda assim, Holden e Freddy moraram lá numa boa no primeiro ano. Freddy se mudou para a nossa casa no ano passado, depois de entrar pro grupo de atacantes principais, numa tentativa de criar laços. O último quarto da casa, que está vago desde que Davidson foi embora, provavelmente vai ser preenchido por um dos calouros.

– O espaço no Alojamento é maior – ressalto, então paro.

Porque ela está ali.

Vejo Sadie assim que ela me vê. Ela está do outro lado do gramado, caminhando na direção do centro esportivo e vestida como se fosse treinar.

Tem um cara com ela. Alto, musculoso, vestido com um conjunto preto apertado parecido com o dela. A mochila de Sadie – a própria, a que tem uma droga de etiqueta pendurada – está no ombro dele. A cena causa uma pontada no meu coração já apertado.

Sadie diz algo para ele rapidinho e corre na minha direção com um aceno. Fico todo vaidoso com a atenção dela em público, com a maneira como seus olhos não deixam os meus enquanto ela corre. Sadie dá pulinhos na ponta dos pés por um minuto, sorrindo ao deixar escapar:

– Achei uma música… Ah.

Ela dá um passo para trás, as bochechas corando ao perceber o grupo ao meu redor. Freddy sorri para ela, Bennett ergue uma sobrancelha em silêncio e Holden e os calouros param de conversar para observar a gente.

– Desculpa. – Ela dá outro passo para trás. – Você tá ocupado.

– Não tô, não.

Dou um sorriso, mas sinto uma pontada no peito ao imaginar que talvez ela não quisesse que a gente fosse visto. *Isso também é segredo?* Com medo de pensar no que isso significa, me despeço dos caras com um aceno de cabeça e seguro o pulso de Sadie, puxando-a dali para nos afastarmos alguns metros.

– Você achou uma música?

Ela sorri de novo, o que alimenta minha alma.

– Ela me lembra você. Adicionei no fim da playlist ontem à noite.

– Vou ouvir no caminho pra aula.

Essa frase a faz abrir um sorriso tão grande que seus olhos quase desaparecem, enrugando-se nos cantinhos. Isso me dá vontade de fazer qualquer coisa para ter esse olhar dirigido a mim, então acrescento:

– Vou te mandar uma mensagem com o que achei dela.

– Não vou te ver amanhã?

Sinto o estômago revirar. Droga.

O jogo do Oliver. A partida que prometi a ele que iria assistir depois que ele a mencionou sem querer e Liam me convidou na mesma hora. Oliver não pediu nada, mas vi a pergunta sutil em seus olhos, querendo saber se eu poderia aparecer.

– Droga – murmuro. – Lindeza... foi mal mesmo. Eu tenho... Droga, tenho dois treinos por dia a semana toda. Esqueci disso.

O rosto dela se fecha, mostrando apenas um vislumbre de pura e verdadeira decepção antes de erguer uma parede de ressentimento. Já vi isso antes, a mudança de expressão no rosto dela, quase idêntica à de Oliver. É mais um sinal na lista de coisas que me deixam preocupado com essa família: aconteceu algo com eles que os deixou assim.

– Desculpa...

– Não pede desculpa pra mim. Foi pro Oliver que você prometeu.

Tento alcançá-la enquanto ela se afasta, detestando a rapidez com que essa conversa mudou.

– Sadie...

– Tá tudo bem, Rhys. A gente não tá namorando, você não me deve nada. Minha família está bem sem você.

Parece que levei um soco no estômago. Depois vem outro, quando ela volta para junto daquele desgraçado bonitão e arrogante que ainda está com a mochila dela e os dois vão embora juntos.

Os caras não estão mais no gramado. Sempre rigoroso com os horários, Bennett não se dá ao luxo de ficar para trás, mas Freddy esperou, por algum motivo que não me importo. Ele vem ficar perto de mim, a mochila meio pendurada no ombro. Uma garota lhe dá um aceno tímido e alegre ao passar, e ele responde com entusiasmo enquanto joga um braço por cima dos meus ombros e me puxa para longe, bloqueando minha visão de Sadie.

– Ainda *só* dividindo o rinque? – pergunta Freddy, o tom sério, apesar do sorriso descontraído no rosto. – Porque, pelo olhar mortal que você tá dando pro Luc, acho que é um pouquinho mais do que isso.

– Se fosse, acho que acabei de estragar tudo.

– Um passo pra frente, dois pra trás. Você vai ficar bem.

Balanço a cabeça.

– Quem é Luc? O cara que tá com ela?

– Meu Deus, você não conhece o cara?

Balanço a cabeça. Freddy ri e dá um tapinha no meu peito. Ele abre as portas do refeitório saudável, atirando a gente numa rajada de ar frio.

– Bom pra você – comenta ele. – Não suporto aquele sujeito.

Isso não ajuda, considerando que Freddy gosta de todo mundo.

– Quem é ele, afinal?

Pegamos bandejas para nos servir na bancada do refeitório saudável, o principal local onde os atletas da Waterfell fazem as refeições. Servem frango grelhado, um bufê completo de saladas com todos os molhos imagináveis, além de verduras, batatas, enfim, tudo o que podemos e vamos comer, principalmente durante a temporada.

– Luc é patinador artístico, faz parte de uma dupla… ou fazia. Ele tem dificuldade em não dormir com as parceiras.

Não há nada que eu possa fazer para impedir a leve onda de adrenalina que jorra dentro de mim. Meus dedos agarram a bandeja com força enquanto pego quase todos os pedaços de frango grelhado com limão que Freddy deixa para trás. Respiro fundo para me acalmar. Ele não disse que Sadie dorme com o cara.

– Parece que foi uma promessa olímpica antes de vir para cá. O cara acha que é um presente de Deus pras mulheres, ou algo do tipo.

Bufo.

– Os iguais se reconhecem, né, Freddy?

Ele ri, assentindo.

– Pois é, pois é. – Ele já está com um pouco de batata enfiada na boca enquanto fala e mastiga, e andamos até a mesa do hóquei.

Algumas pessoas acenam com a cabeça enquanto nos acomodamos, eu à direita de Bennett, Freddy bem na minha frente. Enquanto todos temos pratos cheios de comida do bufê de acordo com nossas dietas definidas, Bennett come uma marmita toda separadinha que preparou em casa.

– Sei que você falou que vocês dois não estão juntos nem nada – continua Freddy, a voz baixa apesar do burburinho da multidão. Ele esfrega a mão na nuca. – Mas juro que acho que ele e a Sadie tinham alguma coisa.

Droga.

Bennett olha para mim por um segundo.

– A Sadie gosta do Rhys. Ela tá na nossa casa o tempo todo. Não acho que teria tempo pra mais ninguém.

Suspiro e aceno com a cabeça na direção dele em um agradecimento silencioso.

– Ela tem bastante tempo pra isso agora – digo.

– É, e se esse é o caso, capitão, então você tem bastante tempo pra outras garotas. E a Paloma?

Como se tivesse sido conjurada pela menção de seu nome, Paloma se enfia entre mim e Bennett, os braços roçando nossos ombros enquanto dá uma piscadela para Freddy.

– Contando vantagem de mim de novo? – Ela me dá um sorrisinho e rouba uma batata do meu prato, brincando com a comida nos lábios pintados.

Paloma Blake é linda e sabe disso. Cabelos louros, pele levemente bronzeada, lábios grossos e carnudos e um corpo pelo qual quase todos os jogadores à mesa – caramba, talvez todos os estudantes da universidade – babaram em algum momento. Tudo nela parece sensualizado, com uma atitude ultraconfiante para combinar. Ela pode jogar beijos e piscadelas sedutoras, mas sempre suspeitei de que escondesse garras afiadas.

– O Rhys finge que vocês dois nunca namoraram. – Holden dá risada, sacudindo a cabeça na direção de Paloma com uma piscadela. – Se quer alguém pra contar vantagem, me dá só uma noite, Paloma. Nunca mais vou calar a boca.

Paloma sorri de novo, toda sensual, e cada gesto é tão falso que quero me afastar. Bennett faz isso: vai embora. Ela se acomoda no assento enquanto ele deixa o refeitório.

– Qual é o problema dele? – pergunta ela com desdém, virando o corpo para observar Bennett sair e se inclinando todinha para o meu lado.

Eu a empurro de leve para tirá-la de cima de mim.

– Talvez ele não quisesse você se atirando pra cima dele – sussurro.

Não sou cruel, simplesmente não ligo mais. O antigo Rhys teria deixado que ela ficasse ali e desse um pouco em cima dele, depois voltaria a se concentrar no treino.

– Você sabe como ele é – acrescento.

– Na verdade, não – argumenta ela num tom defensivo. – Mas qual é o seu problema, caramba?

– Nenhum.

– Dá pra notar. – Ela revira os olhos. – O que deu nele pra estar com essa cara de quem comeu e não gostou?

Holden ri pelo nariz e enfia o resto do frango grelhado na boca numa mordida grande demais. Freddy ergue os olhos e ri, dando um meneio de cabeça na minha direção enquanto responde para Paloma.

– Ele tá a fim de uma garota que não tá se atirando nele, pra variar.

Paloma ergue uma sobrancelha delineada à perfeição e remove o protetor de alumínio de um iogurte infantil colorido que surgiu do nada.

– Quem?

Não quero responder porque, a julgar pela atitude de Sadie, ela pode estar mantendo a gente em segredo. Mas sei que, se alguém nesse campus sabe tudo sobre todo mundo, é Paloma.

– Sadie Brown.

A expressão no rosto dela nem se abala, suas feições impecáveis permanecem perfeitamente no lugar, sem reagir às minhas palavras.

– A patinadora artística?

Faço uma pausa e olho para ela.

– É... Você conhece?

Ela sorri, o que faz minha barriga doer.

– Ah, conheço, sim... Ela é divertida.

Algo na maneira como diz isso me deixa desconfortável.

– Divertida?

Paloma dá de ombros, mas aquele brilho nos olhos não desaparece.

– Ela é doida. Aparece nas festas pra ficar de pegação, coisa rápida e nada silenciosa, então isso meio que criou uma fama. Não acho que ela tenha dormido com ninguém do time de hóquei, mas com o pessoal dos outros esportes? É, ela gosta do tipo atlético, durão. Não vejo ela há um tempo, mas no semestre passado ela estava *doida*.

Quero fazer mais perguntas, mas forço minha boca a ficar fechada. Se aprendi alguma coisa com o tempo que passei namorando Paloma, é que ela não é fonte confiável para esse tipo de informação.

Eu me obrigo a comer apesar da queimação no estômago. Temos treino em algumas horas, o que pode me dar tempo suficiente para falar com Sadie e me redimir, isso se ela já não estiver no próprio treino.

Mas sei dos horários dela como sei dos meus, porque *quero* saber. Quero vê-la todos os segundos que puder e, para dois estudantes e atletas ocupados, fazer as agendas baterem é um pesadelo. É surpreendentemente mais fácil eu encontrar vaga para ela do que ela para mim. Na maior parte do tempo, ela cuida dos irmãos. Quanto mais me aproximo dela, mais tenho a impressão de que ela é a única que cuida deles.

Peço licença depressa, me afasto da mesa e jogo os restos na lixeira ao sair. Então enfio a cara no celular e puxo as mensagens de Sadie, pensando em como vou consertar as coisas.

Mas primeiro abro a playlist que ela fez para mim, com a música nova na fila: "Yippie Ki Yay", de Hippo Campus. Não consigo deixar de abrir um sorriso ao notar que sei *exatamente* por que ela a escolheu.

CAPÍTULO VINTE E CINCO

Sadie

É sexta à noite e me atraso pro meu turno no café.

O treino foi horrível. Passei apressada e furiosa pelos saltos da minha série longa e fui desleixada nas primeiras vezes, porque tudo em que conseguia pensar era Rhys.

Ele mandou uma mensagem depois do nosso contratempo no pátio, mas no começo eu o ignorei, me concentrando apenas na programação dos próximos dias: trabalho, treino e o jogo do Oliver.

Pensei em enviar uma mensagem para ele depois do jogo, para me desculpar por ter ficado tão chateada, porque a verdade era que Oliver não se importava, não o bastante para se incomodar. Fui eu que fiquei ofendida. Deveria ter sido sincera com Rhys sobre isso.

Aí chegou a noite do jogo do Oliver e não conseguimos ir.

Em vez disso, passei horas caçando meu pai, que pegou meu carro enquanto arrumávamos a bolsa do Oliver e vestíamos Liam depois do banho. Oliver perdeu o jogo, Liam ficou um pouco mais ciente de que nosso pai consegue ser horrível e eu liguei para todos os bares num raio de 25 quilômetros até encontrá-lo.

Tive que pegar um táxi muito caro, repelir as mãos de homens mais velhos e bêbados que tentaram me agarrar num boteco pé-sujo e brigar com meu pai pelas chaves do carro.

Então a mensagem de Rhys ficou sem resposta e a autodepreciação me engoliu inteirinha até que tomei uma decisão: enfiar Rhys Koteskiy na bagunça da minha vida era algo que eu não estava disposta a fazer.

Mandei uma mensagem curta: *Acho que a gente não devia continuar com isso.* Não tive coragem de bloqueá-lo, mas parei de abrir as mensagens dele.

A semana tem sido um inferno absoluto desde então, evitando Rhys a cada esquina e me concentrando apenas na faculdade, no trabalho, na patinação e na minha família.

Hoje meu treinador me fez ficar até tarde depois do treino, acabando comigo com os novos acréscimos para elevar o nível da minha série curta.

Depois, por causa da minha sanção acadêmica, me obrigou a fazer os deveres de casa na frente dele, sentada em sua sala minúscula até bem depois da hora, quando já seria o meu turno no trabalho. Eu sabia que Ro me cobriria, mas isso me deixou louca de ansiedade. Ficar no rinque até tarde significa não ter tempo de ver meus irmãos antes do expediente e confiar que a Sra. B., nossa vizinha idosa, segure as pontas até eu voltar.

Sei que o treinador Kelley está muito ciente desse fato, das minhas outras responsabilidades, mas não posso odiá-lo por me forçar a dar meu melhor.

Ele só é assim porque acredita em mim. Ele é o único que acredita.

Mesmo detestando *quanto* tenho que trabalhar, adoro os fins de semana no Refúgio do Café. Ainda mais as noites de sexta e sábado em que temos o show de talentos e a loja fica aberta até tarde.

Algumas pessoas cantam ou tocam violão, outras leem poesias ou trechos de livros. Uma vez, até recebemos um comediante de stand-up, o que, embora às vezes deixe algumas pessoas desconfortáveis, definitivamente foi divertido de assistir enquanto a gente lavava a louça.

Hoje é o primeiro show de talentos do ano letivo, então esperamos um movimento um pouco maior, mas não muito. Em parte, porque é a primeira vez que fazemos o evento este ano. Mas, principalmente, porque deve ter umas cem festas dentro e fora do campus com as quais vamos competir até fechar. Incluindo uma no Alojamento do Hóquei, para a qual Ro e eu recebemos convites por mensagem de texto.

Fiquei surpresa ao receber um – e do Freddy, ainda por cima, para comemorar a primeira vitória em casa. Mas sei que não posso ir. Não posso correr o risco de encontrar Rhys, porque tenho certeza de que vou ceder.

Ro está sentada no balcão, encarando o celular enquanto preparo um *latte* descafeinado. Imagino que esteja olhando a mensagem de Matt Fredderic de novo.

– Você vai? – pergunto. – Deveria.

– Não posso – responde Ro, mas sem desviar o olhar da tela, e ela está quase tirando sangue do lábio inferior de tanto morder.

Só sei de uma coisa capaz de segurar Ro.

– Onde ele tá?

– Quem?

– O Coisa-Ruim... Quer dizer, seu namorado. – Dou risada, mas me contenho ao ver a expressão um pouco chateada dela.

– Ele... me bloqueou de novo. Acho que terminamos.

Há um leve tremor em sua voz ao dizer isso, ainda que ela tente dar de ombros de um jeito casual. Não é a primeira vez que Tyler faz algo assim. Tento passar o menor tempo possível perto do cara porque não tenho paciência nem autocontrole para evitar arrumar uma encrenca e, pelo pouco que vi dele, eu o desprezo.

É também um círculo vicioso: se Ro termina, ele vem atormentá-la no nosso apartamento e no trabalho por semanas até que eles voltem. Mas, quando decide que mudou de ideia ou que Ro estragou tudo, ele a bloqueia em tudo de uma hora pra outra.

Uma vez, tive que buscá-la na beira da estrada a 15 quilômetros do campus porque os dois brigaram durante o jantar e ele a deixou lá.

Entrego o *latte* que terminei de preparar para Ellis, uma das novas funcionárias calouras, e depois ponho as mãos em ambos os lados do balcão em que Ro está sentada, numa tentativa de conter as pernas dela, que balançam de ansiedade.

– Você tá legal, Ro?

Ela abre um sorriso que não se reflete nos olhos.

– Tô. Na verdade, acho que vou pra casa depois do meu turno pra me dar uma noite de autocuidados.

Sorrio pra ela.

– Vou ver se a Sra. B. consegue ficar com os meninos na casa dela esta noite. Você e eu podemos fazer máscaras faciais e assistir a *Minha Mãe Quer que Eu Case.*

O sorriso de Ro aumenta quando ela coloca uma bela colherada de chantilly caseiro na boca e assente. Ela deixa a colher balançar nos lábios ao descer do balcão.

– Perfeito – concorda.

O sino da porta toca e olho por cima do ombro: Paloma Blake se aproxima.

Como de costume, ela está vestida de um jeito que me faz querer ao mesmo tempo arrancar seus cabelos e roubar as roupas dela para mim. Às vezes, quando nossos caminhos infelizmente se cruzam, imagino-a andando em câmera lenta com uma trilha sonora personalizada de "Maneater" ou "Bubblegum Bitch", o som do salto das suas botas de cano alto no ritmo da batida da música.

Paloma e eu transitamos na vida uma da outra desde o segundo ano, indo quase às mesmas festas e, muitas vezes (como nós duas percebemos), ficando com os mesmos caras. Chegava a parecer uma competição.

Ela se aproxima até ficar na frente de Ellis, mas seus olhos estão fixos nos meus na hora em que se inclina de leve no balcão como um gato se esticando ao sol.

– Paloma – cumprimento com um aceno de cabeça e cruzo os braços sem pensar, pois não consigo deixar de olhar para o decote baixo dela, que faz os seios quase pularem para fora do corselete cor de lavanda.

– Sadie Brown   diz ela com a voz suave, os lábios carnudos esticados pelos dentes brancos. – Justo a pessoa que eu queria ver. Se importa se a gente conversar?

Sim.

Mas contorno o balcão, prometendo a Ellis que volto logo, e saio pela porta da frente. Paloma e eu caminhamos juntas até o beco que fica entre o Refúgio do Café e a livraria.

– O que você quer?

– Ouvi dizer que você e o Rhys andam de papo.

Ela se inclina para trás contra a parede de tijolos. Ouvir o nome dele dói. Odeio isso.

– Fascinante – respondo, impassível. – Não tem nada melhor pra fazer do que bancar a fofoqueira da cidade?

Ela revira os olhos.

– Vim perguntar se é verdade.

– Paloma. – Esfrego o rosto. – Você tá sempre saindo com alguém, principalmente com atletas. Por que não pergunta a ele?

– Já namorei o Rhys – dispara ela.

Odeio o aperto possessivo nas minhas entranhas. Sei que ele já namorou – quer dizer, *olha só* pra ele –, mas ouvir isso me deixa um pouco enjoada.

– E daí?

– E daí que eu conheço ele. E, infelizmente pra minha saúde mental, te conheço. – Ela abre seu sorriso falso e se endireita. – Rhys não precisa de você por perto. É o último ano que tem pra vencer as semifinais e chamar a atenção de algum time profissional para ser contratado.

Cerro o maxilar. Odeio admitir, mas, por mais que eu queira brigar com ela nesse beco, sou capaz de entender sua preocupação.

Não só isso, como também concordo.

Você acha que ele dá a mínima se está te distraindo dos seus sonhos? Dos seus irmãos? O sussurro acalorado do treinador Kelley reverbera na minha cabeça. *Ele nunca vai entender.*

– No ano passado, a gente…

– Não é como no ano passado – disparo, interrompendo Paloma.

Por um tempo, no ano anterior, nós duas quase fomos amigas. Uma pequena trégua no período em que nos autodestruíamos juntas. Vi Paloma surtar do mesmo jeito que eu, então sua acusação implícita dói mais. Como se de repente ela estivesse melhor, com as luzes do cabelo retocadas e um bronzeado de verão.

Se ela pode recomeçar, por que não eu?

Paloma recomeça a falar, mas ergo a palma da mão.

– Deixa quieto – sussurro. – Andei de papo com ele, sim. Mas você tem razão. Não se preocupa, já falei pra ele que acabou. Vou deixar o Rhys em paz.

Por um instante, imagino se ele vai fazer o mesmo, mas silenciei suas mensagens pra aplacar minha vontade de lê-las.

– Se quer ficar com ele, tudo bem – digo. – Mas me deixa fora disso.

Oliver. Liam. Ro. As audiências de custódia. Trabalho. Faculdade. Patinação.

Sobreviver. É isso que importa.

– A questão não é se eu quero ficar com ele. – Paloma revira os olhos e ajeita um pouco o corselete. – É só que... Quer saber? Deixa pra lá.

Eu me afasto antes que ela mesma faça isso.

Espero me sentir mais leve de alguma forma, como se estivesse de fato me libertando de Rhys e dos seus olhos tristes que me assombram.

Mas não. Na verdade, me sinto pior.

CAPÍTULO VINTE E SEIS

Sadie

– Você jura que ainda não teve penetração?

Estamos sentadas em cima de um monte de travesseiros e cobertores, quase todos de Ro. Metade são presentes feitos pela avó dela, numa variedade tão grande de cores que parecem mais um arco-íris. Deitamos de costas, quase bochecha com bochecha, e as pernas estendidas para os lados da nossa pequena sala de estar. Os longos cachos de Ro se espalham ao meu redor, emaranhados com meus fios lisos e sedosos.

Minhas bochechas esquentam por conta do leve constrangimento após a pergunta de Ro. Se alguém perguntasse isso, eu seria capaz de arrancar a cabeça da pessoa, mas sei que Ro tem boas intenções.

– Juro – respondo.

E é verdade. Rhys e eu fizemos quase todo o resto, mas, toda vez que pareceu que haveria penetração – após uma iniciativa minha –, ele mudou de rumo e colocou a boca em mim tão depressa que não fui capaz de dizer nada antes que ele me arrancasse múltiplos orgasmos.

O cara tem uma língua mágica.

– Por que não?

Eu poderia responder de várias maneiras, mas não quero dizer o que penso de verdade: que ele não me deseja dessa forma. Talvez tenha ouvido falar sobre o ano passado, afinal.

– Acho que ele estava indo com calma – digo, e o verbo no passado arde na minha língua quando a frase deixa meus lábios. *Estava.* – Mas não importa. Além disso – digo, me inclinando sobre Ro de forma que meu cabelo faz uma cortininha ao nosso redor –, pensei que *você* tivesse dito que era pra gente não falar de homem. Se isso voltou ao assunto, precisa me contar sobre o Aluno.

O Aluno.

Ro tira notas incríveis em todas as disciplinas desde o primeiro ano e dá aulas particulares de matemática, inglês e várias ciências. Ela sempre se manteve profissional. Até recentemente, quando começou a falar sobre uma das pessoas para quem dá aula. O contato está salvo no celular de Ro como "Aluno", o que é estranho por si só, porque ela usa o e-mail para falar com alunos, não seu número pessoal.

Não vi as mensagens, mas sei que ela gosta dele, só pelo sorriso permanente quando agenda as aulas.

Se é que é isso que ela está fazendo.

– Ah, de repente alguém ficou quietinha – digo, com uma risada.

Nós duas nos sentamos e nos encostamos no pequeno sofá cinza-esverdeado que encontramos na beira da estrada e passamos semanas limpando, só para depois derramar uma taça inteirinha de vinho tinto nele durante a comemoração no fim de semana seguinte.

Ro dá de ombros, mas ainda se recusa a dizer uma palavra sobre o Aluno.

– Tá. – Dou um suspiro. – Bem, como vão as aulas do Matt Fredderic, então?

Ela toma um grande gole do seu copão de refrigerante.

– Indo bem. De boas.

Fico surpresa por ele precisar de aulas de reforço. Ele não tá dormindo com todas as professoras dele pra conseguir boas notas? Ou simplesmente não tem nenhuma professora pra seduzir este ano?

Ro revira os olhos.

– Muito engraçado.

Tento falar mais, porém meu celular começa a tocar. É um número desconhecido, mas com código de área local. Em geral, eu não atenderia, mas tive muitos sustos envolvendo Oliver e Liam, então ergo um dedo para Ro e peço desculpa rapidinho ao atender.

– Alô?

Tem uma música alta tocando por um momento antes de uma porta bater e a ligação ficar um pouco mais silenciosa.

– É a Sadie? A "lindeza"?

– Sadie Brown, não "lindeza" – corrijo, meu estômago afundando, porque só tem uma pessoa que me chama desse jeito.

– A patinadora artística? – pergunta o cara, parecendo intrigado com minha correção.

– É, sim – respondo sem fôlego. – Quem é?

– Bennett Reiner. Sou amigo do Rhys. A gente se encontrou uma vez no café.

Assinto, mesmo que ele não consiga ver.

– Eu lembro. Bennett, o que é que… Quer dizer… Por que você tá me ligando?

Ele respira fundo, como se num esforço para pronunciar as palavras.

– Não queria ligar pra você a menos que fosse necessário, mas acho que tem algo errado com o Rhys.

Fico de estômago embrulhado e um calor queima minha nuca. *O que aconteceu? Ele está bem? Ele se machucou? Teve outro ataque de pânico?*

– Por que você tá me ligando? – repito a pergunta, a ansiedade se misturando à raiva, não de Bennett, mas de *tudo*.

Rhys não é nada meu. A gente não está namorando.

– Achei que… Olha, não sei o que tá rolando entre vocês…

– Nada…

– … mas sei que o Rhys não tá legal. Não acho que ele esteja bem há um tempo e, por algum motivo, acredito que você saiba. Então, se ele te contou ou confiou em você, não pode ser *nada*.

Ele cospe as últimas palavras, como se estivesse com raiva de mim por ter falado desse jeito.

– Bennett, eu não posso…

– Não precisa namorar o Rhys, ou o que quer que esteja rolando, mas, por favor, pode vir ajudar? Não consigo fazer o Rhys sair. Ele se trancou num banheiro e disse que só a Sadie pode entrar. Se ele não quer ser visto desse jeito pelas pessoas, precisa dar o fora daqui, e nenhum de nós tem como dirigir.

Ai, meu Deus.

Ro inclina a cabeça para perto de mim. A ligação está alta o bastante para que ela consiga ouvir pelo menos parte da conversa. Ela dá de ombros, como quem diz que a escolha é minha.

– Me envia o endereço. Eu levo ele pra casa.

Depois que estaciono o jipe, nós duas saímos do carro e cruzamos a pé a curta distância da rua até o Alojamento do Hóquei – um nome muito apropriado – que está bem barulhento e cheio de gente festejando. Ro cruza os braços, as mãos nos ombros, constrangida. Não adianta tentar cobrir, ainda mais com o cabelo preso num belo rabo de cavalo amarrado com fita: sua pele marrom está toda à mostra.

Parecemos terrivelmente deslocadas: Ro com seu pijama de seda listrado azul e branco (porque essa mulher não tem uma única camiseta simples) e eu enfiada numa camiseta velha de banda tão grande que cabem duas de mim e chega até a metade da minha coxa, cobrindo o short.

Ainda assim, enfrentamos o burburinho e subimos os degraus de pedra até a varanda e a porta da frente, onde alguns retardatários conversam e riem. Ao passar pela porta aberta, olho em volta em busca da montanha que é Bennett Reiner.

Vejo muitos rostos familiares. Alguns ignoram meu olhar zangado e minha falta de maquiagem e vêm dizer que estão felizes por me ver ou por eu estar de volta "ao habitual". Passo por todos eles e estou a um segundo de ligar para Bennett quando um ombro bate em mim com força suficiente para me jogar contra a parede.

– Bela roupa, Ro – provoca uma voz sarcástica.

Estou me virando, pronta para derrubar o cara antes que ele possa sequer piscar, mas Ro me impede, ficando na minha frente para bloquear meu caminho até Tyler. Ele está corado, obviamente mais do que meio bêbado, e algo nisso me deixa nervosa.

– Eu dou conta – diz Ro num tom calmo, mas suas pupilas estão dilatadas e sua pele está toda arrepiada. – Vai procurar o Rhys.

– Não vou te deixar aqui…

– Tá tudo bem. – Ela sorri. – Tyler e eu terminamos, mas consigo lidar com ele. Além disso, a gente tá no meio de uma festa lotada de gente. O que poderia acontecer?

Muita coisa. Quero argumentar, mas vejo uma aglomeração conhecida no fundo do cômodo, perto da cozinha: um cara enorme, com camisa de manga comprida e calça jeans, boné de beisebol para trás e uma carranca; o outro, um pouco mais baixo, mas ainda mais alto do que a maioria dos caras ali, vestido do jeito Matt Fredderic de sempre, com uma camisa meio desabotoada e uma corrente no pescoço.

Começo por eles, me enfiando no meio das pessoas. Bennett me vê primeiro e nós dois vamos um na direção do outro, o que diminui a distância pela metade. Freddy também se aproxima, mas seus olhos estão focados num ponto atrás de mim.

– Tá tudo bem com a sua amiga? – pergunta ele quando estou perto o bastante para ouvir.

– Quer dizer sua professora particular? – brinco, mas mal consigo abrir um sorriso. – Não, não tá. E eu preciso que... Será que você pode só, tipo, ficar lá perto dela pra ter certeza de que ela tá bem?

Ele assente, dá um tapinha no meu ombro e passa depressa por mim.

Bennett parece calmo e inabalável, mas há um rubor no rosto dele, como se tivesse tomado alguns drinques. Ele mexe no boné de beisebol e olha para os meus sapatos, um par de tamancos de segunda mão, depois indica o caminho com a cabeça.

Eu o sigo pela cozinha até uma escada estreita nos fundos que, felizmente, está vazia. Bennett sobe dois degraus de cada vez e eu vou logo atrás, até chegarmos à porta fechada de um banheiro. Ele tira o boné de beisebol, passa a mão pelas mechas castanho-claras bagunçadas e arruma o boné de novo na cabeça, fazendo um gesto em direção à porta com a outra mão.

– Certo – sussurro, detestando o suor nas minhas mãos e o enjoo no meu estômago.

Bato na porta.

– Tá ocupado! – grita uma voz feminina.

O tom é de raiva, mas isso não me impede de agarrar a parede como se eu fosse desmaiar ou vomitar – ou as duas coisas.

Bennett bufa, meio zombeteiro, e bate na porta com o punho com tanta força que a faz chacoalhar.

– Abre essa maldita porta. – Ele não grita, mas o efeito é o mesmo.

– Vai embora. – A fala enrolada de Rhys atravessa a porta e tenho certeza de que meu rosto está pálido. – Eu tô ótimo, Ben.

– Rhys? – chamo, pressionando quase todo o meu rosto na madeira. – É a Sadie. Pode abrir a porta pra mim?

Demora apenas um segundo para ele fazer isso.

Ou ela, porque a mulher é a primeira a sair do banheiro, arrumando o rabo de cavalo alto e a calça jeans. Ela se volta para o banheiro com um esgar de nojo, em seguida seus olhos focam primeiro em mim e depois num Bennett furioso.

– O Freddy falou pra você não mexer com ele – resmunga Bennett, quase num rosnado.

Ela revira os olhos.

– Que diferença faz? Ele tá um caco. Passou os últimos dez minutos vomitando e eu só fiquei ali. E você deve ser...

– Lindeza – resmunga uma voz.

Todos nós viramos a cabeça num estalo na direção de Rhys.

Ele está caído no batente da porta, a camisa cinza um pouco mais escura ao redor da gola de um jeito que faz parecer que ele andou suando ou jogando água no rosto. Sua pele está corada e ele tenta enfiar atrás da orelha o cabelo emaranhado que gruda no rosto.

Ele parece... terrível. No entanto... está sorrindo para mim, as covinhas profundas e os olhos embaçados.

– Você é tão linda – diz, tão enrolado que as palavras saem todas como uma só.

Sinto outra onda de calor e, ao mesmo tempo, uma leve pulsação na minha cabeça.

– Ele tava bêbado desse jeito quando você entrou ali com ele? – pergunto, a visão enevoada ao encarar a mulher, que tenta escapar dali.

Rhys tropeça e apoia o peso no batente da porta de novo enquanto alterna o olhar entre a gente.

– Ela me puxou lá pra dentro – diz, afobado, como se fosse ele quem eu culpasse. – Mas eu não queria...

Ele soluça e vejo Bennett dar um passo em direção a ele, como se planejasse ser um escudo no caso de Rhys vomitar de novo ou desmaiar.

– Tá de sacanagem comigo? – pergunto, minha cabeça virando de novo para a mulher. Ela é alta, ainda mais de salto. Quem me dera estar usando sapatos assim, para poder tirar um e cravar no olho dela. – O cara tá caindo pelas tabelas e você enfia ele ali? Pra quê? Pra dar uns amassos na estrela de hóquei enquanto ele tá tão bêbado que nem consegue enxergar direito?

As bochechas dela ficam vermelhas e seus olhos se arregalam um pouco, como se só então se desse conta do que fez. Ela pode ter tomado um drinque ou dois, mas não está bêbada.

– Eu não sabia que ele tinha namorada.

Chamas se acendem na minha cabeça. Avanço no pescoço dela sem pensar. Nós duas batemos na parede, meus braços em volta da cintura dela. Então uso meu pé, agora sem um tamanco por conta do salto que dei, para derrubá-la no piso de madeira dura.

– A gente não fez nada! – grita ela. – Ele vomitou no lugar todo antes…

Bato nela, o que, infelizmente, não é a primeira vez que faço na vida.

As poucas pessoas no corredor ao nosso redor começam a torcer ou gritar. Consigo dar só dois bons socos – um no rosto dela, outro no braço – antes que ela me bloqueie. Ela grita comigo, mas não consigo ouvir em meio à névoa vermelha.

Ela tocou no Rhys. Ela se aproveitou dele.

Então alguém me afasta dela.

Bennett me puxa para trás com facilidade, mesmo eu me contorcendo. Ele é enorme. Tenho certeza de que parece um labrador segurando um chihuahua pela nuca. Meus ouvidos ficam zumbindo enquanto tento voltar a mim depois da explosão de adrenalina, então não consigo entender o que ele rosna para a mulher por cima do meu ombro.

Rhys está sentado em frente ao banheiro, olhando para mim, que estou nos braços de Bennett, com os olhos castanhos cheios de lágrimas. Detesto ver como ele parece frágil, mas isso me faz retomar o controle.

Se concentra no Rhys.

Pronto.

Paro de lutar contra Bennett, que me solta depois de eu assentir. Ele me troca por Rhys: coloca um braço em volta da cintura do amigo para que Rhys se apoie nele e possa se levantar.

– Eu não queria ela aqui, Sadie – diz Rhys, a voz fraca se arrastando enquanto seus olhos brilham. Ele tenta me alcançar, mas eu me esquivo. – Juro.

– Tá tudo bem, Rhys. Eu sei. – Dou um suspiro. – *Você* não fez nada errado.

– Acho que tô apaixonado por ela. – Ouço Rhys dizer para Bennett sem diminuir nem um pouco a voz. – E ela não me dá *chance*.

Meu coração fica apertado e não consigo deixar de olhar por cima do ombro. Desço as escadas depressa.

Bennett estremece e ajuda Rhys a passar pela porta dos fundos.

– Calma aí, amigão.

– A Sadie não me acha um menino de ouro, Ben. – Rhys sorri, mas está tudo errado. – Não preciso fingir agora que ela tá aqui. Ela *sabe* que eu tô acabado. – Ele solta uma risada curta.

– Rhys... você não tá acabado. – Bennett parece tão perturbado quanto eu por trás da parede mental de aço que ergui num último esforço para me proteger.

– Eu tô, sim, Ben. E ela é a única que enxerga isso.

Bennett me lança um olhar inquieto, mas continua andando.

– Vamos tirar você daqui, cara – diz ele, com um tom mais suave.

Bennett segue na frente, mantendo-se próximo à lateral da casa para evitar o pessoal da festa que está curtindo o ar fresco de outono. Quando chegamos ao gramado da frente, assumo a dianteira para nos guiar até o meu carro.

– Aonde vocês vão? – grita alguém.

Quando me viro, vejo que é Paloma. Ela está de pé nos degraus da frente depois de sair do colo de um cara que nunca vi, enorme e de aparência muito aterrorizante, no segundo em que notou a gente se aproximar. Seus olhos se alternam entre nós três, como se não tivesse certeza de para quem dirigiu a pergunta.

Talvez seja a adrenalina jorrando a toda nas minhas veias ou as palavras frágeis e de partir o coração que saem dos lábios embriagados de Rhys, mas não consigo me impedir de ir em direção a ela.

Devo parecer um pouco desequilibrada, porque seus olhos se arregalam de medo e ela dá um passo para trás.

– Se você quer o Rhys, Paloma – disparo –, vê se cuida melhor dele, caramba. Ou deixa o cara em paz.

Ela cora, cruzando os braços.

– Eu não disse que...

– Tanto faz. Ficar com ele ou não, não dou a mínima – minto, meus dentes doendo enquanto forço as palavras a saírem. – Só... – Uma risada sem alegria escapa antes que eu consiga detê-la. – Quer saber? Deixa pra lá. Você não pode ficar com ele, tá? Eu não entendo o Rhys, você também não. Deixa ele em paz, aí não vamos ter problemas.

Paloma assente, mas não está olhando para mim. Não, está olhando para trás de mim, na direção do Rhys. Bennett solta uma risada pelo nariz e me chama para ir embora.

– Fica fora do meu caminho – sussurro.

Olho por cima do ombro dela, para a pequena aglomeração. Um cara de cabelos pretos assiste a tudo com um sorrisinho pecaminoso nos lábios, se encostando nos degraus como se esse fosse seu reality show favorito. Mas, acima dele, sentada no degrau mais alto e sendo cuidada por algum jogador de futebol americano, está a mulher de antes.

Gesticulo para ela, fazendo seu rosto ficar pálido, e elevo a voz:

– E diz pra sua amiguinha lá em cima se cuidar. Consigo patinar numa boa mesmo com os punhos machucados.

Ir embora depois disso é fácil, com algo nas minhas entranhas satisfeito com as bochechas vermelhas dela e o olhar constrangido no rostinho perfeito de Paloma Blake após a bronca; tudo isso me impulsiona a seguir em frente, levando Rhys e Bennett para o meu carro, que está a apenas duas fileiras de veículos no gramado.

Bennett acomoda Rhys no banco de trás do jipe da maneira mais gentil que aquele homem gigante consegue fazer. Rhys se encosta no banco e, quando me viro, vejo Ro correndo na minha direção. Os chinelos dela batem na calçada e a seda do pijama ondula no vento frio.

Ela se agarra em Bennett, que se encolhe sob seu toque e recua.

– Alguém precisa parar ele.

– Quem?

– Freddy.

Bennett solta um palavrão e volta com Ro, me deixando com Rhys.

Está tudo quieto, o vento soprando forte no meio das árvores e o barulho suave da festa ao fundo. Não suporto o silêncio, então toco "Revolution 0", do boygenius, sem parar na minha cabeça.

Rhys está apenas respirando, mas dou uma olhada rápida nele para ter certeza de que continua acordado e vivo. Apesar de seu estupor de bêbado, ele nota minha preocupação.

– Tô bem – assegura. Ele dá um suspiro profundo mais uma vez, pressiona a mão no peito e a deixa cair. – São só aquelas imitações de Darth Vader de novo.

As palavras ainda saem arrastadas, mas é o sorriso frágil que me faz desviar o olhar depressa.

– Não acredito que você tá aqui – sussurra Rhys, sua voz se encaixando perfeitamente nos sons ao meu redor e dentro de mim.

É quase doloroso demais não olhar para ele.

– Por onde você tem andado?

– Rhys… – imploro.

Ele estende a mão, quase caindo do carro, para agarrar a minha. Isso me obriga a olhar, a ver a dor cintilar como gotas de uma tristeza profunda em seus olhos castanho-escuros.

– Eu te liguei um monte de vezes. Eu só… Sadie, por favor.

– Não faz assim agora. Você tá bêbado, eu tô cansada.

Ele morde o lábio e assente, mas o movimento é letárgico. Quero beijá-lo de novo, mas é egoísmo, porque é um desejo *meu*.

É devastadora a maneira como me sinto perto dele. O desejo de tocá-lo, de abraçá-lo – e não da forma como minhas próprias emoções em geral me dominam. Isso é… é calmante, como se desmanchasse todos os pensamentos ruins da minha cabeça.

– Fecha os olhos – murmuro, deixando meu polegar fazer círculos na sua mão quente. Eu me permito me aquecer no conforto *dele*. – Você precisa dormir, craque.

Ele sorri ao ouvir o apelido. Mantém os olhos fechados e a mão segurando a minha.

– Ainda vai estar aqui quando eu acordar?

– Vou – murmuro, furtando um instante para acariciar sua testa muito quente e passar os dedos pelos cabelos dele. – Eu tô aqui com você.

Mesmo desse jeito, jogado no banco de trás com um sorriso sonolento e juvenil no rosto, Rhys parece importante demais para mim. Ele está destinado a ser *grandioso*.

Esperamos pacientemente até que Freddy, que está com os punhos machucados e a bochecha vermelha, e Ro voltam, os dois mal se falando a não ser para contar que Bennett não vai vir com a gente.

Levo os dois para a Casa do Hóquei, e nós quatro permanecemos em silêncio enquanto Freddy ajuda Rhys a entrar em casa. Detesto ter que deixá-lo ali, mesmo que esteja com Freddy. Parece errado deixar Rhys.

Porque comecei a pensar nele como meu, percebo ao me afastar de sua bela casinha.

Ele merece muito mais. Ele está com problemas agora, mas eu não tenho conserto.

Esse pensamento me acompanha como um mantra noite adentro e no dia seguinte.

CAPÍTULO VINTE E SETE

Rhys

Minhas mãos estão tremendo.

Levando em conta que não tem nada na mesa pra me distrair além de uma caneca meio torta, fruto de uma curta aventura da minha mãe na arte da cerâmica, cerro os punhos enquanto espero.

Isso é ridículo. Uma ideia péssima.

Só que sei que é a escolha certa.

Depois de acordar com uma dor de cabeça violenta e um Bennett exausto encostado na parede do meu quarto, onde ficou cuidando de mim a noite toda, fui atormentado pela repetição de uma cena da última noite.

Acho que tô apaixonado por ela.

Meu Deus do céu. Mas não era nada além da verdade, pelo menos de certa forma. Mais duas semanas daquele jeitinho mal-humorado e daquela risadinha dela, e eu ficaria apaixonado.

Logo depois que Bennett terminou de me contar o que fiz – e falei –, peguei o celular e mandei um pedido de desculpa para ela, sem dúvida muito rápido e muito desesperado. E, como todas as minhas mensagens desde a última que Sadie enviou, essa também ficou sem resposta. Se ela continua recebendo minhas mensagens, tenho certeza de que pareço maluco. Talvez ela pense que sou mesmo, já que, na visão dela, a gente só estava dando uns amassos e falei para a garota que estava me *apaixonando* por ela.

Bennett não estava disposto a deixar isso passar, então contei a ele. Tudo. Sobre o sofrimento do início, a privação de sono que impus a mim mesmo, os ataques de pânico, Sadie... *Tudo*. Ele pareceu zangado durante toda a conversa, mas essa cara não é novidade quando se trata do nosso controlado goleiro.

Só que aí ele me abraçou. Com força. Com afeto. Os olhos dele estavam cheios de lágrimas quando olhou para mim e disse:

– Se você tivesse contado pra gente, pra mim, poderíamos ter ajudado. As coisas teriam sido diferentes.

Eu sabia que era verdade, mas pedi a ele que não contasse a mais ninguém da equipe. Bennett podia estar a par – e deveria mesmo, desde o início –, mas isso não se aplica a todo mundo. Esse sofrimento é meu, assim como a escolha de com quem o compartilho.

Mas... tem mais uma pessoa que merece saber.

– *Chto eto?* – As palavras em russo soam roucas mas alegres enquanto meu pai desce o último degrau até a cozinha. – O que foi? – repete ele, fechando o primeiro botão da camisa.

Está vestido para o trabalho – o que, para ele, significa uma entrevista, um evento de imprensa ou algo do tipo ao qual vai com a minha mãe.

– Você tem um minuto?

Ele avalia a expressão no meu rosto, talvez até minha linguagem corporal. Sempre foi bom nisso – era um de seus pontos fortes quando estava na NHL. Seu rosto fica sério e ele assente.

– Precisamos da sua mãe?

– Não. – Balanço a cabeça. Principalmente porque, não importa quanto eu tente esconder, ela sabe de tudo. – Só de você.

Ele se senta à mesa sem que eu precise pedir. Estou na cabeceira e ele ocupa o assento mais perto de mim, ao meu lado.

– Quer um café? – pergunto, de repente desesperado para enrolar.

Ele faz que não com a cabeça e espera pacientemente.

Meus pais e eu sempre fomos próximos. Acho que, se eu tivesse escolhido ir para qualquer outro lugar do mundo estudar, eles teriam se mudado para lá. E... nunca prestei muita atenção nisso. Foi uma salvação quando eu estava mal, mesmo que fosse difícil enxergar isso através da dor.

– Meu filho – sussurra ele, a mão dando tapinhas na minha.

Ele imita minha postura, quase igualzinha. Não que seja proposital, é que somos muito parecidos. Sou como uma réplica da juventude dele. Será que é isso que ele enxerga?

Meu filho. Meu filho. Meu filho.

As palavras se repetem como um disco arranhado na minha cabeça, uma falha na memória que me causa uma dor de cabeça imediata. Tento tocar a playlist de Sadie na minha mente, repetindo a música do Oasis muitas e muitas vezes.

Ainda assim, não consigo pronunciar as malditas palavras.

– Não tô bem. – Forço a confissão a deixar meus lábios.

– *Vchistuyu* – sussurra ele, um sorriso triste se espalhando pelo rosto.

É uma palavra que não reconheço no meu vocabulário russo limitado.

– Não sei o que significa isso. – Balanço a cabeça, um bolo na garganta.

– Finalmente. – Ele sorri, mas está com os olhos marejados.

A intensidade das emoções nessa casa sempre foi acolhedora. Depois do incidente, ficou sufocante. E, nesse momento… começa a parecer um *lar* de novo.

– Significa "finalmente", Rhys. Pode me contar o que está acontecendo agora. O que está te fazendo sofrer?

Franzo a testa e olho para ele.

– Como você…?

– Sei que não sou sua mãe. – Ele ergue a mão para silenciar meus protestos. – Mas, junto com ela, você é a coisa mais importante da minha vida. Eu daria meu sangue se pudesse tomar sua dor pra mim. Agora me conta.

E assim eu faço. Conto tudo fora de ordem, porque sei o que vai ser mais difícil de dizer. Conto a ele sobre os ataques de pânico à noite, os pesadelos dos quais minha mãe teve que me acordar várias vezes. Conto sobre quando comecei a tomar os remédios prescritos para dormir, que me faziam perder a memória e, num minuto, eu podia estar na cozinha preparando o almoço e, de repente, estar dirigindo quase até chegar ao porto, o que me assustou tanto que parei de me medicar e apenas passei a lidar com os pesadelos.

Sou sincero quando ele pergunta se ainda tenho esses remédios. Tenho, sim.

Conto sobre os ataques de pânico no rinque quando comecei a voltar a treinar e seu rosto parece perturbado com os detalhes. Sei que é porque não pedi a ajuda dele, porque ele sabe que eu estava sofrendo, assustado e sozinho... Só que eu não estava sozinho. Então conto isso a ele também, sobre Sadie, as músicas dela e tudo mais a respeito dela que me traz algum tipo de paz.

Meu pai sorri ao ouvir isso, os olhos marejados enquanto fica em silêncio e me deixa botar tudo para fora.

E então revelo por que é a primeira vez que ouve isso tudo.

– No hospital – começo, encarando minhas mãos espalmadas na mesa de carvalho –, eu não conseguia mesmo enxergar nada ou me lembrar de muita coisa. Mas eu conseguia te ouvir, a sua voz era mais alta do que a de todo mundo que estava lá. Fiquei ouvindo você.

Ainda consigo sentir o cheiro daquele antisséptico forte misturado com o metal, consigo me lembrar das minhas mãos tentando mexer e esfregar meus olhos que não enxergavam, até que uma enfermeira precisou me segurar. Minha mãe chorava, mas eu mal conseguia notar, porque o som mais alto era o dos gritos soluçantes do meu pai. "Meu filho! Meu filho... Ajuda o meu filho. Por favor." E depois: "Não consigo viver sem ele. Não meu filho... Ele não pode fazer isso comigo."

Não era algo tão doloroso e levaria pouco mais do que algumas sessões de terapia para compreender, mas os gritos dele me assombravam. Eu nunca tinha visto meu pai transtornado ou com medo antes. E, quando estive no auge do meu medo, a presença calma e constante do meu pai não estava lá... Só o pânico.

Então escolhi guardar tudo dentro de mim. Porque amo meu pai e nunca mais queria ouvi-lo daquele jeito.

Conto tudo isso antes de criar coragem de olhar para ele. Seus olhos, tão parecidos com os meus, brilham e lágrimas descem pelo rosto.

E então ele faz um movimento. Seus braços se fecham ao meu redor antes que eu possa piscar, me segurando em um abraço muito apertado.

– Meu filho – sussurra ele, o rosto enfiado no meu cabelo e, dessa vez, nenhum lampejo de medo ou de pânico sobe pelas minhas costas. Só algo caloroso. – Me desculpa, Rhys, perdão. *Prosti menya, pozhaluysta.* – *Me perdoa, por favor.*

– Você não fez nada...

– Fiz, sim – insiste ele, me segurando com ainda mais força antes de soltar e se acomodar de volta no assento. O nó na minha garganta é grande demais para engolir, então não pego o café que quero muito tomar. – Eu deveria ter estado presente, deveria ter dado um passo para trás e perguntado do que você precisava. Mas ver você daquele jeito, todo aquele sangue no gelo, a maneira como seu corpo não aguentou...

Faço um gesto para ele parar e ele assente.

– Ainda é muito difícil pensar nisso. Faz minha cabeça girar – digo.

– Porque você não consegue se lembrar?

Faço que sim com a cabeça.

– Obrigado, Rhys. Por me contar tudo, por deixar eu me aproximar. – Meu pai pigarreia e enxuga as lágrimas das bochechas antes de encontrar meu olhar. – Me escuta bem. Não ligo se você jogar seus patins no lixo amanhã. Não ligo para o que você escolher fazer pro resto da sua vida, desde que esteja feliz.

Ele ri e relaxa na cadeira.

– Se você tivesse escolhido uma bola de basquete desde pequeno, eu ficaria do lado da quadra pelo resto da vida segurando um daqueles dedos gigantescos de espuma. Se você botar as mãos num pincel, eu compro todos os quadros até não ter mais espaço na parede. Se você usar esse seu cérebro grandioso pra engenharia ou direito, vou fazer o que puder pra te apoiar até meu último suspiro.

– Eu quero jogar hóquei no gelo. Quero mesmo – insisto, porque sei que ainda quero isso; é só que essa vontade está soterrada debaixo do pânico e da dor.

– Mesmo assim. Isso – diz ele, com um gesto amplo –, essa vida que a gente leva, *não vale nada* se você não estiver bem e feliz. Isso é tudo que eu quero. Eu te amo, filho.

Lágrimas se formam nos cantos dos meus olhos e tento contê-las.

– Eu te amo.

Há um longo silêncio e algo novo se assenta nos meus ossos. A apatia ainda está em mim, mas não tão opressiva. Ela só está *ali*.

– Vamos pro rinque hoje – convida meu pai na mesma hora que minha mãe vem descendo a escada, vestida com uma calça social e uma bela camisa.

Ele vai até ela no mesmo instante, como se fosse uma memória muscular, e fico pensando se ele sentiu essa febre avassaladora pela minha mãe como sinto pela Sadie.

Balanço a cabeça.

– Você tem coisas pra fazer hoje... e eu também – digo. – Mas que tal essa semana?

Ele sorri e assente. Eu também.

Faz parecer mais ainda que esse é o meu lar.

CAPÍTULO VINTE E OITO

Rhys

Estou há quase uma semana sem ver Sadie, sóbrio ou não, e isso começou a afetar meu jogo. Nossas primeiras partidas foram em casa, no fim de semana passado, e agora temos duas partidas fora programadas para o próximo. Até o momento, estamos na mesma posição do último ano: perto do topo, com os times da Boston, da Michigan e da Harvard como nossos principais oponentes.

Minha concentração está boa, mas não ótima, um pouco perturbada por estar chegando mais cedo no rinque e saindo mais tarde todos os dias, na esperança de ter um mero vislumbre dela.

Estou com saudade do jeito como ela me acalma, lógico.

Estou com saudade dela, só isso.

Sadie era minha amiga antes de qualquer outra coisa, mesmo que sua boca teimosa não a deixasse me chamar assim em voz alta. Esses dois meses que passamos patinando de manhã se tornaram algumas das minhas memórias favoritas dentro e fora do rinque. Quero mais delas.

No entanto, Sadie está fora do meu alcance.

Por ora, apenas aguardo e me esforço para ser digno dela.

Ter voltado à terapia há uma semana não é suficiente, mas é um começo. Sadie não pode ser meu único apoio se quero que ela seja *minha*. Não vou colocar esse peso nos ombros dela nunca mais.

A biblioteca está um pouquinho gelada, combinando com a temperatura do lado de fora. Assim como a maioria dos prédios antigos do campus, em geral ou o lugar está um gelo, ou um forno.

Continuo com meus estudos – é necessário para ficar no time, mas também para minhas obrigações de capitão, que incluem promover tardes de estudo com a equipe para que todos possamos trocar anotações das aulas, dicas úteis ou questões comuns que caem nos testes. Ainda é difícil ficar perto dos meus colegas de equipe e exibir sorrisos forjados, mas tenho uma ferida que não cicatrizou. Não vai acontecer da noite para o dia.

Preciso me lembrar disso constantemente.

O bom é que Toren Kane costuma se ausentar de qualquer coisa relacionada à equipe, o que significa que esse lembrete do nosso incidente no rinque não me acompanha por todo lado.

Antes que eu consiga chegar à mesa nos fundos do térreo da biblioteca, que é um pouquinho menos silenciosa do que as outras, algo chama minha atenção.

É a patinadora artística baixinha que eu andava procurando, vestida com uma calça jeans apertada e mais uma de suas camisetas largas, meio escondida atrás do patinador artístico musculoso, o tal de Luc. Aquele que causa um arrepio desconfortável de ciúme, algo a que não estou exatamente acostumado.

– Ei, Sadie! – chamo, recebendo um olhar severo da bibliotecária na mesa próxima. Dou de ombros para ela: não estamos na área em que é proibido falar.

Percebo que Sadie e Luc me ignoram, o que aumenta minha frustração. Eles seguem apressados pelas portas da frente, mas vou atrás dos dois mesmo assim. Saio da biblioteca e começo a chamar um pouco mais alto ao alcançarmos o pequeno estacionamento vazio.

Sadie se vira, o ouvido grudado no celular e um olhar de pânico nos olhos acinzentados arregalados ao me ver. Por algum motivo, minha presença parece deixá-la mais chateada. Isso me atinge como um chute na barriga. Ela gira para o outro lado em um movimento que parece de patinação, batendo o pé enquanto continua tentando ligar para alguém.

Luc suspira e acena para mim como se fôssemos amigos.

O que não é algo ruim, a menos que ele esteja dormindo com Sadie, e aí acho que eu iria querer derrubar o cara no chão.

Ele caminha até ficar ao meu lado. Luc é mais ou menos da minha altura e tem quase a mesma constituição física que eu, um atleta, o que de alguma forma me deixa mais furioso com ele, apesar de nunca ter falado com o cara.

Ele corre a mão pelos cabelos muito pretos e inclina a cabeça na minha direção. Eu me recuso a tirar os olhos da patinadora artística raivosa à nossa frente, querendo poder fazer *alguma coisa*.

– Rhys, né?

Confirmo com a cabeça. Cerro um pouco o maxilar quando a voz de Freddy soa nos meus ouvidos. "Ele tem dificuldade em não dormir com as parceiras. Acho que ele e a Sadie tinham alguma coisa."

– Luc – diz ele, olhando para Sadie de novo.

Outro sentimento possessivo me atinge. Tenho vontade de arrancar os olhos dele, mas isso passa e consigo manter a sanidade.

– Isso é ridículo – reclama ele. – Ela não deveria ficar tão assustada assim por faltar a um treino.

– O que tá acontecendo?

Ele começa a falar, mas para. Sadie enfia o aparelho no bolso de trás da calça. Aí dá um giro, solta um grito e chuta o chão com tanta força que Luc e eu damos um salto para a frente, como se a gente pudesse detê-la.

– O que foi? – pergunto, de repente sentindo como se estivesse me intrometendo e detestando cada segundo disso.

É difícil engolir em seco, e mais difícil ainda não poder tocá-la.

– Rhys, por favor, não consigo lidar com você agora – diz ela, me dispensando, a mão dando um aceno enquanto solta um palavrão e tenta fazer a chamada de novo. – Onde foi que ela se enfiou?

– Relaxa, Sadie. Só falta à droga do treino – diz Luc ao se aproximar dela. Eu me sinto um pouco mal. – Ele não pode...

– Ele *pode*, sim. E não importa: se eu faltar, pelas normas da faculdade, posso perder minha bolsa de estudos.

Engulo a insegurança que obstrui minha garganta e dou um passo à frente mais uma vez, segurando com força a alça da minha mochila.

– Posso ajudar?

– Rhys. – Sadie suspira como um vulcão prestes a entrar em erupção. – Por favor, eu...

– Eu sei – falo, interrompendo-a e me aproximando até que meu ombro empurra Luc para fora da nossa pequena bolha.

Ela começa a amolecer sob meu olhar, o suficiente para que eu me atreva a tocá-la. Estendo a mão e seguro a dela, fazendo carinhos circulares na palma.

– Só me diz como ajudar, lindeza. Caramba, detesto te ver assim, como se estivesse prestes a ter um ataque de pânico.

Fico mais ousado. Solto sua mão e agarro seu queixo com delicadeza, erguendo-o para seus olhos encontrarem os meus, com o coração doendo ao ver desespero e medo neles.

– Me diz – repito.

Ela se desmancha na minha mão. Parte de mim – a parte ridiculamente masculina do meu cérebro – quer olhar para Luc, abrir um sorrisinho e exibi--la nos meus braços como se dissesse "Viu? Ela só amolece comigo. É a mim que ela recorre, não a você". Mas consigo manter a atenção em Sadie.

– Meus irmãos foram pra casa depois da escola, mas minha vizinha, que costuma ficar de olho neles, não pode hoje. – Assinto enquanto ela sussurra para mim, sem soltar meu aperto suave em seu queixo. – E a Ro deveria estar em casa, mas não tá atendendo o celular, e não posso perder meu treino…

– Você precisa que eu vá buscar seus irmãos? – Assinto para ela. – E levo os dois pra onde?

– Tá tudo bem. – Ela recua, na defensiva por conta da oferta de ajuda. – Não, eu só…

– Sadie – digo com mais firmeza. – Sei onde fica sua casa, eu me lembro. Pra onde devo levar os dois?

Os olhos dela se enchem de lágrimas, mas ela não deixa nenhuma delas se libertar quando finalmente cede.

– Tá, tudo bem. Só… Você pode levar os dois pro meu alojamento? A Ro deve estar cochilando entre as aulas. Só… isso. Vou te passar o número dela, e ela pode pegar os dois na entrada do prédio.

Faço que sim com a cabeça e deixo que ela pegue meu celular para adicionar o número de Ro.

– Agora, só vai… – Ela hesita, mesmo depois que Luc pega a mochila dela do chão e fica esperando. – Rhys…

– Eu sei… – Engulo cada palavra que quero dizer e abro um dos meus sorrisos com a máscara. – Isso não muda nada. Não quer dizer que não podemos ser amigos. Beleza, lindeza?

Ela morde o lábio com força, assentindo. Seus olhos se recusam a parar de percorrer meu corpo.

– Tá bem, Rhys.

Não sei explicar por que dói tanto que ela não me chame de "craque".

Ela pega a mochila da mão estendida de Luc e se vira, sem se preocupar em esperar por ele. Quando ela não pode mais nos ouvir, Luc se vira para mim e dá um tapinha no meu ombro.

– Não sei se você conhece o treinador Kelley.

Faço que não.

– Só vi de relance.

– Bem. – Ele resfolega, fecha os olhos e balança a cabeça como se essa fosse a última coisa que quisesse fazer. – Se você tem sentimentos por ela, sentimentos verdadeiros, e acho que tá bem claro que tem, então precisa cuidar dela.

Luto contra a vontade de empurrá-lo e rosnar "eu cuido". Presto atenção no tom de voz dele, no olhar derrotado.

– Talvez ela te ouça se você falar daquele treinador superintenso dela.

Franzo a testa e arrumo a mochila no ombro direito, enfiando o braço na outra alça.

– Ela disse que isso é normal, que ele é assim com todo mundo.

Luc balança a cabeça de novo e solta um suspiro.

– O Kelley não é normal. E, se você não sabe o que tá acontecendo naquele maldito *rinque*…

– Laroux! – grita Sadie, batendo o pé. – Se você fizer eu me atrasar, arranco suas bolas e penduro no painel do meu carro.

Um sorriso puxa minha boca só de observá-la. Luc sai correndo atrás dela, sem se importar em terminar o que dizia.

Nos degraus da frente de uma casa idêntica à de Sadie, embora um pouco mais clara, Liam e Oliver estão sentados com as mochilas nas costas, sozinhos.

E, no gramado deles, na casa ao lado, há um homem deitado de bruços.

Ver o homem caído tão perto dos meninos me assusta tanto que mal estaciono direito o carro antes de correr na direção deles. Liam comemora quando me vê e um sorriso confuso toma conta de seu rosto. Ele fica de pé e dá um tapa nos ombros de Oliver.

– Ei, amigões – chamo, diminuindo o ritmo e abrindo um sorriso, como se isso pudesse distraí-los da situação que grita "perigo" a respeito do estranho a poucos metros deles. – Vocês tão bem?

– Você veio aqui por causa da gente? – retruca Liam, em vez de responder à minha pergunta, e um buraco começa a se formar no meu estômago. – A Sra. B. não tá em casa, então não sabemos o que fazer.

Ele dá de ombros. Olho para a casa deles de novo. O homem está cercado por algumas latas e garrafas, além de uma poça de vômito, mas respira. Dou um passo para trás e examino o resto da rua sem saída.

– Isso, vim pra buscar vocês.

Liam comemora de novo, pulando no mesmo lugar como se não conseguisse conter o entusiasmo. Olho para Oliver e pergunto:

– Vocês conhecem aquele homem?

Oliver não responde, mas Liam morde o lábio e assente, embora hesitante.

– Aquele é o meu pai.

Merda. Acho que vou passar mal.

– A Sadie vai ficar brava – comenta Oliver, de pé ao lado do irmão, a mochila escorregando de um ombro. O olhar que ele me lança é, na melhor das hipóteses, cauteloso. – Ela odeia quando as pessoas descobrem sobre ele.

Liam parece preocupado com isso.

– Mas ela *gosta* do Rhys.

– Por isso mesmo. – Oliver dá uma risadinha antes de me encarar com o mesmo olhar cético. – A Sadie te mandou aqui?

É claro que Liam não entende, mas eu, sim. Oliver tem 12 anos, mas sabe que Sadie não me contou, que escondeu isso de mim. Tento me concentrar, apesar dos pensamentos acelerados na minha cabeça.

– Mandou, sim. Sou o chofer de vocês.

– Não sei o que é isso – diz Liam, com um suspiro.

– Significa que vou levar vocês de carro até a Ro.

– Oba! – grita Liam, o punho socando o ar.

Ele corre para o meu carro sem outro olhar para o pai desmaiado em um mosaico retorcido de garrafas de cerveja na grama. Como se isso fosse comum.

Oliver espera com uma estranha mistura de medo e vontade de ir meio escondida atrás da máscara de raiva.

– Posso dar uma passada no Frango Frito se vocês quiserem – sugiro. – Temos tempo.

A pontinha de um sorriso surge no rosto de Oliver.

– É o favorito do Ollie! – grita Liam, ao mesmo tempo que puxa a maçaneta da porta do carro.

Sei que é o restaurante favorito dele. Perguntei a Sadie há semanas, depois de uma sessão de amassos no banco do carona do carro dela, com ela montada nas minhas coxas. Percebi que sempre havia sacolas de papel daquele restaurante no carro dela e brinquei que ela era viciada no lugar, então ela esclareceu que o vício era de Oliver. No dia, ela fez parecer algo conveniente.

Mas agora sei que não é bem assim.

– Vamos lá. – Faço um gesto por cima do ombro. – A gente pega alguma coisa pra comer. E deixo vocês escolherem a música.

E, assim como a irmã dele, Oliver se anima. Meu coração está apertado, mas seguro a onda e deixo os dois cantarem canções do ABBA durante todo o caminho até o drive-thru, tentando me agarrar à felicidade deles como se isso fosse apagar a ansiedade que as palavras de Luc despertaram misturada à imagem da casa deles.

CAPÍTULO VINTE E NOVE

Rhys

Depois que os meninos comeram boa parte dos sanduíches de frango, batatas fritas e milk-shakes no carro, estacionados em um parque próximo a que Sadie me trouxe faz uns meses, desbloqueio meu celular e puxo o contato de Ro. Saio do carro e ando um pouquinho para o lado a fim de fazer a ligação. Toca duas vezes antes de uma voz rouca dizer, num grunhido:

– O que você quer, babaca?

Faço uma pausa, quase engasgando diante do rosnado masculino furioso que sem dúvida não é de Ro. Um desconforto desliza pelas minhas costas.

– Não é o número da Ro? – pergunto, minha voz estável, ligeiramente calma, mas ainda firme: minha voz de "capitão Rhys", como alguns da minha equipe talvez chamem.

Há uma pausa demorada.

– Rhys? – A voz soa muito mais leve.

Meus olhos se arregalam e começo a tossir.

– Freddy?

Nunca ouvi Freddy soar desse jeito na minha vida. Ouço um rebuliço ao fundo, então Matt Fredderic, o próprio, retorna.

– Estamos, hum, estudando agora. – A voz dele fica mais baixa, como se estivesse longe do telefone, e consigo apenas distinguir uma frase baixinha: – É o Rhys, princesa, eu lido com isso.

De repente, ele volta ao volume máximo:

– Desculpa… Hum, espera… Por que você tá ligando pra Ro?

A voz dele é quase áspera, como se estivesse um pouco irritado comigo.

– Por que eu tô…? – Eu me impeço de dar o sermão que gostaria e que definitivamente terminaria com "Vê se acha outra pessoa pra te dar aula e deixa essa garota em paz". Em vez disso, passo a mão pelo rosto e dou um suspiro. – A Sadie quer que eu leve os irmãos dela pra Ro no alojamento.

Ouço mais um farfalhar e consigo ouvir Freddy reclamando ao fundo enquanto Ro assume a linha.

– Oi – começa ela, a voz leve e aérea. – Desculpa, ando tendo um problema com chamadas de spam. Hum, eu não pos… Só vou estar de volta daqui a algumas horas. Merda.

– Tá tudo bem, Ro. – Sorrio e olho para o meu carro. Os meninos mergulham as últimas batatas fritas nos milk-shakes, o chocolate espalhado pela boca toda de Liam. Eles parecem tranquilos; até Oliver relaxou um pouco. – Posso ficar com eles até mais tarde se quiser. Só me avisa quando estiver tudo pronto pra eles irem, tá? Leva o tempo que precisar.

Ela suspira do outro lado da linha e posso perceber o sorriso em sua voz.

– Valeu, Rhys.

– De boa.

Quando encosto o carro na frente da casa dos meus pais, ouço Oliver quase engasgar com o milk-shake – que de alguma forma ainda não acabou – enquanto Liam dá um gritinho.

– Você mora num castelo? – pergunta Liam, arregalando os olhos para a casa em estilo colonial que foi completamente reformada.

A fachada mantém o estilo original, mas nos fundos foi adicionado um anexo, que se estende bem além do que era a casa quando foi construída. Ela é pintada de cinza, mas está repleta de vida, com inúmeras árvores e trepadeiras. De onde estamos, dá até para ver um dos jardins, no qual flores de cores vivas pontilham a cobertura verde de verão. É complicado durante os meses de inverno, mas minha mãe tem um dedo verde que se sobressai na primavera e no verão – e até agora, no início do outono.

– Não, mas meus pais moram – digo, com um sorriso.

– O pai dele jogava hóquei, Liam, o que você esperava? – murmura Oliver bem baixinho, e espia pela janela de olhos arregalados.

– Nosso pai jogava hóquei – retruca Liam, mas o olhar fulminante do irmão o cala antes que eu possa perguntar mais a respeito.

Falando nele, vejo meu pai atravessar o jardim depois de ouvir meu carro chegar. Há uma expressão de surpresa e alegria em seu rosto quando desce da plataforma elevada diante da casa. Está de calça social e uma camisa de botão com manchinhas de terra, o que indica que ele *foi* a alguma entrevista ou reunião, mas não se incomodou em trocar de roupa antes de cuidar do jardim com minha mãe.

Minhas janelas são escuras e não quero pegá-lo de surpresa, então desligo o motor, digo aos meninos que já volto e saio do carro. Meu pai coloca a mão no meu ombro e une as sobrancelhas quando sussurro:

– Preciso da sua ajuda.

– O que foi, Rhys?

Minha voz está trêmula ao inclinar a cabeça na direção do carro.

– Os irmãos da Sadie estão aqui comigo. Ela precisava de ajuda…

– Rhys, fica calmo – diz ele, me interrompendo e apertando meu ombro de leve.

Por que estou tão abalado?

Porque Sadie tem cuidado deles sozinha e eu fiz ela cuidar de mim também. Egoísta.

Fecho os olhos com força.

– Tá. Tá, beleza. – Engulo em seco e passo a mão pelo cabelo. – Eu, hum, levei eles pra comer. A Sadie… Ela queria que eu deixasse os dois com uma amiga, mas… sei lá. É complicado. E eles são crianças, então não queria levar os dois pra Casa do Hóquei. Vai que alguns dos jogadores estão lá… E se eles não gostarem de estranhos? Mas ela me pediu ajuda e isso é…

– Rhys, tá tudo bem. – Ele meneia a cabeça na direção do carro e sorri, acenando para os meninos lá dentro. – Tira os dois do carro e vamos levar eles lá pra dentro, tá?

– Tá bom.

Ele se afasta quando volto para o carro e abro as portas. Os dois hesitam.

Liam observa meu pai com os olhos arregalados de admiração, esticando o corpo no assento para ver melhor pela janela.

– Aquele é o treinador Max? Ele é seu pai?

Sorrio enquanto solto o cinto do menino. Ele provavelmente deveria estar numa cadeirinha, mas não tenho algo assim em mãos no momento. Estou me segurando para não pegar o celular e comprar uma agora mesmo na Amazon.

– Sim, é ele mesmo. É o meu pai.

– Nossa, que legal! Ele joga hóquei com você.

Oliver revira os olhos, mas continua olhando meio nervoso para o homem que às vezes é seu treinador.

– Ah, é? – pergunto, puxando Liam para fora do carro e pegando-o no colo.

– É – murmura ele, suas mãozinhas estendidas para brincar com as pontas do meu cabelo que se enrolam no pescoço. – Eu queria que meu pai jogasse comigo.

Depois disso, Oliver sai e bate a porta. Fica esperando por nós, parado perto da lateral do carro.

– Oliver – ouço meu pai cumprimentá-lo. – Bom te ver, campeão. Como vai sua temporada?

A pergunta parece relaxar o mais velho e ele começa a falar, um tanto relutante, de sua temporada excelente.

Liam interrompe algumas vezes, fazendo elogios extravagantes sobre o irmão ser "o melhor jogador de hóquei do mundo", mas isso só serve para deixar Oliver corado. Ele não demonstra com frequência, mas estou começando a ver que, para Oliver, as opiniões de Liam e Sadie têm mais peso até mesmo do que o elogio de um membro do Hall da Fama da NHL.

O portão do jardim se abre de novo com um rangido alto que faz as duas crianças darem um pulinho e minha mãe aparece, prendendo o cabelo para trás enquanto se aproxima devagar, com o macacão e as botas verdes de jardinagem sujos.

– Quem é aquela? – pergunta Liam, se segurando um pouco mais forte em mim, a boca quase no meu ouvido e a voz um pouco alta demais.

– A minha mãe.

– Ah. – Ele assente e olha de novo, como se não conseguisse tirar os olhos dela.

Enquanto Liam se gruda em mim como se quisesse ficar invisível, Oliver de repente fica rígido feito um militar, olhando com cautela para minha mãe como se temesse que ela se aproximasse demais.

Estou começando a pensar que existe algo mais profundo aqui, a ansiedade se espalhando pelo meu corpo, apertando como um laço ao redor do meu pescoço.

– Ela é legal? – pergunta Liam, a voz um pouco mais suave enquanto meu pai se vira e faz um sinal para minha mãe, que fica onde está.

– É, sim – respondo com gentileza, tentando engolir o nó na garganta após a pergunta. – Ela é muito legal. E adoraria conhecer vocês.

Liam assente, mas seus olhos não se desgrudam dela.

– Isso é legal – murmura ele.

– O quê, amigão?

Ele enfia a cabeça no meu pescoço.

– Que você tem uma mamãe. E ela é legal.

Fecho os olhos por um segundo. *Droga, droga, droga.*

– É, amigão, sou muito grato.

Sou muito grato nesse momento e sempre vou ser, porque a dor dessa criança está ferindo minha alma.

Minha mente volta para Sadie mais uma vez, o olhar perturbado em seu rosto diante da simples ideia de pedir ajuda. A raiva se mistura ao medo e minhas entranhas reviram com o pensamento que não sai da minha cabeça, do qual não consigo me livrar: Sadie está mais sozinha do que eu pensava.

Antes, posso ter enxergado Sadie como uma garota teimosa, mas as palavras dos irmãos dela, a imagem da sua casa... Tudo isso atormenta meu cérebro como se fosse um pesadelo.

Decido levar Liam para dentro, já que de repente não quero colocá-lo no chão. Seus braços estão em volta do meu pescoço, a cabeça baixa. É a primeira vez que vejo esse menininho corajoso tão tímido a respeito de qualquer coisa.

Oliver caminha apenas um passo atrás de nós enquanto nos aproximamos da porta, onde minha mãe ainda espera com um sorriso.

– Olá, pessoal – diz ela, prestando atenção apenas em Oliver primeiro. – Eu sou a Anna, a mãe do Rhys. Qual é o seu nome?

– Oliver. Eu sou o irmão da Sadie.

Minha mãe abre um sorriso brilhante.

– Ouvi falar muito de você. Meu marido diz que você é um jogador de hóquei *muito, muito* bom.

– Uma estrela – diz meu pai, parado atrás de Oliver.

Oliver fica vermelho com a atenção dela, esfregando a mão na nuca e assentindo. Minha mãe não o abraça, mas a vejo hesitar com a mão erguida, como se quisesse fazer isso. Talvez ela consiga enxergar o que vejo, o que meu pai vê muito bem: que ele é um pouco como Bennett, tenso e aflito por algum espaço, pelo menos físico.

– E quem é você, amorzinho? – Ela suaviza ainda mais a voz, dando um passo à frente para olhar Liam, que enfiou a cabeça de novo no meu pescoço e está brincando com a gola da minha camiseta.

Ele não fala, só fica olhando para ela, como se não quisesse desviar o olhar.

– Meu Deus! – exclama Oliver, com um suspiro. Ele revira os olhos e as bochechas coram como se estivesse um pouco envergonhado diante da hesitação do irmão. – Pode dizer seu nome pra ela.

– Liam – murmura ele por fim, saindo só um pouquinho de baixo do meu queixo.

Mas eu sei, se olhar para ele, que vou ver as mesmas estrelinhas de antes em seus olhos, como se minha mãe fosse uma fada que veio para lhe conceder todos os desejos.

– Liam – repete ela, saboreando o nome, e eu o vejo erguer a cabeça do meu ombro em resposta. Prazer em conhecer você. Vamos entrar agora e comer uma sobremesa, tá? Você pode ajudar se quiser.

– Mesmo? – Os olhos dele se arregalam. – Eu posso ajudar?

Liam se contorce até que finalmente o solto e deixo que saia do meu colo. Ele para por um instante e observa a mão que ela lhe estende. Então levanta a dele, mas para e olha por cima do ombro para o irmão mais velho. Há uma pitada de medo ali, como se precisasse ter certeza de que é seguro, de que está tudo bem.

Oliver faz que sim com a cabeça e Liam agarra a mão da minha mãe. Os dois seguem na direção da cozinha e ela explica que os biscoitos com cobertura de chocolate são *deliciosos*, apesar de não parecerem tão apetitosos.

Meu pai vai logo depois, assim que faço sinal para que ele vá, e Oliver fica para trás, a alguns passos de mim. Espero pelo garoto, caminhando num ritmo mais lento enquanto todos nós percorremos o longo caminho do jardim e entramos na casa.

Meu celular vibra no bolso. Dou uma olhada e vejo uma mensagem de texto de Ro com vários emojis malucos mas felizes, seguidos por um texto em letras maiúsculas dizendo que ela vai fazer com que Sadie descanse.

"Você deveria se esforçar para estar aqui", falei para Sadie no primeiro dia em que conversamos, dando uma bronca nela. Lembrar essas palavras me faz tropeçar. Oliver olha para mim por um momento e a culpa me atinge mais forte.

Que egoísta, que grande babaca.

Posso sentir a voz de novo, a que me deixa em paz sempre que a presença de Sadie a silencia. A sombra que vive debaixo da minha pele desde o dia em que levei uma pancada no rinque de gelo e acordei com o rosto e o corpo enfaixados, lutando para respirar.

A raiva esmaeceu, até que se transformou num vazio e senti falta da raiva. Agora só resta o ódio que sinto de mim mesmo.

Mas estou descobrindo as ferramentas para lidar com isso. Também estou aprendendo que posso precisar de ferramentas melhores quando se trata de lidar com Sadie.

– Oliver... O seu pai costuma ficar daquele jeito? – pergunto.

Ele fica tenso por um momento e evita meu olhar, mas assente.

– E a sua mãe?

É difícil falar com o nó na garganta, mas tento me livrar dele e segurar a onda ao me embrenhar pela mina terrestre que é essa conversa.

– A Sadie e eu tivemos uma mãe, mas ela... – Ele dá de ombros. – Ela não queria os filhos. Então meu pai ficou com a gente quando ela foi embora. – Seu tom é ressentido, como se ele esperasse por uma crítica.

Caminhamos mais alguns passos até a entrada. Oliver fica do lado de fora da porta aberta, os cheiros de massa de biscoito e chocolate derretido lentamente começando a encher o ar, e a expressão dele é de ansiedade misturada ao medo.

Mas sou paciente. Vou ser paciente com ele, assim como vou ser com Sadie.

– A gente vai ficar aqui por muito tempo?

– O tempo que você quiser – respondo, as palavras saindo da minha boca antes que eu possa pensar duas vezes.

Mas Oliver assente, aceitando.

– Você deveria avisar a Ro. Talvez ela consiga fazer a Sissy dormir um pouco... Ela nunca dorme direito.

– Por causa do pai de vocês?

Pisei em uma das minas terrestres. A postura dele fica defensiva, os olhos afiados.

– Ela cuida bem da gente – retruca o garoto meio por cima do ombro, como se não conseguisse olhar direto para mim. Está na defensiva, é claro, mas também com medo. – A Sadie... Ela cuida de mim e do Liam, e eu ajudo. A gente não precisa de nada.

Ele entra na casa sem hesitar e entendo que isso é tudo que vou conseguir dele por enquanto. Ainda não confia em mim, não de verdade. Mas estou pensando nas palavras dele: *A Sadie e eu tivemos uma mãe.* Isso significa que a mãe de Liam é outra? Será que ela está na vida deles?

Ou será que Sadie está sozinha?

Oliver fica na cozinha, sem saber o que fazer, mas Liam passa cada segundo olhando para minha mãe, observando seus movimentos e seguindo seus comandos.

No fim, consigo fazer com que Oliver se sente em uma das banquetas. Ele fica tamborilando no mármore, nervoso e em silêncio, quase pensativo, mas tomando conta do irmão mais novo.

Liam não para de falar, respondendo a qualquer pergunta que minha mãe ou meu pai façam, ao passo que Oliver é cauteloso e observa a rotina da minha família em silêncio. Meu pai pega um saco de batatinhas na despensa e alguns potes na geladeira, vem se sentar ao balcão e coloca todas as guloseimas diante de nós três.

Oliver olha para a comida, depois para mim, aí diz baixinho a meu pai que já dei comida para eles e me agradece de novo.

– Você é um garoto em fase de crescimento, Oliver. Rhys costumava esvaziar a despensa toda de uma vez só quando tinha sua idade.

A hesitação dele aumenta, mas um sorrisinho aparece em seu rosto após as palavras do meu pai.

– Tem certeza?

Meu pai sorri, meio triste, e seus ombros se curvam a fim de que as palavras sejam baixas. Eu mal as ouço.

– Sei quanto é difícil aceitar as coisas quando você passa a vida se esforçando muito pra conseguir um pouco que seja. Economizando e ainda assim ficando com fome.

Meu coração aperta e observo Oliver, que tenta entender como o homem famoso, alguém que ele provavelmente idolatra, também já foi uma criança faminta.

– É... – Oliver engole meio em seco, mas continua ouvindo com a máxima atenção.

– Mas tá tudo bem. Quero que você coma tudo. Na verdade – diz ele, abrindo o pote do molho de frango picante –, quero que experimente primeiro e, caso você deteste, temos muitos outros que pode provar.

Oliver amolece um pouco, o suficiente para se desmanchar quando meu pai dá um tapinha nas costas dele.

– Tá bom.

Horas mais tarde, depois que o sol começa a se pôr e Ro me envia uma mensagem de texto explicando onde deixá-los, pego algumas coisas de que preciso na Casa do Hóquei e coloco os meninos no carro. Prendo Liam com o cinto, mas ainda um pouco preocupado por ele não estar numa cadeirinha. Dirijo 15 quilômetros abaixo do limite de velocidade, só por segurança. Estamos apenas na metade do caminho quando ouço Liam chamar meu nome.

– Você acha que fui um bom ajudante hoje?

Sorrio e olho para ele pelo retrovisor.

– Foi um ótimo ajudante, amigão.

Liam se vira para o irmão e baixa um pouco a voz:

– Tomara que eu tenha sido o melhor ajudante do mundo. Aí talvez ela queira ficar com a gente, Ollie.

Oliver vira a cabeça, seu tom cortante quando dispara:

– Para com isso, Liam. Eles são estranhos.

Franzo um pouco a testa diante da rápida rejeição, mas sei que ele está na defensiva e provavelmente desconfortável com a mudança de planos do dia. Uma pontada de preocupação me atormenta por conta das duas formas diferentes pelas quais o dia de hoje vai ser contado à irmã mais velha: Liam, como se fosse um conto de fadas, e Oliver, que talvez faça parecer que a gente tenha mantido os dois como reféns.

Liam boceja alto e se recosta no assento.

– Acho que eu gostaria que a Anna fosse minha mãe – murmura ele. – Acho que ela me amaria um montão.

Oliver olha para mim enquanto paro num sinal vermelho, as bochechas rosadas de vergonha ou de raiva, não sei bem.

– A Sadie cuida da gente – repreende o irmão. – Eu te falei pra parar de dizer essas coisas.

Há uma reprimenda em seu tom, como se não fosse a primeira vez que conversassem algo do tipo. Isso faz meu estômago revirar – e fica pior quando vejo algumas lágrimas nos olhos de Liam.

– Não quero que ninguém tire a gente da Sadie. – Liam olha para mim, os olhos ainda vermelhos e lacrimejantes. – Você não vai obrigar a gente a deixar a Sadie, né, Rhys?

É a primeira vez que o irmão mais novo me olha desse jeito, desconfiado e inseguro. É um lembrete nítido de como a confiança deles é instável, até mesmo a de Liam.

– Não. – Verifico o sinal de novo antes de me virar no assento para encarar os dois nos olhos. – Nunca. Você e o Oliver *sempre* vão ficar com a Sadie. Vou garantir isso.

E vou garantir que ela não faça isso *sozinha* de novo nunca mais.

CAPÍTULO TRINTA

Sadie

Estou exausta.

Tenho certeza de que há lágrimas escorrendo dos meus olhos, mas minha pele está tão suada que acho que não consigo notar a diferença.

– De novo.

A voz do treinador Kelley não se eleva; está calma. Fico imaginando quanta pressão seria necessária para cortá-lo com as lâminas dos patins se eu girasse um pouco perto demais.

– Eu tenho que…

– Não foi um pedido.

Meus lábios se afastam como se eu fosse gritar, e o que quer que ele interprete na minha expressão o cativa e ele parece quase eufórico ao bater palmas. Ele começa a tocar minha música, a batida instrumental pesada pulsando no meu peito, na minha garganta. Kelley não me dá nem um segundo para encontrar minha posição. Não se importa com isso. Tudo o que quer de mim é poder.

E funciona, como sempre. Acertei cada salto melhor do que fiz durante a noite toda. Cada pose é poderosa, até emocionante. Estou eletrizada, tanto que há um sorriso brilhante no meu rosto quando a série termina e vou na direção dele.

– É bom, né?

Eu sorrio e assinto, porque me sinto bem... É incrível. O elogio de Kelley é só a cereja do bolo. Tento pegar minha água, mas ele me impede levando a mão ao meu braço. Aperta meu queixo para que eu erga a cabeça e meu olhar encontre o dele.

– Deslumbrante, hum? Você é tão forte.

Como se fosse possível, meu sorriso se alarga mais. Mas então ele acrescenta:

– Viu como você é capaz quando não está tão distraída? Vê se deixa aquele garoto besta no passado, viu?

Balanço a cabeça para me livrar do aperto dele. Apenas a menção a Rhys é suficiente para um lampejo de saudade atingir meu peito.

– Sim – murmuro, pegando meus protetores que estão encostados nas placas.

– Você pensou melhor na minha proposta para os seus irmãos?

Pensei e a resposta é e sempre vai ser não.

– Tô pensando – minto.

Não contei para o treinador Kelley sobre as reuniões com o advogado de custódia ou sobre ter encontrado sem querer a mãe biológica de Liam e basicamente chantageado a mulher para ceder os direitos de guarda dela. Não que precisasse de muito para convencê-la.

– Ainda não me decidi – acrescento.

Ele diz que conhece um advogado que me ajudaria a garantir que os meninos fossem para uma família que pudesse cuidar bem deles.

Não importa. Posso dar ao treinador Kelley tudo de mim para ter sucesso. Menos desistir dos meus irmãos.

– Você sabe que só estou pensando em você, minha danadinha. – Ele me chama assim desde que eu tinha 12 anos, provavelmente porque eu aterrorizava todas as outras garotas da minha idade na época. – Só quero o melhor pra você, de coração.

Ele toca meu ombro ao passar e me deixa sozinha.

Fico sentada no banco por um bom tempo e tento não ser dominada pelo repentino fluxo de pensamentos com que ele me deixou. Mas, quando percebo que deixei meu celular no vestiário – o que significa que não tive contato com meus irmãos nem com a Sra. B. ou com a Ro –, fico de pé num salto, colocando meu protetor no patim esquerdo enquanto me levanto.

Há alguém sentado em silêncio nas arquibancadas, logo acima do túnel. Semicerro os olhos para ele sob a luz suave da arena.

– Não pode ficar aqui, é um treino fechado – reclamo, alto o suficiente para ser ouvida.

Uma risadinha reverbera pela arena vazia.

– Dá pra ver o porquê – diz ele, com o tipo de voz que faz meu subconsciente gritar "PERIGO!".

– Quem é você? – disparo, cortante, eriçada como um animal arisco.

Ele salta para a parte mais baixa da arquibancada, que ainda é bem alta, e aterrissa com a graça de um gato selvagem. Quando se endireita, fica bem mais alto do que eu, de calça preta de moletom e blusa dry-fit da mesma cor. Encontrar o príncipe das trevas deve dar a mesma sensação.

Em especial por conta de seus olhos dourados brilhantes, quase etéreos, mesmo no escuro. A boca dele está meio inclinada num sorriso torto que o faz parecer um modelo famoso e insano que acabou de terminar uma matança.

– Kane – diz ele, apresentando-se. – E você é a patinadora artística que sabe todos os segredos do capitão.

Para minha infelicidade, ele é atraente, com pele bronzeada e cabelos pretos ligeiramente mais curtos nas laterais, com uma confusão de ondas desalinhadas no topo que parecem ter sido penteadas várias vezes. O rosto dele é todo angular, destacado por uma cicatriz em um lado da bochecha e da mandíbula, um outro corte na lateral do pescoço e mais um pequeno que desponta da curvinha na parte de cima dos lábios carnudos.

– Estamos num navio pirata, por acaso? Você tá parecendo um vilão bem maligno.

Ele dá de ombros e revira os olhos, ainda sorrindo, depois cruza os braços de um jeito casual.

– Não pareço sempre? – retruca ele, mais para si mesmo do que para mim, enquanto gira um canudinho entre os dentes afiados e brilhantes: um pirulito, percebo com assombro.

Belzebu está chupando um pirulito.

Quase sinto vontade de rir, mas já estou ansiosa o suficiente, sozinha no rinque com o cara, então consigo controlar a risada antes que escape.

– Olha, não sei quem você é nem qual é a sua, mas não dou conta de mais um babaca irritante na minha vida, tá? Vaza.

– Seu namoradinho perfeito sabe que seu treinador pega pesado demais nos treinos com você?

Eu rosno. Esse deve parecer o confronto entre um poodle de brinquedo desvairado latindo para um pastor alemão.

– Primeiro, ele não é meu namorado...

– Ele tá sabendo disso? – pergunta o cara, tirando o pirulito da boca.

É roxo, então assumo que tenha sabor de uva. Ele gira o pirulito na língua antes de morder de leve o cabo e sorrir.

– E, segundo, meu treinador não pega pesado demais nos treinos. É que sou a melhor da equipe. – Dou a ele um sorrisinho brilhante, as sobrancelhas tremulando com minha provocação. – Tá com inveja? Que foi? O seu treinador tá ocupado demais com o atacante central que também vem a ser a estrela do time pra dar atenção ao que quer que você seja?

Ele sorri, os olhos parecendo fogo.

– Levando em conta que *eu* estou na equipe, não acho que o treinador ligue tanto assim pro Koteskiy.

Aguardo um segundo, tentando não deixar minha confusão transparecer. Mas não sou muito boa nisso. Os olhos dele se iluminam.

– Ah, meu Deus. – Ele ri e tenho de novo o vislumbre de um vilão sinistro de história em quadrinhos encurralando o herói. – Você não sabe?

– Saber o quê?

– Quem sou eu.

– Não tô nem aí pra...

Ele ergue a mão, o sorriso se alargando a ponto de exibir um pedacinho dos caninos afiados, o que só deixa seu olhar ainda mais vilanesco.

– Vai ficar. Pesquisa ele no Google. Melhor ainda, pesquisa meu nome. Toren Kane. Tem artigos melhores a meu respeito. Vê lá o que consegue encontrar.

Ele passa por mim, estende o braço por baixo do banco da equipe da casa que fica mais distante e pega uma bolsa esportiva. Eu me dou conta de que ele está calçando patins.

Perplexa e um pouco abalada com a conversa, saio dali para, com certeza, *não* fazer uma busca sobre ele no Google.

First Aid Kit está tocando no talo e as janelas estão baixadas, de modo que, quando estaciono na minha vaga do alojamento, minhas bochechas estão rosadas e coradas por conta do vento.

Estou com tanta pressa que quase me esqueço de colocar o câmbio automático no P antes de sair em disparada na direção do prédio, aproveitando para passar pela porta já aberta enquanto outra pessoa sai.

Moro no terceiro andar, mas pego as escadas em vez do elevador para evitar ficar esperando o mínimo que seja.

Recebi um total de *zero* mensagens de Ro e de Rhys, o que me deixa tão ansiosa quanto se tivesse perdido uma mensagem falando de uma emergência. Mas já estou atrasada demais para a reunião com o advogado. Passei a maior parte do caminho, que com certeza foi em alta velocidade, planejando como implorar a Ro para trazer comida a meus irmãos e passar a noite com eles na nossa casa, algo que, do contrário, eu *jamais* pediria – mas é apenas para que eu ainda consiga fazer a reunião.

Quando entro pela porta, Ro está na cozinha. O cheiro é de dar água na boca. Ela abre um sorriso enorme e radiante que não mereço, considerando quantas mensagens e ligações dela deixei de responder ultimamente.

– Oi – consigo dizer, me encostando na nossa porta decorada com papel de presente.

Espero pela barulheira dos meninos, o que é normal quando eles passam a noite aqui.

Ro está com uma colher de pau na boca, como se tivesse acabado de provar o que quer que esteja na panela no nosso velho fogão. Um prendedor de tecido laranja brilhante franzido mantém seu cabelo no alto da cabeça.

– O que houve? – pergunta ela, a fala enrolada por causa da colher ainda na boca. Ela larga tudo o que está fazendo e vem em minha direção. – Tá tudo bem.

– Não. – Balanço a cabeça. – Onde... os meninos... Eles não estão aqui? O que foi que...? – Passo as mãos pelo cabelo, desfaço meu coque e depois o refaço. – Preciso ligar pro Rhys, soltar os cachorros nele, depois *tenho* que me encontrar com o advogado...

– Ei. Tá tudo bem... O meu, hã, congresso acabou e o Rhys se ofereceu pra sair pra comer com eles. – Ro sorri, mas há hesitação em seus olhos. –

Na verdade, vou buscar os meninos daqui a, tipo... – ela olha para o relógio – uma hora. Confia em mim, ele deve estar mostrando pro Oliver umas jogadas descoladas de hóquei enquanto o Liam ri como se fosse a coisa mais engraçada do mundo.

Respiro fundo pra tentar desacelerar meus pensamentos. Porque ela tem *razão*: por mais que eu esteja furiosa com o cara do hóquei que invade todos os meus pensamentos, confio nele. Principalmente em relação aos meninos.

Mesmo que isso pareça uma prova de fogo.

– E preparei o jantar pra *você*. Então, vê se come – insiste Ro, me arrastando para fazer eu me sentar à nossa mesinha. – E depois dorme. Vou ligar pro advogado e remarcar. Confia em mim.

Há uma sensação no meu íntimo como se algo estivesse afundando, um leve desconforto. Mas, se tem alguém em quem confio no mundo inteiro, é Ro.

– Tá bem.

– Que bom. – Ela sorri. – Vou cuidar de tudo, tá? Agora come.

Sorrio quando ela coloca um prato cheio de frango e macarrão ao pesto na minha frente.

– Isso tá com um cheiro incrível.

Ela bate palminhas após o elogio.

– É, bem, você sabe que cozinhar não é minha praia. Mas preciso manter minha estrela da patinação alimentada.

Ela se senta para comer comigo e nós duas conversamos de um jeito leve e despreocupado, evitando qualquer assunto muito denso. É bom e me dou conta de que estou relaxando e ficando mais cansada à medida que raspo o prato todinho. Logo depois, Ro sai para buscar os meninos e faço a cama deles no meu quarto, disposta no chão com um monte de travesseiros e edredons.

Isso costumava me deixar feliz, porque, ao olhar para a cama deles, eu sabia que os dois ficariam aqui comigo: seguros. No momento, me enche de pavor. Será que eu dou conta? Se eu conseguir a guarda deles, será que posso continuar a morar aqui?

Vou para o chuveiro pensando nisso.

Já sei a resposta, e é por isso que me sobrecarreguei de aulas nesse semestre para tentar me formar no outono. Mas estou apenas evitando outra sanção acadêmica, mal cumprindo minhas horas com meu conselheiro e com o treinador Kelley. O que é ridículo para um simples bacharelado em comunicação.

Quando a água do chuveiro esfria, estou de pé e sem vida. Vou me deitar logo depois e desperto um pouco quando ouço o barulho dos passinhos de Liam.

Oliver se joga no chão quase no mesmo instante, pedindo baixinho a Liam que não me acorde. Mas Liam ignora seu apelo e vem direto para a minha cama. Fecho os olhos com força, fingindo dormir, e ele dá um beijo carinhoso na minha testa e sussurra:

– Bons sonhos, Sissy.

Não sei como vou dar conta. Mas sei que *vou conseguir*, de algum jeito. Porque esses dois meninos merecem muito mais do que isso.

CAPÍTULO TRINTA E UM

Rhys

É quinta-feira à noite, o que em geral significa que meus amigos e eu jantamos fora com a equipe ou pulamos de festa em festa. Nada exagerado, porque muitas vezes temos que viajar às sextas, mas fazemos alguma coisa para animar todo mundo, sem descontrole.

Essa noite, no entanto, Freddy, Bennett e eu estamos recebendo a maior parte da equipe na nossa casa para jantar, beber e fazer algo juntos.

Holden convidou até Kane. Ele perguntou minha opinião primeiro, em um telefonema sem jeito que fez com que eu me sentisse estranhamente culpado. Alegou não estar tomando partido, apenas cumprindo sua função e conhecendo o parceiro na defesa.

Kane não apareceu. Vejo a leve decepção no rosto de Holden quando olha para o lugar vazio ao seu lado, que ele insistiu que as pessoas guardassem para o companheiro de equipe ausente.

Nesse momento, o jantar acabou, mas continuamos sentados à mesa com os pratos sujos e a barriga cheia, rindo e conversando. E, mesmo que eu não participe tanto quanto antes, parece… normal.

Uma batida alta e rápida interrompe as risadas. Holden me lança um olhar, arrasta a cadeira para trás e se oferece para ir atender. Sei que ele está prevendo que a ovelha desgarrada tenha enfim aparecido. Entretanto, depois de alguns instantes, ele volta correndo na minha direção.

– Quem é?

– Hum. – Ele esfrega a nuca. – É a Sadie, a patinadora… Pediu pra falar com você.

Sinto uma breve onda de irritação, porque parece que todo mundo ali a conhece – meu lado irracional quer Sadie e os irmãos dela só para mim. Ainda assim, assinto e me levanto, tentando fazer minhas mãos pararem de tremer. Vou rápido em direção à porta, tanto que esbarro com o quadril no aparador perto da entrada, onde ficam as nossas chaves e carteiras.

Abro a porta praguejando de leve e meio zangado por Holden ter deixado Sadie do lado de fora em vez de convidá-la para entrar.

E ali está ela.

Linda, como sempre, de um jeito que dá um nó na minha garganta.

O cabelo está solto e úmido. Quero tocá-lo, porque sei como fica sedoso depois do banho. A pele parece um pouco rosada, sensível ao vento, e ela está com aquela ruguinha irritante entre as sobrancelhas que quase me faz suspirar. Começo a imaginar se aqueles corações de desenho animado estão aparecendo em cima da minha cabeça.

Tudo dentro de mim se acalma.

Nunca é assim com mais ninguém. Uma paz absoluta. Isso me deixa pleno, de guarda baixa, alheio a qualquer outra coisa que não sejam a suavidade da pele dela e os sólidos pilares de pedra que guardam seu coração. E o quanto quero me afundar em seu corpo ou dar uma mordidinha em seu pescoço, deixar algum tipo de sinal de que eu a marquei tanto quanto ela me marcou.

– Oi – começa ela, a voz rouca.

Não sei se vai chorar ou gritar comigo, mas Sadie não parece feliz.

– Oi…? – digo, mas sai como uma pergunta. – Quer entrar?

Uma risada alta ressoa feito um trovão na cozinha e ela se retrai.

– Não pensei que você pudesse estar ocupado… Quer dizer, meu Deus, isso me faz parecer tão convencida…

Não faz, não. Parece ótimo. Como se achasse que podia aparecer de repente e eu largaria tudo para ficar com ela. E tem razão. Nosso acordo era assim… Para mim, ainda é.

Não dou a mínima para o que está acontecendo na casa: Sadie é minha prioridade.

Não ligo se ela não quer mais me tocar. Não vou deixá-la sozinha quando se trata dos irmãos e do que quer que esteja acontecendo com o pai dela. Então pego seu pulso e gentilmente a puxo para dentro e fecho a porta. Depois recuo um pouco para lhe dar espaço. Eu a conheço o suficiente para *saber bem* que precisa disso.

– Beleza, lindeza?

A frase escapa da minha boca antes que eu consiga pensar.

O rosto dela se contorce, as lágrimas descendo pelas bochechas ao mesmo tempo que ela começa a soluçar, como se estivesse se contendo para não desabar por completo.

– Por que você levou meus irmãos pra sua casa?

Arregalo os olhos. Não esperava que ela fosse ficar chateada com isso, mas, se passei dos limites...

– Eu tinha acabado de levar os dois pra comer – sussurro, cruzando e descruzando os braços. – A Ro tava ocupada e eu não tinha pra onde levar os dois.

Não importa quanto eu faça minhas palavras soarem brandas e compreensivas, elas ainda a atingem como um tapa.

– Podia ter me ligado. Quer dizer, por que não ligou? Você não precisava ser a droga do príncipe montado num cavalo branco...

Sadie para de falar e consigo ver a raiva deslizar na pele dela como um véu. Mas ela parece exausta, então a fúria é quase fraca demais para esconder a dor em seus olhos quando me encara.

– Eu só tava tentando fazer a coisa certa – respondo, numa tentativa de fazê-la entender.

Então me preparo, ciente do que está prestes a acontecer.

– Você tá me acusando? Não estou fazendo a *coisa certa*?

– Sadie...

– Você não tem o *direito* de me julgar.

Vou aguentar toda a raiva que ela precisa descarregar. Posso ser o saco de pancadas dela se for preciso. Se ajudar. Não ligo, desde que isso tire o desespero e o vazio dos olhos dela.

– Não sou um caso de caridade pra você e sua família riquinha ajudarem. A gente não precisa da sua ajuda. Posso cuidar deles sozinha, faço isso há anos. – A última palavra é um soluço irregular.

O pavio é aceso; a raiva obscura e retraída é liberada nas minhas veias à medida que o sentido das palavras dela começa a se enraizar.

Há anos. Isso ecoa na minha cabeça como um tambor de guerra.

– Você não deveria ter que fazer isso. Não sozinha – disparo, mas minha voz não se eleva nem um pouco. – Você não é a mãe deles, Sadie.

– Sou, sim! – grita ela, e percebo que há apenas silêncio atrás de mim. – Por enquanto... sou, sim. Vou ser o que eles precisarem que eu seja.

Baixo a voz, torcendo para que ela me acompanhe:

– Eu só queria que seus irmãos ficassem seguros. E o Oliver queria que você descansasse um pouco. Eles estão preocupados com você. O Oliver, provavelmente, mais do que se preocupa com ele mesmo.

– Para.

Dou um passo à frente, o que a faz recuar um pouco em direção à porta.

– Pode ficar brava. Grita comigo se quiser, mas isso não vai me impedir de me preocupar e não vai me impedir de tentar te ajudar, não importa quantas vezes você me afaste.

– Eu...

Sadie solta outro suspiro trêmulo e fico pensando se ela já se sentiu tão impotente diante dos meus demônios quanto me sinto diante dos dela agora, com a preocupação crescente de que a qualquer momento aquilo se transforme num ataque de pânico.

– Eu não vim aqui pra... pra gritar com você. – Ela desvia o olhar e abaixa a cabeça.

Mas tenho um vislumbre de sua expressão resignada.

Vergonha. Essa é uma emoção que conheço muito bem.

– Sadie – sussurro, erguendo a mão ligeiramente. Seus lindos olhos acinzentados se voltam para mim, uma suavidade surgindo neles enquanto me observa. Isso faz meu peito apertar. – Por que você veio aqui, lindeza?

Ela engole em seco. O movimento em seu pescoço fino me distrai tanto que seguro o queixo dela, deixando as pontas dos dedos mergulharem na pele abaixo.

– Não sei como dizer isso – resmunga ela, meio chorando, meio soluçando.

Abro um sorriso estranho, que ela imita um pouquinho.

– Tenta.

Leva um bom tempo, mas ela obedece:

– Além da Ro – começa –, ninguém nunca fez nada assim por eles. Por mim. Ninguém liga e... me desculpa. Aquela mensagem...

Minha testa se franze, mas não consigo ligar muito para a mensagem quando estou tocando em Sadie desse jeito. Que diferença faz o que ela pensava há semanas? Sadie não está me afugentando agora.

– Acho que estava tentando te manter longe disso tudo.

– Tudo o quê?

– Minha vida. – Sadie dá de ombros e então agarra meus pulsos. – E você acabou de... – Mais uma vez, ela não encontra as palavras, mas balança a cabeça e olha para mim de uma forma que não sei bem se já vi nela.

Ela parece... encantada. Como se enxergasse algo pela primeira vez. E a suavidade nova na expressão dela permanece ali, o que me faz desejar muito guardar esse momento dentro de um globo de neve, para que eu possa ficar olhando para ele, para nós dois nesse quase abraço, para sempre.

No entanto, ela logo se afasta.

– Então eu só... – Ela balança a cabeça, parecendo um pouco atordoada. – Desculpa. Não vim aqui pra isso. Vim... vim pra me desculpar e *agradecer*. Então, obrigada.

Ela se vira para a porta. Posso sentir Sadie escapulindo, mas não quero que ela se vá. Não quero mais fazer esse jogo com ela. Mesmo que nunca mais a veja, não vou conseguir parar de desejá-la.

– Sadie?

Ela se vira para mim, a ruguinha se formando entre as sobrancelhas.

– Oi?

– Não quero que me afaste, tá? Quero fazer parte disso. Da sua vida.

– Não – diz ela, engasgada. Você não quer, Rhys. É confuso e muito complicado.

– Não ligo.

– Rhys.

– Sadie, se você me dissesse que está indo para o Programa de Proteção a Testemunhas, eu perguntaria "Pra onde a gente vai?" e "Posso usar barba?".

Isso a faz rir, um som que arrepia a minha pele.

– Lindeza?

– Oi?

– Quero te beijar.

Se ela me rejeitar de novo, acho que aguento. Na verdade, minha maior preocupação é que, se ela deixar, a escuridão dentro de mim vá exigir mais e mais dela. Fico preocupado em ser demais e nunca o suficiente.

Sadie não fala nada, apenas respira fundo com a boca entreaberta enquanto nos encaramos.

E então ela pula em mim.

CAPÍTULO TRINTA E DOIS

Rhys

Seguro Sadie com facilidade, como se tivesse feito isso a vida toda. Suas pernas envolvem minha cintura, com tanta força que fico pensando se meu cinto vai deixar uma marca sob a legging, na pele clara dela, que eu possa delinear mais tarde com a boca.

Os lábios de Sadie colidem com os meus sem hesitação, sem batalha pelo controle. É puro desejo, carinho e admiração derramando dela e se cravando de maneira tão profunda na minha pele que sei que nunca vou tirar Sadie de lá.

Nem quero.

Seguro sua bunda, aperto, porque é impossível não fazer isso, e a mantenho no colo mesmo quando afasto o rosto para ficar de olho na escada. Subo os degraus desajeitado, torcendo para não levar nós dois ao chão em meio à minha pressa.

Ela não para de me beijar, sua boca dolorosamente doce distribuindo beijinhos e lambidas no meu pescoço, no meu queixo e na minha clavícula. Sua mão puxa de leve o botão da minha camisa e fico preocupado que ela arranque todos na agitação. Acho até que gostaria que ela fizesse isso.

Esbarro na lateral do batente, atirando nós dois na porta e na parede feito uma bolinha de pinball.

– Droga – resmungo e afasto Sadie do meu pescoço para ter certeza de que não se machucou.

Ela está sorrindo, os dentes reluzindo em contraste com os lábios agora vermelhos e inchados. Quero fazer com que cada parte dela fique corada para combinar com o leve rubor que colore seu rosto, o pescoço e o caminho que consigo ver no decote da sua camisa branca de manga comprida.

– Desculpa. Você tá legal?

Sadie ri e se inclina para me beijar de novo, as pernas contraídas em volta da minha cintura. O gemido que sai da minha boca não parece humano, mas não consigo evitar.

A risada dela, o sorriso... Aquela boca.

Chuto a porta para fechá-la atrás de nós e jogo Sadie com cuidado na minha cama.

– Cadê seus irmãos?

Tenho vontade de me dar um soco por perguntar bem nessa hora, mas nem ferrando vou roubar mais tempo deles.

– Com a Ro no alojamento.

Ela está se despindo antes que eu possa dizer mais alguma coisa, a camisa desaparecendo em algum lugar na ponta da minha cama, deixando apenas um sutiã azul fininho no lugar. Parece macio e me deixa paralisado, esperando para ver o que acontece em seguida.

Sonhei com esse momento por meses, sonhei com Sadie por meses. É surreal tê-la aqui *de verdade*.

– Tira a camisa – ordena ela.

Minhas mãos escorregam enquanto abrem furiosamente as casas dos botões e tenho certeza de que a falta de coordenação não é nada excitante. Desacelero ao tirar a camisa e a deixo na cadeira da escrivaninha que fica no canto.

Seguro meu cinto e me acomodo bem em frente a Sadie, que está mais alta por causa da minha cama. Mas suas mãos tiram as minhas do caminho, pegam a fivela e a soltam. Mal ouço o barulho do cinto caindo no chão, de tão acelerados que estão meus batimentos cardíacos.

Meu jeans sai, me deixando apenas de cueca boxer preta. Sadie faz uma pausa, então leva a mão à protuberância no tecido.

Ela me tocou muitas vezes, geralmente enquanto meus dedos brincavam entre suas coxas, mas isso é diferente.

Ela segura toda a extensão do meu membro, me acariciando devagar.

Então Sadie olha para mim: olhos de gato acinzentados e as sardas que conheço melhor do que a palma da minha mão. Sua boca se abre e sussurra meu nome como uma carícia antes de buscar minha cintura. Um olhar determinado passa por seu rosto, fazendo com que aquela ruga em sua testa apareça, e, de repente, tenho medo de gozar antes mesmo de estar dentro dela.

Afasto a mão, ignorando o rosnadinho frustrado que ela solta, e me aproximo, passando por cima dela.

A lâmpada na minha mesa de cabeceira é a única luz do quarto, gerando um brilho crepuscular ao redor dela quando a coloco de costas no colchão.

– Sua cama é tão confortável – diz ela, com um gemido, enquanto me acomodo entre suas coxas.

– Dorme aqui pra sempre, então – sussurro, dando um beijo suave na pele sob a orelha dela.

Posso sentir o braço dela se arrepiar onde acaricio a pele para cima e para baixo. Minha mão sobe até o ombro dela e puxa a alça fina do sutiã até que o tecido macio e provocante revele seus seios pequenos. Respiro fundo em sua pele perfeita e corada, passando meus dedos por seus mamilos rosados.

– Que... gostoso – sussurra Sadie, as mãos chegando ao meu cabelo e puxando de leve.

Sorrio e atendo ao seu pedido silencioso, pressionando a boca no seio dela para lamber o mamilo com delicadeza.

Sadie grita mais alto do que eu esperava e minha mão cobre sua boca. Olho para ela sorrindo descontroladamente. Fico parado em cima dela e me inclino em direção à sua orelha.

– O time de hóquei tá todinho na cozinha – sussurro. Minha mão percorre a lateral do corpo dela e se enfia sob o tecido macio da calcinha fio dental, puxando-a para baixo. – Então, quem sabe eu devesse te deixar gritar tão alto quanto quiser, lindeza. Aí não vai restar nenhuma dúvida de que você é minha.

Ela tira minha mão da boca, mas a segura como se fosse uma tábua de salvação.

– Meu Deus – sussurra ela, com mais um gemido. – Rhys.

– Nossa, eu adoro isso.

Ela repete meu nome quando coloco os dedos nela e descubro que está quente e molhada. Deslizo para dentro com facilidade, ainda tão impressionado com a perfeição dela quanto fiquei na primeira vez, quando estava de joelhos diante de Sadie no vestiário.

Ela goza, um som agudo que explode de seus lábios e a faz arfar e levar minha mão aos lábios para abocanhar meus dedos.

Meu desespero de ficar dentro dela é tão grande que preciso fechar os olhos e me concentrar para não queimar a largada na cueca feito um adolescente.

Sei que posso fazer amor com ela. Só não sei se ela vai deixar. Mas, por ora, isso – ela desse jeito, entregue para *mim* – é suficiente.

Enquanto tiro a cueca, Sadie remove o sutiã por completo e fica nua debaixo de mim. Eu me inclino por cima dela para pegar uma camisinha da mesa de cabeceira e dedico um minuto para só admirá-la, passando as costas da mão por cima da sua barriga antes de segurar o quadril.

Ela também me observa, mas não há aquela urgência ardente em seus olhos que eu geralmente via, como se fosse explodir se eu a fizesse ir mais devagar.

Sua mão agarra meu queixo de leve, um movimento bem semelhante às vezes que tentou assumir o controle. Mas então ela abre aquela boca macia e pergunta num sopro:

– Tem certeza?

Meu peito arde e imito o movimento dela, só que minha mão acaricia e aninha sua bochecha.

– Nunca tive tanta certeza.

Quase digo "eu te amo", mas consigo conter as palavras porque sei que ela vai achar ridículo.

Sadie sorri para mim, os olhos vibrantes de uma maneira que raramente vejo, e então ficam enevoados com minha primeira estocada.

– Puta merda – diz ela com um arquejo, as mãos pressionando meus ombros por um segundo. Faço uma pausa, apreensão e orgulho se misturando. – Caramba, eu esqueci como você é grande. Assim você me rasga.

Beijo o nariz dela e empurro mais um pouquinho, devagar.

– Que isso, *kotyonok*. A gente consegue.

Ela vibra com minhas palavras e geme quando o desconforto desaparece e uma leve contorção de prazer passa pelo seu corpo. Outro gemido escapa quando vou até o fundo.

– Parece que você precisa de mim aí dentro – consigo grunhir, mas minha voz não sai rouca de sexo como eu pretendia; está lutando por algum resquício de controle enquanto Sadie me agarra forte.

– Eu *quero* você – esclarece ela, e isso rompe as amarras.

Meus quadris disparam num ritmo firme e rápido.

É quase ridículo quanto uma mulher tão pequena consegue se mexer e se contorcer embaixo de mim. Ela me deixa maluco, a ponto de eu contê-la com um aperto leve na nuca.

Sadie me puxa, forçando mais meu peso em cima dela. Vacilo no meu ritmo perfeito, mal mantendo o equilíbrio num joelho só.

– Vou te esmagar – digo, rindo em meio à bagunça do cabelo dela que faz cócegas no meu nariz e apoiando a mão no colchão para me erguer.

– Não ligo. – Ela abre um sorriso e depois dá uma risadinha. – Por favor. Mais forte.

Por favor. Risadinhas.

Nunca foi assim antes, tão simples, tão perfeito, tão brincalhão. Vai além do sexo: tem algo mais se formando entre a gente.

Coloco meus braços ao redor dela como uma cobra, enrolando-os em volta da cintura com facilidade. Então a ergo da cama para que ela sinta que está mais perto de mim sem que meu corpo a esmague.

Os músculos fortes das suas pernas agarram minha cintura de uma maneira que é tão familiar e confortável que me aconchego nela.

– Vou gozar – diz Sadie, seu tom tão ofegante que é quase um sussurro.

– Goza – exijo, com minha mão gentil em cima do seu sexo, entre nossos corpos. Essa é a minha gata. Que delícia, gostosa.

Minhas palavras só a conduzem ao clímax mais rápido. Sigo logo atrás, meu corpo frenético da vida e dos sentimentos e de tudo que enterrei. Busco sua boca e movo seu quadril para cima e para baixo, então gozo tão forte que tenho certeza de que vou apagar.

Quando atinjo o clímax, eu a mantenho bem perto de mim e ela passa os braços em volta do meu pescoço, com a pele úmida. A cabeça dela cai para trás, se acomodando na minha mão, os olhos preguiçosos me observando. Sadie está sonolenta e satisfeita, mas eu ainda estou acelerado

– em paz, mas sem querer tirar minhas mãos ou meus olhos dela nem por um segundo.

É nessa hora que ela geralmente some, mas nem ferrando vou deixar que isso aconteça.

– Banho? – ofereço, passando a mão pelo cabelo dela.

Ela faz que sim com a cabeça e não se mexe nem reclama no momento em que a pego no colo e a carrego até o banheiro. Ela só solta um leve assobio quando saio de dentro dela e encosto seu corpo na parede fria de azulejo do boxe para conferir se a água está quente o bastante.

Fico sob o jato primeiro, depois puxo Sadie com cuidado para que ela seja a única debaixo d'água. Uso o sabonete e minhas mãos para ensaboar seu corpo, dando banho nela e brincando um pouco no espaço macio entre suas pernas até que ela esteja segurando meus ombros e cravando suas unhas curtas na minha pele.

Eu a faço gozar de novo, devagar e delicadamente, e ela se apoia em mim enquanto lavo seu cabelo. Seus olhos não desviam dos meus, apesar do corpo lânguido. Ela parece encantada comigo.

Isso faz meu peito vibrar.

O que sinto por ela é real, tão profundo que parece ter um cordão enrolado dentro de mim me amarrando a ela. Mas Sadie é um enigma, com seus muros de aço e revirar de olhos. Não sei quão intenso é para ela, mas de jeito nenhum vou assustá-la com o tanto que preciso dela.

Aceito qualquer migalha que ela me oferecer, como um cachorro implorando por sobras, até que me dê uma chance de verdade.

Sou paciente. Posso esperar.

Quando estamos deitados na cama juntos, pelados e quentinhos debaixo dos cobertores, faço carinho nas costas dela enquanto Sadie desvia o rosto e fica mais perto da beirada.

– Não sou muito de ficar de chamego – diz ela por cima do ombro, mordendo o lábio.

– Tudo bem.

Mas acordo com seu corpo pequeno apoiado no meu peito na manhã seguinte e, pra minha alegria, consigo cancelar todos os alarmes para voltar a dormir com ela nos braços.

CAPÍTULO TRINTA E TRÊS

Sadie

Tive a melhor noite de sono da minha vida.

Considerando que veio logo depois do melhor *sexo* da minha vida, considero que ganhei a semana. Comigo, ambos são raros.

Não há nem uma fisgada de ansiedade quando acordo, porque sei exatamente com quem dormi agarradinha.

E sei que meus irmãos estão seguros.

Não era minha intenção passar a noite toda longe deles, mas acho que Ro queria que eu passasse, levando em conta seu fluxo contínuo de mensagens em letras maiúsculas dizendo para eu "Escalar ele como uma árvore". Então, quando falei para ela que eu ficaria, recebi um monte de emojis eufóricos.

É provável que eu devesse me afastar, mas não faço isso, contente em olhar para o rosto sereno e adormecido de Rhys. Ele está completamente em paz, a testa relaxada e um sorriso satisfeito nos lábios.

Tenho certeza de que chega a ser esquisito o longo tempo que o observo. Mas é o tempo que leva para eu ter forças e me afastar. Eu me alivio no banheiro, depois procuro uma escova de dente ou algum enxaguante bucal, qualquer coisa que me ajude com o bafo. Jogo água no rosto e pego uma camiseta limpa do closet dele.

Rhys se apoia nos cotovelos quando retorno, um sorriso largo e com covinhas se espalhando pelo rosto.

– Você não faz ideia de quantas vezes te imaginei com essa roupa.

Olho para a peça cinza e percebo que é quase idêntica à camiseta de treino que costumo usar, mas com as palavras "Hóquei no Gelo" impressas em letras grandes e em negrito sob o logotipo da universidade.

– Esta camiseta? – Dou risada, caminhando devagar na direção dele.

Ele se senta totalmente e se apoia na cabeceira da cama. Os lençóis se enrolam em sua cintura, escondendo a parte de baixo do corpo muito nua e muito volumosa.

– Essa mesma – responde ele, me agarrando enquanto engatinho pela cama. Ele ignora minha tentativa de ser sensual e me puxa para o seu colo, apenas o lençol entre a gente. – Tem meu sobrenome nela.

Minhas bochechas queimam, a satisfação passando por mim. As mãos dele apertam minhas coxas por um instante, como se estivesse preocupado que eu fosse fugir a qualquer momento. Mas já me decidi. Ele vale qualquer dificuldade e, se não liga para como minha vida é zoada nem para o pouco tempo de que posso dispor, então não vou ser eu a dizer que ele vá embora.

– Ei, craque.

– Ei, lindeza – responde ele com outro sorriso que guardo bem num potinho e seguro perto do peito.

Isso faz meu coração acelerar e meu corpo ficar quentinho. Eu me aconchego mais nele, sentindo o cheiro da sua pele.

– Se eu soubesse que ficar dentro de você te deixaria tão mansa, teria feito isso muito antes – brinca ele. – É como magia.

– E por que não fez? – pergunto, tentando usar o mesmo tom de provocação dele, mas uma fragilidade desliza para as palavras.

Rhys inclina minha cabeça para fora do meu esconderijo em seu pescoço e faz carinho na minha bochecha.

– Porque pra mim nunca seria só sexo com você. E eu sabia que você não estava pronta pra isso.

Minhas bochechas ficam vermelhas. Meus olhos queimam e quero sair correndo tanto quanto quero algemá-lo a mim.

– Acha que eu não estava pronta pro seu pau mágico?

Ele ri, a cabeça inclinada para trás contra a cabeceira, e não consigo deixar de abocanhar o pulso dele e passar minha língua todinha ali. Sua risada se transforma num gemido, as mãos me segurando, mas não para me encorajar. Para me deter.

– Qual é? – sussurro, mordiscando a orelha dele.

Estou viciada nele. Quero mais, infinitamente mais.

– Espera, lindeza – implora ele, gemendo enquanto chupo embaixo da sua orelha. – Gata, por favor.

O jeito manso como ele me chama dá vontade de rir, mexer no meu cabelo e desfrutar de tudo o que ele é. Consigo me afastar e olhar para Rhys, minha mão espalmada em seu tanquinho, delineando seu abdômen com minhas unhas.

– Que foi? – pergunto.

Rhys ergue meu queixo para que possa me encarar. Ele ainda sorri. Abro um sorriso também.

– Só quero saber se tá tudo bem. A gente não conversou ontem à noite depois de tudo.

Depois que transou comigo daquele jeito indescritível, é o que ele quer dizer, daquele jeito que me fez lamentar tudo que já desperdicei com outros caras, porque o que eu fazia com eles não era sexo. Isso... isso, sim, parece algo além. Eu não sabia que podia ser desse jeito.

– Tô bem – respondo, provavelmente soando alegre demais. – Eu... Foi incrível.

Ele sorri, deixando transparecer um pouco de arrogância.

– Não foi isso que eu quis dizer. Mas é bom pro meu ego. Eu não...   O cenho dele se franze, a boca congelando por um momento. – Você nunca fez mesmo uma busca sobre mim?

– Como assim? Agora que você conhece meus segredos, posso conhecer os seus? – digo, na maior parte em tom de brincadeira.

– Na verdade, sim.

Meu coração pula na garganta.

– Rhys...

– Quero que você saiba de tudo, Sadie.

Ele me derruba no colchão quando se levanta, me dando beijos que são rápidos demais. Eu o observo se mover e chego a salivar vendo o formato firme da sua bunda, ainda mais com o membro meio duro pendurado entre as pernas. Estou tão distraída que não noto que ele pegou o notebook.

Ele o abre, senta ao meu lado e digita algumas coisas para encontrar o que procura. Então vira o computador na minha direção e dá um passo para trás.

– Vou tomar banho. Só… vê esse vídeo.

A tela está pausada, mas o título diz "Rhys Koteskiy sai de maca após ser atingido por Kane (cenas fortes)" e isso é suficiente para eu sentir meu estômago revirar tanto que parece que foi parar nas costas.

Por um momento, fico só encarando a tela, passando o cursor em cima do botão de PLAY até me obrigar a clicar nele.

O vídeo de um jogo de hóquei começa. Está na metade de um dos tempos da partida e Rhys parece estar com tudo. A expressão em seu rosto é feliz e franca, mas há intensidade e foco implícitos. O disco cai e os jogadores saem em disparada, acelerando em direção a uma ponta do rinque depois que Rhys vence a disputa pela posse. Ele é veloz, lindo e poderoso à medida que suas pernas o impulsionam rumo ao gol. Outro jogador faz tabela com ele e os dois vão se aproximando das placas muito rápido. Mas a outra equipe tem alguém bem em cima dele, que parte para dentro assim que Rhys passa o disco para trás.

A pancada é forte, como já vi muitas vezes no hóquei, mas não é ela que o machuca: é a maneira como o corpo cai, inclinado na hora em que bate nas placas em alta velocidade – de cabeça.

O estrondo é enorme.

Ele quica, bate de cara nos joelhos do defensor e depois cai de bruços no gelo.

O silêncio no estádio é ensurdecedor.

Mas dura apenas um instante, porque a equipe inteira parte para cima do jogador que o atingiu: Kane, vejo nas letras amarelas grandes em negrito nas costas do uniforme.

Eu me dou conta de que aquele é Toren Kane.

O cara que apareceu no meu treino.

Ai, meu Deus.

Abro outra aba e pesquiso o nome dele, e, assim como ele disse, há um monte de informações ali. Manchete após manchete: expulso da Faculdade de Boston, deixou a última equipe em circunstâncias desconhecidas, proibido de jogar no estádio de Harvard. E, a mais recente, uma transferência inesperada para a Universidade Waterfell.

Página após página, tentativas de entrevistas *negadas* a respeito da colisão com Rhys.

Balanço a cabeça. Meus dedos estão dormentes quando clico de novo no vídeo principal e procuro outros, com ângulos diferentes, na lista de sugestões. Encontro um com a visão de duas câmeras no qual consigo ver Rhys esparramado de bruços no gelo, inconsciente. Um médico tenta examiná-lo sem movê-lo, mas há sangue no piso e eles não conseguem encontrar de onde vem.

Então Rhys começa a tremer, e pequenos espasmos percorrem seu corpo bastante acolchoado. Um goleiro enorme, vestido de azul e cinza – que reconheço facilmente como Bennett Reiner – está ao lado dele agora, sem o capacete e com o rosto contorcido de preocupação enquanto, ajoelhado e segurando a perna de Rhys, procura por alguém em meio à multidão.

Vejo Rhys começar a se virar, o que é bom: significa que está acordado. Mas, assim que ele se ergue, cai para trás como se o pescoço estivesse quebrado. Está sem capacete e sofreu um corte que faz o sangue escorrer pelo rosto.

Garras de terror se fincam na minha garganta, as lágrimas brotando como se ele não estivesse no cômodo ao lado. Como se não estivesse bem agora. De repente, desesperadamente, preciso vê-lo para ter certeza de que *ainda* está bem.

A câmera corta para as placas, onde estão as duas equipes. O técnico adversário parece furioso, agarrando Toren Kane pelo colarinho do uniforme, que foi rasgado na briga. Os árbitros chegam e tudo fica em silêncio por um bom tempo antes que uma maca seja levada para fora, com várias pessoas a acompanhando pelo rinque, uma delas um homem alto e bem-vestido gritando o nome de Rhys.

E então o vídeo termina.

Fecho o notebook ao mesmo tempo que Rhys volta do banheiro, a toalha enrolada na cintura retesada e fina. Ele põe o cabelo úmido atrás das orelhas, mas algumas mechas teimam em dançar na frente de seus olhos. Tenta sorrir, mas para quando encara meu rosto.

– Ei – diz ele com a voz suave, correndo na minha direção e segurando meu rosto em suas mãos grandes. – Você tá bem?

– E você? – pergunto, um tremor percorrendo minha coluna. – Meu Deus, Rhys...

– Não foi pra ficar com pena de mim que te mostrei isso – retruca ele, brusco, afastando minhas mãos com um dar de ombros quando elas vão na direção do seu rosto sem que eu me dê conta. – Só queria que você soubesse.

Assinto.

– Eu sei. Mas, fala sério, você não pode me mostrar isso e achar que eu não vou ligar.

– Foi só uma pancada forte. Acontece toda hora. O hóquei é um esporte de contato.

Não importa, quero dizer. Está na cara que a pancada em si foi o menor dos problemas.

Eu me lembro do olhar dele naquele primeiro dia, caído contra as placas no gelo, o medo e o pânico explodindo de suas pupilas dilatadas. Seu corpo abalado, o tremor de seus músculos sob as minhas mãos.

– Se foi só uma pancada – começo –, então o que aconteceu depois?

CAPÍTULO TRINTA E QUATRO

Sadie

Por um momento, acho que Rhys vai me repelir e encerrar a conversa.

Mas ele só respira um pouco mais forte e pergunta se pode se vestir. Quero responder que não, porque cobrir o corpo dele parece um crime. Mas sua pele também é uma distração, então ele veste uma calça de moletom cinza e uma camiseta igual à que roubei e volta para o lugar à minha frente na cama.

– Tudo doía. Mas não me lembro direito da pancada. Só me lembro de ver ele chegando, depois o pânico por não conseguir enxergar mais nada. Achei que fosse morrer. – Ele ri, mas sem achar graça. – Aí depois pensei que estava morrendo *toda noite*.

Fico pensando se vou desmaiar, de tanto que meu coração martela no peito, como se absorvesse a ansiedade e o medo dele daqueles dias.

– Não conseguia dormir. No começo, eram só os flashbacks que me impediam de desligar. Então, quando eu pegava no sono, acordava, ou minha mãe me sacudia até eu acordar, porque estava gritando com a cara enfiada no travesseiro e não conseguia respirar. – Ele bufa, fechando os olhos com força e puxando a camiseta. – Eu assustei ela pra valer no primeiro mês.

Meu Deus.

– Então só... parei.

– Parou o quê?

– De dormir.

Meu peito arde com o dar de ombros indiferente que acompanha essa confissão tão dolorosa.

– Por... por quanto tempo?

– Ficava uns dez dias seguidos acordado antes de desmaiar em algum lugar, mas, como estava me recuperando em casa, minha mãe percebeu que tinha algo errado. Então me passaram comprimidos pra dormir, analgésicos e uma terapeuta muito irritante.

– Tipo, pra sua recuperação? Uma terapeuta esportiva?

Ele balança a cabeça.

– Não. Eu também ia a uma dessas, mas meus pais insistiram que eu fosse numa terapeuta que focasse na saúde mental dos atletas. Não consigo nem imaginar quanto gastaram com ela, mas...

Ele dá de ombros de novo e seus dedos começam a traçar um padrão na minha coxa, roçando debaixo do tecido que a cobre. É uma distração, mas é mais reconfortante do que qualquer outra coisa.

– Rhys.

– E aí, depois disso... simplesmente me senti *apático*. Como se uma sombra tivesse coberto todas as coisas *boas* que existiam e eu não pudesse mais me aproximar delas. – Ele ri, uma risada verdadeira dessa vez, e ergue o olhar para encontrar o meu. – E aí... – ele deixa a palavra se arrastar e beija meu nariz – apareceu uma patinadora artística impetuosa que agarrou meu pulso e falou pra eu não tocar nela e eu senti *algo*. Fiquei com medo de nunca mais ver ela.

– É? – Estou tonta, rodopiando no poço de seus olhos castanhos. Acho que vou me afogar nas covinhas dele se elas ficarem mais fundas. – E depois?

Devo parecer uma boba, mas, enquanto ele me olhar desse jeito, não ligo.

Rhys acaricia minha bochecha com a dele, me arranhando de leve com a barba ainda por fazer, então sua boca chega ao meu ouvido.

– E depois ela ficou lá comigo. Vez após vez. – Ele afasta o rosto com um olhar sério, ainda segurando meu queixo para atrair meus olhos. – E então comecei a usar ela como meu único apoio.

Estremeço com a dura verdade.

– Tá tudo bem...

– Não tá, não – diz ele, me interrompendo. Mas Rhys sorri de leve e continua: – Voltei pra terapia. Eu não devia ter parado... e não devia ter te usado desse jeito.

Quero dizer para ele que *desejo* que me use para sempre, mas sei que ele está confessando algo sério. Está me mostrando que nosso relacionamento não se restringe mais a duas pessoas dividindo o sofrimento; não é só um jeito de se livrar das emoções. É real. Precioso.

Rhys beija minha bochecha e enrola meu cabelo nos dedos, escorando minha cabeça.

– Ficar com você... Caramba, só de ficar *perto* de você foi a única vez que senti *alguma coisa* por um bom tempo.

Eu me entrego a ele, nossas bocas se encontrando enquanto ele me mantém completamente à sua mercê.

Por ser tão pequena, mesmo que tenha certeza de que poderia matar um cara com os músculos da coxa se precisasse mesmo, sempre mantive o controle quando se tratava de me pegar com alguém. Ficar por cima, me importando só com o meu prazer, mantendo limites rígidos sobre o que eles poderiam tocar. Mas com Rhys não preciso fazer isso.

Porque confio nele.

Digo isso em voz alta assim que me dou conta, me aquecendo na luz que se acende em seus olhos.

Ele parece que vai dizer algo, mas balança a cabeça e me beija em meio a sorrisos e risadas intermináveis, até que nos embolamos juntos nos lençóis.

Saímos do quarto dele no meio da manhã, quando nossas barrigas estão roncando e acabaram as barras de proteína caras que ficam guardadas no frigobar de Rhys.

Ele desce na minha frente para que eu possa tomar um banho (de novo, já que não conseguimos tirar as mãos um do outro) e ligar para Ro a fim de checar como estão os meninos.

Ela deixou os dois na escola de manhã, felizes e alimentados, e sei que ambos têm atividades extracurriculares até mais tarde. Também sei, pelo calendário atualizado do quadro branco acima da escrivaninha de Rhys, que ele precisa pegar um ônibus daqui a duas horas para seu jogo fora de casa. Vai ser na Union College, essa noite, e, para dar um panorama melhor ao capitão do time de hóquei da Waterfell, vejo um papel com as estatísticas da equipe adversária e anotações a respeito dos jogadores.

Abro um sorrisinho travesso, pego uma caneta do suporte e rabisco embaixo um breve "Boa sorte, craque" com uma carinha dando uma piscadela.

Encontro minha calça legging da noite anterior, bem como meu sutiã e a calcinha, mas uso, *sim,* a camiseta com o nome de Rhys nas costas para descer até a cozinha.

Só que, assim que boto um pé para fora do quarto dele, ouço um barulho de passos arrastados. Uma loura de pernas compridas está caminhando na ponta dos pés usando meias longas e tentando afastar da porta de um dos quartos um labrador preto muito grande. Fica falando baixinho com o animal, que choraminga, até que consegue fazê-lo entrar e ela fecha a porta o mais silenciosamente possível. Seu cabelo está preso num coque alto bagunçado e uma camisa enorme e surrada a cobre como um vestido. Está na cara que está tentando sair de fininho.

– Você tá legal? – pergunto, caminhando na direção dela.

Mas fico completamente paralisada quando ela se vira, um par de olhos ansiosos e castanhos se fixando em mim. Olhos que pertencem a ninguém menos que Paloma Blake.

Ficamos nos encarando boquiabertas, paralisadas e inseguras.

Ela se recupera primeiro e ajeita as costas, assumindo uma postura mais confiante.

– Passou a noite aqui, né? – pergunto, soando sarcástica, depois passo por ela para descer as escadas.

– Parece que você também, hein? – Ela sorri e emparelha comigo. – Acho que podemos ignorar nossa conversinha, não?

O sangue me sobe à cabeça, mas não sei se a equipe seria compreensiva comigo se eu empurrasse sua preciosa maria-patins escada abaixo. Ou se arrancasse os olhos dela, embora não ache que minhas unhas curtas vão ser páreo para aquelas garras afiadas.

Estamos quase chegando no fim da escada quando uma risada estrondosa ecoa de algum lugar por perto e Paloma agarra meu braço *com força.*

– Meu Deus, mulher! – disparo, mas a outra mão dela cobre minha boca.

– Será que você pode... – Ela suspira. Se não a conhecesse bem, acharia que Paloma está prestes a chorar. – Pode não comentar nada de mim? Só ir lá dentro e manter *todo mundo* distraído?

Não quero ajudar. Não *suporto* essa mulher. Mas ela parece desesperada.

– Qual é o seu problema? – sussurro, minhas palavras quase inaudíveis enquanto ela mantém o aperto firme.

Os olhos dela pegam fogo.

– Que droga, Sadie, para de ser escrota.

– Os iguais se reconhecem – respondo, me soltando da mão dela. – Se manda daqui antes que eu mude de ideia e resolva anunciar sua presença como se a gente estivesse numa corte medieval.

Ela some mais rápido do que minhas palavras saem, mas ainda consegue fechar a porta com cuidado.

Assim que Paloma sai, o jogador que reconheço da noite anterior, o que atendeu a porta, surge vindo de um canto. Ele parece uma versão mais amena de Freddy, tipo um garoto bonito e inocente em vez do gato que acabou de capturar o canário.

– Oi, querida. – Ele sorri de um jeito tranquilizador. A maneira como me chama não dá a impressão de que esteja dando em cima de mim; é mais um jeito educado de falar de alguém que deve ser de algum lugar do Sul. – Tá perdida?

– Procurando seu capitão, na verdade.

O cara ri e aponta por cima do ombro.

– Ele parece de bom humor. Acho que esse pode ser o novo ritual dele antes de uma partida.

Passo pelo cara com um sorriso, mas sei que minhas bochechas estão ficando vermelhas e praguejo por ter uma pele tão clara.

A cozinha, assim como o resto da casa, está bem limpa. Rhys está de pé perto do balcão, com Freddy sentado na banqueta mais distante. Tem um cheiro magnífico no ar – gordura de bacon e xarope de bordo –, obra do enorme goleiro debruçado no fogão com um pano de prato por cima do ombro.

Bennett olha para mim com o queixo erguido e nem sequer uma leve pontinha de sorriso. Rhys acompanha o movimento do amigo, o que o faz parar no meio de uma frase e sorrir para mim como se a gente não se visse há semanas.

Eu, que já estava corada, fico toda vermelha.

Vou na direção dele para deixar que decida como conduzir a situação, já que é o time dele e não conversamos sobre o que exatamente é o nosso relacionamento. Tudo o que sei é que, pra mim, nunca vai ser *só* amizade, colorida ou não. Rhys sempre vai ser mais.

Ele coloca um braço ao meu redor, beija o topo da minha cabeça e continua sua conversa sobre o jogo com os rapazes na cozinha. Não para de falar nem na hora em que me ergue para me sentar na banqueta à sua frente e apoia os braços ao meu redor no balcão, me colocando dentro de seu abraço.

Ouço mais ou menos a conversa, mas me animo mesmo quando surge bem na minha frente um prato fumegante com tiras de bacon, claras de ovo mexidas, uma torrada com abacate que parece bem cara e frutas cortadas em cubinhos.

– Ah, podemos comer todos juntos.

Rhys balança a cabeça.

– A gente faz refeições muito específicas antes do jogo, lindeza. Esse prato é todo seu.

Fico com água na boca ao mesmo tempo que olho para Bennett.

– Tem certeza?

Ele grunhe e assente, desligando o fogão com um pouco de raiva.

– Tem muito mais se quiser. Pode pegar. – Ele abre um sorriso meio frágil antes de pedir licença e ir para o andar de cima.

– Ele é sempre assim – comenta Freddy, roubando um pedaço de bacon do meu prato antes que Rhys consiga dar um tapa na mão dele. – É o estado de espírito dele antes dos jogos. Entããããão – diz ele, arrastando a palavra e encostando o ombro no meu enquanto Rhys vai até uma máquina de café chique. – O que tá rolando aqui?

– Freddy – repreende-o Rhys, em tom de aviso, mais alto do que o barulho do expresso sendo preparado na máquina. – Deixa a Sadie em paz.

– Qual é, capitão... Preciso dos detalhes sórdidos. – As sobrancelhas dele se mexem de um jeito exagerado.

Reviro os olhos e volto a mastigar e observar Rhys se mover pela cozinha como se fosse a cena do meu filme-conforto preferido. Ele brinca com um vaporizador por um momento e meus olhos se iluminam ao ver sua concentração. Queria estar com meu celular para tirar uma foto dele.

– Vocês dois estão namorando agora? – indaga Freddy.

Ele choraminga feito criança quando Rhys dá uma bronca nele de novo. Engulo cada hesitação, cada momento que tive dúvidas, porque sei que Rhys quer mais. E, pela primeira vez, também quero.

– Estamos, sim – respondo, tentando ignorar a pontada de desconforto diante do silêncio dos dois. – Sou a namorada dele.

Essa palavra pode parecer estranha na minha boca, mas o brilho cintilante nos olhos de Rhys e seu sorriso descarado, com as duas covinhas, fazem com que o gosto dela seja mais doce. Ele não me corrige, e só depois que anuncio meu status é que me dou conta de que ele bem que poderia.

Ai, meu Deus. Meu estômago fica revirado. *Será que o Rhys quer isso? Ou será que a noite de ontem foi só um ponto de ruptura para ele?*

Meus pensamentos começam a ficar caóticos e acabo ignorando o que quer que Freddy estivesse me dizendo ao sair de sua banqueta.

– Minha namorada? – pergunta Rhys, pairando de um jeito presunçoso por cima do meu ombro.

Não consigo olhar para ele, com pavor de ter imaginado tudo e que não seja isso que ele queira. Mas uma caneca verde de café com algum tipo de desenho meio deformado na espuma desliza para a minha frente.

– O que é isso?

– É… Ah, desenho na espuma do leite. Era pra ser uma flor – diz ele baixinho, de um jeito tímido.

– Adorei.

Rhys ergue meu cabelo e beija meu pescoço. Dá uma vontade insana de cortar meus fios castanhos só para que fique mais fácil o acesso dele à minha pele.

Acho que nunca fui tão feliz, lindeza — sussurra ele, com outro beijo no canto da minha boca. – Minha namorada.

Como um bálsamo para uma ferida que eu não sabia que tinha, Rhys me abraça forte. E é mais do que suficiente.

CAPÍTULO TRINTA E CINCO

Sadie

É o primeiro jogo ao qual vou como *namorada* de Rhys Koteskiy. Estou metade empolgada, metade apavorada.

Nosso relacionamento ficou oficial faz uma semana, na qual nos encontramos pra valer só duas vezes. Mas conseguimos alguns segundinhos entre meus treinos e os dele. Ter Rhys me esperando depois de seu treino matinal só para me beijar antes do meu sempre me deixa de bom humor. Na verdade, quanto mais os beijos e toques dele me incendeiam, acho que mais elogios minha performance recebe do treinador Kelley.

Mesmo assim, estou nervosa.

Além disso, ainda tem a pressão de ter conhecido a mãe de Rhys por acaso, quando os dois vieram ao café.

Rhys estava com um sorriso radiante e me deu um beijo casto na bochecha. A mulher pequena e magra ao lado dele era linda – e tive certeza de que quase fez uma dancinha feliz quando ele me beijou, o que me fez corar ainda mais quando ela se apresentou como Anna Koteskiy.

Acabei levando meu almoço para comer com eles, sentindo uma mistura de ansiedade e terror a tal ponto que precisei ficar enxugando as palmas das mãos na calça jeans, pois não paravam de suar. Figuras femininas adultas na minha vida têm sido poucas e dispersas, então eu não sabia bem como me comportar.

Ainda assim, ao sair, ela me deu um abraço forte e não soltou até que eu enfim relaxasse. No meu ouvido, disse que estava orgulhosa de mim. E então foi embora.

Já faz três dias desse encontro e não vejo Rhys sozinho desde então. Os Lobos enfrentaram a Universidade Colgate ontem à noite e venceram no primeiro tempo da prorrogação, mas, pelo que li na internet, foi um jogo bem difícil para a Waterfell e eles "jogaram muito mal".

Essa noite eles enfrentam a Faculdade de Boston e parece que vai ser uma partida muito importante.

Meus irmãos estão vindo assistir também. Rhys reservou as entradas e me disse que eles ficariam com a mãe dele para que eu pudesse passar um tempo com Ro. Não consigo deixar de ter um pé atrás com a família dele, e ainda nem conheci oficialmente o pai, embora o tenha visto algumas vezes nos treinos de verão de Oliver e Liam.

Ainda assim, me pego trocando de roupa três vezes antes de me sentar na frente do espelho no quarto de Ro para me maquiar. Ela termina de se arrumar bem mais rápido e me ajuda a fazer duas tranças curtas e frouxas, presas com fitas azuis fininhas nas pontas. Eu me sinto meio engraçada, mas... bonita, pela primeira vez em um tempo. Fico pensando se Rhys vai me achar bonita desse jeito.

Meu peito fica apertado com esse pensamento, o que me deixa meio enjoada.

Enquanto calço meus tênis brancos, Ro contorna a porta de seu armário e faço uma pausa.

– O que você tá vestindo? – pergunto.

Minhas sobrancelhas se erguem depressa ao ver a jaqueta vintage que ela está colocando: de jeans preto com um recorte atrás e uma camiseta da Universidade Waterfell costurada no lugar, feito patchwork. Uma manga está enfeitada com letras azuis formando a palavra Lobos e a outra tem estrelinhas brilhantes.

– O que *você* vai usar? – retruca ela, cruzando os braços ao observar a calça jeans preta e a blusa branca que estou usando. – Achei que você fosse com o vestido...

Ignoro a pergunta dela. Eu *ia* usar o vestido de seda, só que ficou apertado no bumbum. Já estou até ouvindo o treinador Kelley no meu pé por causa da pesagem antes da próxima competição – que vai ser em Denver durante quatro dias inteirinhos, então sei que vou decidir ficar de fora, de novo.

– Você que fez isso? – pergunto a ela em vez de me explicar.

– Fiz. – Ela pega algo da mesa e joga para mim tão rápido que mal tenho tempo de estender as mãos. – Fiz uma pra você também.

Espero uma cópia da dela, mas não deveria, porque Ro é assim: tem mais inteligência e criatividade no dedo mindinho do que tenho no meu corpo todo.

É uma jaqueta em estilo aviador vintage com a gola e os punhos listrados de azul-marinho e azul-petróleo. Um enorme brasão dos Lobos da Waterfell está estampado de um lado, se contrapondo a um pedaço de jeans, enquanto o outro lado tem um grande número 51 em branco-perolado com costura azul-marinho.

O número da camisa de Rhys Koteskiy.

– Eu ia colocar o nome dele nas costas também, mas não deu tempo. – Ela dá de ombros. – Sem falar que tenho certeza de que iria escrever o nome dele errado, mesmo que copiasse letra por letra.

Parte de mim quer dar um corte nela por se intrometer, por pensar que isso era algo de que gostaríamos. Mas mordo a língua, porque meus olhos estão ardendo de lágrimas diante da gentileza e da consideração da minha amiga.

– Não quis costurar um número na sua? – pergunto, me virando de novo para o espelho e pegando o batom marrom que está na mesa.

Ro abre um sorrisinho, as bochechas corando.

– Eu costurei – responde ela, mostrando um pequeno 27 costurado na manga na estrela mais próxima da sua mão.

Não preciso olhar a escalação para adivinhar que o camisa 27 é o único jogador que ela meio que conhece na equipe.

– Por causa do seu aluno favorito, né? – Dou risada. – Você e o Freddy parecem estar se dando bem.

– Nós somos amigos. Quero fazer uma surpresa com a nota dele. – Ela sorri e, dessa vez, há empolgação de verdade em seu olhar, algo que andava ausente nela desde o término. Mesmo antes, na verdade. – Ele passou na prova.

– Ele vai ficar animado em saber que não vai ficar suspenso. E talvez em calar a boca de todo mundo que diz que ele é bu...

Meu comentário a deixa irritada, o rosto se contorcendo enquanto puxa o cabelo de baixo da jaqueta.

– Ele não é burro – responde ela, bufando. – Na verdade, é muito inteligente. Quer dizer, olha só ele jogando. Ele interpreta superbem cada movimento. Ele e o Rhys são, tipo, perfeitos juntos.

Faço que sim com a cabeça depois da bronca, mas franzo a testa.

– Você viu os dois jogarem?

– Fui a um ou dois jogos.

Isso é novidade para mim, mas não posso dizer que estou surpresa por *não* saber. Com tudo o que tem ocupado minha cabeça – a patinação, meu rolo com Rhys, os meninos, o caso da guarda, meu pai –, de fato não tenho prestado atenção ao que está acontecendo com Ro ultimamente.

– Então você entende de hóquei agora?

Ela assente.

– Andei lendo uns livros sobre o assunto no trabalho antes de ir às partidas. Queria entender direitinho.

Dou uma risada leve, não para tirar sarro, mas impressionada, ao que ela passa um braço pelas minhas costas.

– Vejo o Oliver jogar há anos e ainda tô aprendendo.

Mas sei que Ro aprendeu tudo. Ela provavelmente poderia treinar uma equipe se quisesse, porque não faz nada pela metade.

Assim que a gente termina de se arrumar, há uma enxurrada de batidas à porta do quarto de Ro, acompanhadas por risadinhas agudas que só podem ser de Liam.

– Buu! – grita ela ao abrir a porta, com um sorriso.

Isso gera outra rodada de risadinhas no menino de 6 anos. Ela o persegue enquanto ele corre. Oliver fica parado ao lado da cozinha pequenininha.

– Você é legal – diz ele.

Isso me faz parar por um momento, porque é o equivalente a um "Eu te amo" e uma aprovação extrema resumidos em três palavras.

– Ah, é?

Ele faz que sim com a cabeça.

– O Rhys vai gostar.

Oliver e Liam são tudo para mim. Mas, com Oliver, é difícil receber qualquer outra coisa além de raiva. Mesmo que eu saiba que ele não me culpa, às vezes é complicado saber se estou fazendo o que é certo. Então aperto seu ombro e agradeço, e todos nós saímos.

A área aberta ao redor do estádio está cheia: hóquei é um dos esportes mais populares por aqui. Além disso, é sábado, o que quer dizer que não precisamos lidar com o olhar de desaprovação de nosso monitor por estarmos com meus irmãos mais novos ao sairmos do alojamento.

Costumávamos ser multados por isso, até que Ro fez alguma mágica. Desde então, não ouvi mais um pio.

A mãe de Rhys está esperando de pé no centro esportivo quando entramos, acompanhada por um homem alto de terno com um sorriso enorme no rosto. Sei que ele não é o pai de Rhys, o que me faz parar, segurando a mão de Liam na minha com um pouco mais de força.

– Ah, que linda – diz ela, a mão estendida para acariciar a manga da minha jaqueta. – Você que fez?

– Foi minha colega de quarto – respondo com poucas palavras, enquanto meus olhos se voltam para o homem atrás dela. – Essa é a Ro.

Elas trocam um aperto de mão e consigo sentir Liam tentando se soltar de mim para ir até ela... Mas não deixo.

Felizmente, não preciso perguntar sobre o homem, porque Ro se apresenta para ele, provavelmente presumindo que seja o pai de Rhys.

– Adam – responde ele, sorrindo.

– Você é treinador? – pergunto, as sobrancelhas enrugadas.

– Advogado.

Ele sorri, todo calmo e controlado. Enquanto isso, meu coração dispara e começo a entrar em pânico. Um *advogado*? Por que ela o trouxe? Será que isso... é sobre Liam e Oliver? Vão tirar os dois de mim?

Seguro Liam ainda mais forte e até Oliver dá um passo para trás. O homem parece um pouco surpreso pela nossa reação, mas mal percebo, ocupada demais tentando encontrar uma saída e esperando que Ro faça algo maluco e distraia os dois.

– Ah! – exclama Anna, uma expressão devastada em seu rosto. Estou ocupada demais entrando em pânico para ficar envergonhada com minha reação, mas ela estende a mão para o advogado. – Não, este é um amigo da família. Adam Reiner, pai do Bennett.

Isso não me acalma. Nada me acalma até Ro colocar a mão no meu ombro e fixar os olhos nos meus.

– Eles não vão tentar tirar os dois de você – sussurra ela, mas percebo que a Sra. Koteskiy ouve, por causa do barulho trêmulo que ela solta.

– Não, Sadie... Meu Deus... Me desculpa. Não, é que meu marido teve que ir a um evento de imprensa e o voo de volta atrasou. O Sr. Reiner só se ofereceu pra nos acompanhar hoje. Se estiver tudo bem pra vocês.

Ele não está aqui para levar os dois. Ninguém vai levar meus irmãos embora.

Oliver se segura em mim, mesmo depois que solto Liam e ele corre para o lado de Anna Koteskiy e começa a tagarelar a respeito da manhã que teve.

O pai de Bennett se aproxima da gente e consigo ver com facilidade a semelhança nos cabelos castanhos meio dourados e nos traços marcantes, isso sem falar da altura.

– Vou pegar umas bebidas pra gente – diz Ro e pede licença.

Ele sorri para ela, algo que nunca vi seu filho estoico fazer, mas depois olha para Oliver e para mim.

– Se precisarem de qualquer coisa...

– Não precisamos – respondo, interrompendo-o. – Quer dizer, já tenho um advogado. Tenho os documentos de custódia e tudo mais. Só tô em um período de guarda provisória.

A audiência está marcada para janeiro, mas meu advogado espera que a gente consiga convencer meu pai a ceder seus direitos antes. Então, tudo que preciso provar é que posso sustentá-los e abrigá-los, cuidar deles.

O Sr. Reiner sorri de novo. É tão perfeito que parece uma máscara.

– Certo.

A Sra. Koteskiy faz uma surpresa para meus irmãos, dando camisas do uniforme dos Lobos de presente para eles. Cabem dois de Liam na dele, mas ele e Oliver estão felizes quando os deixo com os dois adultos muito bem-arrumados.

– Você acha que ela me detesta? – pergunto, seguindo Ro até nossos lugares, algumas fileiras acima do vidro perto do gol.

Ro me dá um empurrão de leve com o ombro, mas a expressão em seu rosto é transparente e alegre.

– Deixa de ser ridícula. Tudo o que aquela mulher quer é pegar *todos* vocês e levar pra casa dela dentro do bolso.

– Ela acha que não consigo cuidar deles...

– Não. Ela pensa a mesma coisa que *todos* nós. Que você não deveria ter que fazer isso. – Ela para de falar por um momento, coloca a mão no meu ombro e brinca com a ponta da minha trança. – Seus *dois* pais ainda estão vivos e você é uma patinadora artística talentosa e uma garota inteligente que passa a maior parte do tempo equilibrando vários trabalhos, mantendo seus irmãos alimentados e com um horário apertado. Você não fez nada só para si mesma desde que o Liam apareceu.

Ela tem razão. Detesto o tanto que ela está certa.

– Bem, a não ser o Rhys. Isso definitivamente foi pra você. E você merece. Você merece ele.

Coro de novo, me acomodando no nosso assento e observando enquanto as equipes saem para se aquecer. Estamos do lado do time da casa, então temos uma visão desimpedida de Bennett saindo do túnel na frente dos outros, apoiando sua garrafa d'água na rede e indo para um canto se alongar.

Os rapazes parecem estar correndo no rinque, algo que sempre achei poderoso, mas descontrolado. E irritante, considerando o estado que deixa o gelo quando tenho que patinar depois deles.

Logo encontro Rhys, seu cabelo balançando por conta da brisa criada pela rapidez com que patina. Ele dá um salto e faz um giro, com Matt Fredderic logo atrás, aí os dois começam uma sequência de alongamentos enquanto alguns dos outros caras treinam dribles e tiro ao gol numa rede desguarnecida.

Então, quando eles fazem uma fila para praticar cobranças no gol de Bennett, Rhys me vê e sorri. Ele dá uma cotovelada em Freddy, que olha para a gente com um sorriso enorme e dá uma piscadela. Depois que os dois fazem seus lances, eles vêm até o acrílico no nosso lado do estádio.

Uma garota sentada na nossa frente fica de olhos arregalados quando eles se aproximam, dá um gritinho para a amiga e comenta sobre como são gostosos, o que me faz sorrir, ainda que um pouco presunçosa.

Freddy dá um tapinha no alto do acrílico, completamente concentrado em Ro, que fica toda feliz com a atenção e aí faz uma careta engraçada para ele, o que o leva a rir tão alto que dá para ouvir mesmo através do acrílico. Rhys apenas sorri para mim e acena, o que retribuo, muito contente.

– Toma jeito, filho! – grita um homem mais velho à nossa direita para Rhys. – Não dá trela para aquele desgraçado do Kane. Foca no que importa!

Posso ver que Rhys o ignora, mas que na verdade o ouviu. Cresço nos cascos, pronta para bater boca com o sujeito sem me importar se ele tem boas intenções, só que então outro babaca alguns assentos depois da Ro, mais abaixo na direção do vidro, vestindo a cor marrom da Faculdade de Boston, começa a gritar com a dupla:

– Ei, olha lá. O capitão deles conseguiu voltar pro rinque! Precisa tomar mais quanta pancada ainda pra virar homem, hein?

– Que tal você tomar uma agora na fuça, babaca? – disparo, ficando de pé e me virando na direção dele com tanta força que uma das minhas tranças me dá um tapa na boca.

Os caras ao redor dele soltam um *"uhh"* em coro, como se assistissem ao início de uma batalha de rap dos anos 2000.

Meus olhos se voltam para Rhys, que parece estar dividido entre uma onda de orgulho e querer que eu pare de me meter com eles. Dou uma piscadela rápida para mostrar que estou bem, mas cruzo os braços e devolvo o esgar malicioso do malcriado com um sorrisinho do mesmo tipo.

– É seu namorado, é? A coitada parece chateada – provoca ele e sobe os degraus, passando pelos assentos vazios para se inclinar sobre Ro, que continua sentada, e sussurrar para mim: – O dano cerebral afeta o desempenho dele na cama? Estou à disposição se precisar...

Dou um chute nas bolas dele, rápido e forte. Depois, com um sorriso de satisfação, observo o cara tropeçar nos pés de Ro e cair de bunda. Ele se levanta devagar e se arrasta de volta a seu assento, envergonhado.

Rhys dá um tapinha no vidro com a luva e espera até que o cara olhe para ele. Meu namorado está sorrindo, os olhos sombrios.

– Olha pra ela de novo, e você vai ver o que acontece.

A ameaça é clara e inquietante, apesar do sorriso falso com covinhas que se estende pelas bochechas dele. Ele bate a ponta do taco no vidro com força e o cara dá um pulo para trás. Um rugido de risos da plateia que atraímos ecoa ao redor.

Chamo a atenção de Rhys de novo antes que ele deixe o rinque e recebo uma piscadela que preenche cada espaço vazio da minha alma.

CAPÍTULO TRINTA E SEIS

Sadie

Consigo notar que Ro está irritada – irritada de um jeito que não vejo há muito tempo.

É o final do segundo tempo e os Lobos estão na frente por dois pontos. Os torcedores da Faculdade de Boston que fizeram a curta viagem até nosso ginásio fazem bastante barulho com suas queixas, mas a torcida animada da Waterfell faz mais. Passamos a noite provocando o goleiro adversário, cantando músicas e ouvindo alguns dos torcedores mais alcoolizados chamarem os jogadores pelos nomes e baterem no vidro.

E é lógico que fico de olho em Rhys.

Ele patina como se tivesse nascido com lâminas nos pés, como se tivesse mais coordenação no gelo do que correndo ou andando na terra. Sua capacidade de interpretar todos os outros jogadores, tanto os de marrom quanto os de azul, é quase mágica.

Ele é igualzinho ao que eu imaginava: o garoto triste que se ilumina sob as luzes do ginásio e os aplausos dos fãs que o adoram. Está vencendo todas as disputas pela posse do disco e é como se estivesse radiante. Consigo vê-lo daqui a alguns anos, jogando profissionalmente e brilhando nos telões e nas telinhas dos celulares em toda parte com seu sorriso de covinhas debaixo da viseira.

Rhys marcou duas vezes. Uma durante o primeiro tempo, quando saiu patinando no meio da sua equipe até o outro lado do rinque para fazer um "toca aqui" com todo mundo e ergueu o taco com modéstia para comemorar. Depois, no segundo tempo, do nosso lado, quando fez a mesma celebração, só que apontou o taco bem para mim.

E eu virei uma manteiga derretida.

No geral, foi uma noite incrível.

Se bem que ver Ro lutar contra o trio de garotas na nossa frente também teria sido incrível.

Freddy marcou pouco antes da campainha encerrar o segundo tempo. Comemorou patinando e fingindo tocar o taco como se fosse uma guitarra, o que arrancou risadas tanto de Ro quanto de mim – isso depois que ela parou de berrar feito louca.

Mas aí a garota bonita de cabelos pretos sentada na nossa frente com a camisa do uniforme da Waterfell comentou:

– Meu Deus, ele é tão gostoso.

– Já viu o OnlyFans dele? – perguntou a loura ao lado dela. Se ela pensou estar sussurrando, não chegou nem perto disso. – Se você acha que ele é de babar agora…

– Ai, meu Deus, Ericka. – O rapaz à esquerda dela, de cabelo cacheado louro-avermelhado, deu um suspiro. Ele também estava com nossa camisa do uniforme e um All Star de couro preto pelo qual babo desde que botei os olhos nesse modelo. – Isso foi um *boato*. O cara nem mostra o rosto.

– *Ai, meu Deus*, Ron – zombou Ericka, revirando os olhos e jogando uma pipoca nele. – Foi a *ex* que contou pra todo mundo. Só pode ser ele.

– Não sei, não – disse a outra. – Ele negou e… Quer dizer, ele tem fama no campus, lógico, mas não significa que o cara venda o corpo.

– Bem que poderia se quisesse. Quer dizer, ele é de dar água na boca. E ouvi dizer que não é só ele que é grande, o *pin*…

– Chega! – gritou Ro, avançando entre os assentos para que a cabeça dela ficasse na mesma altura que a deles, uma montanha de cachos caindo feito uma cascata ao redor. – Ele não é um objeto, caramba. Cala a boca e para de espalhar boatos sobre os quais você não sabe *nada*.

Ela então se levantou, resmungando algo sobre ir pegar uma bebida, e foi embora antes que eu pudesse perguntar se queria companhia.

Ro parece um pouco pior na hora que volta, mas amolece quando o terceiro tempo começa. Os meninos da Waterfell dominam a partida, o tempo está correndo e eu estou...

Muito excitada.

Está na cara que Rhys é um dos melhores jogadores, e posso ver muita gente partindo para cima dele tentando derrubá-lo, mas seus companheiros de equipe mandam bem em todas as formações na tarefa de protegê-lo.

Na verdade, o principal alvo do time adversário é Kane. Seja porque seu talento e tamanho dão uma vantagem para o time da Waterfell ou por causa de algum tipo de ressentimento entre as equipes, isso é surpreendente, levando em conta que ele jogava na Faculdade de Boston.

Parecem odiar o cara.

Sua nova equipe também não parece gostar dele, mas não os culpo. Parte de mim quer confrontá-lo, mas a outra só espera que ele deixe a equipe antes que o ano termine.

Não contei para Rhys sobre nosso embate no treino, não porque esteja escondendo isso, mas porque quero usar cada minutinho que tenho com ele para outras coisas.

– Viu onde os meninos estão? – pergunta Ro, terminando mais uma sidra.

– Vi.

Faço que sim com a cabeça e aponto para onde estão os bancos do time da casa e da equipe adversária. Logo depois do banco dos Lobos, bem perto do vidro, estão Oliver e Liam, com a mãe de Rhys e o pai de Bennett à direita deles. Levando em conta quanta atenção a maioria dos jogadores deu aos dois, eu diria que meus irmãos ganharam o dia. Mesmo de tão longe, vejo que Liam está radiante. E Oliver parece revigorado e feliz.

Há um estrondo alto, seguido pelo rugido da multidão, quando uma briga irrompe no rinque e todo mundo fica de pé.

Tento decifrar o que aconteceu. A princípio, só consigo ver Toren Kane engalfinhado com um dos jogadores maiores do time adversário.

Mas então vejo Rhys caído de costas. Nem o peito nem a cabeça se movem.

Estou na escada antes que consiga sequer piscar, o coração na garganta enquanto pressiono as mãos no vidro e bato nele. Rhys não está nem perto o bastante, mas Bennett ouve e se vira para me olhar. Não consigo ver sua expressão através do capacete, mas ele se afasta e patina em direção ao capitão.

Deus do céu, parece que Rhys nem respirando está.

Já há treinadores ao redor dele, mais rápido do que já vi na maioria dos jogos, e sei que é por causa de seu histórico. Porque ele provavelmente já está na lista de jogadores em que estão de olho.

Bennett patina de volta para a rede, lento e gracioso – levando em conta seu tamanho –, mas passa direto por ela e vem até mim. Eu me sinto uma criança olhando para o cara enorme através do vidro. Ele tira o capacete e sacode os cachos molhados de suor, franzindo a testa.

– Ele tá bem – informa. – Vai se sentar.

– Ben...

– Se ele vir você entrando em pânico, vai se sentir pior. Vai. Se. Sentar.

Faço o que ele diz, quase tropeçando nos degraus enquanto tento andar com a cabeça meio virada para o rinque.

Rhys de fato se levanta e recebe uma rodada de aplausos de todo mundo no estádio, as duas equipes batendo os tacos no gelo. Ainda assim, eles o tiram do jogo e mandam para o vestiário.

Considerando que não acho que vou ser capaz de respirar direito até botar os olhos nele, digo a Ro onde vou encontrá-la mais tarde. Já participei de diversas competições de patinação artística, então conheço bem os caminhos do ginásio. Não ligo se não me deixarem vê-lo; só quero ficar por perto.

Ando de um lado para o outro na saleta perto do corredor do vestiário por um minuto, até que uma mão bate no meu ombro e me faz dar um pulo.

Olho para cima e vejo um homem de aparência desgrenhada me encarando do alto. Só depois de recuar até a parede percebo direitinho para quem estou olhando.

Os dois são cópias um do outro, Rhys e o pai. E, embora eu tenha visto o homem de passagem, nunca o encontrei de perto. Rhys tem os mesmos olhos cor de chocolate que dão um ar juvenil até mesmo para o rosto ligeiramente envelhecido de seu pai. Ele parece jovem e bonito, encantador da mesma forma que Rhys. Maxilar bem marcado, lábios cheios, mesmo cabelo escuro.

– Desculpe – diz ele, e depois uma palavra que não reconheço, mas que soa como uma língua áspera: russo ou polonês? – Você veio aqui por causa do meu filho?

– É, eu… – Pigarreio, a garganta travada, meu coração ainda acelerado. – Eu só… queria saber se ele tá bem.

O sorriso que ele me dá é gentil e caloroso e dolorosamente familiar, a não ser pelo fato de que só tem uma covinha.

– Venha, *dochka* – chama ele com um gesto, repetindo aquela mesma palavra e colocando a mão com firmeza nos meus ombros.

Ele me guia no trajeto por vestiários com cheiro pungente até uma sala menor equipada com maca e suprimentos médicos. Rhys está ali, sem camisa e suado, ainda usando a calça grossa de hóquei. O treinador está com a mão na cabeça dele, usando uma lanterna pequena para conferir as pupilas enquanto Rhys recita os meses do ano na ordem inversa.

– Um momento – sussurra o pai dele para mim e caminha na direção do filho.

Rhys faz uma pausa logo depois de citar o mês de junho, o que parece deixar o treinador alarmado, até que ele vê o Sr. Koteskiy parado atrás de si e descobre o motivo da distração do jogador.

– Rhys. – Seu pai suspira. – Tudo bem?

– Tudo. – Ele suspira também e as vozes soam tão parecidas quanto o físico, a não ser pelo leve traço de sotaque do pai. – Você acabou de voltar?

– Foi… Entrei no rinque só pra ver meu filho caído de costas no gelo. Que tipo de boas-vindas é essa, hein?

Rhys ri, apenas uma bufadinha.

– Só perdi o fôlego. Minha mãe tá apavorada?

– *Nyet*, mas encontrei uma pessoa um pouco aflita lá fora.

Ele dá um passo atrás e me revela parada à porta.

– Lindeza – diz Rhys, e um sorriso enorme aparece em seu rosto. Os treinadores voltam para suas outras tarefas agora que viram que não há perigo, então ficamos só nós três. – Vem cá.

Duas palavras são tudo de que preciso para correr até ele, deixando seus braços me envolverem e sua cabeça suada se apoiar no meu peito.

– Você tá fedendo – comento com sarcasmo, soltando um suspiro raivoso inapropriado, porque meu coração ainda não se acalmou.

– Vou dar um minuto pra vocês dois – diz o pai dele e nos deixa sozinhos.

CAPÍTULO TRINTA E SETE

Rhys

Ela é perfeita.

Sinto um pouco de raiva nela e é inebriante.

Ela é inebriante.

Sadie é minha *namorada*. Quero gritar para que meu pai, os treinadores... Cara, para que o prédio inteiro me ouça.

Abro a boca, desesperado para encontrar algum motivo para me referir a ela como *minha namorada,* mas ela golpeia meu peito. Uma, duas vezes, até que seguro seus pulsos com uma das mãos e com a outra ergo o queixo dela para impedi-la de se esconder de mim.

– Tô começando a achar que não dou conta disso – murmura ela e fecha os olhos.

Minha barriga se revira tanto que aperto mais forte os pulsos dela sem querer.

É o hóquei, diz aquela voz sombria e zombeteira que começo a notar que é uma versão da minha ansiedade. *O hóquei te deixa inútil e patético. Ela consegue enxergar quem você era, mas não quer isso que você virou agora. O que vai ser para sempre.*

Mas já passei por isso antes e, por mais que queira usá-la para afastar as sombras, o que mais quero é amá-la. Então fecho os olhos e me lembro de que estou bem. Estou me curando.

– Sadie – sussurro, enquanto enfio a mão por baixo do cabelo dela.

Ela pisca, os olhos cheios de lágrimas, e absorvo a cena como um soco no estômago. Um soco que me acerta em cheio.

– Você me *assustou*! – grita ela, zangada e triste, e tão linda que dói. – Você tava lá deitado e eu... eu não sabia se você tava bem, se tava vivo...

Ela me bate de novo, apenas um pequeno movimento da palma da mão no meu peito. Deixo uma risada escapar pelo nariz e a puxo para beijar sua bochecha.

– Eu só tava imitando o Darth Vader. Tentando fazer jus à morte dele.

Ela ri, o som quase destoante das manchas vermelhas de suas bochechas, as lágrimas ainda fluindo livremente.

– Achei que você não estivesse respirando.

– Estava dedicado ao papel – respondo, com um sorrisinho.

Ela se solta e franze a testa pra me encarar. Aproveito para observar sua roupa, e meus olhos se arregalam e o sorriso se alarga quando vejo o número 51 no canto superior direito do peito da enorme jaqueta de aviador.

– Você tá perfeita, lindeza. Gostei da jaqueta.

A ruguinha entre as sobrancelhas dela se aprofunda ainda mais.

– A Ro que fez.

– Quero que você use a minha camisa do uniforme também.

Ela me ignora, ainda examinando cada pedaço da minha pele exposta, depois desvia os olhos vacilantes e encontra os meus.

– Você tá bem?

– Tô ótimo, gata – sussurro.

O jeito afetuoso como a chamo acaba com ela. Seu corpo se lança no meu, me derrubando na mesa enquanto monta em mim. Ela me enche de beijos em meio a risadas e soluços. Acho que eu poderia ficar desse jeito para sempre, com o peso reconfortante dela em cima de mim.

É como um retorno à vida de antes: a Casa do Hóquei cheia de gente (metade que nunca vi) e o nosso grupinho – Freddy, Bennett, Holden e eu – acompanhado da maioria do nosso reforço do ataque: Caleb, Sanders e Hathaway, um calouro que se tornou figurinha carimbada por aqui.

Sadie e Ro passaram no alojamento para se arrumar enquanto participávamos da reunião pós-jogo e tomávamos banho, mas elas já deveriam estar aqui, mesmo que tenha sido um sofrimento fazer com que aceitassem vir. Meus pais quase se ajoelharam para implorar a Sadie que deixasse Liam e Oliver dormirem na casa deles, e ela só aceitou porque Ro e eu a convencemos.

Ela confiou neles.

Algo pelo que pretendo recompensá-la mais tarde.

Apesar da vitória e do fato de que só deixou passar dois gols, Bennett parece irritado. Ele beberica uma cerveja – o que é bem raro para nosso goleiro meticuloso –, mas fica distraído, mais frustrado do que o habitual.

Alguns dos jogadores de futebol americano com quem saímos chegam para se juntar a nós na fogueira, seguidos por Ro e Sadie ainda com suas jaquetas customizadas, mas agora com cachecóis e chapéus também.

Eu me levanto tão rápido que Holden dá uma risadinha. Paloma se senta no colo dele e tenta distraí-lo da conversa que estava tendo com Freddy. Mas nem precisava fazer isso, porque Freddy já está de pé, arrancando risos de Ro, que mexe no cabelo alisado, constrangida.

– Oi. – Sorrio, agarrando Sadie e puxando-a para perto de mim. Dou um beijo na testa dela e esfrego as mãos para cima e para baixo nos seus braços. – Ro, seu cabelo tá bonito.

Ela cora, mas, pela forma que Sadie aperta minha mão e pelo jeito sorridente que balança a cabeça, consigo perceber que acertei no elogio. Freddy passa o braço sobre o ombro de Ro e grita alguma coisa sobre começarem as brincadeiras com cerveja, aí ela abre outro sorriso surpreendentemente radiante.

Eu ficaria preocupado, mas Freddy me garantiu que está no modo amizade com Ro. Ainda assim, fico um pouco nervoso porque ela o observa com um brilho nos olhos, do tipo romântico e derretido. Mesmo se Bennett e eu avisássemos Freddy, Ro ainda assim poderia se magoar com o atacante sedutor.

– Quer jogar? – pergunto e dou outro beijo em Sadie.

Ela faz que não com a cabeça.

– Só quero ficar perto de você, na verdade. – Suas mãos serpenteiam pelos meus ombros e agarram meus músculos, provocando um gemido silencioso enquanto ela os aperta. – A gente pode ir pro seu quarto?

– Já? – provoco, recuando e apertando o nariz dela. – Não sou esse tipo de homem, lindeza.

Ela ri, rouca e sexy, e meu jeans fica apertado de repente.

– Um banheiro, então – brinca ela.

Com um rosnado, agarro seu queixo e me inclino para lhe dar um beijo suave.

– O que quer que a minha namorada deseje, ela consegue.

Então eu a envergonho jogando-a por cima do ombro, e ela reclama com um gritinho – mas é alegre e cheio de risadas.

– Desculpa, pessoal, o joguinho vai ficar pra próxima. Tenho que ir cuidar da minha namorada muito carente – anuncio, radiante de orgulho.

Vivas e risadas irrompem ao nosso redor enquanto faço uma rápida saudação para a minha equipe e levo meu prêmio leve e pequenininho, cujos punhos macios batem nas minhas costas, para o meu quarto após passar pela porta dos fundos.

No quarto, eu a coloco no chão e vou fechar a porta. Ela já está tirando a jaqueta quando me viro de volta. Antes que possa alcançá-la, me empurra contra a porta e fica de joelhos.

– *Caramba* – digo, com um suspiro, soltando a maçaneta e gentilmente tirando o cabelo dela do rosto e do pescoço. – Sadie.

– Sim, capitão? – responde ela, e as mãos ávidas e velozes abrem meu cinto e puxam meu short e a cueca boxer de uma vez só.

Não consigo nem tentar dizer mais uma palavra antes que os lábios dela – vermelho-cereja, que ela estava mordendo – pressionem a ponta do meu membro. Ela abre a boca e começa a me lamber devagar, então me segura e bate meu pau de leve na língua.

Vou gozar e minha namorada não fez quase nada ainda.

Minhas mãos agarram o cabelo dela, massageando a base do pescoço até os ombros, enquanto Sadie se demora me explorando com a boca.

Ela é perfeita e quero que saiba que o que sinto por ela é verdadeiro. Eu colocaria um anel no dedo dela se isso não a aterrorizasse. Sei que não vai fugir de mim agora, mas estou preparado para o esforço que isso vai exigir no futuro.

– Você é tão linda – falo, pressionando meu dedo em sua bochecha com carinho. – Tão perfeita. Meu Deus, te ver desse jeito...

Ela geme e a vibração reverbera pelo meu membro, subindo como um arrepio. Mal consigo me segurar quando ela coloca as mãos nos joelhos e me encara com metade do meu pau na boca.

Ela está me entregando o controle. No nosso cabo de guerra, está deixando que esse momento seja meu.

– Essa é a minha gata – sussurro, enfiando lenta e gentilmente na boca dela.

Ela se contorce após o elogio, como se quisesse se tocar mas não fosse fazer isso. A menos que...

– Tá molhada, gata? – pergunto e Sadie ronrona, se balançando um pouco e me engolindo mais fundo. – Precisa de mim?

Ela me tira da boca e ofega.

– *Desejo* você – declara.

E me engole de novo em seguida, fazendo um som inebriante.

– Se toca gostoso, lindeza. Vai atrás do que precisa.

A mão dela mergulha na cintura da calça jeans, empurrando-a para baixo. Detesto não poder ver o que está fazendo, mas seus movimentos me dão o suficiente para imaginar. E, quando se trata de Sadie, minha imaginação é incrível.

Ela balança para a frente e para trás, se esfregando.

Sadie geme de novo, os olhos se fechando de alívio antes de olhar para mim, um prazer travesso fazendo-a abrir um sorriso ao redor do meu membro.

Mal tenho tempo de avisar, tentando me afastar, mas ela se ergue um pouco nos joelhos e agarra minha bunda, me engolindo até o fundo. Estrelas cadentes explodem nos meus olhos e fico dividido entre a vontade de atirar minha cabeça para trás e o desespero de manter meu olhar nela quando gozo.

Segurar por mais um segundo parece tempo demais, então, quando a pego e quase tropeço na calça, nós dois caímos na gargalhada. Consigo tirar tudo, menos minha camisa, aí agarro seu quadril e deslizo o jeans pelas coxas dela. Tento não me distrair muito por ter as mãos em sua pele. Mas, quando ela tira a blusa e revela que está *sem sutiã*, não consigo deixar de pegá-la nos braços e atirar seu corpo pequeno e musculoso na cama.

Eu a deixo de costas no colchão e tento chupá-la, mas Sadie implora e empurra meus braços até que eu me afaste.

– Era eu quem deveria te agradar hoje – reclama ela.

Dou risada.

– Você sempre me agrada, gata.

– Um prêmio – diz ela, com um gemido. – Por vencer. Se bem que "por estar vivo" talvez seja um incentivo melhor pra você, capitão.

Ela planta o pé no meu peito e envolvo o tornozelo dela, erguendo uma sobrancelha.

– Não seja malcriada. – Dou uma risadinha. – Só me diz o que você quer. Te dou qualquer coisa.

Sadie balança a cabeça e suspira no colchão, se mexendo de um lado para o outro.

– Você é bom demais pra mim. Para com isso. Eu estava tentando ser sensual e... e tinha planejado tudinho. E você tá estragando tudo.

Seu jeitinho de reclamar combina muito com a voz dela de gatinha sexy e me faz ficar duro mais uma vez.

– Quer começar de novo?

Ela bufa e cruza os braços, fazendo beicinho como uma adolescente mal-humorada, mas faz que sim com a cabeça depois de um tempo.

– Tá bem. O que quer que eu faça, lindeza?

Ela se ergue do colchão, os cabelos em cascata ao redor do rosto formando pequenas ondas que mostram que estavam trançados mais cedo. Suas mãos pressionam meu peito e me empurram, e obedeço com facilidade, me esticando debaixo dela enquanto Sadie monta no meu quadril. Há apenas um pedacinho de tecido acetinado impedindo o calor dela de pressionar diretamente meu membro muito duro.

Seus olhos estão escuros sob a sombra esfumada e escurecem ainda mais enquanto ela me observa completamente à sua mercê.

– Beleza, craque. – Ela abre um sorrisinho e meu quadril pulsa. – Devagar. – Ela ri.

Mas Sadie fica um pouco séria quando inverte nossa posição de sempre e agarra meu queixo com sua mãozinha.

– Quero fazer você se sentir bem, porque você sempre faz com que eu me sinta bem. E você não vai ficar no controle, tá? Só vai ficar aí, deitado. – Ela se inclina para a frente, pressionando o peito nu contra o meu. – Relaxa. – Ela se afasta, mordiscando e lambendo minha orelha. – E me deixa tomar conta de você.

Estremeço violentamente quando ela lambe meu pescoço e depois vai mordendo minha clavícula até eu sibilar. Ao se afastar, ela faz o melhor que pode dando um apertão nos músculos dos meus ombros – suas mãos são pequenas, embora fortes, para fazer muita coisa de fato. Mas o efeito me leva ao céu.

Tudo o que ela faz me leva ao céu, porque é *ela*.

Sadie puxa a calcinha fina de cetim para o lado e desliza, quente, molhada e infinitamente pronta para mim.

– Meu Deus, *Rhys* – diz ela, com um gemido. Fico ainda mais duro com aquele som. – Você é tão perfeito.

O elogio dela faz com que eu me sinta ao sol, aquecido em todos os pontos.

Ela me cavalga devagar, me segurando entre as pernas com força e me cobrindo de elogios. Não importa quão pequena pareça montada desse jeito em mim: ela poderia me matar se quisesse, e eu agradeceria enquanto estivesse sangrando debaixo dela.

Ela goza e é como todas as vezes que vi isso: como se estivesse um pouco surpresa, como se essa mulher cuidadosa e controlada tivesse sido pega totalmente desprevenida. É impossível não gozar logo depois.

Meu orgasmo é poderoso, me deixando quase tonto quando lentamente empurro o quadril de forma trêmula, o abdômen contraído enquanto Sadie se remexe devagar.

E então seus lábios se abrem num sorrisinho sonolento e ela olha para mim. *Aquele* sentimento toma conta de mim mais uma vez, o desejo de mantê-la comigo, protegida, segura e minha, até que estou mordendo a língua, desesperado para não deixar o "eu te amo, eu te amo, eu te amo" escapar.

Não tenho certeza de quanto tempo mais consigo segurar, mas estou doido para ficar com ela. E isso… Sadie se desmanchando nos meus braços e beijando meus ombros, me tocando com carícias gentis e suaves que imito até estarmos deitados com a cabeça no pé da cama, sussurrando segredos bem baixinho na escuridão cintilante…

Isso é mais do que suficiente.

CAPÍTULO TRINTA E OITO

Rhys

Ganhamos. De novo.

Finalmente, caramba.

A equipe está indo muito bem, prestes a recuperar nossa série de vitórias, e Gym Class Heroes está tocando mais alto do que o normal enquanto atravesso o túnel até o vestiário. Meu sorriso é radiante e a equipe dá tapinhas nas minhas costas. Freddy e Dougherty pulam e cantam com alguns dos calouros mais extrovertidos.

Cada um deles merece essa vitória. Por fim, temos pontos suficientes para não nos preocuparmos tanto com o jogo contra a Cornell no próximo fim de semana. Harvard, uma das nossas principais equipes adversárias esse ano, ainda é uma ameaça no horizonte, mas, por essa noite, uma vitória é uma vitória.

– *Nada* passou pelo gol do Reiner! – grita Freddy, e assovios ressoam por toda parte enquanto ele pega o nó celta feito com pedaços de redes de partidas que vencemos e o entrega a Bennett, declarando-o o melhor jogador da partida.

Todos aplaudem enquanto Bennett, ainda com as caneleiras grossas, vestindo apenas uma camisa de compressão de manga comprida, fica de pé e aceita a homenagem com um aceno de cabeça. Sei que não devo esperar um discurso. Ele não fala nada além de:

– Não conseguiria nada disso sem meus defensores e toda a equipe. É isso aí, Lobos!

Então ergue a longa corda trançada e se senta, as costas apoiadas no seu armário.

O treinador Harris sorri, porque conhece seu goleiro estelar da mesma forma que eu e respeita suas peculiaridades e rituais. Ele ganhou a confiança de todos nós, mas sei quanto se esforçou com Bennett. O treinador acena com a cabeça para o grupo todo de uma vez.

– Aproveitem a noite, rapazes – diz ele, breve, e sai. – Não façam nenhuma besteira – acrescenta por cima do ombro.

Mas é em Toren Kane que ele dá um tapinha no ombro enquanto vai embora. Ele está sentado de mau humor num canto, de braços cruzados, o suor escorrendo do cabelo preto.

Algo no meu peito se aperta ao vê-lo.

Freddy já está anunciando a festa do Alojamento do Hóquei, que vai ser imensa, como sempre são nossas festas de Halloween. E, se as embalagens enormes de tinta para o rosto que no momento estão no balcão da cozinha servirem como indício, ele vai obrigar qualquer calouro desprevenido a se fantasiar apropriadamente.

Como equipe, nós em geral vamos com tudo.

Mas, considerando que a *minha namorada* pulou fora da referida festa e me avisou pouco antes do segundo tempo por mensagem de texto, tenho outros planos.

Minha namorada. Duas semanas depois, ainda tem o mesmo gosto doce.

Ontem à noite, com meu rosto enterrado entre as coxas dela, fiz com que aceitasse ir a um dos eventos de gala de bajulação dos meus pais.

Tomo banho rapidinho e visto uma calça de moletom cinza e uma camisa laranja-neon que diz Morto de amor, com um fantasma de olhos em formato de coração, presente de Freddy no nosso primeiro ano, quando falei que estava ocupado demais para me fantasiar e ir com ele ao centro da cidade. Com certeza, isso é parte do motivo de Freddy ter encontrado um lugar no meu coração para ser um dos meus melhores amigos. Desde então, escolher camisetas bregas para cada data comemorativa virou uma estranha tradição entre nós dois.

Saio antes que Freddy possa tentar me impedir e conto só a Bennett aonde vou. Conheço o caminho como a palma da mão agora, já que passo todo o meu escasso tempo livre com Sadie e, muitas vezes, ficar com ela significa correr para cima e para baixo com os irmãos dela, levar o jantar para eles ou buscá-los nos treinos.

Mesmo assim, ainda não encontrei o pai deles. O que, tenho certeza, é algo proposital da parte dela.

Nunca passamos a noite na casa dela. Sadie evita isso, mesmo que signifique que eu termine a noite ajudando-a a acomodar as crianças sonolentas em um colchão de ar no chão do alojamento dela. Às vezes, consigo convencê-los a dormir na Casa do Hóquei, onde Liam e Oliver recebem a atenção interminável de qualquer Lobo que esteja por lá, que fica jogando com os dois até que Sadie use sua voz severa e obrigue todo mundo a ir para a cama.

Camas essas, aliás, que comprei por impulso um dia e coloquei no quarto desocupado no final do corredor.

Sei que ela está em casa essa noite porque só tem um motivo – ou dois – que a impediriam de ir à festa. Ro, nossa nova torcedora fiel, assistiu à partida, mas me deu um rápido balançar de cabeça para avisar que Sadie não iria aparecer.

A rua onde os Browns moram é escura, sem nenhuma decoração marcante de Halloween, e todas as luzes das varandas estão apagadas, exceto a deles. Bato à porta em certo padrão e dou um passo atrás para que Sadie possa me ver pelo olho mágico.

– Minha nossa – murmuro, abrindo um sorriso enorme ao vê-la na porta da frente.

Ela está usando um macacão marrom felpudo com um capuz frouxo, apoiando uma grande tigela de plástico em forma de abóbora cheia de doces na cintura, com um pequeno Darth Vader pendurado na perna.

– O que você tá fazendo aqui? – pergunta ela, mas não há nada além de alegria em seu rosto, ligeiramente escondida debaixo da minha expressão favorita dela, aquela com a sobrancelha franzida.

– E de quem você tá fantasiada? – pergunto, ignorando a pergunta dela por completo porque é ridícula, afinal onde mais eu estaria a não ser com ela?

Sadie sorri, mas é Liam quem grita:

– Um Wookiee!

E depois ele pula em cima de mim. Eu o seguro e sigo Sadie para dentro da casa, trancando a porta. Esse é o máximo que já entrei na casa dela, que é pequena e gelada. Nem parece que o aquecimento está ligado – e talvez não esteja.

Há uma escada que parece um pouco em más condições. Bem à direita se encontra uma pequena cozinha com azulejos azuis e biscoitos numa assadeira em cima do fogão, o que explica o cheiro açucarado. À minha esquerda, vejo Oliver sentado num sofá floral manchado. A luz vem de uma lâmpada na mesinha lateral e da tevê.

– E aí, parceiro?

– Fala, Koteskiy. – Ele acena com a cabeça e volta a atenção para a tela.

Minhas sobrancelhas se erguem até o cabelo. Sadie cobre a boca para conter uma risada, depois vira na direção da cozinha. Eu a sigo com Liam ainda no meu quadril, que me conta sobre os doces que pegou no "bairro do povo rico" e que Sadie não quer deixá-lo comer mais doces essa noite.

Pego um biscoito na assadeira, mas Liam bate na minha mão e grita:

– A gente tem que cantar primeiro!

– Cantar o quê?

– "Parabéns"!

– É seu aniversário, amigão?

Meus olhos dançam enquanto olho dele para uma Sadie corada. Liam dá risada, barulhento e feliz, como se eu tivesse contado alguma piada ridícula.

– Não, é da Sissy. Ela tá fazendo... Hum... – Ele se inclina para a irmã e sussurra de forma bastante audível: – Quantos anos você tem mesmo?

– Agora, 22.

– Ela tá fazendo 22 anos! – grita ele para mim na mesma hora.

Meu coração para e franzo as sobrancelhas enquanto olho para ela de novo.

– Eu... não fazia ideia.

Sadie balança a cabeça e cruza os braços.

– É óbvio, porque não te contei, craque.

Ela enfia um biscoito de açúcar na boca antes que Liam possa detê-la, sorrindo de um jeito travesso para o irmãozinho enquanto mastiga.

Pode ser ridículo, mas estou um pouco magoado por ela não ter me contado.

Liam desce dos meus braços e exige que eu chame o irmão para que a gente cante parabéns e Sadie faça seu desejo de aniversário. Pego um biscoito, um com desenho de abóbora, e vou para a sala de estar.

Eu me inclino sobre o encosto do sofá. *Halloween III – A Noite das Bruxas* está passando na tevê, a mesma música besta que atormentou meus pesadelos quando eu era criança.

– Como foi sua partida? – pergunto a Oliver ao me lembrar de que ele tinha uma essa tarde.

Ele não olha para mim.

– A gente ganhou.

– Marcou algum gol?

Abro um sorrisinho e dou um leve empurrão no ombro dele. Oliver fica de pé, contorna o sofá e para na minha frente, mais perto de mim do que jamais ficou. Inferno, mais perto do que já o vi chegar de qualquer pessoa fora Sadie e Liam.

Ele coça a nuca.

– Minha terapeuta falou que a Sadie provavelmente passou por um trauma com o aniversário dela – sussurra. – Porque, quando ela tinha mais ou menos a minha idade, alguma coisa aconteceu com a nossa mãe. – Ele dá de ombros. – Sempre achei que fosse porque nosso pai fica muito, *muito* bêbado em datas comemorativas. No Natal, ele fica triste. No Halloween, ele costuma ficar com raiva. Mas não sei.

Não desvio o olhar dele. Minha barriga dói e o gosto residual do biscoito azeda minha língua.

– Deve ser por isso que ela não te contou. E... não quero que você fique bravo com ela.

Tento engolir o nó que se forma na minha garganta.

– Não tô bravo com a Sadie – respondo baixinho. Há certa hesitação em sua postura, em cada traço do seu rosto, como se ele quisesse falar mais, mas não soubesse como. Então dou um palpite. – Não vou abandonar a Sadie, Oliver. Nunca, tá? Pode ser que um dia ela me peça pra ir embora, mas *nunca* vou ser eu que vou abandonar ela. Nem ela, nem seu irmão, nem *você*. Me diz que você entende isso.

As bochechas dele coram e ele olha para o chão.

– Entendo.

– Que bom – digo e, por um momento, fico com vontade de chorar.

Quero abraçar esse garoto, porque parece ter um peso enorme nos seus ombros, mas sei que ele é mais ou menos como Bennett e realmente não gosta que toquem nele. Então dou um rápido tapinha no seu ombro e nos direciono para a cozinha, indo atrás dele.

Cantamos "Parabéns pra você" a plenos pulmões e aplaudimos quando Liam acrescenta um versinho no final, de improviso, adicionando muitos barulhos bobos com a boca até que ele esteja rindo tanto da própria piada que nem consegue continuar.

Dou um beijo na testa de Sadie quando ela pega outro biscoito, e ela se aconchega em mim por um momento.

Estou completamente apaixonado.

CAPÍTULO TRINTA E NOVE

Rhys

Estamos deitados na cama dela, apenas inspirando o cheiro um do outro, e consigo ver que ela está tentando me decifrar.

Estou fazendo o mesmo com ela.

Faz muito frio aqui. Sadie explicou que a casa é antiga e que o aquecimento gerou uma conta astronômica de gás no ano anterior. O plano deles agora é evitar usar o aquecedor até que seja estritamente necessário.

Pretendo resolver esse problema o mais rápido possível.

Depois de enfiar Liam sob dois cobertores extras, contar três histórias para ele dormir e fazer Oliver jurar que iria para a cama depois de ver mais uma hora de filmes de terror, Sadie me levou para o quarto dela.

Ao ver os lindos lençóis azuis, os pequenos troféus e as medalhas de patinação artística, fotos de competições e de versões mais novas de Liam e Oliver, é difícil fingir que eu não a imaginava nesse quarto toda vez que ligava para ela da estrada. Que minhas fantasias quando estava em chuveiros ou camas de hotéis, nas viagens para jogos fora de casa, não eram dar prazer a ela por horas, tomando-a devagar por trás enquanto olhos de gato acinzentados me olhavam por cima do ombro delicado e sardento.

Mas não é isso que quero agora.

Passo a mão pelo cabelo dela, sua cabeça repousada no meu peito, enquanto meu outro braço a envolve e a mão faz círculos nas costas dela, debaixo da camiseta grande e surrada.

– Por que não me contou do seu aniversário?

Ela dá de ombros de leve.

– Nunca veio à tona.

Mentirosa. Beijo a testa dela de novo.

– Oliver acha que tem a ver com a sua mãe.

Silêncio.

– Você nunca fala dela – continuo.

Sadie se senta e afasta o corpo de mim. Não posso dizer que não esperasse por isso, mas não faz com que doa menos.

– Não tem nada pra falar – retruca ela, o sussurro venenoso ecoando na escuridão do quarto de infância dela.

– Sadie…

– Deixa isso pra lá, Rhys.

Se ela espera que eu dê para trás e deixe que extravase no meu corpo o que quer que esteja sentindo, como tenho certeza que já aconteceu com muitos caras, está prestes a passar por uma experiência nova.

Eu me sento e me encosto na cabeceira da cama, relaxado.

– Não vou deixar pra lá. O que aconteceu no Halloween? – Já que ela não fala, eu insisto: – Não tô aqui *só* por causa da Sadie feliz na minha cama. Tô aqui por causa da minha lindeza frustrada e zangada. Pela minha *kotyonok* assustada.

– Essa droga de palavra de novo – resmunga ela, bufando baixinho. Ela fica me perguntando o que significa, então sei que ainda não pesquisou. Se soubesse a tradução, provavelmente me daria um tapa. – Não tô com medo de você, Rhys.

Será que ela se deu conta de que está quase em posição fetal, abraçando o próprio corpo?

– O que aconteceu no seu aniversário? – Minha voz é gentil e suave.

Ela me olha como se eu fosse um estranho na cama dela e, embora o olhar arda, aguento firme.

– Minha mãe foi embora quando eu devia ter a idade do Liam. E depois voltou. Ficou grávida do Oliver e, durante um ano, quem sabe, foi incrível. Aí ela simplesmente começou a sumir.

– Como assim?

Ela dá de ombros.

– Ela começou a ter uns... sabe... episódios de mania. Acordava de manhã e decidia viajar, não importava se eu tivesse uma competição de patinação, treino ou escola, ela simplesmente... ia embora. Tipo, sumia, às vezes por semanas, às vezes por um dia ou dois. De vez em quando, ela me levava junto, ou o Oliver.

Ela faz uma pausa.

– E aí, um dia, meu pai chegou em casa e o Oliver estava sozinho no berço. Ele levou o Oliver pro hospital, em pânico. Quando ligou pra escola, descobriu que eu não aparecia nas aulas fazia três dias.

Franzo a testa e resisto ao desejo de me aproximar dela.

– Por que ele demorou tanto pra notar?

– Ele jogava hóquei na época. Numa liga menor, nada como o seu pai, mas estava viajando por causa dos jogos fora de casa.

– E... o Oliver? – Não quero dizer em voz alta o que estou pensando.

Mas ela diz:

– Ele ficou sozinho no berço por dias. Ela deixou uma mamadeira pra ele e um pouco de comida cortada, mas foi só. – Algumas lágrimas escapam de seus olhos, embora Sadie não pare de encarar um buraco nos lençóis entre a gente. – O Oliver passou dias no hospital. Ficaram preocupados que isso prejudicasse ele. Não sei como ele tá vivo.

Ela respira fundo.

– O serviço de proteção à criança foi chamado, mas meu pai e o treinador dele ajudaram a botar panos quentes em tudo. E eu não queria perder o Oliver, então falei o que me mandaram dizer. Mas minha mãe teve que fazer terapia. Eu também fiz, por um tempo. E as coisas ficaram bem por, sei lá, um mês? Não lembro. Só me lembro de acordar um dia e encontrar meu pai chorando, segurando o Oliver no sofá, e ele me contou que ela não ia voltar pra casa. Que a gente tinha que cuidar um do outro a partir dali.

Respiro fundo, trêmulo, porque dá para *sentir* que a situação com a mãe dela não vai melhorar. E aposto que essa não é a pior das lembranças presas na mente linda dela, atormentando-a.

Fico imaginando se ela já tinha falado disso tudo em voz alta. Será que notou que treme tanto ao dizer algumas das palavras que faz a cama balançar também?

– Então, acho que quando eu tinha uns 12 ou quem sabe uns 13 anos, ela voltou pra casa. Foi o melhor dia de todos. Ela me pegou na escola num conversível vermelho brilhoso e me levou ao shopping pra experimentar fantasias de Halloween. Ela queria que as nossas roupas combinassem e a gente fizesse uma festa, só nós duas. Com bolo, balões... Tudo. Quando a gente chegou em casa, ela dispensou a babá, vestiu o Oliver com uma fantasia e me mandou subir pra me arrumar. Ela ia buscar umas velas pro meu bolo.

Um soluço brota na sua garganta, mas eu a vejo contê-lo antes de erguer os olhos ardentes e esfumados para mim e encerrar o relato com:

– Eu fiquei sentada lá fora, no meio-fio, o Oliver com 3 anos, até que meus vizinhos chamaram meu pai.

– Lindeza – digo, engasgado, desejando desesperadamente poder abraçá-la.

Droga, meus braços se levantam numa tentativa, mas ela se encolhe. Acho que doeria menos se me batesse.

– Quando minha mãe deixou o Oliver da última vez, algo dentro de mim teve certeza de que ela não ia mais voltar.

Ela diz isso com naturalidade, como se esse acontecimento não tivesse alterado o seu mundo.

– Ela não deixou só o Ollie, lindeza – sussurro, gentil mas ainda suplicante. – Ela te deixou também.

Ela balança a cabeça.

– Ela me deixou quando eu era muito mais nova. Ela voltou por causa do Oliver, depois deixou ele também.

Ela foi abandonada pela mãe duas vezes. *Duas vezes.*

– E o seu pai?

– Ele começou a beber, mais do que já bebia. Apareceu em um ou dois jogos bêbado e, no fim, dispensaram ele. Foi aí que o treinador Kelley começou a ajudar e criou um programa de bolsas de estudo para eu poder continuar patinando. O Oliver começou a jogar hóquei porque o rinque de patinação era meu refúgio, então se tornou o dele também.

Não quero perguntar, mas preciso.

– E o Liam?

– Hum. – Ela solta o ar e morde o lábio. – É... Não sei muita coisa. Mas, uma manhã, desci as escadas pra ir à escola e tinha um bebê no chão, perto do meu pai, que estava inconsciente.

Engulo em seco.

– Quantos anos você tinha?

– Tinha 16. Foi... assustador, por um tempo. Mas comecei a trabalhar por essa época e minha mãe passou a pagar pensão alimentícia depois que meu pai levou ela ao tribunal. Então pelo menos ele foi sóbrio o bastante pra fazer alguma coisa.

Ela ri, mas não tem graça nenhuma na risada. Eu imagino uma garota de 16 anos, menos zangada, cuidando das crianças, equilibrando o orçamento da casa, curando a ressaca do pai mesmo quando ele não merecia. Protegendo os irmãos. Mantendo os dois por perto, porque não havia um adulto na vida em quem pudesse confiar.

E ninguém pra cuidar dela.

Ninguém cuidava de Sadie havia anos. Isso era o normal para ela.

Meu peito fica muito apertado de novo.

Não mais.

– Posso te abraçar? – pergunto, sem me conter. – Por favor.

Espero pela rejeição, pelo muro de frustração, e estou preparado para lutar por ela. Sempre vou lutar.

Mas ela apenas faz que sim com a cabeça, exausta ao se aproximar de mim e se enfiar de novo do meu lado. Só quando está dormindo profundamente, esgotada mas linda, é que sussurro:

– Nunca vou te deixar. Feliz aniversário, Sadie.

Juro que ela sorri enquanto dorme, mas estou à beira do delírio quando se trata dela.

– Eu te amo. – Articulo as palavras com os lábios, pressionando-as contra a testa dela, esperando que, de alguma forma, ela as ouça.

De alguma forma, ela sabe.

Acordo no susto.

O relógio na mesa de cabeceira dela marca 3h47, piscando numa fonte vermelha brilhante. Franzo a testa e esfrego os olhos por um momento, tentando descobrir o que me acordou. Será que tive outro pesadelo? Não tenho há meses, mas, ao dormir num lugar diferente, eu poderia...

Há um barulho arrastado, mas só faz Sadie se mexer e se enrolar mais para perto de mim. Ela começa a abrir os olhos, então a ajeito de volta.

– Continua dormindo, gata. Vou só dar uma olhada nos meninos. Acho que o Oliver ficou acordado mais tempo do que prometeu.

O corpo dela rola suavemente para o outro lado da cama. Coloco minha calça de moletom e saio do quarto.

Liam está dormindo profundamente e não se mexe um centímetro sequer enquanto fecho a porta. Já Oliver está acordado, parado no topo da escada, prestando atenção a alguma coisa.

– Ei, parceiro – sussurro, preocupado com o olhar zangado em seu rosto. – E aí? Não consegue dormir?

Ele franze a testa.

– Você não ouviu?

– Ouvi. Foi isso que te acordou?

Ele bufa.

– Meu pai sempre acorda a mim e a Sadie. O Liam dorme, não importa o que aconteça. – Ele me olha de cima a baixo de novo. – Mas fiquei surpreso que a Sadie tenha continuado dormindo.

– Tentei não deixar que ela acordasse. – Mas agora me sinto ridículo. Nunca tive que lidar com um alcoólatra, a não ser no contexto de amigos bêbados da faculdade ou do ensino médio. Não com um adulto. – Ele... fica violento?

– Geralmente não. Mas o Halloween deixa ele com raiva. – Oliver dá de ombros e cruza os braços. – Ele costuma só quebrar umas coisas e depois desmaia no sofá. Mas...

– O que foi?

Oliver está com aquele mesmo olhar de novo, como se não soubesse se pode contar isso, se é certo falar. Como se alguém fosse ficar chateado com ele. É quase uma mistura de incerteza e raiva.

– Pode me contar qualquer coisa, lembra?

Tento fazer com que recorde minhas palavras de antes. *Não vou abandonar você.*

– É a bolsa da Sadie. Sei que ainda tá lá embaixo. Ela costuma esconder, mas...

– Eu a distraí.

Ele faz que sim com a cabeça.

Saco.

– Ele rouba dela?

– O tempo todo. E... sei que ela acabou de juntar dinheiro suficiente pra competição dela de dezembro. Tô com medo que ele...

Ergo a mão para impedir o leve pânico que consigo ouvir rastejando em sua voz.

– Eu vou pegar, tá?

– E se ele brigar com você?

Sorrio, jogando todo o meu charme capaz de desarmar as pessoas.

– Qual é, Ollie, olha pra mim.

– Só não quero que seja por isso que você vai embora.

Outro soco no estômago. Outra razão pela qual estou planejando nunca mais perder essas crianças de vista. Eu me casaria com Sadie amanhã se isso significasse tirar todos eles dessa maldita casa.

Mas a quem quero enganar? Eu me casaria com Sadie amanhã. Ponto final. Não preciso de um motivo.

– Deixa eu resolver isso, tá?

CAPÍTULO QUARENTA

Sadie

Acordo com uma gritaria.

Meu corpo sacode como se tivesse sido eletrocutado. Um dos meus maiores medos de ficar nessa casa é a raiva do Oliver o levar a um confronto. Acordar com gritos e uma briga entre um adulto bêbado e uma criança.

Tenho que tirar eles daqui.

Desço as escadas correndo, dois degraus de cada vez, e vejo Oliver ao pé dela, inclinado na direção da cozinha. Ele tenta me impedir, mas passo por ele e encontro meu pai segurando uma garrafa de cerveja quebrada acima da cabeça como uma arma. E Rhys, com as palmas para cima, braços estendidos, tentando acalmá-lo.

O olhar do meu pai se volta para mim e ele desfaz a postura de luta.

– Sadie! – grita ele, se desmanchando em lágrimas quase no mesmo instante.

Não quero que Rhys veja essa parte. A parte em que meu pai se desculpa, chora e me implora para ajudá-lo. Não quero que Rhys saiba que às vezes meu pai diz que me odeia porque *sou igualzinha a ela*. Não quero que Rhys veja que, quando me aproximo o suficiente para ajudá-lo, ele afaga minha cabeça com carinho ou afasta meu rosto com tanta força que uma vez bati no armário e quase quebrei a mandíbula.

Odeio isso.

– Você precisa ir embora – disparo para Rhys, me colocando entre os dois.

– Sadie, para – diz Rhys, quase desesperado.

– Eu lido com ele. Sempre faço isso... e nunca precisei da sua ajuda. Agora vai.

Oliver parece aflito por um momento e sai revoltado quando chego perto do meu pai, tentando tirar a garrafa da mão dele. Meu pai a puxa para trás e a atira na parede, grita algo sobre tudo isso ser minha culpa, depois começa a chorar de novo.

Tem vidro por toda parte e Rhys... Ainda. Não. Foi. Embora.

– Sadie, toma cuidado – implora ele.

– Vai. Por favor, Rhys. Não preciso da sua ajuda!

– Por favor, gata. Tem vidro *por todo lugar*. Só... me deixa te ajudar.

Eu me viro para ele.

– Chega! Não preciso que me conserte, Rhys. Não preciso ser *consertada*. Tenho tudo sob controle. Oliver vai pros treinos dele, e *eu* dou um jeito pra que tenha patins novos e equipamentos quando precisa. Sou *eu* que faço isso! Liam aprendeu a ler porque eu ensinei a ele antes até que fosse pra droga da escola, porque eu tinha 19 anos e, pra falar a verdade, não fazia a menor *ideia* do que ele deveria saber. Não precisei da sua ajuda na época e não preciso agora.

Espero que ele saia. Que diga que sabia que eu era desse jeito, que eu não valia nada, que sou uma pessoa detestável. Uma megera, raivosa demais, incapaz de ser amada.

Mas ele só fica ali, quieto e sério.

Minha respiração falha. Tenho certeza de que estou chorando, o que é constrangedor, mas mantenho minha expressão furiosa, os braços cruzados. Quero que ele saia, preciso que ele...

Ele pega a vassourinha e a pá penduradas na parede e começa a varrer o vidro, agachado na minha frente.

– Rhys! – quase grito dessa vez, minha fúria só aumentando.

Ele balança a cabeça e, por fim, me encara com os olhos escuros cor de chocolate e uma expressão severa que raramente vejo nele.

– Não. Não vou a lugar algum. Nem agora, nem nunca. Vamos conversar assim que isto aqui for resolvido. Agora... – ele solta uma expiração trêmula e gira os ombros enormes e musculosos – vou limpar esse vidro porque, se você cortar o pé aqui, nem que seja a droga de um cortezinho de nada, acho que dou um chute na cara dele, entendeu?

Cada palavra soa calma, quase serena, mas vejo a fúria sob a superfície. Como se estivesse se contendo porque *sabe* que não consigo lidar com isso.

– Tá bom – respondo, surpreendendo a mim mesma.

Meu pai já está quase desmaiado, encostado na parede atrás de mim, agora silencioso, mas roncando. Sustento seu corpo cada vez mais magro e caminho com ele até a sala de estar, atenta ao vidro, então o coloco na poltrona reclinável e torço para que continue apagado.

– Rhys…

Ele ergue a mão para mim e olha por cima do ombro.

– Sobe, Sadie. Me espera lá. Só preciso de um minuto.

Minha pele parece que vai começar a derreter e tenho certeza de que estou à beira de um surto psicótico quando Rhys finalmente sobe as escadas.

Ele fecha a porta, depois se vira por completo para ela e apoia a testa na madeira. Respira fundo várias vezes antes de caminhar pelo quarto evitando meu olhar. Coloca algo na mesa. Eu me dou conta de que é minha bolsa e sinto um aperto na barriga.

– Você vai embora?

Isso o faz olhar para cima, depois desviar o rosto de novo. Sinto aquele pânico na respiração aumentar, como se estivesse me afogando e me debatendo para chegar à superfície. Quero agarrar seu pulso e implorar para que fique, então cruzo os braços para me conter.

– Não sei o que preciso fazer pra provar a você e ao Oliver que não vou embora… e, pra falar a verdade, seja lá o que for, eu faço.

– Espera… – Eu tento ganhar um tempo, atordoada e sem palavras. – Então… por que você não olha pra mim?

Aversão, ódio de si. Se os dois forem regados o suficiente, crescem como trepadeiras impossíveis de arrancar. Em mim, cresceram espinhos, que me envolveram quando eu era criança e ninguém nunca se preocupou em tentar ultrapassá-los. Até agora.

– Porque, Sadie, se olhar pra você, vou ver aquele medo que vi com tanta *clareza* quando você entrou na cozinha! – grita ele, a voz dura como jamais o ouvi usar, ainda mais comigo. – Não consigo tirar a expressão do Oliver da minha cabeça, e agora a sua. E, se eu vir isso, não acho que vou ser capaz de me impedir de bater de frente com *ele*.

Não digo nada. Mal respiro, como se algum barulho pudesse arruinar esse momento.

Você estraga tudo. Olha para ele... O menino de ouro, que nunca fica com raiva, de repente está furioso. Você pega tudo de bom e estraga. Oliver é o próximo, já tão cansado. Liam não vai ficar muito atrás.

Fecho os olhos.

– Olha pra mim – exige ele e faço isso na mesma hora.

Ele está andando de um lado para o outro ao pé da minha cama, à luz suave da minha lâmpada de cabeceira. Ele parece tão importante, sempre pareceu. Do jeito que imagino os filhos dos deuses antigos, grandiosos de alguma forma que os tornava diferentes dos meros mortais.

– Pensei que você estivesse destruído como eu – sussurro, botando as palavras para fora. – Mas você não tá. Você é... Rhys, você é incrível. Você é tudo pras pessoas ao seu redor, mesmo aquelas que não te conhecem. Lá fora. No campus ou no rinque... Você é uma estrela. Tão brilhante. E você podia estar sofrendo quando me conheceu, mas... você tá melhorando. E a minha vida vai ser assim por um bom tempo.

Faço uma pausa antes de dizer:

– Tipo... Eu tô tentando conseguir a guarda dos meninos, tentando me formar no início deste semestre para que eu possa conseguir um emprego e provar pra um bando de adultos que sou capaz de cuidar do Oliver e do Liam, como já tenho feito. E eu... – Engasgo, porque percebo que estava prestes a dizer algo insensato. – Eu me importo com você o bastante pra saber que você vai ter uma vida imensa, estrondosa e incrível. Mas eu...

Rhys ergue a mão para me deter e fico em silêncio. Em parte porque não *quero* dizer o que estava prestes a falar. É egoísmo, mas eu o *quero*, sempre, ainda que o tempo todo eu o arraste para baixo ou o segure.

– Vou falar uma coisa agora, lindeza. E preciso que você me ouça. Me ouça de verdade, tá?

Assinto.

– Eu te amo – diz ele, e está sorrindo, as duas covinhas cintilando.

Como se eu não tivesse despejado nele a zona que é a minha vida, primeiro sobre minha mãe, depois com a cena do meu pai bêbado tentando atacá-lo e agora com meu discurso sobre como é terrível para ele que eu esteja em sua vida.

Minha raiva nunca funcionou com Rhys, nem meus esforços para afastá-lo.

Então fico ouvindo, meu coração batendo tão rápido que tenho certeza de que vai criar asas e sair voando do peito.

– Eu te amo. Amo tudo em você. Amo sua raiva e seu sarcasmo. Amo o jeito que você patina, como se estivesse em chamas. Isso me faz lembrar de quando me apaixonei pelo hóquei. Eu amo como você cuida dos seus irmãos, como ama e protege a Ro. Amo o jeito como fica frustrada, com aquele olhar confuso no rosto, o mesmo de agora, com essa ruguinha entre as sobrancelhas.

Dou risada com ele nesse momento. Não desvio o olhar de seu rosto, mesmo quando ele inclina a cabeça para trás e sorri de novo.

– E nada, nenhuma parte sombria de você ou da sua vida, vai mudar isso. Então, como falei pro Oliver, se você não me quiser mais, eu vou ter que dar um jeito de aceitar. Mas *nunca* vai haver um dia em que eu não te queira.

Ele está ao lado da cama, olhando do alto para onde estou sentada, meus dedos torcendo os cobertores. Ele se inclina e segura meu queixo com delicadeza.

– Me diz que entendeu isso.

– Entendi.

Rhys assente.

– Que bom.

Minha boca se abre como se eu fosse dizer o mesmo pra ele, mas fico boquiaberta como um peixe fora d'água. Ele aproveita para beijar meu lábio inferior, sugando-o de leve. Encostamos nossas testas quando ele se senta na cama e me envolve no conforto do seu calor.

– Não precisa dizer nada agora, tá? Posso te amar o suficiente por nós dois.

– Não vai precisar ser pra sempre – deixo escapar.

Ele sorri e vejo o brilho em seus olhos calorosos. Vejo que ele entende a minha promessa.

– Por enquanto, *kotyonok*.

– Algum dia você vai me contar o que essa palavra significa?

– Talvez um dia – retruca ele, antes de me colocar de costas no colchão e imprimir *eu te amo* em cada centímetro da minha pele ao fazer amor comigo, suave, doce e devagar.

Depois, ele pede minha caixinha de som com bluetooth e a coloca na cama entre a gente. A janela grande em cima da minha cama deixa vazar o luar sobre a pele dele, como se o banhasse naquela luz. Enquanto ele mexe no celular, eu me inclino para a frente, beijo e mordisco seu pescoço de novo.

Dois cliques, e a música toca. Uma que conheço bem, mas não de uma das minhas playlists. A voz de Brandi Carlile é suave, com o dedilhar das cordas do violão lento e agradável. Rhys Koteskiy está tocando "Heaven" na caixinha de som do meu quarto.

– Essa é a minha música pra você.

Minha reação automática é fazê-lo parar. Convencê-lo de que não deveria ter uma música para mim. Principalmente essa. Mas sua expressão é tão franca, com cada músculo relaxado, que *acredito* nele.

Que ele me ama.

Há uma inocência juvenil em seu rosto, como se ele não tivesse acabado de transar devagar comigo no colchão, com a mão cobrindo a minha boca para me manter quieta.

– Você tem alguma pra gente? – pergunta ele do nada.

Só um milhão, quero dizer.

Rhys Koteskiy nunca se resumiria a uma música: ele é uma sinfonia, uma playlist interminável que quero repetir para sempre.

– Vou pensar em uma – respondo, me enroscando nele.

Acho que ele está marcado a fogo na minha pele.

Nunca vou me recuperar dele.

CAPÍTULO QUARENTA E UM

Sadie

Estou linda.

Foi Ro quem achou esse vestido, embora tenha se recusado a me contar onde, e ele serviu como uma luva. Um longo preto em seda, com uma fenda até o meio da coxa. O suficiente para ser sexy sem ser vulgar.

Enquanto fiz a maquiagem, minha melhor amiga arrumou meu cabelo. Fez um coque e deixou duas mechas soltas na frente para emoldurar meu rosto. Ainda estou usando meu batom vermelho-cereja de sempre e fiz os olhos esfumados, mas o efeito é mais majestoso. Menos "a Sadie competitiva". Mais "a lindeza do Rhys".

Do Rhys. Dele.

Nunca pertenci a ninguém nem a lugar nenhum. É uma sensação calorosa que imaginei que seria sufocante.

Ro se ofereceu para buscar os meninos depois que eles voltassem de carona para casa do treino, algo que tenho certeza de que os pais de Rhys ajudaram a organizar. Por enquanto, estamos na Casa do Hóquei, então meio que parece um baile de formatura quando desço as escadas para uma sala cheia de rapazes vestidos de smoking.

Rhys, Freddy e Bennett – os dois últimos sem acompanhantes – estão de dar água na boca.

Bennett ficou ainda mais parecido com o pai. Sua altura e porte continuam impactantes, mas ele está usando um smoking todo preto, sem gravata. Suas mechas castanho-douradas rebeldes estão só um pouco assentadas, mas ele fez a barba, o que de alguma forma o torna mais intimidante.

Freddy está de terno azul, com o cabelo penteado para trás, a camisa aberta apenas o suficiente para revelar um lampejo da corrente de metal que ele costuma usar.

Talvez eu seja suspeita, mas Rhys parece um modelo de capa de revista ou uma celebridade no tapete vermelho. Seu cabelo está mais curto, não tão desalinhado como ultimamente, e ele passou algum tipo de fixador. O smoking é preto, simples, com uma gravata-borboleta perfeita no colarinho.

Uma gravata-borboleta que decido arrumar de qualquer jeito, mesmo que não entenda nada do assunto. Só mudo a posição dela de um lado para o outro, porque esse momento parece um sonho e quero que continue assim.

Ele segura meus pulsos e interrompe o movimento para me dar um beijo gentil. Seus olhos ardem quando se afasta e me observa.

– Você tá tão perfeita, lindeza! – Ele sorri. – E eu tenho tanta sorte!

Quase deixo escapar as palavras que estão na ponta da língua há cinco dias, desde o Halloween. Mas estamos cercados de amigos e, se conheço o Rhys, no momento em que essas palavras saírem da minha boca, não vamos sair do quarto dele por um tempo.

Então, em vez disso, beijo sua mão. Meu carinho é mais suave e faz suas bochechas corarem. Ele pode ser um capitão firme de hóquei no gelo quando está sobre os patins, o destemido líder dos Lobos da Waterfell. Mas, para mim, sempre vai ser um fofo.

Os pais de Rhys planejavam nos encontrar na entrada, mas já estão encurralados no canto pela multidão quando chegamos lá. É um evento de arrecadação de fundos para a Fundação Primeira Linha, que recentemente entendi que não é apenas uma chance de Max Koteskiy praticar o voluntariado, mas é a instituição de caridade *dele*. Foi ele quem a fundou, a financia e tudo mais, para que todas as crianças tenham a chance de patinar.

Anna, a mãe de Rhys, está deslumbrante em seu vestido verde-escuro. Ouvi os colegas de equipe provocarem Rhys comentando sobre a beleza da mãe dele, e não estão errados. Ela é linda, nitidamente em forma e tem olhos sempre radiantes. Mas é fácil ficar perto dela, porque faz todo mundo sorrir, e acho que essa é a verdadeira razão pela qual todos se sentem atraídos por ela.

É apenas a quarta ou quinta vez que encontro os dois, mas agora sem Oliver e Liam disputando a atenção deles e aliviando o meu lado, por isso estou nervosa. Estou aprendendo a confiar em Anna. Devagar. Em Max também.

Em dado momento, depois de algumas voltas na pista de dança quadriculada – onde tive uma agradável surpresa com a habilidade de Rhys de dançar valsa –, vamos para perto dos dois.

Os fotógrafos aproveitam a oportunidade para tirar fotos do grande Maximillian Koteskiy com o filho, a estrela do hóquei em ascensão, Rhys Maximillian Koteskiy. Eles não ligam para Anna até que Max começa a anunciar os feitos arquitetônicos da esposa, que ele afirma serem muito mais importantes do que os de um jogador aposentado da NHL.

E então eu entendo a razão pela qual Rhys me ama do jeito que ama. A razão pela qual ele cuida dos meninos e quer nos manter por perto. É porque ele viu isso a vida toda. Foi cercado de amor.

Me amar, amar meus irmãos... é fácil para ele.

Meu peito fica apertado e continua a apertar mais até eu quase ter certeza de que vou morrer.

Então, quando eles terminam de posar para fotos, arrasto Rhys para o corredor acarpetado do centro de conferências e sigo em direção à entrada de serviço. Eu o empurro para uma sala de conferências vazia que é enorme, escura e cheia de mesas e cadeiras em desordem.

Ele ri quando o prendo debilmente na parede. Olha para mim com ardor, os olhos semicerrados e calorosos feito chocolate quente me aquecendo.

– Não consegue aguentar nem umas horinhas, hein? Precisa tanto assim de mim, *kotyonok*?

Ele não usa essa palavra com tanta frequência, mas sempre fico excitada quando fala russo.

– Eu te amo.

Não é bem como planejei; nenhum discurso bonito para combinar com o que ele fez, que repito quase sem parar na minha cabeça. Por isso, continuo falando:

– E me desculpa por não ter...

Ele me cala com um beijo, me segurando pelo quadril com as mãos que quase abrangem minha cintura inteira, me levantando para que eu possa envolvê-lo com as pernas. Isso faz com que a seda do vestido escorregue e suba até minha cintura, o que parece ser o objetivo dele.

– Sem desculpas, lindeza. – Ele beija meu pescoço. – Com você, não tem pelo que pedir desculpa. Eu te amo tanto. Eu te amo.

Rhys não para de dizer isso enquanto me deita numa das mesas cobertas com toalhas, o brilho do luar iluminando minha pele. Sua gravata-borboleta desaparece junto com o paletó antes que ele agarre minha clavícula com a boca e deslize suavemente as alças finas do vestido pelos meus braços até que meus seios estejam nus para ele.

Minha respiração sai entrecortada quando a mão dele se desloca para o local sensível no meio das minhas pernas. Ele sibila ao encontrar apenas a pele descoberta.

– Tava assim a noite toda? – pergunta, pressionando com firmeza meu clitóris, depois deslizando os dedos de leve pelos meus lábios antes de voltar a fazer círculos num padrãozinho cruel.

– Pra não marcar o vestido – mal consigo falar, mas dou um gemido alto e desesperado em seguida, quando seus dedos penetram em mim.

Tento me acalmar e não gozar, porque *sei* que Rhys está prestes a ficar de joelhos e me chupar até que eu trema, mas nada do que faço está funcionando.

Já estou à beira do precipício só de olhar para ele em meio às sombras da sala. O menino de ouro, Rhys Koteskiy, desapareceu. Em seu lugar está a sombra que sei que vibra em suas veias. Talvez isso o assustasse antes, mas essa versão sem amarras dele... Eu a amo tanto quanto a que é um astro.

Ele me lança aquele olhar sombrio e provocador, como se soubesse direitinho que estou quase lá.

– Repete – exige ele.

– Eu te amo.

– Que boazinha – diz ele e fica de joelhos.

Ele me provoca com a língua, sem se preocupar em tirar os dois dedos que deixou em mim. Leva apenas dois minutos com os lábios ao redor do meu clitóris, sugando e estocando a língua depressa, várias vezes, até que eu exploda como uma bomba.

Fico apertada ao redor dos seus dedos quando ele afasta os lábios. Ele aparece em cima de mim de novo para me beijar, e o meu sabor nos lábios dele, na boca dele, é tão erótico que vibro de novo.

Rhys abre o cinto e as calças, tirando tudo antes de puxar um preservativo do bolso e colocá-lo. Fico deitada como uma massa molenga sem ossos, apenas observando-o. Acho que eu faria qualquer coisa que ele quisesse agora.

– Nossa! – grita ele, deslizando devagar para dentro de mim enquanto fico mais apertada ao redor dele, ainda vibrando.

Não importa que eu mal tenha me recuperado do meu orgasmo anterior; sinto que meus batimentos cardíacos se concentram lá embaixo, como se meu corpo implorasse por mais.

– A primeira vez que te vi assim, pensei que você fosse pequena demais pra mim.

Eu gemo, alto e agudo, e ele entra mais um pouco de novo, ainda se segurando.

– Mas você serve em mim como uma luva, gata – fala ele, admirado, antes de enfiar até o fundo.

Arqueio as costas, o peito arfando quando ele começa a me comer, duro e persistente.

Sempre parece a primeira vez com Rhys, e fico imaginando se, daqui a alguns anos, quando tivermos filhos, um quintal e um cachorro, ainda vou me sentir desse jeito.

Ele não para, não faz uma pausa. Continua com as estocadas e me faz ter outro orgasmo. Então belisca de leve meu mamilo com uma das mãos e segura meu queixo com a outra.

– Me dá mais um, *kotyonok*. – A voz dele está rouca agora, a testa com um leve brilho de suor.

– Rhys... e-eu não consigo! – grito.

– Consegue. Fala de novo e goza pra mim.

Ele passa os dedos pelo meu clitóris, esperando até que as palavras "eu te amo" saiam dos meus lábios antes de me pressionar. Como o riscar de um fósforo, eu me perco de novo.

Ele goza logo depois de mim, dizendo que me ama. Murmura um fluxo constante de palavras doces enquanto descarta o preservativo e me limpa, puxa as alças de volta para os meus ombros e me ajuda a levantar. E não para de me beijar. Endireito meu vestido enquanto ele joga a toalha de mesa que usamos na lata de lixo num canto.

Não consigo parar de sorrir para ele, mas por fim me viro para pegar meu celular enquanto ele se arruma. Tem cinco chamadas perdidas de um número desconhecido com um código de área local. Assim que desbloqueio o aparelho, ele começa a tocar de novo.

– Alô?

– É Sadie Brown?

Os olhos de Rhys se voltam para mim com uma leve preocupação e sei que ele consegue ouvir cada palavra no silêncio da sala.

– Sim, quem é?

– Meu nome é Samantha, sou enfermeira do Hospital Geral de Greenwood. – Meu estômago revira com a menção ao hospital que fica na cidade vizinha. – Estávamos tentando entrar em contato com você. Seu pai foi trazido há cerca de uma hora depois de um acidente de carro em que estava alcoolizado.

Meus olhos ardem, mas tento me manter firme até que ela termine.

– Mas, hum, seus irmãos, acho... Liam e Oliver? Eles estavam no carro também. E, depois do seu pai, você é a parente mais próxima.

– Ai, meu Deus! – grito, já correndo descalça para a porta em direção ao corredor iluminado e barulhento. – Eles estão bem? Eles estão...

Não consigo respirar, mal consigo ouvir o que ela diz. Vejo tudo preto por um momento e esbarro numa parede.

Rhys está ali, como sempre. Sua mão envolve a minha e ele gentilmente arranca o celular da minha mão, assumindo o controle.

E eu ainda não consigo respirar.

O quarto está frio, sei disso porque a mãe de Rhys coloca o paletó do marido em volta dos braços enquanto ouvimos o médico falar do meu pai. Mas não consigo sentir nada, apenas torpor.

E vergonha.

A mãe e o pai de Rhys me levaram direto de volta, mas não vi para onde

Rhys foi. Talvez ele tenha me dito, mas não consigo lembrar. Sinto como se eu observasse tudo de longe.

Meu pai está amarrado ao leito. Eu tinha ouvido a enfermeira avisar os Koteskiys disso antes de entrarmos, mas é um pouco pior de ver do que eu pensava. Ele fica se debatendo e gritando com a enfermeira, que o ignora e termina de dar a medicação e fazer anotações antes de sair com um sorriso compreensivo.

Não, não compreensivo. De pena.

– Sadie – chama meu pai, o peito arfando. Seus olhos acinzentados e avermelhados são uma imitação dos meus. – Meu Deus, Sadie, por favor, me tira daqui. Estão tentando levar os meninos. Vamos, meu amor.

Não consigo olhar para ele. Sinto como se eu morresse um pouco.

Ele muda de atitude como se virasse uma chave.

– Deixa de ser escrota, Sadie. Preciso de você.

Anna Koteskiy de repente fica na minha frente, de braços cruzados. Ela é uma mulher pequena, mas ainda mais alta do que eu, e me cobre todinha, de propósito.

– Se acalme se quiser falar com ela – ordena, mantendo a voz baixa mas firme. – Você precisa se acalmar, de qualquer forma.

– Vocês estão tentando levar meus filhos.

Ele está ficando maníaco, mas não digo nada. Ninguém está tentando levar ninguém. Ele não percebe que já nos prejudicou o suficiente? Que nenhuma família como os Koteskiys iria querer a gente?

– Fica longe dos meus filhos! – grita ele, lutando com as amarras, chutando a cama. – A Sadie e eu cuidamos muito bem deles.

Um fogo parece se acender dentro de Anna, sua figura magra crescendo no quarto enquanto ela continua parada na minha frente, seu lindo vestido roçando o chão áspero do hospital.

– A sua filha está cuidando dos seus filhos. Sadie não deveria ser responsável por esses meninos e ainda estudar, trabalhar e cuidar do pai alcoólatra.

Fico em choque, atordoada pela onda avassaladora de emoções que passa por mim. Raiva, medo e confusão, todos misturados sob o peso da vergonha e do constrangimento. Não consigo me lembrar de alguém que tenha me defendido assim – e não uma pessoa qualquer, mas uma mãe.

– Sua vagabunda desgraçada! – grita meu pai.

Ele cospe nela e meu estômago se revira.

– Já chega.

Max Koteskiy dá um passo abrupto à frente, seu rosto uma máscara rígida de raiva. Ele se parece muito com Rhys. Se não fosse pelas pequenas linhas de expressão por conta da idade e pelos fios grisalhos no cabelo mais escuro de Max Koteskiy, eles poderiam passar por gêmeos. Ele abraça a esposa de um jeito suave, puxando-a um pouco para trás de si. Quando ela tenta protestar e dizer que está bem, ele passa a mão pela bochecha dela e sussurra:

– Eu sei que está, minha encrenca. Mas me deixa cuidar isso, tá? Pelo meu *orgulho besta de homem*.

Dá para ver que é algum tipo de piada interna entre os dois só pelo jeito que isso a amolece.

– Por que não leva a Sadie pra ver os irmãos? – sugere ele sem desgrudar o olhar do meu pai.

Ela assente, embora um pouco relutante, e ele abre um sorriso que é só da esposa.

– Eu te amo tanto que dói, *rybochka*.

A voz dele é suave, mas a intenção é clara. Proteção.

As palavras ecoam na minha cabeça. Afeto sincero, honesto e profundo: é desse jeito que Rhys seria como pai ou marido. Se isso fosse algo que eu pudesse ter. É algo que não conheço; algo que nunca presenciei antes de ver os pais dele.

Na minha infância e adolescência, eu não tinha tempo para amigos. As garotas com quem eu patinava eram rivais e, de acordo com o treinador Kelley, eu não tinha permissão para patinar nem brincar com elas. Na escola, estava preocupada demais em manter meu segredo. Então nunca soube como eram pais e amor de verdade.

– Vamos lá, menina Sadie – chama Anna com carinho, seu tom de repente mais gentil do que a firmeza de seus traços belos e arredondados enquanto puxa meu corpo quase catatônico para o corredor. – O Rhys e o Freddy estão com seus irmãos na sala de espera.

Freddy?

– O Freddy tá aqui?

Outra onda de constrangimento esquenta minha pele e uma comichão que não vou ser capaz de aliviar coçando desce pelas minhas costas.

Eles viram, sabem de tudo agora, todo mundo sabe. Meu pai chamou Anna de vagabunda. Cuspiu nela. Sei que não vão querer a família deles perto da minha, principalmente Rhys.

Tento repetir na mente as palavras que ele disse no Halloween, mas tudo o que ouço são os gritos do meu pai. A franqueza do meu treinador. Nunca vou ser como essas pessoas, assim como nunca vou patinar como qualquer uma das garotas que admirei. Estou destinada a ser só *isso*.

Uma danadinha.

Detesto o quanto preciso resistir ao impulso de ligar para Kelley, pedir ajuda a ele. Porque Rhys me ama, mas acha que posso ser melhor, que posso me curar. Será que vai continuar me amando quando perceber que o que eu sou é tudo o que vou ser?

Dobramos um corredor e entramos em outra sala, parecida com uma de conferências, mas não questiono Anna enquanto ela me conduz.

O que vejo é como um tiro na barriga.

Freddy está com Liam sentado no colo e meu irmão mais novo dá risada e joga alguma coisa num iPad que definitivamente não é nosso. E Rhys...

Rhys está dando um abraço apertado no meu irmão de 12 anos, sentado no enorme parapeito da janela do hospital para que Oliver possa ficar entre suas pernas e manter a cabeça encostada no peito dele. Rhys está sussurrando no ouvido de Oliver num ritmo constante, e o aceno da cabeça do meu irmão, sem se soltar do abraço, os punhos segurando o paletó de Rhys, me diz tudo.

Oliver detesta ser tocado, mas está completamente envolvido no abraço de Rhys.

A porta se fecha suavemente atrás de nós, mas ainda assim chama a atenção deles. Liam percebe primeiro.

– Sissy! – grita ele.

E logo depois pula sem cerimônia do colo de Freddy, o que deixa o homem encolhido de dor.

Eu o pego depressa, a expressão serena que tanto pratiquei se encaixando fácil no meu rosto quando meus irmãos olham para mim. Liam ainda está com os olhos brilhantes e bem, de alguma forma, mas os olhos do Oliver estão vermelhos, as bochechas inchadas enquanto olha para mim sem deixar a bolha de segurança que é Rhys.

E não o culpo, já estive na mesma situação. Sei que é um lugar caloroso e reconfortante.

– Ei, chuchu. – Dou um sorrisinho, beijando sua bochecha com força. – Examinaram vocês dois?

Liam sorri e levanta o cotovelo, onde um curativo laranja com cachorrinhos cintila. Isso faz meu peito doer.

– Ele tá bem, só machucou um pouco o cotovelo, não foi, carinha? – diz Freddy, ficando de pé e bagunçando o cabelo de Liam.

O cara mais galinha de toda a Waterfell ainda está vestido a rigor, parecendo mais com alguém que estaria na capa de alguma revista de moda masculina do que numa sala de espera de hospital. Mas, sob o sorriso que exibe para meu irmão, há um olhar compreensivo.

– O Freddy disse que eu tenho a mesma idade dele quando começou a jogar hóquei – conta Liam, mudando de assunto com a mesma rapidez de sempre. – Ele falou que vou ficar ainda maior do que ele um dia.

– Não falei, não!

Meu irmão se desmancha num ataque de riso, mas meus olhos não saem da janela, observando Oliver e Rhys com uma dor desesperada corroendo meu peito.

CAPÍTULO QUARENTA E DOIS

Rhys

Tomo cuidado com cada movimento, caminhando lentamente em direção a Sadie, apesar do medo que obstruiu meu peito. Não consigo engolir o bolo na minha garganta ao vê-la assim.

Horas atrás, ela estava nos meus braços. Por que parece que de repente está fora do meu alcance?

Mantendo a calma, estendo a mão para ela, porque só quero abraçá-la.

O pai dela a assustou, quase machucou seus irmãos, e sinto seus pensamentos acelerados. Se eu conseguir falar com ela, tranquilizá-la de que estou aqui, então ela não vai embora, não vai entrar em pânico e pegar seu sorriso, seu sarcasmo e seus irmãos, tudo que eu amo, e tirar de mim.

Meu Deus, mesmo na minha cabeça, sou maníaco por controle.

Sadie não vem na minha direção, mas também não se afasta. Minha mãe levou Liam e Oliver, junto com Freddy, para pegar alguma coisa para comer de qualquer lugar que esteja aberto a essa hora, tanto para distrair os meninos, que pareciam um pouco mais cansados, quanto para dar espaço para mim e Sadie.

– Rhys – começa ela.

Os olhos estão vazios de uma forma que não vejo desde o verão, na verdade. Desde que "Fast Car" tocava enquanto patinávamos cedinho, quando eu podia sentir seu desamparo através de seus movimentos.

Queria ter sabido na época o que sei agora.

– Sadie – falo em resposta, mas cruzo os braços para me preparar.

Me afasta de novo, amor. Vai em frente, tenta me fazer pensar que você estaria melhor sem mim.

Não importa o que ela diga agora, não vou desistir.

– A gente precisa parar com isso. Tenho que te deixar em paz e você tem que...

– Não. – Eu a impeço. – Pode falar o que quer que sinta necessidade de dizer agora, botar tudo pra fora. Mas já vou te adiantar e dizer do que eu preciso, pra que não tenha nenhuma confusão. Eu preciso de você. Agora, você pode decidir do que *você* precisa.

Consigo ver a raiva cobri-la enquanto ela se arma com seu escudo. Eu me preparo para o golpe.

– Você é a droga de um jogador de hóquei que já tem treta suficiente na vida pra lidar sem adicionar uma família zoada de três pessoas nessa conta. Essa é a coisa mais burra que consigo pensar. Meu Deus, Rhys, há uns meses você tava tendo um ataque de pânico só de patinar... O que te faz pensar que poderia ajudar qualquer um de nós quando mal consegue se ajudar?

Dói, mas eu aguento. Porque sei que ela não está falando sério. Posso ver nos soluços que envolvem seu corpo, nas lágrimas escorrendo das boche-chas, na maneira como a mão se move para quase cobrir a boca.

Como se estivesse assombrada com o que acabou de dizer.

– Terminou? – pergunto, respirando devagar, mantendo a calma apesar do impulso de entrar em pânico.

– E-eu...

– Eu sei. Você não deveria ter dito isso. Mas tá tudo bem, Sadie. Sei que você tá com medo, com raiva e magoada. Mas eu te falei, não vou embora...

– Eu sei – ela me interrompe e uma pontada de medo se enraíza no meu peito. A raiva dela eu aguento. Estou preparado. Mas isso... seja lá o que isso for... me assusta. – Mas acho que a gente precisa ir devagar.

– Lindeza...

– Me escuta, por favor.

Meneio a cabeça e mordo a língua com força suficiente para sentir gosto de sangue.

– Você e seus pais são incríveis. Mas preciso ter certeza de que o Liam e o Oliver estão seguros. E *você*... você deveria ser meu namorado da faculdade, o craque de hóquei da Universidade Waterfell, com pelo menos três equipes da NHL de olho em você no momento.

Sorrio apesar das palavras dela, porque ela pode resmungar quanto quiser sobre os jogadores de hóquei estragarem o rinque dela, mas sei que minha namorada fica de olho em mim. Aposto que ela poderia dizer os nomes das equipes que mencionou.

– E é essa pessoa que você deveria ser agora. Não alguém que fica cuidando de mim ou dos meus irmãos ou se preocupando comigo. Você deveria estar *decolando* e mostrando pra esses olheiros por que eles deveriam te escolher. Certo?

Não quero concordar, mas vou ouvir. Por isso, dou de ombros. Ela revira os olhos, mas consigo perceber que está ficando mais difícil para ela.

– Rhys, por favor.

– O que você quer que eu diga? Não vou concordar com você. Consigo fazer as duas coisas.

– Você não deveria ter que fazer isso.

– Nem você deveria! – exclamo, perdendo a paciência. – Você deveria estar aproveitando sua vida, não se preocupando em tentar alimentar dois meninos em fase de crescimento ou pensando em como pagar as contas de uma casa onde nem mora o tempo todo. Você não deveria ter que fazer isso tudo e, *definitivamente*, não deveria ter que fazer sozinha.

Ela suspira, mas consigo vê-la absorver minhas palavras, processando-as naquele cérebro precioso dentro da sua linda cabecinha.

Por favor. Eu quero implorar, mas não quero ser manipulador. Se ela me quiser, tem que ser por *vontade própria*.

– Não sei o que fazer, Rhys. É só que... preciso que a gente vá mais devagar, tá?

– Não vamos terminar.

Nem tento fazer parecer uma pergunta. Mas ela balança a cabeça.

– Não. Não quero terminar. É só que... não sei. Não *consigo* te amar do jeito que você quer que eu te ame agora. Não sobrou nada dentro de mim.

– Tudo bem – concordo, porque o que mais posso fazer?

Dou um passo na direção dela, seguro seu rosto e deixo que se aconchegue nas palmas das minhas mãos, de olhos fechados.

– Mas é o seguinte, lindeza. Você vai deixar meus pais ajudarem, tá? Meu pai vai ajudar com as coisas da guarda e do advogado. Meus pais, o Bennett, o Freddy, a Ro e eu, todos nós vamos te ajudar, tá? Se você precisa de espaço e de algum tempo, se precisa ir um pouco mais devagar, tudo bem. Vou te dar isso. Mas você não vai ficar sozinha. Tá bem?

– Tá – concorda ela, as lágrimas finalmente caindo de seus olhos lindos.

Traço meu polegar ao longo do conjunto de sardas sob o canto de um de seus olhos de gato e beijo sua testa com firmeza.

– Vou estar aqui para o que você precisar.

Mesmo que não seja eu.

CAPÍTULO QUARENTA E TRÊS

Rhys

Quando encosto o carro, Liam já está sorrindo, o rosto pressionado na porta de tela, do mesmo jeito que aconteceu todas as vezes que apareci.

O carro de Sadie pifou a caminho de casa na noite anterior, então Ro ligou para Freddy e pediu que eu fosse buscá-la, porque ela não pediria minha ajuda.

Eu a encontrei na beira da rua, indo a pé para casa. Levei um bom minuto para engolir minha raiva e respirar, para não deixá-la com mais raiva ainda, que eu sabia que encobria seu medo.

Com calma, parei o carro na beira da via e caminhei um pouco com ela, só de olho, até que Sadie se virou para mim. Eu teria caminhado ao lado dela por quilômetros, mas fiquei feliz por ela ter logo desistido de ficar na defensiva.

Sadie não falou nada, apenas baixou a cabeça como uma criança que levou uma bronca e veio atrás de mim até o carro. Detestei vê-la tremendo, então peguei um cobertor no porta-malas, um que planejava chamar de "nosso cobertor de drive-in", grande o suficiente para nós dois e os irmãos dela, e a cobri.

Não conversamos, mas coloquei uma das playlists dela para tocar e deixei os sons relaxantes de Damien Rice ecoarem na distância entre nós. A distância que odeio que exista.

Mas ela não tirou minha mão da sua coxa quando a coloquei lá. Ficou sentada ali, na tranquilidade do meu carro, até que a playlist terminasse, me deixando traçar padrões em sua perna, enquanto olhava para a casa de infância escura como se fosse a coisa que a torturava todos os dias. Como se quisesse botar fogo nela até que viesse abaixo.

Por fim, ela saiu. Eu a acompanhei até a porta, forçando a barra para entrar e ter certeza de que o aquecimento estava ligado antes de me oferecer para buscar os meninos na casa da vizinha de porta, a Sra. B. Fiz isso em parte para que ela pudesse descansar e se aquecer, mas principalmente para que eu pudesse escutar de Liam e Oliver como estavam as coisas.

Mesmo que a gente não tenha conversado sobre a noite passada, Sadie está bem atrás do irmão no momento, com uma touca cinza dos Lobos da Waterfell na cabeça e um cachecol cinza grosso enrolado no pescoço, cobrindo-a quase até os olhos. Ela me observa com uma expressão suave. Como se soubesse que eu iria aparecer. Como se confiasse em mim.

Isso é suficiente.

Oliver parece mais bravo do que nunca, arrastando os pés ao passar pela irmã e por mim, de forma que não sei com quem está mais zangado, a mochila de hóquei balançando ao lado do corpo.

Liam está com outra fantasia de Star Wars, mas usa um casaco grosso por cima, o que o faz parecer um grande marshmallow azul. Sadie o puxa para trás na hora em que ele uiva para mim. Ela enfia um pequeno gorro de lã sobre os cachos do irmão antes de soltá-lo na neve e ele se choca contra minhas pernas num abraço.

– Senti saudade de você – balbucia ele.

– Também senti saudade, amigão.

Amarroto o gorro dele, depois me abaixo para consertar. Eu me levanto, endireito meu casaco azul-marinho e sorrio para Sadie.

Ela está usando camadas de preto, mas, mesmo assim, é tudo de mais brilhante que tenho na vida. Eu a amo, faria qualquer coisa por ela. E agora isso significa lhe dar apoio, mas também espaço para lidar com os próprios sentimentos.

Eu queria fazer com que ela entrasse em contato com minha terapeuta, mas a Dra. Bard disse que essa era uma decisão que Sadie precisava tomar sozinha. Espero que ela faça isso. Só quero que se sinta bem de novo. Feliz.

– Ei, lindeza – digo, minha mão coçando a nuca para me conter de ir na direção dela.

– Ei, craque. – Ela sorri e meus joelhos bambeiam. De bom humor hoje, então. Ela caminha até mim e mexe no meu colarinho. – Você tá bonito.

Minhas bochechas esquentam quando um sorriso cresce por conta de seu olhar e da familiaridade do apelido provocador.

– É… Eu… Hum… Temos um jogo em casa hoje. Geralmente a gente se veste bem.

As sobrancelhas dela descem e ela me solta, baixando um pouco a cabeça ao dizer:

– Ah. Eu… Hum… não posso ir. Tenho um projeto em grupo pra minha avaliação final, e a gente combinou de se encontrar perto do rinque onde o Oliver treina. E o Liam…

O menino bota a cabeça para fora do carro, onde já se prendeu na cadeirinha que eu não tinha comprado até a festa de gala, quando percebi que ficar com Sadie significava ser responsável o suficiente para lidar com os irmãos dela. Meu pai e eu passamos a manhã inteira tentando instalar a cadeirinha. O troço é tão complicado quanto montar uma nave espacial.

– Eu quero ver o Rhys!

Sadie está exausta. É fácil ver em seus olhos e em sua postura, e consigo perceber que isso vai ajudá-la. Mesmo que ela não peça.

– Meus pais têm ingressos e queriam convidar o Liam se você precisar de ajuda.

Ela morde o lábio.

– Não vai dar trabalho pra eles?

– Não. – Abro um sorriso triste para ela. – Eles vão adorar. Eles adoram seus irmãos.

– É. – Ela assente.

Eles também te adoram, você só precisa dar uma chance pra eles, quero dizer, mas fico quieto.

– O que você vai fazer depois da partida?

Sorrio de novo, porque consigo ver que ela está enrolando. Para falar a verdade, eu ficaria feliz em me atrasar para a partida só para ficar mais um pouquinho com ela.

– Que horas vocês terminam? – pergunto, sendo um pouco mais ousado e tirando a touca de seu cabelo brilhoso, colocando alguns fios para trás e alisando-os antes de enfiar a touca de volta. – Passo lá pra buscar vocês.

– Rhys...

– Quietinha. Essa oferta não tem discussão.

Ela faz que sim com a cabeça de novo, as bochechas rosadas, se por causa do tempo ou de mim, nunca vou saber.

Todos nós entramos no SUV apropriado para crianças da minha mãe. O caminho até o rinque local é preenchido por vinte minutos de ABBA, com Liam cantando/gritando a plenos pulmões. É ridículo e barulhento, mas consigo ver que isso amolece tanto Oliver quanto Sadie.

Quando paro no estacionamento, antes que Oliver possa sair do carro, faço uma pausa e olho para Sadie.

– Só quero que saiba que cuidar dos seus irmãos sozinha é muito corajoso. Você é muito forte e inteligente e espero que um dia eu possa ser metade do quanto você é incrível.

Falo isso na frente dos irmãos dela para que eles se deem conta da irmã mais velha incrível que têm – e saibam que nada que aconteça vai mudar isso. Que ninguém quer tirar os dois dela, nem ela deles.

– Tô aqui por todos vocês, tá? Eu amo vocês. – Meus olhos se voltam para o espelho retrovisor e se fixam nos de Oliver. – Amo todos vocês.

Liam dá uma risadinha.

– Eu também te amo, Rhys.

Destranco as portas e Oliver espera um pouco, aí bota metade do corpo para fora do carro. Ele se vira para mim, porque está do meu lado do carro, e assente.

– Amo você.

Meu coração fica apertado, porque sei como essas palavras dele são raras, até mesmo para a família. Ele fecha a porta e vai em direção à entrada do centro esportivo.

Sadie hesita, mas se vira e me dá um beijo na bochecha. Por um momento, penso em tentar beijá-la, mas fico parado enquanto ela leva a boca à minha orelha.

– Amo você – repete ela. – E obrigada, craque. Agora vai lá e arrasa com eles.

É o que a gente faz.

É uma partida com prorrogação e não jogamos bem o suficiente para o que vem por aí no campeonato, mas estou radiante enquanto tomo banho depois do jogo, porque o último gol foi meu.

Por isso e porque sei que minha gata estava assistindo: Ro ficou bem em frente ao acrílico, vestida com as cores do nosso time, com o celular apontado para a quadra quase o tempo todo. E, quando saímos para comemorar no vestiário, a mensagem de Sadie foi a primeira coisa que vi:

> *Você vale ouro, craque. Mal posso esperar pra ver você na minha televisão logo, logo.*

Busco Sadie e Oliver de carro, com Liam dormindo no banco de trás. Ele apagou no colo do meu pai na metade do jogo. O caminho para a casa deles é quase silencioso.

Carrego Liam para dentro e o deito no sofá. Detesto que a casa esteja fria. Quando percebo que Sadie deve achar que estou embromando, saio pela porta da frente e torço para que ela me siga.

Ela faz isso.

Sadie fica diante de casa, a mochila pendurada em um ombro só. Quero pedir para passar a noite ali, só para ter certeza de que eles estão bem, mas me seguro. Só se ela quiser que eu fique.

– Eu... Hum... Tenho uma competição na semana que vem. – A mão dela brinca com uma mecha de cabelo solta e ela parece mais nervosa do que nunca. – Vão ser três dias, em New Hampshire. Eu não fui da última vez porque foi no Colorado. E eu ia ficar aqui pra cuidar dos meninos, mas...

Meu peito fica muito apertado. Ela está pedindo ajuda.

– Meus pais adorariam que os meninos ficassem com eles por alguns dias, Sadie.

– Mesmo? – pergunta, mas já estou indo até ela.

Seguro sua cabeça e beijo sua testa com força, depois dou um abraço apertado que envolve o corpo todo dela, um carinho do qual preciso tão desesperadamente quanto Sadie, mesmo que ela não peça. Ela afunda nos meus braços, a tensão desaparecendo.

– Tô tão orgulhoso de você – sussurro. – Sei que é muito difícil pra você pedir ajuda. Tô muito orgulhoso.

CAPÍTULO QUARENTA E QUATRO

Rhys

Basta uma frase para convencer meus pais a me deixarem levar os meninos para a competição de Sadie. E mais: eles querem ir também.

Minha mãe, principalmente. Algo em Sadie deixa Anna Koteskiy ainda mais ferozmente protetora, mais do que ela era comigo quando eu era criança. Ela não comenta nada a respeito, mas vejo como se sente: está estampado na cara dela e óbvio em todas as vezes que pergunta da minha namorada, com muito mais frequência do que seria considerado natural.

Então, na quinta-feira, o dia da série longa de Sadie na competição, partimos antes do nascer do sol. Enquanto os meninos dormem no carro que meu pai pediu, converso baixinho com meus pais.

No rinque há uma boa quantidade de pessoas, mas, na maior parte, treinadores e atletas. Há algumas equipes de reportagem se preparando para as transmissões e um pequeno grupo de torcedores. O que significa que encontramos bons lugares.

– Nunca consegui fazer isso – diz Liam, balançando os pés para a frente e para trás no assento ao meu lado.

Minha mãe está sentada do outro lado, só porque Oliver quis se sentar entre meu pai e eu.

– O quê?

– Ele quer dizer ver a Sadie patinar – explica Oliver, procurando a irmã na direção das placas mais distantes. Estou fazendo o mesmo, mas nenhum de nós a encontrou ainda. – A gente nunca consegue. Não desse jeito.

Outro nó se forma na minha garganta e é óbvio que minha mãe percebe, pois logo diz:

– Bem, então esta vai ser a primeira vez pra todos nós. E temos que torcer bem alto por ela, combinado?

Liam uiva e dá uma cotovelada na lateral do meu corpo.

– Vou ser o mais barulhento, aí a Sissy vai saber que sou eu.

A competição prossegue lentamente, de grupo em grupo. Cerca de uma hora depois, Sadie aparece para fazer o aquecimento com sua equipe.

Ela está com um casaco de zíper da Waterfell por cima do vestido, então só consigo ver um pouco da roupa preta embaixo dele. As pernas estão cobertas por um tecido preto em vez do bronzeado de seus concorrentes. O cabelo foi preso numa trança apertada grudada na cabeça, puxado para trás em um coque igualmente justo e brilhoso, sem um fio fora do lugar.

Ela não está sorrindo; nenhum dos competidores sorri quando entra no rinque e patina. Sadie dá alguns saltos, gira um pouco, mas consigo notar, pelo jeito como suas pernas estão tensas sob a meia-calça, que ela está esperando. Está se contendo no momento.

Vejo Victoria patinando também, parecendo tão concentrada e determinada quanto Sadie. Então avisto o treinador delas parado perto das placas, observando de braços cruzados. Presto atenção nele por alguns minutos e percebo que ele *só* tem olhos para Sadie. A julgar pelos uniformes, metade de sua equipe está no gelo, mas ele se concentra só nela. Corrigindo-a, chamando a atenção dela várias vezes.

Eu espero. E, mesmo assim, ele não faz isso com mais ninguém. As palavras de Luc me assombram. "O Kelley não é normal. E, se você não sabe o que tá acontecendo naquele maldito *rinque*..."

Cruzo os braços, o calor beliscando minha nuca enquanto o treinador Kelley fala com Sadie de um jeito ríspido. Eu a vejo revirar os olhos e isso quase me faz sorrir, até que o treinador agarra a manga do casaco dela e torce até que funcione como uma coleira.

Como é que é?

Fico de pé antes que possa pensar duas vezes. Peço licença para ir ao banheiro e, em vez disso, vou direto para a entrada lateral, onde estão as equipes. Fico achando que alguém vai me parar, mas então me dou conta de que estar com meu casaco de moletom da Waterfell ajuda.

Sadie me vê antes que eu chegue às placas. Seus olhos se arregalam enquanto ela se afasta de Kelley e patina depressa em direção ao portão. Há uma mistura de apreensão e empolgação em seu rosto, como se ela quisesse me bater, mas também não conseguisse acreditar que estou aqui.

Porque ninguém nunca esteve.

Espero que o treinador dela me veja e me expulse, mas outro de seus patinadores o mantém muito ocupado discutindo com ele no portão – ou talvez estejam apenas conversando, mas o treinador cospe as palavras.

– O que você tá fazendo aqui? – pergunta Sadie. Suas bochechas estão coradas quando ela me puxa para um lugar contra a parede, longe do alvoroço dos outros patinadores e do cheiro de gelo fresco e spray de cabelo. – Onde estão meus irmãos?

Sorrio e coloco minhas mãos nos ombros dela, girando-a para que eu possa apontar para o grupo formado pela minha família e a dela na ponta direita.

– Eles queriam ver a *Sissy* patinar. – Faço uma pausa, mergulhando a cabeça no seu pescoço para respirar o perfume na pele dela. – E eu também.

– Você me viu patinar um milhão de vezes – murmura ela, mas amolece nas minhas mãos, relaxando um pouco.

– Não desse jeito.

– Nunca se sabe. Posso mandar muito mal – retruca ela, se virando para me encarar, os olhos mais intensos com a sombra escura e a purpurina.

Os lábios ainda são da mesma cor de sempre, vermelho-cereja, mais foscos e parecendo mais intensos agora, em contraste com a pele muito clara. Ergo a mão quase sem pensar, encontrando meu conjunto favorito de sardas sob o olho dela e deixando minha palma roçar seu rosto de leve.

– Você vai ser melhor do que todo mundo lá – sussurro. – Beleza?

– Você não pode ficar aqui – repreende o treinador dela enquanto se aproxima, ficando tão perto de Sadie que, se ela desse um passo para trás, esbarraria no peito dele. – Você vai ser a terceira, minha danadinha.

Ele deixa escapar o apelido. Uma fúria quente e aterrorizante sobe pelas minhas costas. A insinuação contida naquelas palavras... A mão dele envolve o pescoço dela, desce pelas costas e pressiona bem no meio para que ela se endireite, ombros para trás.

Ela tenta esconder, mas vejo como estremece. Meus olhos disparam para os do treinador dela com uma ameaça se acumulando na minha boca. Puxo Sadie para meus braços, mas, antes que eu possa dizer uma palavra, ele sai andando, furioso. Uma legião de patinadores deixa o rinque atrás dele. O aquecimento deve ter acabado.

– Para – sussurra ela e, por um instante, acho que a segurei com muita força, que a *machuquei*.

Meus braços desgrudam dela como se eu tivesse tocado numa panela pelando. Leva apenas um instante para que eu perceba que ela está me avisando sobre o treinador.

– Ele não pode te tocar desse jeito, lindeza – sussurro, embora um pouco áspero.

As costas dela estão eretas mais uma vez, a ruguinha entre as sobrancelhas que tanto amo me provocando enquanto cruza os braços.

– Você não conhece ele. Ele se preocupa comigo. Quer que eu me saia bem, que me esforce.

– Você se esforça mais do que a maioria dos atletas que eu conheço, lindeza. E conheço gente pra caramba.

– Ele só não quer que eu me distraia. Ele está concentrado.

– *Você* tá concentrada. Ninguém tem mais determinação do que você.

O que quero dizer é que, se o que o treinador dela teve coragem de fazer na minha frente for apenas a ponta do iceberg, então isso só pode significar que a forma como ele a trata a portas fechadas é pior. Lógico, *nunca* fiz patinação artística, mas cresci num rinque. Frequentei a droga de uma escola particular de hóquei com alguns dos treinadores mais rígidos que já conheci.

E nenhum deles me maltratou desse jeito.

Mas ela está prestes a patinar e a última coisa que quero é botá-la para baixo. Nunca mais.

Então guardo minhas palavras para outra oportunidade e dou um beijo firme na testa dela antes de erguer seu queixo.

– Você é uma campeã, lindeza. Repete.

– Sou uma campeã – murmura ela, revirando os olhos enquanto, dentro da minha cabeça, guardo o sorriso vacilante dela num potinho.

– Muito bem. – Abro um sorrisinho maroto. – Eu te beijaria, mas não quero estragar seu batom.

Depois que digo isso, ela pressiona os lábios na palma da minha mão, deixando um beijo vermelho-escuro para eu guardar.

– Tô orgulhoso de você. Seus irmãos também. Agora vai lá e mostra pra eles que a Sissy é durona.

Quando volto para o meu assento com chocolate quente para os meninos, ela é a próxima a se apresentar.

Sem o casaco, Sadie fica com um vestido preto que combina com as meias-calças finas. Mangas compridas tipo segunda pele vão até o topo dos ombros. Pedaços estratégicos de tecido preto grosso cobrem parte de seu tronco, enquanto faixas transparentes exibem os músculos rígidos da barriga e da cintura.

Ela toma seu lugar no meio do gelo, linda e fazendo uma pose. Os alto-falantes começam a tocar "Enter Sandman", do Metallica, o que desperta uma risada vibrante tanto do meu pai quanto minha.

E, assim como na primeira vez em que a vi patinar enquanto me escondia no túnel, Sadie Brown se apresenta como se estivesse em chamas. Pura paixão, pura resistência implacável. Seus movimentos são firmes e velozes, os giros tão rápidos que ela se transforma num borrão. Ela dá cada salto com uma velocidade chocante, mas aterrissa com precisão em todos eles. Em. Cada. Um. Deles.

Meus dedos parecem ter se fundido na cadeira para me manter sentado, uma vez que quero pular toda hora e gritar "Essa é a minha namorada!" com todo o fôlego dos pulmões.

Liam torce de forma tão barulhenta quanto prometeu. Oliver sorri, feliz, observando a irmã com admiração nos olhos. *Eu também, amigão.*

No final da apresentação, minhas bochechas doem por conta do sorriso radiante e incontrolável. Tenho tanto orgulho dela, tanta sorte de poder dizer que ela é *minha*!

Tanta sorte que ela diga que sou dela.

Sadie faz uma reverência e olha para nós, dando uma piscadela para os irmãos e mandando um beijinho que sei que é todo meu. Fecho o punho com mais força onde ainda está a marca do batom escuro dela.

Não importa quanta distância exista entre a gente nesse momento; contanto que ela me aceite, vou estar bem aqui. Esperando e torcendo nas arquibancadas, se é disso que ela precisa.

Outro motivo de ansiedade desaparece da noite para o dia.

Pelo visto, Freddy fez algumas pesquisas e corre para me contar assim que entro na Casa do Hóquei.

Toren Kane não escolheu ficar de fora da partida contra Harvard: ele está proibido de jogar *em* Harvard.

Foi preciso vasculhar muito a internet para encontrar um vídeo. A impressão que dá é de que alguém tentou encobrir a situação. Mas tem um clipe rápido do incidente, filmado pela câmera trêmula de um celular.

Um jogador adversário faz uma provocação e cospe no rosto dele. Kane agarra a viseira do capacete do cara e o arremessa para longe como um inseto irritante, e é como se ele entrasse numa espécie de transe, que dá para perceber quando ele fica sem capacete. Há uma garota, uma estudante ruiva de Harvard, levando-se em conta o moletom que ela veste, sentada a duas fileiras do vidro, olhando para ele do mesmo jeito fascinado.

O companheiro de equipe de Kane puxa a gola da camisa dele, arrancando-o daquela troca de olhares, e, de repente, ele se lança para a frente e esmurra o vidro com a luva. "Vaza daqui, caramba!", grita ele. A garota, que era branca, empalidece a ponto de ficar quase transparente.

Ela se levanta e cambaleia escada acima até a saída e um cara ao lado dela a segue sem pensar duas vezes. Mesmo assim, Kane continua a se balançar no vidro, até que ele se quebra por conta dos golpes. E o vídeo acaba.

– Pelo menos não vamos ter que lidar com ele amanhã – comenta Freddy.

É uma pequena dádiva, mas vou aceitar de bom grado.

CAPÍTULO QUARENTA E CINCO

Sadie

Não importa quantas vezes eu tenha vindo aqui nas últimas semanas: a casa dos Koteskiys sempre parece saída dos meus sonhos.

E, ultimamente, venho muito aqui. Mesmo sem Rhys.

Hoje, eles me deixaram usar o escritório de Anna para uma reunião com meu advogado, que parece um pouco mais motivado desde que Max Koteskiy e Adam Reiner se envolveram. Pelo visto, o pai do Bennett se ofereceu para dar uma ajuda mais direta, mas admitiu que não era especialista na área.

Quando a reunião termina, falta uma hora para o meu treino. Estou planejando chegar cedo de qualquer maneira, principalmente para evitar ficar na casa dos Koteskiys só com Anna, o que seria meio constrangedor, já que meus irmãos estão com Max em um evento da Fundação Primeira Linha. Rhys está viajando para jogar contra Harvard.

Mas, no momento em que estou colocando meu casaco grosso, Anna desce as escadas.

– Sadie. – Ela sorri. – Como foi?

– Ótimo. Acho que vou ficar bem até a audiência em janeiro. Obrigada por me deixar usar seu escritório. Tô indo direto pr...

– Você tem um minuto, amor?

Tenho, mas gostaria de não ter. Ela me assusta e, talvez, se vasculhasse um pouco mais isso – ou fizesse a terapia tão necessária –, eu descobriria o porquê.

Ela se senta em uma banqueta no balcão da cozinha e dá um tapinha na que está ao seu lado para que eu me acomode também.

– Você sabe que eu tinha 33 anos e estava grávida quando conheci o Max?

Não me mexo, só fico sentada, quieta. Só olhar para ela parece demais.

– Do Rhys?

– Não. – Ela sorri, balançando a cabeça e se aproximando um pouco mais da minha figura curvada. – Foi antes do Rhys. O pai era meu ex-marido, de quem eu estava tentando escapar. Eu morria de medo. E, para quem está se escondendo de alguém, correr para os braços de uma estrela do hóquei em ascensão de 24 anos não é um bom começo.

– Eu não sabia que ele era mais novo do que você. – As palavras escapam e minhas bochechas esquentam com a indelicadeza. – Desculpa, só quis dizer...

– Não, Sadie, tomo isso como um elogio. – Ela suspira. – O Max era muito maduro pra idade, mas ele deveria ter passado seus anos de calouro passeando por aí e fazendo besteira, não cuidando de uma mulher grávida de outro homem. Mas foi o que ele fez. Porque... bem, o Maximillian é assim. Ele era tão bonito, tão confiante... e o sotaque sempre ficava mais acentuado toda vez que ele me chamava de *rybochka*, o que eu achava que fosse algo doce, até que ele me contou, no nosso casamento, que significava "peixinha"!

Não consigo não rir.

– Não acredito...

– Pois é... E, pior, faz anos que ele me chama de *rybochka* na cama!

Ela ri, e eu fico corada, lembrando que Rhys avisou que a mãe não tem filtro.

– Ele sempre esteve do meu lado. Quando sofri um aborto espontâneo, durante a gravidez difícil do Rhys... Ele tinha a carreira no hóquei, mas sempre, *sempre* me colocou em primeiro lugar.

Os olhos dela se fecham por um momento, antes que uma nítida paz pareça se espalhar por suas feições.

– Mas o que quero te dizer é que eu estava fugindo de alguém que me fez sofrer e, por mais que implorasse pro Max me deixar em paz, sabendo quanta coisa ruim eu estava trazendo pra vida pública dele, ele nunca desistiu. Fiquei em segredo por um bom tempo, mas só porque implorei pra ser desse jeito. Eu ainda estava me escondendo e não quis contar nada pra ele, apesar do tanto que o Max queria lidar com meus problemas por mim.

Anna faz uma pausa e acrescenta:

– O Rhys é muito parecido com o pai. Fisicamente, eu gerei uma miniatura do Max, e mentalmente também. Ele é forte e muito capaz e ama com cada célula do corpo.

– Mas eu…

Ela ergue a mão.

– Meu filho tem uma tendência enorme a proteger as pessoas, bem mais do que consegue administrar. Isso o torna um bom jogador de hóquei, um bom amigo e um bom filho. E com você... Olha… Ele quer te proteger mais do que qualquer coisa.

– Por que está me contando tudo isso?

Anna dá um suspiro profundo, passando a mão macia pela minha bochecha e enfiando meu cabelo atrás da orelha.

– Porque eu gostaria de ter tido alguém lá atrás pra me dizer que não havia problema em pedir ajuda e que eu não era nem fraca nem um fardo por aceitar.

Ela começa a se levantar, para me permitir ir embora para o meu treino, mas eu a detenho.

– Você sabe falar alguma coisa de russo?

– Só um pouquinho. Não tanto quanto o Rhys ou o Max. Aprender idiomas nunca foi meu forte.

– Sabe o que significa "kotyonok"?

Ela ri, abrindo o maior sorriso que já vi em seu rosto.

– Significa "gatinha", meu amor.

Minha pele fica corada. Sinto vontade de ligar para Rhys tanto para ameaçá-lo quanto dizer que o amo.

Mas isso pode esperar. Além do mais, chega de ficar longe de Rhys. Assim que ele voltar, vou contar isso.

O treino é brutal.

Meu tornozelo está latejando. Tenho quase certeza de que o torci, mas o treinador Kelley não para nem por um segundo. Tento botar pressão no pé de novo, minha cabeça girando enquanto olho para o relógio do ginásio e vejo que já passamos bastante da minha marca de duas horas.

Kelley negou todas as pausas que pedi para tomar água, ignorou minhas queixas e, agora, tenho quase certeza de que me causou uma lesão.

– Não consigo.

– Consegue, sim. Repete esse maldito salto.

Patino em direção a ele, que está bloqueando a saída para o vestiário. Chego tão perto que vejo a fúria em seus olhos e tento passar por ele mais uma vez.

Ele agarra meu pulso *de novo*.

– É por causa do rapaz? Aquele jogadorzinho de hóquei patético?

– É porque você fez com que eu me *machucasse*. Meu tornozelo tá me matando. Por favor, só preciso de uns minutos.

Percebo que não pareço zangada, mas prestes a chorar.

– Deixa de ser um bebê, minha danadinha. Para de ser preguiçosa e vai fazer esse salto de novo. A gente vai repetir até ficar perfeito.

– Você vai fazer eu me machucar sério.

Ele agarra meu pulso com mais força, depois seu olhar sobe pelo meu braço de um jeito lascivo.

– Não se você fizer certo. Repete.

Não aguento mais. Não *preciso* disso.

– Não.

– Tenta de novo.

Ele consegue apertar meu braço com ainda mais força, torcendo tanto que causa uma dor aguda. Fico com medo de que vá quebrá-lo. Meu estômago revira quando percebo o tamanho do perigo que posso estar correndo. Confio nele há anos. Agora...

Deixo escapar um som aterrorizado e puxo o ar para gritar.

Mas não preciso. Alguém agarra Kelley por trás, afastando-o de mim e dando um soco no rosto dele. Meu treinador vai parar no chão, apagado.

Toren Kane.

Os olhos dele são como brasas ardentes douradas, tão inquietantes e intoxicantes quanto da última vez que o vi.

– O-O que você tá fazendo aqui?!

– Treinadores como esse nunca param.

Passo os braços em volta do meu corpo, ainda me sentindo abalada e assustada.

– Obrigada – consigo murmurar.

– É, tá bom – retruca ele, caçoando. – Você pode me retribuir contando pra alguém que o seu *treinador* tem exigido demais de você, a ponto de causar uma lesão.

– Ele... Ele só é exigente assim nos treinos porque acredita em mim...

Uma risada inquietante brota da boca dele.

– Aham. Já ouvi essa antes.

Ele desvia o olhar para o meu treinador inconsciente, depois me lança um meio-sorriso tão falso que tenho certeza de que poderia descascá-lo do rosto.

– Ah, e diz pro seu namoradinho que estamos quites.

Não me resta um único som que não seja um soluço ou um grito, então faço que sim com a cabeça aos solavancos. Quase tropeço nos patins por cima dos tapetes quando corro para sair.

CAPÍTULO QUARENTA E SEIS

Rhys

Não sei bem o que me faz desviar do caminho que leva à Casa do Hóquei. Quem sabe o peso da nossa derrota em Harvard ou o desejo de evitar a frustração e a tristeza dos meus colegas de equipe.

Mas, enfim, me pego entrando na garagem dos meus pais trinta minutos depois que o ônibus deixou a gente no centro esportivo.

Meu coração aperta de leve, e o peso da derrota da equipe sai dos meus ombros quando descubro que Sadie está aqui.

Assim que entro pela garagem, ouço gargalhadas de crianças a distância: Liam e Oliver. Na sala de estar, no entanto, encontro apenas Adam Reiner e os irmãos de Sadie jogando Xbox; nenhum sinal dela ou dos meus pais.

Na hora em que abro a boca para perguntar sobre a ausência deles, alguém desce a escada e vira em direção à porta da frente. Uma figura alta que reconheço.

– Kane! – grito.

Minha voz alta chama a atenção dos meninos e Liam me grita na mesma hora. Oliver olha apreensivo para o outro jogador enorme de hóquei no hall.

– Fala com a sua namorada, Koteskiy. Não comigo – diz Kane, sem se mexer.

Meus batimentos disparam e o medo entra em guerra com a raiva – não importa quão irracional isso seja – enquanto olho para Toren Kane na minha casa, falando da minha namorada.

Oliver dá um passo para ficar do meu lado.

– Quem é esse aí? É por causa dele que a Sadie tava chorando?

Olho para Oliver ao mesmo tempo que minha garganta se fecha.

– A Sadie tava chorando? Ela tá bem?

Oliver cruza os braços e lança um olhar zangado para Kane. A fúria dele é quase palpável.

– A sua mãe levou ela pro andar de cima, aí seu pai trouxe esse babaca pra cá. – Não me preocupo em dar uma bronca nele por falar desse jeito. – Você pode ver se ela tá legal? – pede ele, com a raiva cedendo um pouco e um leve desamparo se infiltrando em seu tom. – Se ela precisa da gente...

A ansiedade na voz dele me deixa um pouco tonto. Solto o ar e assinto para o garoto.

– Você é um bom irmão. Deixa eu ver o que tá acontecendo.

Entro no hall com os punhos cerrados, prestes a começar uma briga de verdade com aquele babaca, mas o olhar dele dispara por cima do meu ombro.

– Rhys – chama meu pai.

Um sorrisinho perverso toma conta do rosto de Kane e ele dá risada.

– Melhor responder ao papai, capitão. – Ele me dá um tapinha condescendente no peito, me empurrando com um pouco de grosseria. – E diz pra sua garota que qualquer hora vou lá patinar com ela.

– Seu filho da...

– Chega – dispara meu pai e me agarra pelo ombro.

Kane sai pela porta da frente sem dizer mais nada e ouço o que parece ser uma moto arrancando.

– O que foi isso? Por que Toren Kane estava na nossa casa?

Eu me viro para meu pai. Ele ergue as mãos em sinal de rendição, mas consigo ouvir meus batimentos nos ouvidos, a ansiedade e a frustração começando a aumentar.

– Se acalma, Rhys. Por favor. A Sadie precisa muito de você agora. Faz seus exercícios.

Começo a contar na mesma hora, desesperado para me livrar do ataque de pânico iminente. Quando consigo respirar normalmente de novo, meu pai me chama para subir as escadas e ir até meu quarto.

A porta se abre e minha mãe sai, deixando-a aberta.

– Rhys – sussurra ela, os olhos vermelhos como se estivesse chorando.

Ela tenta me impedir de entrar no quarto, mas eu a driblo.

Abro a porta com delicadeza e entro em silêncio. Sadie está adormecida. Só que dormi ao lado dela por meses e sei exatamente como ela dorme. E não é assim: ela está fingindo.

Seus olhos parecem inchados, o rosto está rosado e seu tornozelo está coberto com gelo e um tecido em torno dele.

Saio sem fazer barulho, tentando desesperadamente me agarrar ao que resta dos meus nervos em frangalhos.

– Vou matar ele – digo, esganiçado.

Lágrimas ardem nos meus olhos quando me viro para minha mãe e procuro seu aconchego.

– Ah, Rhys, meu amor. – Ela me abraça. – Não, tá tudo bem. Ela torceu o tornozelo patinando e não conseguiu chegar em casa. Toren a seguiu até aqui pra ter certeza de que ela não ia cair. Ela estava... chateada.

– Com o quê? Se ele...

– Ela não quer contar – diz minha mãe, os olhos se voltando para meu pai da mesma forma que os dois têm feito quase o tempo todo.

Ele dá um passo à frente.

– O que você sabe sobre o treinador de patinação artística dela?

Dou de ombros, um pouco desconfortável. Isso é algo em que eu deveria ter prestado atenção? Por que estão me perguntando isso?

– A Sadie nunca reclamou nem nada. Mas... eu vi ele tocar nela na competição.

Meu pai assente como se fosse algo que ele esperava, depois troca um olhar significativo com minha mãe. Passo a mão no meu cabelo e o puxo para trás de novo, porque minhas mãos ainda estão tremendo e, se eu não fizer algo com elas, tenho medo de que meu corpo inteiro comece a tremer.

– Sabe alguma coisa sobre ele como patinador? Alexan Kelchevsky?

– Kelchevsky? Ele se chama Kelley. Ele é russo?

Meu pai assente. Balanço a cabeça, mas começo a me sentir enjoado.

– Do que se trata isso tudo? Vocês dois estão me assustando.

– Então você precisa ver isso.

CAPÍTULO QUARENTA E SETE

Sadie

Não sei bem quando caí no sono de verdade, talvez algum tempo depois que Rhys veio me ver. Então, quando acordo, não tenho ideia de que horas são.

– Oi.

Minha cabeça gira. Rhys está sentado na namoradeira macia ao pé da cama. Seu cabelo está bagunçado, como se tivesse passado as mãos nele por horas, e ele está usando calça de corrida cinza e sua camisa de hóquei da Waterfell.

– Que horas são?

Minha voz soa grogue e estranha. Ele pega uma garrafa d'água e a abre para mim.

– Seis da manhã. Você conseguiu dormir a noite toda.

No entanto, ele não parece ter tirado nem uma soneca. Está com uma aparência exausta, como se houvesse voltado da partida já cansado e ainda não tivesse dormido. Como se estivesse sentado ali, cuidando de mim, a noite toda.

– Como foi a partida?

Por algum motivo, a pergunta parece chateá-lo.

– Não quero falar sobre o jogo. O que aconteceu com seu pé?

Ah.

– Acho que torci. Patinando.

A expressão séria que raramente vejo nele está de volta com força total quando ele fica de pé e cruza os braços. E é assim que ele me encara do alto. Ele é tão forte... Tão bonito. Estou quase distraída demais pela beleza dele para perceber direito com o que ele está bravo.

– Treinando além da conta, você quer dizer. Você torceu o pé porque estava treinando demais.

Merda. Merda. Merda.

Meu coração martela.

– Não. Por que você...

– Por favor, Sadie – sussurra ele. E então algo muda enquanto me observa. Ele solta o ar e enfia o cabelo bagunçado atrás das orelhas. – Leva o tempo que precisar. Meu banheiro é bem ali, se quiser tomar banho. Mas me encontra no escritório da minha mãe quando terminar.

Ele se inclina e beija minha testa com força antes de sair.

Está tudo quieto no escritório de Anna Koteskiy.

Rhys e o pai estão de pé, conversando baixinho, quando entro. Anna está sentada e puxa uma cadeira perto do computador para mim.

– O que foi? – pergunto antes que possa pensar duas vezes. – Eu fiz alguma coisa...?

Você não fez nada errado, Sadie – sussurra Anna, acenando para mim de novo.

Eu me sento, as costas retas e rígidas, e olho só para ela.

– A gente só quer perguntar sobre seu treinador.

– O treinador Kelley? – pergunto e ela assente. – Ah, bem, ele é meu treinador desde que eu tinha uns 11 anos, talvez? Ele me acompanhou até aqui. Hum, já me ajudou com meus irmãos antes, mas...

Respiro fundo, porque não sei o que eles esperam que eu diga, embora esteja claro que esperem algo. Rhys fala primeiro:

– Ele nunca te machucou? Te treinou além da conta?

Tomo cuidado ao escolher minhas palavras.

– Tudo que ele faz é porque acredita em mim. Ele pode ser rigoroso, mas é só porque me ama.

Minhas palavras fazem Rhys emitir um som raivoso. O braço dele passa ao meu lado para religar o monitor. Há um vídeo maximizado na tela, de uma competição de anos atrás. Tem quatro horas de duração, mas está pausado em algum ponto no meio.

Eu sabia que essa gravação estava por aí em algum lugar, mas não foi feita em uma competição importante. Nunca pensei que Rhys a encontraria. Mas ali está, repetindo na minha mente como um pesadelo infinito, até que Rhys tira o vídeo da pausa e passo a rever tudo de verdade. Estou com 15 anos, vestida com um figurino preto e vermelho e terminando uma sequência que ainda conheço como a palma da mão. Levei um tombo durante a combinação que me garantiria o primeiro lugar e uma chance nas eliminatórias da Olimpíada, mas não consegui afastar a ansiedade, então meus movimentos e giros restantes foram bruscos, robóticos, sem emoção.

Minha inquietação é evidente enquanto patino, com o rosto vermelho e os olhos lacrimejantes, em direção ao meu treinador furioso. Ele agarra a parte de trás do meu pescoço com força. Mesmo na câmera, é possível ver quando ele me dá uma bronca, sussurrando no meu ouvido.

Odeio isso agora. Espero que a Sadie do vídeo se afaste, que dê um tapa nele ou o empurre, ou até dê um chilique. Em vez disso, eu me enterro nele, me segurando como se não houvesse amanhã, como se ele fosse meu apoio, apesar do aperto forte que ele me dá por baixo do agasalho que colocou sobre meus ombros. Ainda consigo ouvir as palavras dele nos meus ouvidos. "Você parece pesada, perdeu a rotação" e "Tornozelos fracos não são algo que eu possa corrigir, danadinha. Precisa treinar mais".

Sempre foi para me ajudar, para me incentivar... Era o que eu pensava. Ao contrário das outras garotas do meu grupo, eu não tinha pais para me ver e torcer por mim, ou uma família aposentada de patinadores para me treinar. Estava sozinha até o treinador Kelley me encontrar.

– Isso parece normal pra você? – pergunta Rhys, os braços cruzados, a raiva evidente em seu rosto.

Não há palavras quando abro a boca, mas avalio as reações dos pais dele enquanto espero.

– Ele é meu treinador desde que eu tinha 11 anos. – Não é a coisa certa a dizer, mas é tudo o que sai. – Ele... Ele me ama, mas me pressiona. Isso não é ruim.

Mentiras, mentiras, mentiras.

A mão de alguém pousa no meu ombro tão de repente que me encolho. Observo o Sr. Koteskiy se afastar com um olhar melancólico no rosto, um pedido de desculpa nos olhos. Mas é Anna quem me envolve por trás, o queixo se apoiando no topo da minha cabeça enquanto me abraça apertado.

– Você não fez nada errado – sussurra ela no meu cabelo. – Nada, tá? Mas você merece coisa melhor.

– Eu não...

– Sadie – implora Rhys. Ele ainda está furioso, mas sua expressão feroz se suaviza quando olha para mim. – Você tem que denunciar esse cara.

Não consigo falar, a língua pesa na boca. Quero tranquilizá-los, dizer para Rhys que estou *bem*. Mas não consigo encontrar as palavras.

As lágrimas vêm com facilidade depois disso e Anna Koteskiy me abraça até que cessem.

Rhys me segue até o andar de cima depois que coloco meus irmãos para dormir em seus quartos temporários.

– Não sei bem pra onde devo ir – admito, e a sensação de desorientação e desamparo alojada na minha barriga sobe até causar um nó na garganta. – Eu não...

– Vem aqui, lindeza – sussurra ele, abrindo os braços para que eu possa me aninhar no espaço seguro e acolhedor de seu abraço.

Ele me mantém ali, murmurando palavras suaves no meu cabelo e dando beijos em toda a minha cabeça.

– Desculpa ter te afastado – murmuro junto à camisa dele.

– Eu nunca iria pra lugar nenhum.

Ele dá risada, as palavras sérias mesmo ao tentar arrancar um sorriso de mim. E funciona, como sempre.

Eu me afasto só um pouquinho, mas continuo segurando a camisa dele na altura da cintura. Como se para mantê-lo por perto, só para garantir. Mas, se tem algo que esse homem me mostrou, é que ele não vai embora.

A culpa tenta criar raízes e ele deve vê-la passar pelo meu rosto, porque ergue meu queixo para nossos olhares se encontrarem, então a primeira lágrima se liberta.

– Vou passar todos os dias, pra sempre, te lembrando de como você é incrível e especial. Como sou sortudo por ser amado por alguém tão corajosa, inteligente, talentosa e linda. Eu vejo como você ama seus irmãos. Sei como seu amor é especial.

Ele coloca meu cabelo atrás das orelhas e embala meu rosto todinho em suas palmas enormes.

– Você tem muito valor. E, se eu tiver que lutar contra os fantasmas na sua cabeça que te convencem do contrário todos os dias pelo resto da nossa vida, vou ficar feliz em fazer isso. Entendeu?

Ele espera uma resposta.

– Eu te amo – digo em vez disso. – Confio em você. E me desculpa por não ter demonstrado isso antes.

Ele me beija, suave e doce.

– A gente tem todo o tempo do mundo pra você me compensar.

Ele sorri, todo brincalhão, e isso faz meu coração disparar e meu corpo inteirinho se desmanchar feito uma manteiga derretida em seus braços.

Eu amo Rhys Koteskiy. E estou aprendendo que o mereço.

Nunca mais vou largar dele.

CAPÍTULO QUARENTA E OITO

Sadie

É o último Aprenda a Patinar da temporada, e eu não deveria estar aqui.

Na verdade, o treinador gato que está colocando os cones no gelo me disse *com todas as letras* para não vir. Para guardar minhas forças para meu último treino antes da Festa de Gala de Natal. Mas prometi para essas crianças que estaria aqui, então pretendo estar, mesmo que ele não me deixe botar o dedinho do pé dentro do rinque.

Lógico que eu deveria ficar em silêncio aqui e esperar para fazer surpresa na hora em que as crianças estivessem terminando de amarrar os calçados e colocar as luvas na pequena área comercial onde é um pouco mais quente. Aí eu desceria a rampa. No entanto, quando Rhys se abaixa para pegar um cone pequenininho perdido que sobrou da aula de hóquei das crianças mais cedo, não consigo deixar de soltar um *fiu-fiu* bem alto. Porque quero mexer com ele.

Depois de tudo o que aconteceu, Rhys me tratou como se eu fosse feita de vidro. Quero irritá-lo um pouquinho.

Ele se levanta, a cabeça disparando por cima do ombro com os olhos semicerrados e a testa franzida, o que seria intimidante não fosse o rubor colorindo suas bochechas. Para o grande craque do hóquei, o menino de ouro Rhys Koteskiy cora com bem mais frequência do que eu achava ser possível. E, quando sou eu o motivo, me sinto nas nuvens.

Ele me encontra rapidinho, as sobrancelhas erguidas enquanto me inclino sobre a borda da área dos bancos de reserva com um sorrisinho malicioso, os olhos cintilando ao ver a expressão aflita dele.

– Ei, craque.

Leva apenas um instante para ele abandonar sua tarefa e patinar até mim depressa, saindo do gelo sem dificuldade para me agarrar pela cintura e me erguer no ar.

– Tenho certeza de que disse pra você não ficar andando por aí.

– Ah, é? – pergunto, relaxando com o jeito fácil dele de me carregar de volta para o vestiário, de onde acabei de vir.

Ele me encara com um olhar desaprovador.

– Sadie.

– Me chamando pelo meu nome? – indago, minhas mãos mergulhando nas mechas perto da nuca dele. – Nossa, devo estar encrencada.

Nenhum tracinho da minha voz parece nem um pouco triste por estar encrencada com Rhys. Principalmente porque sei que o tipo de encrenca dele é algo de que gosto.

E porque sei que meu tornozelo foi liberado para patinar essa manhã, no meu treino inicial no rinque da universidade.

– Por favor, leva isso a sério – implora ele, me botando no chão quando começo a me contorcer. Mesmo que deixe meus pés tocarem o chão, ele me coloca perto da parede para que eu me sustente nela. – Eu vi como aquela coisa tava inchada. Aquele cara chegou bem perto de quebrar...

Coloco a mão no peito de Rhys. Há um toque de mágoa nos olhos dele, não determinação ou raiva. Mágoa e medo, percebo.

– Ei, Rhys – murmuro suavemente. – Tá tudo bem. Nem uma torção foi. O médico da equipe me deu sinal verde pra voltar ao rinque.

A tensão que cobre Rhys começa a se dissipar. Há apenas uma ligeira hesitação enquanto chega mais perto de mim de novo. Dessa vez, ele passa a mão pelo meu cabelo solto, colocando-o atrás da orelha. Meus olhos se fecham com o movimento suave e íntimo. Então ele desliza a mão e segura meu queixo para nivelar nossos olhos.

– Mesmo? – sussurra. – Você tá bem?

– Juro.

Um sorriso percorre seus lábios de um jeito tão lindo que não consigo deixar de tocar sua boca e pressionar meus lábios nos dele. Uma, duas vezes; a segunda persistindo como uma carícia gentil.

Uma pitada de ansiedade ameaça estourar minha bolhinha perfeita quando vejo minha mochila no canto com os patins apoiados nela. Não é ansiedade por causa de patinar, mas medo de que talvez eu só tenha sido tão boa por causa do treinador Kelley. E se eu não for nada sem ele?

E se ele tinha razão?

– Tô muito orgulhoso de você – sussurra Rhys no meu cabelo com uma expressão feliz e satisfeita.

Seus olhos castanhos são os mais calorosos que já vi, um sorriso alargando os lábios e deixando as duas covinhas brilharem intensamente. Rhys é bonito, sim, mas também é todo caloroso, bom e gentil, e nunca mais quero largar dele.

– Eu te amo.

Acho que nunca vou superar a maneira como ele relaxa e se desmancha todo feito manteiga derretida nas minhas mãos quando sou eu quem diz isso primeiro. É como se cada ruga de estresse e ansiedade desaparecesse. E sei que Rhys ouviu muito a frase "Eu te amo" dos pais dele. Sei que os dois o amam, que demonstram e dizem isso para ele. O que, de alguma forma, faz com que o valor que ele claramente coloca nas minhas palavras tenha mais significado.

Porque devoro cada pedacinho de seu afeto como um animal faminto e, embora tente não deixar que isso interfira no meu relacionamento com ele, às vezes uso o sexo com Rhys para abafar o pior dos meus sentimentos, o mais avassalador.

Mas estou melhorando, dia após dia. Estou mesmo.

Então, em vez de mergulhar no corpo dele durante o pouco tempo que temos para me acalmar de um jeito egoísta, me afasto de Rhys com um sorriso gentil.

– Vem comigo.

Ele me lança um olhar confuso. Vou até minha mochila e os patins e os pego com uma só mão.

– É nossa última aula – diz ele.

Abro um sorriso.

– Eu sei. Preparei uma surpresinha pra eles.

Sexta-feira era o último dia de provas finais, então foi difícil organizar isso, mas, quando voltamos para o rinque gelado, a maior parte da equipe de hóquei dos Lobos da Waterfell está presente, usando seus patins e casacos de aquecimento com o brasão da universidade estampado nos bolsos.

Rhys olha em volta, os olhos arregalados ao ver Freddy passar por nós rebocando devagar duas crianças risonhas que seguram na ponta do taco. Bennett, ainda bem alto mesmo sem a parafernália de goleiro, se ajoelha em silêncio para amarrar o cadarço de um dos patins de uma garotinha que se apoia no ombro dele para se equilibrar.

É surpreendente, mas até Toren apareceu, o que é inesperado, considerando quanto ele se manteve distante. Tentei dizer um rápido "obrigada" para ele uma vez, mas ele ignorou e basicamente fingiu que aquilo nunca aconteceu.

Eu tento, mas não consigo entendê-lo. Toren é difícil, não se dá bem com nenhum dos companheiros de equipe, mas, ainda assim, me salvou naquele dia. Não só isso, como também chamou a atenção para o meu treinamento excessivo muito antes, como se entendesse os sinais. Como se tivesse passado por isso.

Ele está parado num canto do rinque nesse momento, todo vestido de preto, os braços cruzados com força, enquanto Holden patina em círculos ao seu redor segurando um de nossos alunos de sempre, o garoto que patina de um jeito parecido com o de Liam, um pouco atrás do resto da turma.

– Você organizou isso? – pergunta Rhys.

Faço que sim com a cabeça e indico, com um movimento do ombro, o treinador dele, que está falando com alguns dos pais bem na entrada das placas.

– Ele ajudou. Você falou que... – Minha voz some, parecendo meio presa na garganta. – Você mencionou que não se sentia próximo de todos eles, não como no ano passado, na verdade. E acho que trabalhar na Fundação Primeira Linha e ir pro rinque quando não está jogando hóquei foi o que te ajudou a voltar. Achei que seria algo bom pra equipe, pra você passar um tempo com eles fora dos treinos. E – acrescento com um dar de ombros – é algo que te ajudou. Talvez fosse bom pra eles também. Fazer com que se lembrem de quando tinham essa idade.

Ele me puxa pra perto e dá um beijo forte no topo da minha cabeça, antes de quase me empurrar para o banco, tamanha sua empolgação, e se ajoelhar para me ajudar a calçar os patins. Rio um pouco de como isso é ridículo, sabendo que provavelmente vou precisar refazer o laço do jeito que eu gosto para poder patinar direito e, com certeza, para mostrar a ele minha nova série mais tarde.

Mas, por enquanto, vai servir.

Ele segura minha mão e pisamos no rinque, juntos.

A partir desse momento... e para sempre.

CAPÍTULO QUARENTA E NOVE
Três semanas depois

Sadie

– Hoje foi ótimo, Sadie – diz a mulher na tela.

Assinto delicadamente e me enfio um pouquinho mais no cobertor.

– É, também acho.

Ela abre um sorriso caloroso.

– Tá bem. Que bom. Hoje é a nossa última sessão antes dos feriados do fim de ano. Sua próxima é em janeiro. Tem mais alguma coisa que a gente deva conversar por agora?

– Acho que não.

– Se lembrar de algo mais, você tem o número do meu celular, tá?

– Tá bem.

– Ah, e Sadie... – consegue dizer ela antes que qualquer uma de nós encerre a ligação. – Você vai se sair muito bem esta noite, tá?

Agradeço a ela mais uma vez e desligamos. Depois me deito no sofá grande do escritório de Anna Koteskiy pra relaxar.

Comecei a terapia dois dias depois de denunciar o treinador Kelley para o diretor de atletismo. Quando apareci para o treino da Festa Gala de Natal, ele estava no carro dele no estacionamento, pronto para tentar me emboscar e "conversar".

Felizmente, eu tinha levado reforços.

Max Koteskiy me acompanhou do carro dele até a entrada do rinque, mas na metade do caminho ele começou a discutir com meu treinador, que vinha atrás de nós. Levei um minuto inteiro para perceber que estavam falando em russo. Eu sabia que meu treinador havia nascido no exterior e que depois foi adotado e trazido para os Estados Unidos, mas nunca tinha ouvido Kelley falar esse idioma.

O rosto dele ficou pálido por causa do que quer que o Sr. Koteskiy tenha dito. Não tive notícias dele nem o vi desde então.

Fiz uma brincadeira com o pai de Rhys a respeito de seu complexo de herói. Ele não negou.

Foi Anna Koteskiy quem me ajudou a entrar em contato com minha nova terapeuta, e gosto muito dela. Temos muito o que conversar. Alguns dias, eu gosto da terapia, mas em outros odeio isso tudo e me sento emburrada na frente do computador em vez de realmente me esforçar, mas minha terapeuta diz que é normal. E que está tudo bem.

O que quer que eu sinta, está tudo bem.

Hoje, nós conversamos mais sobre as férias e o Natal, então acabamos falando do meu pai. Ele está em reabilitação, mas isso não muda meus planos de conseguir a guarda dos meninos. Principalmente porque já passamos por isso um tempo atrás, quando a Justiça o mandou para uma clínica. Nunca dura.

Há uma batida na porta. Eu me sento devagar enquanto Rhys coloca a cabeça para dentro, um olhar caloroso e gentil em seu rosto ao me observar.

Oi   diz ele, entrando e fechando a porta. – Você tá bem?

– Aham. Foi bom hoje.

Ele se senta ao meu lado e me enrosco em seu colo feito um gatinho. Sua mão começa a alisar meu cabelo e subir e descer pelas minhas costas. Essa se tornou nossa rotina depois da terapia, tanto para as minhas sessões quanto para as dele. Minhas consultas são toda quinta-feira e as dele, uma quarta sim, outra não.

Às vezes conversamos sobre nossas sessões; outras, não. Mas sempre fazemos questão de dizer um ao outro quando vemos uma mudança "boa". Elogiar o que pudermos.

Meus irmãos também começaram a terapia, graças aos Koteskiys. Quero dizer que devo tudo a eles, mas estou aprendendo que não tem problema pedir ajuda e aceitá-la sem me preocupar o tempo todo em como retribuir.

Ficamos na casa deles durante as férias de inverno inteirinhas, o que começou como uma necessidade durante uma tempestade de neve e depois continuou por insistência deles. Os meninos estão felizes e vejo os dois se apaixonando um pouco mais por Anna e Max a cada dia. Uma ferida profunda dentro de mim é curada toda vez que Oliver deixa Anna abraçá-lo ou decide se deitar no sofá um pouco mais perto de Max para verem hóquei na "maior tevê do mundo todo", de acordo com Liam.

Liam também está indo muito bem. Ele se acomodou da noite para o dia, como se esse fosse um novo lar. Rhys e seus pais mimam os dois, mas eles merecem.

– Que horas você precisa estar no rinque? – pergunta Rhys, beijando minha testa e as bochechas.

Abro um sorriso e bocejo, um pouco exausta, emocional e fisicamente.

– Daqui a duas horas.

– Ótimo. – Ele sorri e me pega no colo como se eu fosse uma noiva e me carrega para fora do cômodo. – Vamos tirar uma soneca.

A patinação artística individual ganhou um novo treinador da noite para o dia – e desconfio que o financiamento da família Koteskiy ajudou a conseguir isso, mesmo que nenhum dos três admita.

A treinadora Amber é legal, mas firme de uma maneira que identifico como um rigor saudável, uma treinadora de verdade. Sem manipulação, isolamento ou brutalidade. Estou aprendendo que isso também não foi minha culpa; eu era muito nova, sem adultos ao meu redor para evitar que isso acontecesse ou notar que não estava tudo bem.

Ela também me deixou coreografar toda a minha sequência da Festa de Gala de Natal, que vou apresentar essa noite. É com a música do Pink Floyd, "Wish You Were Here". O treinador Kelley nunca me deixaria escolher algo tão lírico, jurando que minha força estava apenas na ferocidade, mas a treinadora Amber me encoraja a tentar coisas novas o tempo todo, mesmo quando erro.

Estou cansada, mas não durmo, mesmo que Rhys apague assim que põe a cabeça no travesseiro. A luz do dia se insinua pelas persianas fechadas no quarto dele, dançando em seu rosto bonito enquanto o encaro, um pouco admirada.

Eu o vi crescer, mudar desde aquele dia no rinque, no verão passado. Já vi seu corpo se transformar e ficar mais robusto de novo, agora que a ansiedade parou de conter seu apetite voraz.

Ele é lindo.

Com seu amor fácil pelos meus irmãos, seu apoio a tudo o que faço. A gentileza que tem com meu coração e também a teimosia com a minha raiva. Ele cortou e atravessou as trepadeiras de fúria e ódio que me cobriam como se fosse a única coisa para a qual ele estava destinado.

Demorei todo esse tempo para enxergar, mas agora sei quem ele é.

Rhys Koteskiy é ouro puro. Sei disso. E em breve o mundo inteiro também vai saber.

Então absorvo esses momentos, quando estamos só nós dois no meio dos lençóis azul-escuros da cama dele. Sob a luz do dia que esmaece aos poucos, no conforto quente e seguro de seus braços, adormeço ao som dos batimentos fortes e estáveis de seu coração.

EPÍLOGO
Três anos depois

Rhys

Se eu achava que a imprensa voaria em cima de mim quando entrei oficialmente para a NHL, isso não se compara nem um pouco com quando meu pai e eu estamos juntos.

A fama dele nunca vai acabar. Ele ainda detém o recorde de maior número de vitórias na Copa Stanley. E, embora este seja meu terceiro ano no New York Rangers, os rumores de uma troca para outra equipe são infinitos, o que significa que sou constantemente perseguido por emissoras esportivas.

No entanto, de alguma forma, meu pai conseguiu manter o rinque local de Waterfell e a Fundação Primeira Linha, que funciona lá, longe da imprensa.

Quando entro no rinque da minha cidade natal, é como encontrar um pedacinho de privacidade.

Privacidade e total felicidade, graças à mulher de legging com meu velho casaco de moletom da Universidade Waterfell, a que mais parece uma estudante universitária sonolenta do que a atual treinadora do novo departamento de patinação artística da instituição de caridade da minha família.

Sadie Brown sempre vai ser a única para quem tenho olhos, cintilando e ardendo como fogo no gelo. Ela sempre foi linda, mas acho que minha atração por essa mulher cresce a cada dia.

Ela cortou o cabelo há pouco tempo e não me contou; só descobri quando apareceu no meu apartamento com os fios escuros e brilhantes em um corte reto na altura dos ombros, a pele rosada por causa dos ventos de inverno de Nova York. Quase pulei em cima dela ali mesmo no corredor. Eu me transformo num animal quando se trata dela, e não há indícios de que isso vá mudar.

Eu deveria estar no meu apartamento, dormindo o máximo possível antes da próxima série de três jogos fora de casa – dessa vez indo para Montreal e para a Flórida na mesma semana –, mas peguei o trem direto para cá. Porque, mesmo que isso signifique ficar um pouco cansado durante alguns dias, faço qualquer coisa para passar só uma horinha com Sadie.

Fico observando-a perto do grupo de pais à espera de que os filhos sejam dispensados. Eu poderia ficar olhando para Sadie durante cada minuto do dia e ainda não seria suficiente.

– Foi bom? – pergunta uma vozinha relutante.

– Foi ótimo, Tiff. – Sadie assente para a jovem esbelta vestida de rosa e dourado. – Você vai dar giros ainda mais rápidos logo, logo.

O elogio praticamente faz a garota se iluminar enquanto dispara para dar outra volta.

Um baque alto seguido por um gritinho frustrado chama a atenção de todo o rinque para a garota mais baixinha que usa um par de patins caramelo meio velhos e uma camiseta enorme. É a garota de quem Sadie sempre fala, reclamando dela e defendendo-a ao mesmo tempo. Eu diria que parece uma versão dela em miniatura, mas fico de bico fechado.

A menina luta com unhas e dentes contra as correções de Sadie, mas se veste do mesmo jeito que ela e, não importa quanto esteja relutante, faz tudo o que ela pede. Consigo ver que é igualzinha à minha linda namorada. Com o pavio meio curto, mas uma manteiga derretida por dentro. Ela só precisa de cuidado e atenção. O tipo certo de orientação. E, por mais que não consiga enxergar, Sadie oferece isso.

– Everly – retruca Sadie para a ferinha. – Você não precisa fazer uma cena toda vez que *não* faz o que eu digo. – Ela cruza os braços e patina um pouco mais perto da garota. – Agora tenta de novo. Você tá muito perto de conseguir.

– Isso é palhaçada.

– Olha o jeito como fala comigo – repreende Sadie, como se ela não mesma não falasse dessa forma na maior parte do tempo. Consigo ver a ameaça de um sorrisinho malicioso de onde estou. – Por favor.

– Tá, beleza.

Por fim, Sadie suspira e coloca as mãos em volta da boca para formar um cone.

– Beleza, façam uma roda.

Ela os dispensa, como sempre sem perceber a maneira como seus pequenos protegidos a observam, com um brilho nos olhos. Todos saem depressa, e Sadie começa a recolher os cones pequenininhos e apagar o marcador de quadro-branco do gelo.

Estou sorrindo e devo parecer claramente caidinho por ela ao me encostar nas placas perto da entrada para esperar que note minha presença.

Quando isso acontece, seus olhos se arregalam e um sorriso logo aparece enquanto corre na minha direção. Ela joga tudo no chão, agarra meu casaco e quase me empurra no gelo. Seguro firme no acrílico, deixando-a devorar minha boca por um momento antes de pegar sua cintura e levantá-la.

– Estava com saudade de você – murmura ela no meu pescoço, e eu a carrego até as arquibancadas.

– E eu estava com mais saudade ainda de você, lindeza. – Beijo o topo de sua cabeça. – Cadê sua bolsa?

Ela aponta e eu a pego. Desfaço o laço dos patins dela e massageio seus pés, depois calço os tênis nela. O tempo todo, Sadie fica me encarando como se eu fosse desaparecer.

A distância não é muita, mas é suficiente para que tenha sido difícil, principalmente no meu primeiro ano fora. Eu queria que ela viesse comigo para Nova York quando os Rangers me convocaram, mas sabia que ela não deixaria Oliver e Liam para trás. Também sabia que ela queria cuidar deles e estava com muito medo de contar totalmente com meus pais.

Meu ano de estreia foi difícil e um processo de aprendizado, especialmente em relação ao pouco tempo livre que eu teria durante a temporada, mas também veio com muitas recompensas. Chegamos à fase eliminatória – mesmo que tenhamos sido aniquilados na primeira rodada – e fiz novos amigos. Um deles se abriu para mim a respeito do próprio esforço após sofrer uma lesão e ter que lidar com sua saúde mental.

Nós até escrevemos um artigo juntos para a *Sports Illustrated* sobre a saúde mental dos homens e como pedir ajuda quando necessário. Eu quase diria que o sucesso foi maior do que qualquer um dos meus jogos durante o primeiro ano, atraindo atenção da mídia do mundo todo, com entrevistas, contas de fãs no TikTok e tal.

Também ganhou proporção suficiente para deixar Sadie ciumenta, pronta para pular em cima de mim e me devorar toda vez que eu a buscava na estação de trem, quando a encontrava depois das partidas a que ela conseguia vir assistir ou quando voltava para a casa dos meus pais, onde ela ocupava meu antigo quarto.

Isso acalmou meus instintos protetores por não estar mais tão perto dela, sedimentando alguma parte primitiva e estranha de mim ao saber que ela dormia todas as noites na *minha* cama.

Ela acabou se formando tarde, terminando o curso no outono seguinte, depois que os outros alunos se graduaram na primavera. Isso a ajudou a concluir o curso com mais orgulho de si mesma e de seu trabalho, e a ter outra rodada de patinação competitiva sem a pressão de seu ex-treinador abusivo.

– Não consigo acreditar que você tá aqui. Pensei que só tivesse dois dias de folga antes de viajar.

Estremeço, fazendo alguns círculos na panturrilha dela, coberta pela legging.

– É, sim. Mas prefiro estar aqui.

Sadie aceitou o emprego que meu pai lhe ofereceu quando ela se formou. Ele queria que ela o ajudasse a abrir um setor inteiro da Fundação Primeira Linha dedicado a patinadores artísticos de baixa renda. Embora fosse bom tê-la mais perto de mim, trabalhando em algum lugar onde pudéssemos morar juntos, ela está feliz agora, ajudando e ainda fazendo o que ama. E isso é muito mais importante.

– Você está de carro?

Ela faz que não com a cabeça.

– Seu pai me trouxe hoje de manhã antes da nossa reunião com os executivos do fundo. Então sou toda sua.

Voltamos de carro para o novo apartamento dela, em um belo empreendimento um pouco afastado, mas ainda nas redondezas da Waterfell, na estrada que leva para Boston. Fica a apenas alguns minutos a pé do trem até lá, onde nossa pequena cidade universitária começa a crescer de verdade.

Não entramos em casa; Sadie pula o console do carro alugado e monta no meu colo, as mãos emaranhadas no meu cabelo e os lábios pressionados com força nos meus. Está quase congelando lá fora, mas estou suando, ofegante debaixo dela quando Sadie me solta.

– Vamos entrar, craque – murmura ela, encostando a cabeça no meu peito, debaixo do meu queixo. Eu a aperto com um pouco mais de força e sorrio. – Preciso mais de você.

– Beleza, lindeza.

Sadie

Acordo com um baque alto e me viro, mas só encontro lençóis frios.

As duas coisas me irritam, mas principalmente a ausência daquele homem musculoso de 1,90 metro que deveria estar dormindo de conchinha pelado comigo.

Em vez de chamar Rhys, saio da cama e entro no meu banheiro minúsculo. Visto uma das camisetas velhas dele, uma que agora quase nunca tiro, e calças compridas de pijama, porque está *congelando*.

Nasci e fui criada na região Nordeste do país. Mesmo assim, nunca vou me acostumar com o frio.

Depois de escovar os dentes e pentear meu cabelo curto, aumento um pouco o aquecedor e sigo pra cozinha, mas paro quando ouço uma risada conhecida.

Fico quieta num canto e espio. Rhys está de calça de moletom e com o casaco azul-marinho enorme dos Rangers, grande o suficiente para se ajustar à largura de seus ombros. Está colocando pratos na minha mesinha de café da manhã, que fica bem ao lado da cozinha de azulejos verdes que fez com que eu me apaixonasse pelo apartamento.

Ele parece muito importante, do jeitinho que sempre achei que seria. A NHL o fortaleceu ainda mais, e o corpo dele está no auge da condição física, o que faz minha boca salivar, embora eu ainda sinta uma ardência das muitas vezes que transamos na noite passada.

Mas, com ele, nunca vai ser o suficiente. Vou desejar para sempre cada pedacinho dele, por dentro e por fora.

Oliver, que está com 15 anos e tão alto que ficou maior do que eu, está sentado numa das cadeiras, balançando a cabeça para Liam, com 9 anos, que pega panquecas direto com as mãos e as ataca com a voracidade que um cachorro devoraria um bife.

Liam ri e olha para Rhys, só para ter certeza de que o cara que ele idolatra mais do que a qualquer um no mundo continua assistindo. Rhys ri de todo o coração e brinca com os cachos castanhos do meu irmão.

Liam agora é obcecado pelos quadrinhos da Marvel e passa horas desenhando as próprias histórias de super-heróis em intermináveis blocos de desenho que Anna Koteskiy dá para ele. Mas não importa que ele não jogue mais hóquei, Liam ainda olha para Rhys como se ele fosse um deus.

Minha terapeuta acredita que a adoração por Rhys como se fosse um herói é por causa do jeito que ele me trata na frente dos meninos, como cuida de mim. Para Liam, ele é o primeiro modelo masculino que já teve, o primeiro homem adulto que cuidou dele. Que diz "eu te amo" para ele.

Com Oliver, é diferente. Ele *ama* Rhys e, como ainda joga hóquei, o vê como alguém que admira, alguém em quem se inspirar. Mas foram os pais de Rhys que o fizeram se sentir seguro pela primeira vez na vida.

Isso, tive que aprender, não significa que não cuidei bem deles. Fiz o melhor que pude, protegi os dois. Mas Oliver era muito mais velho e entendia tudo, então ele queria *me* proteger. Assim, sempre viveu no limite, pronto para brigar por mim.

Meu pai foi preso por outro incidente dirigindo embriagado, além de diversos mandados de prisão sobre os quais eu não fazia ideia, e desistiu facilmente da guarda dos meninos. Passei a ser legalmente a guardiã principal dos meus irmãos, com Anna e Max ao meu lado.

A partir daí, depois de vários meses de discussões – e a promessa de que, não importava o que acontecesse, eu sempre seria a verdadeira guardiã deles –, Anna e Max Koteskiy adotaram meus irmãos.

Tem sido uma jornada para nós três, e a terapia melhorou tudo.

Mas agora posso ser irmã deles. Amar os dois, ajudá-los, vê-los crescer – e não me preocupar em como conseguir a próxima refeição deles ou pagar o aluguel.

Agora, Oliver pode frequentar escolas particulares de hóquei e acampamentos de treino se quiser. Agora, Liam pode ver suas notas e projetos de arte exibidos numa geladeira que não contém garrafas de cerveja e promessas vazias.

Agora, posso vê-los florescer e saber que, quando o dia termina e vou dormir, eles estão felizes.

Que *eu* fiz isso. Tirei os dois de lá.

Eu me inclino contra o arco da entrada, relaxada enquanto observo meus irmãos fazerem perguntas e mais perguntas sobre os jogos de Rhys, a que eles assistem religiosamente na tevê, vestidos com a camisa do uniforme dele – que tem sido uma das mais vendidas em todo lugar. Os meninos quase rivalizam com o pai de Rhys na energia que exibem no sofá durante as transmissões, isso quando ele não viaja para acompanhar as partidas do filho.

– Panquecas hoje, hein? – comento, sorrindo ao me colocar atrás de Oliver e passar as mãos pelos seus cabelos escuros e desgrenhados.

– Quer dizer que vai ser um bom dia – responde Rhys, inclinando-se para beijar minha bochecha. – Não é mesmo, meninos?

– Pode crer – cantarola Liam, dando uma mordida gigantesca numa panqueca que pinga de tanta calda e quicando na cadeira como se dançasse ao som de uma música. – Vai ser um bom dia porque o Rhys vai pedir você em casa...

Rhys cobre a boca de Liam e percebo o baque de Oliver dando um chute no irmão por baixo da mesa. Liam parece envergonhado enquanto engole em seco e abaixa a cabeça.

– Desculpa.

Um sorriso desliza pelo meu rosto, a felicidade borbulhando no meu estômago até que quase dou uma risada. Vejo Rhys esfregar a nuca, ansioso, mas se esforçar para conter uma risada também.

– Deixa eu pegar umas panquecas pra você – murmura ele, virando-se para a pequena cozinha.

Sigo atrás dele e, em silêncio e rapidinho, coloco os braços em volta de sua cintura, o rosto enfiado no meio das costas dele para que eu possa inalar seu cheiro limpo de chuva de verão.

– O Rhys vai fazer o quê? – pergunto, intercalando beijos com palavras.

Tenho quase certeza de que sei, mas estou explodindo de vontade de que ele diga *neste exato momento*. Não quero esperar. Quero ser a lindeza *dele* para sempre.

Ele suspira e os ombros caem, aí ele se vira nos meus braços e ergue meu queixo com um leve aperto.

– Casa comigo – diz ele, com as bochechas rosadas e as mãos tremendo um pouco.

Ele está nervoso. Isso me faz sentir quente por dentro – tanto que tenho certeza de que minhas bochechas estão mais vermelhas do que as de Rhys –, mas levo a mão dele até os lábios e beijo a palma.

– Caso, sim, craque – digo em sua pele, como se contasse um segredo. – Pra sempre. Sim.

– Ela disse sim! – exclama ele a plenos pulmões antes de me erguer no ar com um grito.

E, enquanto Oliver sorri e bate palmas e Liam uiva feito um lobinho, encaro bem o rosto do meu menino de ouro que já não tem olhos tristes.

E, no que depender de mim, nunca mais terá.

AGRADECIMENTOS

Toda vez que começo a escrever, penso em um milhão de pessoas por aí que têm um livro favorito, seja um muito lido e em cima da mesa de cabeceira ou, talvez, um em perfeitas condições, disposto numa prateleira especial para ser admirado.

Sempre que me batia o medo de prosseguir com a escrita, eu lembrava que "todo livro é o favorito de alguém". E, se este livro trouxer consolo a uma pessoa, se puder ser preferido de uma única pessoa, então valeu a pena enfrentar o medo, não?

Esta história começou com alguns pensamentos girando na minha cabeça a respeito de um garoto se recuperando e uma garota que também estava desesperada para melhorar, embora não soubesse como, e agora... Puxa! Simplesmente estou feliz (e ainda um pouco espantada) que ela exista fora do meu aplicativo de anotações.

Para meu pai, o melhor homem que já conheci: acho que nunca mais vou encontrar alguém como você. Talvez um dia a ferida não doa tanto e eu consiga falar de você sem que um nó se forme na minha garganta. Mas, por ora, eu te amo. E sinto saudade. Vejo pedacinhos de você em Max Koteskiy, por isso mantenho este livro um pouquinho mais perto do meu coração.

Para minha família, que me viu pular de carreira em carreira aos trancos e barrancos, como se testasse sabores de sorvete, trabalhando em pequenos manuscritos no meu tempo livre: obrigada por nunca duvidarem de mim. Sua fé infinita na minha capacidade de escrever (desde que eu era uma jovem estudante do ensino fundamental que escrevia fanfics como se fosse meu emprego) tornou possível dar este salto.

Isabella: eu poderia escrever livros e livros para você, mas nunca seria o suficiente. Obrigada por sofrer ao meu lado, por me abraçar nos dias difíceis, quando o luto tenta me vencer. Por ser sempre minha parceira de leitura e pelas chamadas de vídeo tarde da noite que me mantêm sã por estar tão longe de você.

Para Austin, que acreditou em mim quando eu mesma não acreditei, me levou para passear ou para lugares bonitos quando eu não conseguia superar meu luto ou meu medo e transformá-los em algo criativo: seu amor constante me manteve tão quentinha quanto meu cardigã favorito. Eu te amo, incondicionalmente, para sempre.

Para Caitlin, que foi de fã a se tornar minha própria princesa montada num cavalo branco, guarda-costas e melhor agente que eu poderia querer. Todos os dias agradeço por você ter pegado meu livro e tornado tudo isto possível. Você mudou minha vida e serei eternamente grata. Que venham muitos outros anos de Universo conspirando a nosso favor ao estilo *Crepúsculo*.

Para Suzannah, obrigada por ser minha guerreira incrível no Reino Unido. Seu sorriso é contagiante e, com você e Caitlin ao meu lado, me sinto invencível.

Para Jenna, minha amiga por correspondência, assistente pessoal secreta, líder de torcida, domadora de leões e literalmente qualquer outra coisa que eu possa querer de você: obrigada por existir. Você conhece *Jogando por controle* melhor do que eu – este livro (assim como minha sanidade e saúde mental) não existiria sem você.

Para cada pessoa que leu a versão independente, que fez vídeos no TikTok, reels e postagens para recomendar que amigos (e amigos de amigos) lessem também, obrigada. Isto é tudo graças a vocês. Vocês defenderam este livro desde o primeiro dia e é algo que nunca vou esquecer, de verdade.

Para todas as pessoas que fizeram leitura beta de *Jogando por controle*: palavras são pouco para descrever quanto sua ajuda e seu feedback significaram para mim. Vocês contribuíram para transformar este livro no que ele é hoje e não sou capaz de agradecer o suficiente. Obrigada, para sempre.

Para vocês, pessoas que leem e tornam o mundo mais mágico apenas por experimentar e dedicar seu tempo a belas histórias: leiam o que vocês amam. Continuem fazendo isso.

E, por último, para mim mesma: eu finalmente consegui. Escrevi um livro inteirinho e o coloquei no mundo. Por isso, tenho orgulho de *mim*.

Sem defeitos

Elsie Silver

Rhett Eaton é o principal nome do rodeio em touros. O garoto de ouro da cena country. Isso até fazer um comentário polêmico que o deixa em maus lençóis com um patrocinador e, em seguida, ser filmado dando um soco em um homem no meio da rua.

Agora seu agente quer que o peão limpe sua imagem e, para garantir que ele ande na linha, designa Summer Hamilton, a própria filha, para supervisioná-lo até o final da temporada de rodeios.

Mas Rhett não precisa de babá nenhuma, principalmente se ela usar calças coladinhas no corpo, for a rainha dos sorrisinhos maliciosos e tiver uma boca cor de cereja que nunca se cala – uma boca que não lhe sai da cabeça.

Summer diz que é melhor os dois não se envolverem e que a reputação de Rhett não pode sofrer mais nenhum baque. Assim como o coração dela, que não aguentará ser partido mais uma vez.

Depois que os dois se conhecem melhor, porém, Rhett percebe que Summer não é só mais um troféu a ser conquistado. E ela, em vez de fugir do que vê, se aproxima cada vez mais – mesmo sabendo que não deveria.

Para saber mais sobre os títulos e autores da Editora Arqueiro,
visite o nosso site e siga as nossas redes sociais.
Além de informações sobre os próximos lançamentos,
você terá acesso a conteúdos exclusivos
e poderá participar de promoções e sorteios.

editoraarqueiro.com.br